25+10=X

책을 펴내면서

용성진종 조사는 기미년 3·1독립운동 민족대표 33인 중 한 분으로 불교계를 대표하셨을 뿐 아니라 직접 이끈 분입니다.

일반에는 많이 알려지지 않았지만, 용성진종 조사께서 종교별, 분야별로 대표자를 섭외하고 대한제국의 부흥을 위해 헌신하는 삶을 사셨습니다. 서울 종로 대각사를 창건해 머물면서 수감과 출옥을 거듭하는 동안에도 만주와 하얼빈의 독립운동가를 지원하고, 경전을 한글번역하며 다양한 저술활동을 쉼없이 펼치셨습니다.

또한 용성스님은 대한제국이 독립을 하기 위해서는 민족의 정신이 살아야 하며, 불교가 이를 이끌어야 한다는 생각으로 불교 개혁을 선도하셨으며, 한국불교 역사상 처음으로 불교경전을 한글로 번역하고, 찬불가를 만들고, 도심포교를 활발히 하시며 불교대중화에 힘쓰신 분입니다.

33인의 민족대표들이 일제의 강한 힘 앞에 무릎을 꿇고 변절을 할 때도 꼿꼿이 독립운동을 지원하며 일생을 사신 용성진종 조사

25+10=X

의 삶은 오늘의 우리나라를 만든 근원이었습니다. 하지만 지금 시대를 사는 우리들은 조사의 활동과 정신을 잃고 살고 있습니다.

다행히 용성조사의 제자인 동헌완규 조사의 노고와 손상좌인 불심도문 대종사의 원력으로 용성조사의 생가가 복원되고, 그 자리에 사찰이 들어서 조사의 정신을 기리고 있습니다. 또 신미년 서기 1991년 음력 5월 8일 용성진종 조사 탄생 제128회에 동헌완규 조사께서 간직하고 있던 자료를 불심도문 대종사께서 받아 여타 자료와 발간문, 원고 등을 모아 『용성대종사 전집』이란 이름으로 1만7236쪽 18권을 1질로 하여 500질을 발간·유포함으로써 용성조사의 면모를 후대에 알렸습니다.

불심도문 대종사를 증명 삼아 평택 명법사를 중심으로 대승불교의 진리를 체득하고 전법하던 차에 이 같은 인연으로 용성진종 조사의 면모를 알게 되고, 그 뜻을 기리기 위해 '용성진종장학재단'을 설립해 공부하는 스님들을 지원하던 중, 이 시대를 살고 있는 수많은 사람들에게 '우리가 지금 누리는 자유와 평화'의 정신적 뿌리가 용성진종 조사에게서 시작되고 있음을 알리고 작금의 한국불교의 근원이 어디에 있는지 전해야 한다는 원력을 세웠습니다.

용성진종 조사의 일생과 업적은 이미 전집으로 정리돼 있지만 이를 일반 국민들이 접하기는 어려운 일입니다. 이에 용성대종사의 면모를 널리 알리는 것은 곧 현시대를 사는 사람들의 정신을 맑히는 일이라는 생각이 들어 〈불교신문〉을 통해 신지견 작가의 글로써 소설을 완성하게 되었습니다. 용성스님의 생가에서 출가 사찰,

활동했던 발자취를 따라 답사하며 글을 써주신 신지견 작가님께 감사의 뜻을 전합니다.

모쪼록 이 책이 많은 국민들에게 읽혀, 일제에게 나라를 빼앗기고 불교마저도 일본불교의 침투에 의해서 파탄의 지경에 처했을 때, 조선의 정신을 지키고 한국불교의 정통을 수호하고자 고군분투했던 민족 지도자의 진면목을 깨닫는 기회가 되길 바랍니다.

그리고 그 정신을 이어 우리나라가 세계의 평화를 이끌어내고, 대승불교의 정신으로 세계의 발전을 견인하는 데 한 역할을 하게 되길 바라는 마음입니다.

소설 출간에 이르기까지 가르침과 자료를 기꺼이 제공해 주신 불심도문 대종사와 불교신문 관계자, 신지견 작가, 그리고 기꺼이 불사에 동참해준 명법사 신도 등 모든 사부대중께 감사의 마음을 이 지면을 통해 전합니다.

법장당 화정 합장

25+10=X

용성진종 조사
유훈10사목(遺訓十事目)

제1사목

가야불교(伽倻佛敎) 초전법륜 폐허성지를 잘 가꾸어라.

제2사목

고구려불교(高句麗佛敎) 초전법륜 폐허성지를 잘 가꾸어라.

제3사목

백제불교(百濟佛敎) 초전법륜 폐허성지를 잘 가꾸어라.

제4사목

신라불교(新羅佛敎) 초전법륜 폐허성지를 잘 가꾸어라.

제5사목

신라천년고도 성지남산(聖地南山)과 신라의 진산(鎭山)인 낭산(狼

山)을 잘 가꾸어라.

제6사목

신라천년고도 경주 남산 중 고위산 천룡사 폐허성지를 잘 가꾸어 호국호법 수도발원 교화도량(護國護法修道發願敎化道場)의 언덕으로 삼아서 단군조선(檀君朝鮮)에서 조선왕조(朝鮮王朝)까지의 4천여 년간의 군주제도(君主制度)에서 천지개벽 운도(天地開闢運度)인 민주제도(民主制度) 오등정국(吾等正國)인 대한민국(大韓民國) 8백년 대운(大運)의 문호(門戶)를 83갑자 기묘년(서기 1999년) 음력 5월 8일 용성진종 조사 탄생 제135회의 날에 이 천룡사지에서 열도록 하여라.

그리고 그 25년 후인 83갑자 갑진년(서기 2024년) 음력 5월 8일 용성진종 조사 탄생 제160회의 날에 용성진종 조사 탄생가활만인성지(龍城震鍾祖師誕生可活萬人聖地) 대붕포태지지(大鵬胞胎之地) 백두대간 중심지(白頭大幹中心地) 장안산하 죽림촌(長安山下竹林村)에서 대한민국(大韓民國) 8백년 대운(大運)의 문호(門戶)를 고정확정(固定確定) 짓도록 하여라.

그 다음해인 83갑자 을사년(서기 2025년) 음력 5월 8일 용성진종 조사 탄생 제161회의 날에 대한민국 8백년 대운(大運)을 전 국민 온 겨레가 잘 믿고, 잘 받아서, 잘 받들어, 잘 실행하도록 권선향도(勸善嚮導)하여라.

을사년(서기 2025년)으로부터 대한민국(大韓民國) 전 국민은 8백년의 대운(大運)을 받아 가져 행복하게 살면서 성불인연(成佛因緣)을 짓기 위하여 능히 모든 악업(惡業)을 짓지 아니하고, 능히 모든 선업(善業)을 쌓으면서, 불도(佛道)를 수행(修行)하여지이다.

이러한 공덕으로서 사바세계 차사천하 남섬부주인 5대양 6대주 전 인류와 제일 인연이 깊은 도량교주 관세음보살님, 유명교주 지장보살님을 위시로 해서 이십오(二十五)보살님들이 화신(化身)으로 대한민국 전 국민 가가호호에 그 후손으로 선남자(善男子) 선여인(善女人)으로 태어나서 보살국토(菩薩國土)가 이루어지이다.

그리하여 이 화신보살님들이 전 세계 각국 통치자(統治者)들을 잘 다스리는 대통치자(大統治者)가 되어서 자리(自利)의 6바라밀(六波羅蜜) 이타(利他)의 4바라밀(四波羅蜜)인 10바라밀(十波羅蜜)과 자비(慈悲) 복덕(福德) 청정(淸淨) 진실(眞實) 지혜(智慧)로 교화(敎化)하여 성불인연(成佛因緣) 되어지기를 발원(發願)하는 서원(誓願)이나이다.

이러한 인연공덕(因緣功德)으로서 대한민국 전 국민은 사후(死後)에는 서방정토 극락세계(西方淨土極樂世界) 9품연화대(九品蓮華臺)에 상품하생(上品下生), 상품중생(上品中生), 상품상생(上品上生)하여 극락수용(極樂受用)을 하여지이다. 그리고 타방시방 불국토(他方十方佛國土)를 순방(巡訪) 역방(歷訪) 역사(歷事)하여 부처님을 친견(親見)하고, 부처님께 공양(供養)하고, 부처님의 미묘법문(微妙法門)을 듣고, 무생법인(無生法忍)을 얻고, 성불수기(成佛授記)를 받고, 세세상행보살도(世世常行菩薩道)로 구경(究竟)에 가서는 실상(實相)을 비춰

보는 총상(總相)의 보살지혜(菩薩智慧)를 원만(圓滿)히 이루어 보처님의 별상(別相)의 대지혜(大智慧)로 저 열반(涅槃)의 경지에 이르러지이다. 의 발원(發願)의 서원(誓願)을 하여지이다.

그리고 여력을 몰아서 시아본사 석가모니 부처님이 탄생(誕生)하신 가비라 룸비니원과 성도(成道)하신 보드가야 보리수원과 최초 설법성지(最初說法聖地)인 바라나시 녹야원과 장구 주석성지(長久住錫聖地)인 기원정사와 입멸(入滅)하신 구시나가르 사라쌍수원인 불교 불적 5대성지(佛敎佛蹟五大聖地)를 잘 가꾸어라.

제7사목

불타(佛陀)의 경전(經典), 조사(祖師)의 어록(語錄)을 1백만 권이 넘도록 발간 유포하라.

제8사목

3보귀의 5계 수계법회(三寶歸依五戒授戒法會)를 통하여 수계제자(授戒弟子)가 1백만 명이 넘도록 할 것이며, 이 수계제자(受戒弟子)등에게 아들이나 내지 손자(孫子)대나 증손자(曾孫子)대에 가서 한 아들이나 한 손자(孫子)나 한 증손자(曾孫子)를 잘 낳아, 잘 길러서, 잘 가르쳐 부처님 전에 바쳐 출가 봉공(出家奉公)케 하라.

온 겨레, 전 인류, 만 중생과 성불인연(成佛因緣)을 지으라.

25+10=X

용성진종 조사께서 죽림촌(竹林村) 자택에서 14세 시에 번암서당을 졸업한 뒤 바로 10월망 간에 꿈 가운데에서 부처님으로부터 마정수기를 받음인 몽중불수기(夢中佛授記)를 받고, 남원 지리산 교룡산성 덕밀암에 출가하여 덕밀암 조실 혜월 화상을 친견하고 그의 문하에서 바로 대방광불화엄경 입부사의 해탈경계 보현행원품을 학습 받고 심지계합(心地契合)이 되었던 것이다.

　덕밀암 조실 혜월 화상은 동학교주 수운 최제우 대신사와 함께 남원 교룡산성 덕밀암 은적당 조실에서 동학개벽의 문호를 열었다는 죄목으로 용성진종 조사 탄생의 해인 조선왕조 제26대 고종대왕 원년 갑자년(서기 1864년)에 조선승려의 승적을 박탈당하고 무적승이 되어 교룡산성 내에서 귀양살이를 하고 한 달에 한 번씩 그의 본사인 운봉 지리산 실상사에 가서 식량조달만 하여 오는 남원부사의 허락 하에 귀양살이를 하고 있을 때였다.

　혜월 화상께서는 용성진종 조사에게 유훈 10사목을 실현하라고 부촉하였던 것이다.

　혜월 화상께서 식량조달차 한 달에 한 번씩 운봉 지리산 실상사에 가서 식량조달을 하여 온다는 명목으로 운봉 청해 임상학 참운봉현감과 운봉 박일구 만석 거부의 따님인 박씨부인 내외댁에 가서 식량과 일상에 필요한 용품 등을 조달받기 위하여 14세 백행자는 그 은사인 혜월 화상을 따라서 운봉 청해 임상학 공의 자택을 방문하여 그의 셋째 아들 13세의 임동수로 상봉하여 심지계합으로 용성조사의 수명이 다할 때까지 도반이요 후원자요 옹호자가 되었던 것이다.

그리하여 용성진종 조사께서는 청해 임상학 참운봉현감의 셋째 아들 사은 임동수 거사와 운봉 2만석 거부 박형집 첨사의 외동따님인 선정심 박정 내외분과 함께 선근인연을 지어 그의 장자, 장자부인 봉래 임정준 한학자와 염불화 박송화 자부 내외로 이어지고, 또 넷째 막내아들 자연 임봉권 동양화가로 하여금 윤화의 초기 초등교육을 담당하도록 하고 큰아들 내외와 손녀 대각심 임태순과 손부 대성자 최사달에게 윤화의 26세 수법 시까지 초등교육으로부터 수행에 이르기까지 외호자, 수호자, 후원자, 향도자가 되게 하시었다.

윤화 12세 시에 용성진종 조사의 교시에 따라서 장성 백암산 백양사에 출가하여 백양사 조실 만암 대종사를 계사로 하여 사미 10계를 수지하고, 용성진종 조사의 상좌 겸 수법제자인 동헌완규 조사를 은사로 하여 득도하였다.

그뒤 바로 만암 대종사로부터 만법귀일 일귀하처(萬法歸一一歸何處) 화두를 던져서 선세(先世)의 습(習)을 점검하셨다.

그리고 바로 묵담 대종사로 하여금 선세(先世)의 습(習)을 점검하여 줄 것을 부탁하였다.

이때 묵담 대종사께서 윤화 도문 사미(允華道文沙彌)에게 『치문경훈(緇門警訓)』 책자를 주면서 읽어보라고 하였다.

그리고 묵담 대종사께서 한 달이 지난 후에 윤화에게 "치문경훈을 보고 어느 대목이 윤화 도문 사미의 심지계합(心地契合)이냐?"고 물었다.

　윤화 도문 사미는 낙천백거이(樂天白居易) 거사의 6찬게라고 대답하였다. 그러자 묵담 대종사께서는 이 6찬게 중 찬불게(讚佛偈)를 읊어보라고 하였다.

　그리하여 윤화 도문 사미는 찬불게를 아래와 같이 읊었다.

　　시방세계　천상천하　아금진지　무여불자
　　十方世界　天上天下　我今盡知　無如佛者

　　당당외외　위천인사　고아예족　찬탄귀의
　　堂堂巍巍　爲天人師　故我禮足　讚歎歸依

　　시방세계와 하늘 위와 하늘 아래를
　　이제 내가 다 알지만 부처님 같으신 분이 없으시도다.
　　당당하고 거룩하시어 하늘과 사람의 스승님이 되시옵기에
　　이러한 연고로 나는 부처님을 찬탄 예배 귀의하나이다.

　이때 묵담 대종사께서는 한참 양구(良久)하시고 자리를 뜨시었다.

　묵담 대종사는 만암 대종사에게 윤화 도문 사미의 선세의 습을 점검 인증하였다고 후문을 들었다.

　윤화 도문 사미는 만암 대종사로부터 대방광불화엄경 입부사의 해탈경계 보현행원품 학습을 받았다.

　만암 대종사께서는 전국 134명 선지식에게 도문 사미의 선세의 습을 만암 졸납과 묵담 화상이 점검하여 인증하였으니 조선의 선지식도 윤화 도문 사미의 선세의 습을 점검해 달라는 서신을 134명 전국 선지식에게 서신을 보냈지만 묵묵부답이고, 그중에 한 분인 평창 오대산 상원사 청량선원 조실 한암중원 선지식 스님께서 윤화 도문 사미의 선세의 습을 점검하고자 하니 윤화 도문 사미를 그의 종조부 천도교 의암 손병희 교주의 외손서요, 소파 방정환 선생의 사위이고, 사은 임동수 거사의 막내아들인 자연 임봉권 동양화가의 인도에 따라서 보내주기 바란다는 서신이 장성 백암산 백양사 조실 만암 대종사에게 왔던 것이다.

이리하여 윤화 도문 사미 15세 시에 기축년(서기 1949년) 8월 중학교 2학년생 윤화 도문 사미는 그의 종조부 자연 임봉권 동양화가를 따라서 평창 오대산 상원사 청량선원 조실 한암중원 대종사를 친견하고 부모미생전 본래면목(父母未生前本來面目) 화두를 결택 받고 7일7야 결사용맹정진(七日七夜決死勇猛精進) 끝에 점검을 받고자 조실 만암 대종사님을 뵈었다.

조실 만암 큰스님께서는 "내년 여름방학 때 다시와서 점검을 받으라. 너의 앉아 있는 모습이 나 한암을 기쁘게 하였도다."고 말씀하시었다.

그리하여 윤화 도문 사미는 처소로 돌아와 미래관(未來觀)을 하였다.

내년 저후년 저후후년까지 3천리 강산이 붉게 보이고 부산 대구 등지만이 푸르게 보였다. 그리하여 종조부 자연 임봉권 동양화

25+10=X

가에게 미래관(未來觀)의 내용을 말하였던 것이다.

이 말을 들은 종조부는 큰소리로 꾸중을 하면서 너는 용성조사가 6세 시에 열반 직전에 너의 손목을 붙잡고 불타조사(佛陀祖師)의 정법안장(正法眼藏)을 이으라고 부촉 받은 자인데, 귀신 썻나락 까먹는 소리, 얼토당토 않는 헛소리고 불바다가 되느니 안 되느니 그런 헛소리를 과연 용성이 참으로 본 것이 맞는지 의심이 든다고 고함을 질렀고, 한암스님이 그 소리를 듣게 되었다.

한암 조실스님이 하시는 말씀이 식(識)이 맑으면 업(業)이 녹아서 그런 현상이 나타날 수도 있으니 어린 소년을 너무 꾸중하지 말고 달래어 데리고 가서 내년 8월 여름방학 때에 다시 만나자고 하시면서 전송까지 하시었다.

하지만 그 다음해 경인년 6·25전쟁이 일어나고, 그 다음해 한암중원 대종사께서 원적(圓寂)하시었기에 어떻게 상봉할 수가 있겠으리오.

윤화 도문 사미 7세 시에서 16세 시까지 10년간 조부모 슬하에서 조선어문(朝鮮語文) 천자문(千字文) 동몽선습(童蒙先習) 소학(小學) 조선역사(朝鮮歷史), 중국역사(中國歷史) 대학(大學) 중용(中庸) 논어(論語) 맹자(孟子) 시경(詩經) 서경(書經) 주역(周易) 춘추(春秋) 예기(禮記) 노자도덕경(老子道德經) 천하임씨원류(天下林氏源流)와 육조법보단경(六祖法寶壇經) 금강마하반야바라밀경(金剛摩訶般若波羅蜜經) 선문촬요(禪門撮要)를 학습 받음과 동시에 용성진종 조사께서 번역하신 상역과해금강경(詳譯科解金剛經) 대방광원각경(大方廣圓覺經) 금강삼매경(金剛三昧經)을 위시로 한 20여 종의 불타경전(佛陀經典) 조사어록(祖師語錄)과 용성 조사께서 저술한 어록(語錄) 귀원정종(歸源正宗), 각해일륜(覺海日輪), 오도(悟道)의 진리(眞理), 오도(悟道)는 각(覺), 수심론(修心論)을 위시로 한 20여종의 어록(語錄)을 학습 받았다.

12세 시로부터 26세까지 15년간 순창 아미산 대모암 주지 호암 문하 백파문인 학선(學禪) 대강백으로부터 사미과, 4집과, 4교과, 대교과를 학습 받고 고려대장경을 모본으로 한 대정 신수대장경을 학습 받았다.

도문 20세 시 갑오년(서기 1954년) 장성 백암산 백양사 만암 종헌 대종사로부터 비구계를 수지하였다.

도문 20세 시 갑오년(서기 1954년) 용성문인 동산 해일 대종사로부터 조주무자 화두를 결택 받아 인가를 받았다.

도문 25세 시 기해년(서기 1959년)에 학선 대선사로부터 정전백수자(庭前栢樹子) 화두를 결택 받고 인가를 받았다.

도문 27세 시 신축년(서기 1961년) 음력 3월 21일 동래 금정산 범어사에서 용성 적자 석가여래부촉법 제69세 석가여래부촉계대법 제76세, 조선불교 중흥율 제7조 동헌완규 조사로부터 불타조사(佛陀祖師) 정법안장(正法眼藏)의 법을 전수 받았다.

불심도문 법사는 보호임지(保護任持) 수행(修行)으로써 강원도 양양 재단법인 낙산 보육원 원장, 평창 오대산 월정사 조실 탄허택성 대종사의 명을 받아 삼척 태백산 홍복자 주지, 강릉 관음사주지, 평창 극락사 주지 그리고 강원도 박경원 지사와 그 부인 박춘수 재단법인 낙산보육원 이사장 후원으로 평창 연화유치원을설립초대 이사장에 탄허택성 대종사를 모시고 초대 원장으로 취임하여 어린이 포교에 이바지하다가 강원도 박경원 지사의 후원으로 오대산 월정사 삼판을 일시에 허가해 주었으므로 오대산 월정사 적광전 상량식을 봉행하게 되었다.

불심도문 법사는 은사 겸 수법사이신 동헌완규 조사의 명에 의하여 6년간의 강원도 생활을 마치고 33세 시 정미년(서기 1967년) 음력 3월 21일에 경주 명활산 분황사 주지로 부임하여 37세 신해년(서기 1971년)까지 동헌완규 조사를 조실로 모시고 주지로 봉직하였다.

대구 팔공산 동화사 조실 만암 대종사의 상좌 겸 수법제자인서옹석호 조실스님이 천거한 대구 동화사 화주 겸 영천 은해사 화주인 도보련화 화주를 경주 명활산 분황사 원감으로 추천하여 분황사 조실 동헌완규 조사, 주지 불심도문 법사, 도보련화 원감 겸화주, 용성진종 조사 유훈실현후원회 대성자 최사달 초대회장, 대각심 임태순 초대 부회장, 대각행 도정순 초대 총무와 5년간의 끈질긴 노력 끝에 용성진종 조사의 유훈 10사목 실현을 위한 만반의준비를 하였다.

그 공덕으로서 분황사 주위 민가를 철거하고 전통적 방식의 담장을 쳐서 환경정리를 완료하였다.

그리고 경상남북도를 통합한 영남불교 중·고등학생 연합회를 창립하고, 서울대학교 총불교학생회를 설립하였다. 초대 지도법사는 불심도문 법사, 초대 지도교사는 도광 안홍부 거사, 영남불교 중·고등학생회 출신은 동국대학교 총장 무심 보광스님, 정토회 지도법사 지광 법륜스님을 위시로 해서 수천 명의 인재가 전국 각처에서 활동하고 있다. 이때 용성 장학재단 이사장 평택 덕동산 명법사 회주가 되실 공주 계룡산 동학사 강원 출신의 22세 화정 학인 스님이 강원 졸업반 학인 도반들과 신라 천년고도 성지순례 시 분황사에 불심도문 법사를 방문하여 용성진종 조사 유훈실현의 대공덕주가 되시는 계기가 되었던 것이다.

그리고 용성조사의 대각불교사상(大覺佛教思想)을 설파하고 기미년 3·1 독립운동 민족대표 33인 중 불교계 대표이신 백용성 조사의 대각사상을 선양하기 위하여 재단법인 대각회를 설립하여 문화공보부 장관의 설립인가를 받아 기유년(서기 1969년) 9월 10일 재단법인 대각회가 설립되었다. 초대 이사장 동헌완규 조사(대각사 조실 겸 분황사 조실), 초대이사 회암준휘 대선사(대각사 주지), 초대이사 고암상언 대종사(대한불교 조계종 종정), 초대이사 동암성수 대선사(양양 낙산사 조실), 초대이사 자운성우 대율사(서울 보국사 조실), 초대이사 소천 대법사(인천 보국사 조실), 초대이사 퇴옹성철 대선사(해인사 백련암 조실), 초대이사 서산보경 대선사(부산 감로사 주지), 초대

이사 신암도원 대성사(김해 모은암 주지), 초대감사 금하광덕 대선사(조계종 총무원 총무국장), 초대감사 성수 대선사(부산 범어사 주지), 초대 사무국장 불심도문 법사(경주 분황사 주지)이다.

이 대각회 설립활동 공덕주는 용성진종 조사 유훈실현 후원회 동헌완규 증명법사, 불심도문 지도법사, 대성자 최사달 초대회장, 전 문교부장관 화곡 서명원 초대고문, 대각심 임태순 초대 부회장 내외분, 최응봉 변호사 대각행 도정순 내외분, 영남대학교 이선근 총장, 박정희 대통령 육영수 여사 내외분이다. 이에 따르는 모든 경비는 초대회장, 초대 부회장, 초대 총무의 후원으로 이룩된 것이다.

불국사 석가탑 보수 중 불사리 사리병 파손사건의 수습을 용성진종 조사 유훈실현 후원회 고문진, 회장단에서 막대한 경비를 들여 수습하여 주었다.

대한불교조계종을 향도하는 청담 대종사와 능가 대종사는 한국불교를 향도하면서 범어사 주지로 이름을 띄우고 세계불교도 지도자 대회를 서울 조계사, 대구 팔공산 동화사, 부산 금정산 범어사, 경주 명활산 분황사에서 봉행하였다.

경주 대회장인 불심도문 분황사 주지 겸 영남불교 중·고등학생 연합회 지도법사는 영남불교 중·고등학생 연합회 법륜 최석호 학생회장의 주도하에 수백 명의 영남불교 중·고등학생 회원 등이 세계불교 지도자 고승들을 영접하고 법륜 최석호 총학생회 회장의 명으로 울릉도산 향판에 새긴 한반도 다보탑을 그린 화판 5백 개를 조성하여 세계불교 지도자 대회에 참례한 고승을 위시로 한 참례대표 등에게 증정하였다.

그리고 불심도문 법사는 38세 시 임자년(서기 1972년)도로부터 49세 시 계해년(서기 1983년)도까지 12년간의 유훈실현의 대강 이러하다.

신라 제30대 문무대왕께서 임종 시에 유언하기를 삼국통일을 하여서 육지의 근심은 놓았지만, 바다 건너 왜구인 일본의 노략질을 막지 못하였으니 신라의 성산(聖山)이요 진산(鎭山)인 낭산(狼山)에 나의 시신을 다비한 재와 낭산(狼山)의 성토(聖土)를 함께 이운하여 동해구(東海亀)에 장사를 지내주면 통일신라를 수호하고 부처님의 법을 옹호하는 호국 호법의 용이 되어 바다의 근심인 왜구 일본의 침범을 막겠노라고 하여 그대로 실행을 하였다.

이 낭산이 신라 제30세 문무대왕의 다비지 능지탑(茶毘址陵旨塔)인 연화탑 기단부 복원(蓮華塔基壇部復元)을 위해 중생사 부지를 구입하고자 용성진종 조사 유훈실현 후원회 동헌완규 증명법사, 불심도문 지도법사, 대성자 최사달 초대회장, 대각심 임태순 초대 부회장, 대각행 도정순 초대 총무, 원일화 김금화 제2대 회장, 정혜월 백옥순 제3대 회장, 대광 유종혁 고문을 위시로 한 법사단, 고문진, 회장단, 화주진이 성심성의를 다한 정성을 기울여서 경상북도 경주시 배반동 634번지 대지 129평을 위시로 하여 대지(大地), 전(田), 답(畓) 총 33필지 8,909평 29,399m²를 민간인의 소유에서 구입하여 수호 도량화 하였다. 그리고 능지탑 기단부 복원을 하는 데 있어서 용성진종 조사 유훈실현 후원회 동헌완규 증명법사, 불심도문 지도법사와, 문화재위원을 역임하신 초우 황수영 박사, 국립경주박물관장과 부여국립박물관장을 역임하신 홍사준 문화재위원과 대성자 최사달 초대회장과 대각심 임태순 부회장과 원일화 김금화 제2대 회장과 정혜월 백옥순 제3대회장을 위시로 하여 고문진, 회장단, 화주진이 혼연일체가 되어 이에 이바지한 공덕으로서 신라 제30대 문무대왕 다비지 능지탑 기단부 복원불사가 성취가 된 것이다.

그리고 초우 황수영 박사의 권유에 의해서 경상북도 경주시 배반동에 소재한 낭산 사천왕사지 소유주가 불심도문 법사의 속성명인 임윤화 소유로 되어 있었다.

개인단체로서는 낭산 사천왕사가 복원하기가 어려우므로 임윤화 소유주로 되어 있는 소유권을 국가에 넘겨서 사천왕사 복원을 하는 것이 현명한 길이라는 권유에 의해서 사천왕사지를 국가에 기증하였다.

그리고 낭산 중생사 서편 요사 뒤에 소재한 지장단, 마애 지장보살 성상을 초우 황수영 박사의 향도로써 문화재위원장을 위시로 한 제위원의 만장일치로 국가지정문화재 보물 제665호로 지정을 받았다.

그리고 신라 해동 전통적 화엄초조 의상조사의 출가삭발본산인 낭산 황복사(皇福寺)가 폐허가 되어 신라 3층 석탑 국가지정문화재 국보 제37호만 남았는데, 이 도량이 개인의 소유로 되어 있어서 경상북도 경주시 구황동 102번지 전(田) 122평, 103번지 전(田) 191평, 87번지 대지(大地) 210평, 총 3필지 523평 1,725m²를 도량화 하였다.

그리고 경상북도 경주시 남산동에 소재한 칠불암 국가지정문화재 보물 제199호와 신선대 보물 제200호 성지를 불심도문 지도법사의 문인이 관리하고 있다.

그리고 용성진종 조사 유훈 10사목 가운데 제6사목 신라천년고도 경주 남산중 고위산 천룡사 폐허성지를 잘 가꾸어 호국 호법도량으로 가꾸라는 유훈에 따라서 천룡사지가 폐허가 되어 한 마을이 형성이 되어 민간인의 소유가 되어 있는 것을 신라 천년고도 경주 남산중 고위산 천룡사 제4차 확장불사를 성취하기 위하여 경상북도 내남면 용장리 887번지 대지(大地) 278평을 위시로 하여 농가(農家)와 민가(民家)의 대지(垈地), 전(田), 답(畓), 임야(林野) 등 총 50필지 59,093평 195,006m²를 구입하여 도량화 하였다.

용성진종 조사 유훈실현 후원회에서 경비를 조달하는 조건으로써 동국대학교 총장 초우 황수영 박사와 그의 수제자 호불 정영호 박사의 노력으로써 국립경주문화재연구소에서 천룡사지 발굴조사를 마치고 발굴조사 보고서가 발간되었다. 그리고 신라 3층 폐석탑을 복원하여 신라 3층 불사리석탑을 복원불사하여 계유년

(서기 1993년) 12월 9일자로 국가지정문화재 보물 제1188호로 지정을 받았다. 또한 석가여래부촉계대법 제75세 용성진종 조사의 유훈(遺訓)과 교시(敎示)에 따르고, 그의 상좌 겸 수법제자이신 동헌 완규 조사의 교시(敎示)에 따라서, 그의 상좌 겸 수법제자인 불심 도문 법사는 83갑자 기묘년(서기 1999년) 음력 5월 8일 용성진종 조사 탄생 제135회의 날에 용성진종 조사 유훈실현 후원회 불심 도문 지도법사, 묘법 수승행 한명옥 제4대 회장, 여법 성지화 조영주 화주겸 고문, 보리 관음주 김희자 화주 겸 고문을 위시로 해서 5백여 명의 4부대중이 운집하여 용성진종 조사께서 원적(圓寂) 1년 전에 조성하여 놓으신 소범종을 타종하면서 동북간방 소녀형국 해동 대한민국(東北艮方少女形局海東大韓民國) 8백년 대운(大運)의 문호(門戶)를 열었던 것이다.

그 25년 후 83갑자 갑진년(서기 2024년) 음력 5월 8일 용성진종 조사 탄생 제160회의 날에 석가여래부촉계대법 제75세 용성진종 조사 탄생가활만인성지(龍城震鍾祖師誕生可活萬人聖地) 대붕포태지지(大鵬胞胎之地) 백두대간 중심지(白頭大幹中心地) 장안산하 죽림촌(長安山下竹林村)에서 대한민국(大韓民國) 8백년 대운(大運)의 문호(門戶)를 고정확정(固定確定) 짓기 위하여 민족대표 1만여 인이 운집하여 총귀다라니를 염송한 뒤 용성진종 조사께서 제시한 예불문을 본으로 하여 예불을 올리면서 대한민국 8백년 대운의 문호를 고정확정 지으라고 교시(敎示)를 하였던 것이다.

이 교시를 실행한 다음해인 83갑자 을사년(서기 2025년) 음력 5

월 8일 용성진종 조사 탄생 제161회의 날로부터 거 사바세계 차사 천하 남섬부주 동양 동북간방 소녀형국 해동 대한민국(據娑婆世界 此四天下南贍部洲 東洋東北艮方少女形局海東大韓民國) 전 국민은 한결같은 마음으로 능히 모든 악업(惡業)을 짓지 아니하고, 능히 모든 선업(善業)을 쌓으면서, 불도(佛道)를 수행(修行) 하여지이다.

이러한 공덕으로서 인간세계와 제일 인연이 깊은 도량교주 관세음보살, 유명교주 지장보살을 위시로 한 25화신 보살님들이 대한민국 가가호호에 선남자 선여인으로 태어나서 보살국토가 이루어지이다.

세계만방 각 국가의 통치자들을 이 화신보살님들이 자리(自利)의 6바라밀(六波羅蜜), 이타(利他)의 4바라밀(四波羅蜜)과 자비(慈悲), 복덕(福德), 청정(淸淨), 진실(眞實), 지혜(智慧)로 교화(敎化)하여 이 세계 각국의 통치자(統治者)들을 잘 다스리는 대통치자(大統治者)가 되어서 성불인연(成佛因緣)을 짓도록 교화(敎化)해서 세계 각국 전인민이 동북간방 소녀형국 해동 대한민국(東北艮方少女形局海東大韓民國)을 진리의 조국으로 섬길지어다. 의 발원(發願)의 서원(誓願)이나이다.

이 유훈(遺訓)과 교시(敎示)를 실현하기 위하여 석가여래부촉계 대법 제75세 용성진종 조사 탄생가활만인성지 대붕포태지지 백두대간 중심지 장안산하 죽림촌을 성역화하기 위한 단계로 용성진종 조사 탄생성지 생가 터가 민간인의 소유로 전락이 되어 있었던 것을 용성진종 조사 유훈실현후원회 용천 박시민 최고고문, 묘법 수승행 한명옥 제4대 회장 내외분과 대광 유종혁 고문, 보련화 임강자 고문 내외분과 불심도문 지도법사를 위시로 한 법사단, 고문진, 회장단, 화주진 등이 성심성의를 다 하여서 용성진종 조사 생가 터를 구입하고, 그 주위 민가 10여 호를 구입한 것을 위시로 해서 대지(大地), 전(田), 답(畓) 총 40필지 4천여 평 13,200m²를 구입하였다.

　이러한 바탕 위에 대한민국 광복회 효암 유홍수 사무총장님과 불심도문 지도법사와 묘법 수승행 한명옥 제4대 회장, 대광 유종혁 고문, 보현 김상두 장수군수, 보광 신봉수 문화복지과장, 선광 장문엽 장수군 군의회 부의장과 뜻있는 4부대중의 노고에 의하고, 특히 광복회 효암 유홍수 사무총장님의 노고에 의해서 국가보훈처 산하 사단법인 독립운동가 백용성 조사 기념사업회의 인가를 받아 그 명의로써 장수군 군비, 전라북도 도비, 국가보훈처 국비와 부족금은 용성진종 조사 유훈실현 후원회 후원금으로 보충해서 4천여 평의 도량 위에 용성조사 생가를 복원하고 대웅보전, 승방요사, 용성교육관, 용성기념관, 1층 충의원통문 새로 조성한 범종, 법고, 목어, 운판을 모시는 2층 범종법고루, 1층 종무소 2층 귀빈실 행당, 해우소 건립 도량화 하여서 용성진종 조사의 유훈(遺訓)과 교시(敎示)와 그의 상좌 겸 수법제자인 동헌완규 조사의 교시(敎示)에 의하여 그의 상좌 겸 수법제자인 불심도문 지도법사는 법사단, 고문진, 회장단, 화주진, 뜻있는 회원 등과 함께 이 죽림촌에 죽림정사 성역화불사 추진 수월도량을 이룩하여 이에 관한 만반준비를 하여 놓았다.

뿐만아니라 삼계도사 사생자부 시아본사 석가모니여래 부처님께서 탄생하신 네팔 룸비니원 국제사원 구역 내 한국사원을 건립하기 위하여 UN산하 룸비니개발위원회로부터 한국사원 건립을 위한 첫걸음이 룸비니개발위원회로부터 99년간 부지임차조인을 하여야만이 대작불사를 시작할 수가 있게 되었다. 이리하여 불심도문 지도법사는 용천 박시민 최고고문, 묘법 수승행 한명옥 회장 내외분과 동국대학교 교수 부설 사철조경연구소 소장 운경 홍광표 박사와 한국의 삼부토건에서 룸비니 국제사원 구역 도서관 건립 중에 있었다. 삼부토건 채희복 부회장님이 운경 홍광표 박사의 외숙부이기 때문에 연결을 짓고 네팔 룸비니원 국제사원 구역 내 도서관을 건립하고 있는 네팔 삼부토건 지부가 네팔의 수도 카투만두 녹다 산 룸비니개발위원회 고문의 소유인 빌딩에 세를 들어 있었다. 운경 홍광표 박사님이 이러한 관계에 의해서 녹다 산 룸비니개발위원회 고문님은 네팔왕국 마힌드라 국왕의 비서실장과 문화부 장관을 역임한 녹다 산 박사가 룸비니개발위원회 초대 위원장을 역임한 바가 있는 녹다 산 고문이 사실상 룸비니개발위원회의 실권자였다.

이리하여 용천 박시민 최고 고문과 묘법 수승행 한명옥 제4대

25+10=X

회장 내외분이 설계도 시주와 3억 원 특별시주가 기초가 되어서 서울 종로 봉익동 대각사 신도회 관음행 나경화 고문의 차녀 영국 유학생 남정임 양이 겨울방학 철에 국내에 들어왔다가 안타깝게 교통사고가 나서 사망하였는데 그 보상금 2억 8천만 원의 시주와 대원경 박귀선 고문의 2억 원의 특별시주, 대심행 전연심 고문의 1억 5천만 원의 특별시주 후원금으로 동국대학교 부설 사찰조경 연구소 소장 운경 홍광표 박사님이 채희복 부회장의 수하에 박대목 과장 실무자와 손을 맞잡고 녹다 산 룸비니 개발위원회 고문과 함께 끈질긴 노력 끝에 을해년 서기 1995년 2월 27일에 UN산하 룸비니 개발위원회로부터 룸비니 국제사원 구역 내 한국사원 부지 임차조인을 봉행하였다. 한국 우리 측 대표는 승려로서는 불심도문 지도법사, 신도대표로서는 백용성 조사 유훈실현 후원회 제4대 수승행 한명옥 회장, 룸비니 대성석가사 건립 총 책임자로서는 동국대학교 교수 부설 사찰조경연구소 소장 운경 홍광표 박사가 대표가 되어서 불타 탄생성지 룸비니원 국제사원 구역 내 한국사원인 대성석가사 부지 WC-3(160X160, 7,748평, 25,568m^)를 99년간 임차조인을 하게 된 것이다. 추가로 룸비니 개발위원회 측과 대성석가사 측이 대성석가사 법당 WC-3부지의 뒤인 WC-14(80X80, 1,936평, 6,388m^)와 그 옆의 WC-18(80X80, 1,936평, 6,388m^)의 제2차 부지임차조인을 성사시켜 총 11,616평, 38,332m^의 도량에 대웅보전(大雄寶殿)과 제1요사 대성무우수당(大聖무우수당), 제2요사 대성마야부인당(대성마야부인당)과 선원과 염불당, 강원과 율원의 총림(叢林)으로 건립하기 위한 토대를 확고히 마련하였다. 동국대학교 교수 부설 사찰조경연구소 소장 운경 홍광표 박사는 동국대학교 총장에게 한국불교를 세계화 하기 위하여 불타 탄생성지 네팔 룸비니원 국제사원 구역 내 한국사원 대성석가사 건립을 위하여 2년간 교수직을 휴직하고 모든 직책도 내려놓았으며 동국대학교 부설 사찰조경연구소 연구원 2인도 2년간 휴직을 하고 삼부토건과 손을 잡고 함께 이에 이바지하기로 하였다.

그리하여 용성진종 조사 유훈실현 후원회 대성자 최사달 초대 회장과 대각심 임태순 초대 부회장, 전 문교부 장관 화곡 서명원 박사 내외분과 최응봉 변호사의 부인이신 대각행 도정순 초대 총무님이 모두 함께 학창시절의 동기동창생들과 연결을 지어서 한국 재벌 열 분과 의논을 하여 한 기업총수마다 10억 원씩 특별시주로 확약을 받고 1백억 원 기금으로 운경 홍광표 박사에게 후원을 하여 삼부토건과 계약을 체결하려고 하였다.

호사다마(好事多魔)로 각현 법신스님이 목숨을 걸고 용성진종 조사 유훈실현 후원회 대성자 최사달 초대회장이 불심도문 지도법사의 어머니이시기에 그를 찾아가 자기 자신이 용성진종 조사의 유훈을 실현하기 위하여 룸비니 국제사원 구역 내 한국사원 대성석가사 건립의 총책임자가 되게 하여 달라는 강력한 요청으로 생명을 건 막다른 지경에 이르렀다. 이리하여 백용성 조사 유훈실현 후원회 대성자 최사달 초대 회장과 제4대 수승행 한명옥 현 회장과 깊은 시름 끝에 각현 법신스님의 자살방지를 위하여 한국재벌

열 사람의 힘으로 하지 말고, 만인동참의 힘을 빌려서 운경 홍광표 박사의 총 책임자를 취소하고 각현 법신스님을 총 책임자로 해서 각현 법신스님 대성석가사 주지발령을 불심도문 지도법사에게 강력히 요청하였던 것이다.

어안이 벙벙한 불심도문 지도법사는 각현 법신스님은 경북대학교 사학과 출신인데, 건축의 건(建)자도 모르는 자를 어떻게 총 책임자로 낼 수가 있으며, 홍광표 박사가 어머니 젖먹는 힘을 다 기울여서 2년간 휴직까지 하고 그 사찰조경연구소 연구원 제자 2인까지도 휴직을 하고, 또 당고모부 화곡 서명원 박사, 당고모인 대각심 임태순 내외분과 최응봉 변호사의 부인이신 대각행 도정순 초대 총무님의 끈질긴 노력 끝에 대한민국을 움직이는 재벌총수 열 분에게 10억 원씩을 시주받아서 삼부토건에서 계약을 하려는 찰나에 말도 안 되는 일이라고 하였다.

현장에서 이 말을 들은 대각심 임태순 초대 부회장은 머리가 아파 집으로 돌아가는 순간에 한쪽 팔이 마비가 와서 반신불수가 되었다는 연락을 받았다. "불심도문 법사여, 불효자가 되어서 대성석가사 창건 공덕주가 되시렵니까. 효자가 되어서 법신 상좌의 자살을 방지해서, 용성진종 조사의 유훈이 만인 동참의 유훈이요, 교시이기 때문에 성공하고 성공하지 못함의 유무를 이야기 하지 말고 그 과정이 중요하지 않습니까. 대각심 임태순은 지도법사 스님의 반발하는 소리에 반신불수가 되고 본인은 하직할 준비를 하렵니다."

이에 불심도문 지도법사는 하늘을 보고 대성통곡하면서 어머니 말씀을 따르겠다고 하고, 운경 홍광표 박사를 총책임자에서 물러나게 하고 각현 법신스님을 대성석가사 총책임자로 발령을 하였다.

　이리하여 네팔의 실정을 모르는 각현 법신스님이 녹다 산 룸비니 개발위원회 고문이 천거한 네팔기업과 계약체결을 하려고 하였던 것이다. 각현 법신스님은 내부의 일을 담당하고, 외부의 일을 담당하러 간 법광 양진교 법사가 외교에 능하므로 한국기업인 한국기업 코네코 정현일 사장을 통해서 네팔 카투만두에서 네팔 정부와 손잡고 공항 공사를 진행하였던 유명한 기업인이 알아본 결과 녹다 산 고문이 천거한 네팔기업은 부도가 날 지경에 있다는 것을 알고, 법광 양진교 법사와 각현 법신스님이 함께 네팔 룸비니 개발위원회 대성석가사 건립으로 함께 떠나서 모든 외교는 법광 양진교 법사가 담당하였다.

　법광 양진교 법사가 한국기업 네팔 카트만두 소재 코네코 정현일 사장님과 의논한 결과 각현법신 대성석가사 주지 발령받은 스님은 재력(財力)이 없으므로 그를 보고 건축자재를 공급해 줄 수가 없으니 그의 스승이신 불심도문 법사와 담판을 지어서 대성석가사 건립의 자금조달을 할 수가 있다고 허락을 받으면, 코네코 회사에 인도출신 사다난단 건축기술담당 총 책임자가 있으니 그 총 책임자의 급료를 주고, 그로 하여금 건축 책임 총 감독을 시켜서 어느 회사에 의뢰하지 말고, 모든 뒷받침을 코네코에서 할 것이니까,

25+10=X

대성석가사 사찰 측에서 직접 경영하는 것으로 하고, 건축자재를 공급할 때마다, 꼭 송금할 수 있는 조건이라면 지원하겠다고 하였다.

그리하여 법광 양진교 법사가 코네코 정현일 사장과 윤성례 부인과 함께 불심도문 법사를 신라 천년고도 경주 남산중 고위산 천룡사지 조실방에 방문하여 대화를 하였던 것이다.

결국 네팔 카트만두 소재 코네코 정현일 사장님과 계약체결을 하고 그 요청대로 다 들어주고, 실행을 하자고 하였다. 그 후 얼마를 지나서 코네코 정현일 사장 내외분이 수승행 한명옥 회장에게 국제전화가 오기를 일이 아주 난처하게 되었다는 내용이었다. 그 내용은 녹다 산 고문이 소개한 네팔기업인과 녹다 산이 손을 맞잡고 방해공작으로서 각현 법신스님을 네팔에서 한국으로 추방하려는 추방운동을 전개하는 중이라서, 이 문제를 추방당하지 않도록 불심도문 지도법사께서 네팔 카트만두와 룸비니 개발위원회와 그외 모든 외교를 통하여 해결을 보아 주어야만 코네코 정현일 사장이 물자와 인력을 지원할 수 있지, 그렇지 않으면 법신스님이 추방당할 위기라는 것이다.

할 수 없이 불심도문 지도법사는 수승행 한명옥 회장님과 함께 네팔 카트만두를 방문하여 녹다 산의 어마어마한 요구를 요구대로 응해주고, 각현 법신스님의 추방을 근절시키고, 룸비니 국제사원 구역 내 한국사원 대성석가사에서 직영을 하되, 모든 기술과 자재 공급을 카트만두 소재 코네코 정현일 사장님이 담당하여 대성석가사 대웅보전, 제1요사 대성무우수당과 제2요사 대성마야부인당 건립을 하기에 이르렀다.

그리고 초창기에 불심도문 법사가 가지고 있는 모든 재력을 다 쏟아 네팔 카트만두 소재 코네코 정현일 사장님께 주어서 제1요사를 건립하게 되고 이어서 국내 국외의 뜻있는 사부대중의 만인동참으로 불사가 진행이 되게 되었던 것이다.

이러한 가운데, 평택 덕동산 명법사 회주이신 법장당 화정스님이 그 은사인 명법사 주지 순형 큰스님을 위시로 한 신도대표 등 수십 명이 대성석가사 건립 현장에 가서 건립 후원금을 보시하고, 이에 따라 법장당 화정 큰스님은 명법사 중창불사에 헌신하는 입장에서 비행기를 탈 수 있는 건강이 되지 아니하여, 연속적으로 룸비니 국제사원 구역 내 한국사원 대성석가사 제1요사 대성무우수당 건립과 대웅보전 건립과 제2요사 대성마야부인당 건립에 20여 년 동안 크게 이바지 하였다.

또한 법장당 화정 선지식 큰스님의 향도아래 중앙대학교 총장 박범훈 박사의 지휘와 김성려 교수를 위시로 해서 박범훈 박사의 제자 등이 출연한 용성음악회를 5회에 걸쳐 열어, 이 입장료 수익 전부와 그외 여러 후원을 합쳐 불타 탄생성지 룸비니원 국제사원 구역 내 한국사원 대성석가사 건립에 수차에 걸쳐서 20억 6천여 원을 흔연 보시하였던 것이다.

뿐만아니라 법장당 화정 선지식 큰스님은 불심도문 법사의 건강을 위해 1억 원을 특별시주를 하였고, 20여 년 동안 불심도문 법사 법회초청, 49재 설법 등 초청 법사로서 개인보시를 하여 주셨던 것이다. 그리고 전국을 다니면서 설법을 하고 국내 국외 용성진종 조사 유훈실현을 위한 활동에 있어서 스타렉스 리무진을 구입해 차중에 앉아서 좌선하도록 만들어주고 누워서 와선할 수 있게 배려해 주는 등 대공덕주 용성진종 조사 유훈실현을 뒷받침한 대선지식이라 할 수 있다.

그뿐 아니라 용성 세미나에 1억 2백 8십 8만 원과 신지견 작가의 용성진종 조사 일대기 소설 발간에 있어서 1억 원의 특별시주와 BTN 불교TV 용성 다큐 제작에 5천만 원 특별시주를 하였다. 그리고 용성진종 조사 장학재단 설립을 5억 2천만 원을 들여 설립하고 용성 장학재단 창립 초대이사장으로 활동하며 용성 장학금 5천여 만 원을 승가대학 학인스님과 지역 학생들에게 장학금으로 증정하였다. 평택 덕동산 명법사 중창회주 법장당 화정 선지식 스님께서 불심도문 법사에게 "소납이 강물의 경지에 있을 때는 용성진종 조사 유훈실현을 하고 있는 불심도문 법사를 도와드리고 있구나 이렇게 마음을 먹었었는데 바다의 경지에 이르고 보니 아하! 용성진종 조사와 동헌완규 조사와 불심도문 법사가 법장화정 소납의 일을 먼저 하고 계셨습니다. 바로 이것이 소납의 일이었습니다!"라고 말씀하였다고 한다.

그리하여 이 불심도문 법사는 '아하 법장화정 선지식 스님은 자기 몸에 걸리지 아니하는 사무애(事無礙)의 경지요, 마음에 걸리지 아니하는 이무애(理無礙)의 경지이며, 몸과 마음에 걸리지 않는 이

사무애(理事無礙)의 경지에서 경계를 대할 때마다 그 경계에 걸리지 아니하는 사사무애(事事無碍)의 경지에 이르른 무애도인(無礙道人)임을 증명하였던 것이다. 그러기에 시아본사 석가모니 부처님이 탄생하신 룸비니원 국제사원 구역 내 한국사원 대성석가사 창건 공덕주는 녹다 산 룸비니 개발위원회 고문이고, 동국대학교 교수 부설 사찰조경연구소 소장 운경 홍광표 박사이며, 용천 박시민 최고고문, 수승행 한명옥 제4대 회장 내외분이며 평택 덕동산 명법사 법장당 화정 회주 선지식 스님이심을 밝히는 바이다.

제10사목

안으로 수행(修行)은 비묘엄밀(秘妙嚴密)하게 하고 교화(敎化)는 중생(衆生)의 근기(根機)를 따라 하되 악(惡)한 이나 선(善)한 이를 가리지 말고 인연(因緣) 따라 승려(僧侶)를 만들고 잘난 이나 못난 이를 가리지 말고 인연(因緣) 따라 신도(信徒)를 삼아 찬양(讚揚)도 받으면서 비방(誹謗)도 함께 받아 모두 다 수용(受用)해서 묘법연화경(妙法蓮華經) 제20 상불경보살품(常不輕菩薩品)의 상불경보살(常不輕菩薩)님의 수행(修行)을 본받아 성불인연(成佛因緣)을 지어 나아가라.

차례

—

서문 … 003

용성진종 조사 유훈10사목 … 006

귀와 입이 재앙이다 … 039

판치생모 … 065

향상일로 … 097

마음의 그림자 … 125

대한제국 현주소 … 156

주먹으로 닦는 눈물 … 201

앞은 무엇이고 뒤는 무엇인가 … 241

25+10=X

친일의 뿌리 ··· 292

조선 글 화엄경 ··· 331

하늘은 맑고 숲은 푸르다 ··· 359

삼밭 위에 한가히 눕다 ··· 372

작가의 말 ··· 380

신지견 장편소설

25+10=X

3·1독립, 33인을 이끈
백용성

불교신문사

귀와 입이 재앙이다

국새부터 챙긴 대왕대비가 전교를 내렸다.

"흥선군 둘째 아들 이명복을 익종대왕 대통을 잇게 하라!"

33세 한창 나이인 철종이 숨을 거두기 바쁘게 '나라의 안위가 시각을 다툰다'는 구실을 내세워 영중추부사(領中樞府事) 정원용에게 명했다. 대비는 '망극하고 감당할 수 없는 일을 당하고 나니 원통한 생각뿐'이라는, 수식어가 없는 것은 아니었으나 안으로는 노여운 기색이 역력했다. 그것은 과거 경험으로 되새겨진 제일신호계 (第一信號系)랄까. 기를 쓰고 노력해도 이룰 수 없었던 무력감, 그런 회한의 노정을 밟아 여기까지 왔다. 백성들은 딸이 못나면 두 사돈이 망하지만, 왕실은 왕비가 못나면 왕권이 농단 당한다. 순간 대비의 머릿속에 안동김씨 척신들 얼굴이 빠르게 스쳐갔다.

어찌 되었든 정원용은 원상을 맡아 관현(운현궁)으로 가 이명복에게 언문교서를 전했다. 이명복은 곧 왕위에 올라 조선왕조 제26대 고종이 된다. 흥선군에게 첫째 아들이 없는 것은 아니었으나 열두

살 난 둘째 아들을 고른 것은 왕권을 농단한 척신들을 혁파하기 위한 섭정을 염두에 둔 결정이었다. 흥선군은 곧 대원군이 되었다.

국제정세는 유럽을 위시해 선진지역에서 민주주의 혁명, 민족국가 형성, 자유주의 개혁이 잇따라 일어났다. 그럼에도 조선은 나라 밖에서 밀려오는 '쓰나미'의 물결을 읽지 못했다. 쇠똥구리처럼 국제정세에 깜깜한 유가들이 발등에 떨어진 불만 보고 염통 곪는 줄 몰랐다. 조선왕실의 판세는 아래로 내려갈수록 항아리 속의 개구리였다. 선진문명의 자유주의 개혁이란 불길이 가까이 다가오고 있음에도, 그간 생선은 안동김씨가 먹고 왕실은 비린내만 맡아온 격분의 기세가 맹렬히 칼을 갈았다. 이것이 근시안이다. 항아리 속의 개구리들이 갈피를 못 잡고 죽음을 무릅쓴 채 제자리만 뱅뱅 돌았다.

덕유산에서 지리산으로 이어진 백두대간 중간에 우뚝 솟은 산이 장안산이다. 동남쪽으로 뻗어 내려온 산자락에 죽림촌이 있다. 밀양 손씨를 아내로 맞은 백남현이 죽림촌에서 살았다. 하루는 꿈을 꾸는데, 눈썹이 하얀 고승이 찾아와 마음에서 마음으로 이어져온 '석가여래의 한 생각'이란, 자신의 생각과는 엉뚱한 이야기로, 조선조에 들어와 '실상무상 비밀의 법[dhrma]'이 실낱처럼 가늘가늘해졌다는 것이다. 바로 이 집에서 지혜의 눈을 가진 아이가 태어나 깨달음을 열어 후세에 이어줄 것이라는 이야기를 들려주었다. 한데 같은 꿈을 백남현만 아니라 손씨도 꾸었다.

고종 원년(1864) 5월 8일 한 아이가 태어났다. 아이는 건강했고, 엄마나 아빠를 조금도 번거롭게 한 적이 없었다. 백남현은 아이의 이름을 형철이라 부르다가 곧 상규로 바꿔주었다. 아빠한테 『천자문』과 『동몽선습』을 배울 때는 사고와 감정이 합리적이고 착하기 그지없는 아이였다. 그러던 아이가 아버지 백남현을 따라 장안산과 백운산 사이를 흐르는 백운천으로 고기를 잡으러 갔다. 아버지가 고기를 낚아 살림망에 넣자, 고기가 하얀 배를 물위에 내놓고 뻐끔뻐끔 물을 마셨다. 저러다 죽으면 어쩌지? 짠하고 불쌍한 생각이 들어 살며시 꺼내 도로 물에 놓아주었다. 이와 같은 아이의 주관적 태도는 아버지 입장에서 착한 아이가 아니라 아빠 말을 안 듣는 삐뚤어진 모습으로 비쳤다. 서쪽으로 해가 기울어 백남현이 집으로 가려고 살림망을 들어보니 빈 망태기였다.

햐, 요놈 봐라! 눈을 부릅뜨고 아이를 바라보았다.

"고기를 다 어디에 감췄느냐?"

"그냥 살려 주었어요."

이런 못된 놈, 종아리를 때려 주려고 회초리를 찾았다.

"살림망 고기가 살려 달라고 애원해 놓아주었어요. 아버지, 용서해 주세요."

회초리를 찾던 백남현은 그 말에 예사 아이가 아니다싶어 물끄러미 바라만 보다 집으로 돌아왔다. 이듬해 봄이었다. 아이는 엄마를 따라 산으로 나물을 캐러 갔다. 엄마가 고사리를 꺾자 손목을 꼭 잡았다.

"엄마 꺾지 마."

손씨가 아이를 바라보았다

"고사리가 피를 흘리잖아. 거 봐! 고사리 피는 끈적거린 물이야."

손씨는 나물 캐는 일을 그만두고 집으로 돌아왔다. 품안에 있을 때 여느 아이처럼 사고와 감정이 합리적 기능을 보이더니 여섯 살 무렵부터 감각과 직관이 평형유형으로 바뀐 듯했다. 이것을 '내향적 직관형'이라 하던데, 직관기능이 객체가 아닌 내적세계로 향해져 있음을 말했다.

어쨌든 아이는 난세에 태어났다. 난세란 정치가 어지러워 살기 힘든 세상을 말한다. 백성들이 느끼는 왕실 이데올로기는 봉건적 착취로 사회적 모순이 전면화되어 나라는 황혼이 깃들기 시작했다. 하나 사람은 난세든 태평성대든 꿈을 가지고 있다. 난세에는 나름대로 가진 꿈에 무질서가 활개를 친다. 이와 같은 난세에 상규는 서당에 들어가 '사서오경'을 배웠다.

그러던 어느 날, 서당을 찾아온 낯선 서생이 시를 읊었다.

가란타(Kalanda) 수행자가 새벽별에 계신다고 들었지
그분이 계신 사원은 하늘을 3백 유순(yojana) 가야만 있다.
이 수행자가 언제 태어났는지 햇수는 알 수 없고
손수 심은 푸른 소나무가 이제 열 아름이 넘는다.
聞有胡僧在太白 蘭若去天三百尺
此僧年紀那得知 手種靑松今十圍

상규는 머릿속이 번쩍했다. 밝음을 알려면 어둠을 본 뒤 그 어둠을 벗어나야 한다. 생각이 내향적인 상규는 직관과 감각이 점점 평형유형으로 뻗어나갔다. 서생의 시는 천자문, 동몽선습…, 논어, 맹자…, 시경, 서경…, 예기, 춘추로 이어져 수직으로 쌓아올린 지식으로는 감을 잡을 수 없는 내용이었다. 상규는 하늘과 땅이 처음 이루어졌을 때[天瑞]를 설명한 열자의 이야기가 생각났다. '하늘이 덮기는 하나 싣지 못하고, 땅이 싣기는 하나 덮지 못한다' 그렇다면 우리가 성인으로 받드는 공자·맹자는 어떤가. 열자의 이야기에 의하면 그들은 무엇이나 할 수 있는 능력이 없다는 것이고, 우주의 삼라만상 역시 효용성이 없다고 말했다.

　그러면 나는 무엇인가. 상규는 골똘해졌다. 무한히 넓은 하늘이라는 빈 공간을 향해 감각과 직관이 쭉쭉 뻗어나갔다. 회남자는 "그야말로 무한한, 형태 없는 혼돈 같은 데서 하늘과 땅이 생겨났다는 것이다. 거기에서 질서를 이루어 역학적으로 기본적 물질의 양[質量]이 생겼고, 그 가운데 두 개의 상반된 음과 양이 만물을 생성한다."고 말했다.

　상규는 그 말에 '아! 그렇구나' 하면서도 꼭 집어 마침표를 찍을 요량이 생기지 않았다. 마침표를 찍기에는 무엇엔가 스스로 속박되어 있는 것 같았다. 속박의 내용은 난 이게 좋아, 저건 싫어, 아니야 좀 더 많은 것을 알고 싶어, 아니 더 많은 것을 갖고 싶어…. 이런 것들이었다. 이게 직관을 가로막고 있어서 순수한 주의집중을 방해한다고 생각했다.

그때 훈장님이 서당 학동들을 불러들였다.

"시를 한 수씩 지어 오너라!"

"시제가 무엇입니까?"

한 학동이 물었다.

"합죽선(合竹扇)이다."

학동들이 마루로, 마당으로 나가 먼 하늘을 보면서 시상을 다듬느라 서 있기도 하고 더러 달팽이걸음으로 왔다 갔다 하는 애들도 있었다. 상규는 순수한 주의집중을 해보려고 골몰해왔던 터라 생각이 얼른 떠올랐다. 그래서 붓을 들었다.

합죽선을 훨훨 부치니

동정호의 바람을 몰아오는구나.

大撓合竹扇

借來洞庭風

훈장님이 상규의 시를 보고 깜짝 놀랐다. 합죽선도 부채니까 훨훨 부치면 바람이 인다. 그런데 청나라에 있는 동정호 바람을 몰고 온다는 구절은 보통 아이로서는 상상을 뛰어넘는 착상이었다. 동정호 칠백 리 당나귀를 타고 간다 하면 말이 될는지 모르지만, 아무리 시라고 해도 합죽선은 부채의 이름이고 동정호는 크고 넓은 중국 호수의 이름이다. 한데 호수의 푸른 물결에 합죽선의 바람을 연결시킨 시적 착안은 아무나 생각해낼 수 있는 그런 것이 아니었다. 남다른 머리가 아니고는 나올 수 없는 시적 이미지랄까.

상규는 그 뒤로도 직관적이고 감정이 매우 섬세한 즉흥시를 곧장 읊었다. 한번은 여자아이가 꽃을 꺾어 손에 들고 있는 것을 보고, '꽃을 꺾어 손에 드니, 마음속의 춘정이 꿈틀거리는구나.' 그 무렵 상규는 육체적 정신적 인지의 변화[puberty]가 시작된 때였다.

말하자면 정서적으로 민감한 시기였는데, 어머니를 여의었다. 상규는 허탈이라기보다 상실감에 빠져 있었다. 거기에 허무의식까지 더해졌다. 도대체 사람이 태어나 산다는 것, 이것이 뭔가. 서당에 다니며 학문을 닦는다는 것, 그것 또한 하릴없는 짓으로 여겨졌다.

그러던 어느 날 서당에서 돌아오니 아버지가 처음 보는 손님을 맞아 어머님의 타계에 대한 위로의 말을 들으며 술잔을 나누고 있었다.

"이리 올라와 인사드려라."

마루로 올라가 절을 하니 손님이 아버지를 보고 물었다.

"내가 여길 떠난 뒤 낳았다는 아들인가?"

"그렇네…."

"허생원님이시다. 예전에 이 아래 동네에 사셨는데, 지금은 남원으로 이사해 남원에서 사신다."

상규는 아버지의 목소리도 손님의 목소리도 귀에 들어오지 않았다.

"얼굴이 준수하구나."

손님이 아버지를 쳐다보았다.

"예전 정조대왕 치세 때 전라감사로 내려온 이공[李書九]이 요 앞 도주막에 앉아 자네 집터를 보고 '소가 누워있는 형국이다, 허! 대도인이 나올 자리로구나' 그러고는 예를 갖춰 절을 올렸다는 이야기 알고 있는가?"

"그야 꾸며낸 이야기겠지."

"아닐세, 자네 아들놈 얼굴이 범상치 않아."

상규는 듣는 둥 마는 둥 슬며시 자리를 피했다.

그때는 고종이 즉위하고 대왕대비가 수렴청정했으나, 실권은 흥선대원군이 쥐고 흔들었다. 안동김씨 척신들을 내쫓기 위한 합작품이었으니 물론 손발이 척척 맞아 돌아갔다. 하나 1860년을 전후해 외국 이양선이 근해에 자주 나타났고, 천주교 교세가 확장되면서 봉건체제를 위협했다. 거기에 가혹한 조세수탈과 관료들 부정 탐학의 오랜 적폐로 경상도 단성에서 시작되어 진주, 상주 등 20개 군현, 전라도 장흥·익산·함평·제주 등 37개 군현, 충청도 공주·은진·회덕 등 12개 군현, 함경도 함흥, 황해도 황주, 경기도 광주에서 농민항쟁이 그치지 않았다.

대원군은 집권 초부터 쇄국정책으로 맞섰고, 그동안 안동김씨 척신들에게 당한 왕권의 수모를 모면하기 위해 1867년 8살 때 아버지를 여의고 홀어머니 밑에서 홀로 자란 민치록의 딸을 고종의 비로 채택했다. 실추된 왕실의 위엄을 회복한다고 경복궁을 중건하면서 당백전을 발행해 통용했으나 그 민폐가 이만저만이 아니었다.

대원군은 청나라와 사대적 외교만 빼고 모든 대외의 채널을 차

단했다. 일본 메이지정부를 서양 오랑캐와 같은 무리로 여겨 전통적 교린관계마저 끊어버렸다. 똥구멍에 불송곳도 안 들어간다는 말은 고집만 센 뚱딴지같은 놈을 가리킨 말이다. 통보수 똥고집도 머리에 얄팍한 문자가 들어 앞뒤 안 돌아보고 쇠심줄 같이 질긴 오기를 빙빙 돌려 막말을 잘한다. 이런 사람이 나라를 다스리면 도랑 막고 고래 잡는다고 큰소리를 뻥뻥 때리지만, 실인즉, 앞문으로 들어오는 승냥이도 못 막고 뒷문으로 호랑이만 불러들인다. 척신정치에 치를 떤 대원군은 혈혈단신인 민비를 며느리로 맞았으나 얼마 안 가 갈등이 생겨 정치적 궁지에 몰렸다. 이리 되니 쇄국정책이 죽지 부러진 날짐승이 되었다.

나라 안에서는 민란, 나라 밖에서는 미국·영국·프랑스·러시아가 다 나서 군함에 신무기를 장착하고 "야, 때려 부수기 전에 빨리 문 열어!" 협박을 서슴지 않았다. 그 틈에 생쥐 같은 일본 사람들이 군함으로 부산항에 쳐들어와 무력시위를 벌였다. 그래서 1876년 '조일수교조규'라는 조선을 '호구'로 취급할 조약을 맺어 항구를 열었다.

나라가 오뉴월 마파람에 돼지꼬리 놀듯 할 때, 상규의 학문은 참득고 간득원(站得高看得遠)이라던가. 높이 서면 시야가 넓어 멀리 보여 눈앞에 이익만 보지 않고 다양한 시각으로 두루 있는 사물까지 정확하게 파악할 수 있는 식견이 갖추어져 갔다. 유가의 덕치주의는 말할 것 없고 도가의 무위사상, 묵가의 검약, 법가의 법치에 이르기까지 모두 통달했다. 주역에 이르면 더 많은 형이상학적 발

돋움의 발판이 되었다. '역(易)'자를 사물 형상으로 본떠 만든 글자로 보았을 때, 맑은 구슬 속에 눈깔 같은 것이 박힌 형상이다. 그런데 그 가운데 들어 있는 동공 같은 것을 파랗게 보면 파랗고, 노랗게 보면 노랗고, 까맣게 보면 까매 형형색색으로 변한다. 그것이 '날 일(日)'이라는 것이다. 이리 변화무쌍한 물체가 도마뱀 머리가 되어 기어간다는 것이다. '날 일'자를 머리에 이고 있는 도마뱀(易)이 없을 물(勿)자로 표기되어 글자 그대로 풀면 '날이란 없다' 이런 황당무계한 글자가 되었다.

상규는 고개를 갸웃했다. 전해오는 말로는 의사소통의 언어가 없고, 문자가 없을 때 성냥개비 같은 것을 이리 놓고 저리 놓아, 앞날을 예단해왔던 것이 나중에 자연과학과 생물과학을 연관시켜 확립한 이론서가 역(易)이라는 것이다. 역은 '매우 보편적인 형이상학적 개념을 가리키는가 하면, 극도로 개인적인 삶의 방식이나 통로'를 가리키기도 한다는 것, 거기에다 '시간, 장소, 상황에 따른 과정, 수단, 해결방식 등 근본적인 이치가 개인적 영감에 의해 여러 갈래로 헤아려 알아차리게' 하는 데 활용되어 왔다고 했다.

공자가 주역을 해설한 『계사전』을 읽던 어느 날 상규는 꿈을 꾸었다. 붉은 깃털의 수탉이 떼를 지어 하늘을 쳐다보면서 꼬끼오! 하고 울었다. 그때 상규는 '하늘이 도우면 상서로워 이롭지 않은 것이 없다'는 『계사전』 내용을 읽고 있을 때였다. '하늘이 돕는 것은 도리이고, 사람이 돕는 것은 진실함'이라 했다. 진실을 실천하면 성실함으로 이어져 어진 이를 숭상하게 되는데, 바로 그것이 '하늘이 도우니 상서롭지 않은 것이 없다'는 명언이다. 그렇다고 그 구절의 잠재의식이 꿈이 되어 붉은 닭들이 홰를 쳤다고 자신 있게 말할 수는 없었다. 어쨌든 상규는 꿈속에서 남쪽에 우뚝 솟은 산으로 발걸음을 옮겼다. 그 산에 잘 쌓은 성곽이 있고, 성문 안으로 들어가니 조그마한 암자가 있었다. 눈썹과 수염이 하얀 노승의 안내로 법당 안으로 들어갔더니, 여러 부처가 나란히 앉아 있고, 맨 왼쪽에 앉아 있는 부처가 상규의 손을 덥석 잡더니 손바닥에 '이(叺)'라는 글자를 써주었다. 이 글자를 널리 통용해 해석하면 입과 귀라는 뜻이고, 뒤에다 실사(絲)를 붙이면 '누에처럼 입을 뱅뱅 돌려 실을 뽑아낸다[叺絲]'는 뜻이 된다. 그때 범종이 꽝! 하고 울리더니 하늘이 부르르 떠는 소리가 들렸다. 상규는 깜짝 놀라 꿈을 깼다.

유가에서 '서쪽 오랑캐의 도'라고 하는 부처의 꿈이 웬 일인가. 어진 이를 숭상하면 하늘이 도와 상서롭지 않은 것이 없다는『계사전』의 구절을 읽다보니 이런 꿈을 꾸게 된 것일까. 상규는 여러 날이 지난 뒤에도 꿈속에서 본 암자와 부처가 머릿속에서 사라지지 않았다.

하루는 날을 받아 꿈속에서처럼 남쪽을 향해 길을 나섰다. 요천 상류를 따라 내려가다 유자광이 태어났다는 누른대삼거리에 이르렀다. 길이 두 갈래로 갈라져 어느 길로 가야 꿈에 본 산과 암자를 찾을 수 있을까 망설이고 있는데, 아랫길에서 유복에 동파관을 쓴 어른이 올라왔다. 자세히 보니 전에 뵌 적이 있는 허생원이란 분이었다.

"생원님, 오랜만에 뵙습니다."

다소곳이 인사를 드리니 얼굴을 쳐다보았다.

"가만있자, 네가 죽림리 백처사 아들이구나."

"네, 그렇습니다."

"허! 많이 컸구나."

등을 토닥여주었다.

"얼굴이 맑은 걸 보니 학문이 깊은 모양이네?"

상규는 쓸데없는 칭찬이다 싶어 우스갯소리로 응대했다.

"저는 날마다 거울만 깹니다."

"거울을 깨다니?"

"제 얼굴을 비춰보면 돼지가 나타난 것 같아서요."

"허! 이 녀석 말만 들어도 참새에 굴레를 씌우겠네…"

대번 말뜻을 알아듣고 허허 웃었다.

"어르신, 어디로 행차하시옵니까?"

"고향에 벗들이 궁금해 오랜만에 올라온 길이다."

"그럼 저희 아버님도 만나보시겠네요?"

"그야 물론이지."

"저를 만났다는 말씀은 드리지 마세요."

허생원이 의아한 눈으로 쳐다보더니 고개를 끄덕였다.

"암, 너만한 나이 땐 아무도 모르게 도모할 일이 많은 법이지."

이해하겠다는 뜻이었다.

"그런데 어르신, 이 주변에 혹 산성이 있습니까?"

"있지, 요 윗길로 조금 들어가면 교룡산에 처영대사가 쌓았다는 성이 있느니라."

"암자도 있습니까?"

"성문으로 들어가 조금 올라가면 임진란 때 승군이 진을 쳐 경상도에서 넘어온 왜적을 막았다는 절이 있다. 그 절이 승군들 진지였더니라."

"거기에 암자도 있나요?"

"산 정상 가까이 올라가야 있지 아마…. 그런데 네가 왜 암자를 찾느냐?"

"하도 답답해서 구경이나 하려구요."

허생원과 헤어져 누른대삼거리에서 윗길로 한참 올라가니 교룡산이 나왔다. 산성은 돌을 직사각형으로 다듬어 빈틈없이 견고하게 축조되었고, 옹성 안으로 들어서니 큰 돌을 다듬어 아치형으로 쌓은 성문은 여느 성과 같았다. 성문 위 전각은 없어졌고 느티나무 두 그루가 서 있었다. 안으로 들어서니 공적비 여럿이 '나래비'를 서 있었다. 그 앞을 지나 올라가니 꿈에 본 암자가 아닌, 신라 때 창건한 역사가 오랜 선국사라는 절이었다. 절 안으로 들어가 성 안에 암자가 있느냐고 물었더니, 젊은 수좌승이 위로 한참 올라가면 '덕밀암'이 있다고 알려 주었다.

덕밀암은 교룡산 정상 밀덕봉 아래 있었다. 입구에 당도하자 저절로 어—! 소리가 나왔다. 암자가 자리한 산자락과 주변 경관이 꿈에서 본 그대로였다. 암자 입구 위편에 우거진 대숲, 소리 없이 딱 엎드려 있는 것 같은 당우의 모습, 주변 나무들까지 낯설어 보이지 않았다.

상규의 발걸음이 저절로 법당 앞으로 갔다. 문을 열자마자 앗! 소리가 나왔다. 아니 이럴 수가! 눈에 들어온 부처가 꿈속에서 손을 덥석 잡아준 바로 그 부처였다. 이게 꿈이냐 생시냐? 상규는 놀랐다기보다는 어리둥절했다. 오른쪽으로 비스듬히 앉아 있는 모습까지 꿈에서 본 그대로여서 숨이 끊어질듯 가빴다. 유가에서는 부처를 '오랑캐의 도'라 하여 공자님이나 맹자님처럼 받들어 모시지 않는다. 법당 안으로 들어선 상규는 자기도 모르게 무릎을 꿇었다. 상규는 법당이란 곳을 처음 들어와 본 것이어서 유가의 예로 큰절을 올렸다. 석자(釋子)님도 공자님, 맹자님과 같은 성인 아닌가. 『계사전』에도 어진 이를 숭상하면 바로 그것이 하늘이 도와 상서롭지 않은 것이 없다고 하지 않았던가. 이상하게 가슴에 짚인 것도 없는데, 마음이 가뿐해지면서 차분히 가라앉았다.

그때 법당 문이 열리고 눈빛이 쏘는 듯 날카로운 노승이 들어섰다. 눈썹이 하얘 수염만 하얗게 길렀더라면 꿈속에서 법당을 안내해준 노승과 똑같아 보였다. 상규는 도둑질 하려다 들킨 사람처럼 자리에서 일어나 노승을 머쓱히 바라보았다. 유생들은 나이가 많고 아는 것이 아무리 많은 승려라도 먼저 절을 하지 않은 풍습이어서 우두커니 선 채 노승을 바라보았다. 법당 안으로 들어온 노승이 방석을 끌어당겨 가까이 앉더니 입을 열었다.

"거기 앉거라."

양반집 자제 차림이 분명함에도 반말이 툭 튀어나왔다. 저런 싸가지…, 식견이 높고 나이가 많은들 팔천에 든 상것이 양반한테 반말이라니…, 한마디 콱 쏘아붙일까 하다가 아니다. 저런 자는 유가의 격조 높은 언설로 입을 다시는 못 들썩이게 꽉 눌러놓아야 해, 그러고는 노승의 얼굴을 바라보니 눈빛이 해맑았다.

"이보시오!"

상규가 노승을 불렀다.

"입구 변에 귀이 한[呬] 자가 무슨 뜻이오?"

다짜고짜 부처가 손바닥에 써준 글자부터 물었다. 노승이 하얀 눈썹을 꼿꼿이 세우더니 대답했다.

"자네 천자문이나 읽어 봤나?"

"논어에 예기, 춘추까지 읽었수."

"그러고도 입구에 귀이 한 자를 몰라?"

어, 이거 봐라? 카랑카랑한 목소리가 귓속을 파고들었다. 졸지에 역습을 당한 상규는 눈을 부릅뜨고 노승을 쳐다보았다.

"그게 귓구멍과 입주댕이란 소릴세."

"…………?"

대답이 하도 황당해 말문이 막혔다.

"입구에 귀이를 했으니 입과 귀라는 것은 나도 압니다. 그래 그게 어떻다는 겁니까?"

"예기에 춘추까지 읽었다면서 그것도 몰라?"

또 뭐라고 그랬다가는 더 황당한 소리가 떨어질 것 같아 상규는 입을 닫고 가만히 있었다.

"재앙이라는 게야. 귀와 주둥이가…"

"그럼 구이지학(口耳之學)이란 겁니까?"

"허! 고놈 터진 입이라고…. 이놈아 장사꾼이 열이면 간교한 놈이 아홉이다."

대번 말투가 달라졌다.

"미끼를 탐하는 고기가 먼저 낚시에 걸려."

"이익이 없으면 앞으로 나아가려 하지 않으니 먼저 걸리겠지요."

"좁쌀만한 도량으로 장기를 두면 졸만 보여."

"약질 목통에 장골 떨어진 게 아니니 살인을 냅니다."

"허, 이놈이 그래도 말귀를 못 알아듣네. 산꼭대기에 올라가보지 않은 놈은 땅 넓은 줄 몰라. 바닷속에 들어가 보지 않은 놈은 깊고 얕은지를 모르고…"

"그럼 신발장수더러 맨발로 다니라 그겁니까?"

상규의 말은 생업도 젖혀놓고 암하노불로 가만히 앉아 있으란 소리냐고 노승을 꼬집어 던진 말이었다.

"저울눈이 정확하면 저울대가 평평해진다."

노승은 아는 것이 많은지 귀를 팽팽하게 긴장시킨 말만 늘어놓았다.

"바위 밑에 옹기마냥 가만히 앉아 있어라 그 말인가요?"

"허, 이놈이 동쪽 풍악에 서쪽에서 춤을 춰?"

"좋고 나쁜 것은 말로 하라 그랬지요."

"그럼 뉘우침과 인색함은 귀로 하라 그러더냐?"

말이 떨어지기 바쁘게 척척 받아내는데, 학식이 어지간했다.

"수미산(Sumeru)을 아느냐?"

갑자기 노승이 물었다. 상규는 이야기를 들은 것 같았으나, 어디에 있는 산인지 그것을 몰랐다.

"곤륜산 말입니까?"

"이놈아, 수미산에 비하면 곤륜산은 꼬막만한 언덕배기다."

또 무슨 뚱딴지같은 소리를 하려고 수미산을 꺼내는가싶어 상규는 조용히 노승의 얼굴을 바라보았다.

"수미산이 세상 중심에 있다. 대륙이 네 개이고 산이 아홉 개다. 산과 산 사이에 바다가 여덟 개나 되는데, 산이 허공에 둥 떠 있다. 물이 산을 떠받치고 있고, 생물이 사는 자연계가 그 위에 있다. 자연계 위에 온갖 보석들이 널려 있는데, 산의 두께가 삼억 이천만 유순이고, 직경이 십이억 삼천 사백만 유순이 넘는다. 일 유순이 대략 팔십 리라 치고 계산을 해봐라, 얼마나 큰 산인가…."

뻥을 쳐도 어지간해야지 이건 뭐 얼토당토않아서 상규는 아예 눈을 감아버렸다. 그런데 그 말에 '좁쌀만한 도량으로 장기를 두면 졸만 보인다'는 말이 겹쳐져 정신이 어리벙벙했다.

"이놈아, 발을 한 번 내질러 여덟 개나 되는 바다를 뒤엎고 팔을 한 번 휘저어 산을 뎅강 부러뜨린 뒤 집에 가도 아는 것이 없으니, 잣나무 사이에 참새가 노래하고 까마귀가 날아가더라 하는 게다."

유가의 학문에서는 뺑을 쳐도 이처럼 뒷집 마당 벌어진 소리 같은 맹랑한 말은 없다. 그래서 한마디 했다.

"노장님!"

저절로 노장님이란 말이 튀어 나왔다.

"지금 하신 말씀이 거짓말이긴 합니다만, 궁극의 실체는 찾기 어렵다는 이야기로 들립니다."

"거짓말이라니?"

쭈빗쭈빗한 눈썹이 파르르 떠는 듯한 눈으로 상규를 쏘아보았다. 누구한테 물어봐도 발길 한 번 내질러 여덟 개 바다를 뒤엎고 팔을 한 번 휘저어 산을 뎅강 부러뜨렸다는 건 거짓말이란 게 뻔했다. 하나 잣나무 사이 참새가 노래하고 까마귀 날아간다는 말은 평형적 직관으로 연결해보면 그 속에 뭔가 있는 것 같아 부러 어깃장을 놓았다.

"주역 건괘에 가장 큰 것(大)을 하나(一)로 합치니 하늘(天)이다 그랬지요. 수미산이 하늘보다 더 크지는 않겠죠?"

"이놈아, 큰 것을 보려면 하늘을 보지 말고, 네 속을 들여다 봐…. 무엇이든 크게 보면 크고 작게 보면 작은 게야."

"아니 제 속을 어떻게 들여다봅니까?"

"허, 이런 맹추 같은 놈, 주역을 읽었다면서 그것도 몰라?"

그러고는 주먹을 불끈 세우고 물었다.

"보이느냐?"

"보입니다."

"무엇이냐?"

주먹이란 말이 나가기 바쁘게 손을 쫙 폈다.

"이것이 주먹이냐?"

"손바닥입니다."

"손바닥과 주먹에 속지 말라."

상규는 여지없이 한 방 맞은 기분이었다. 그때 목탁소리가 울렸다. 노승이 소리 없이 일어나 밖으로 나갔다. 상규는 넋이 나간 사람처럼 그대로 앉아 있었다. 그렇게 한참 있으니 예닐곱 되어 보이는 동자가 문을 열고 후원으로 와 식사를 하라 했다.

'손바닥과 주먹에 속지 말라?' 어찌 들으면 손가락의 수동성에 변화가 생긴다는 말 같았다. 무슨 암시가 있다면 이 말에 있는 것이 확실해 보였다.

저녁을 먹고 일어서니, 하룻밤 자고 가라며 방을 내줬다. 방에 들어가 여러 각도로 생각해 보니, 손가락을 오므리면 주먹이고 펴면 손바닥이었다. 손바닥과 주먹은 본래 손이다. 어떻든 손이 재주를 부려야 손바닥이 되기도 하고 주먹이 되기도 했다. 노승 이야기에는 손이라는 주체가 빠져 있었다. 그것이 함정일까. 손가락을 오므리고 펴는, 부지불식간에 일어나는 시차적 인지가 무엇이냐? 이것 봐라, 그렇다면 매우 정교한 시간차의 변화를 지적한 것 같았다.

인시쯤 된 듯했다. 밖은 캄캄했다. 딱 딱 딱 딱따그르르…, 딱따구리가 나무를 쪼는 듯 아슴아슴 소리가 들렸다. 한밤중에 무슨 딱따구리가 나무를 쪼는가 싶어 귀를 기울이니 목탁소리였다. 고요는 고요만큼 소요가 구멍을 뚫어야 인식된다. 어둠이 안개라면 딱! 딱! 목탁의 울림이 새벽안개를 조용히 걷어내자 어둠의 궤적이 흩어졌다.

상규는 밖으로 나왔다. 목탁 치는 일이 끝난 듯, 이번에는 불이 켜진 법당에서 종이 울렸다. 어둠에 종소리가 더해지니 나무들이 몸을 흔들며 기지개를 켜는 것 같았다. 나무가 기지개를 켠다는 것은 어둠의 형식논리가 점점 밝음으로 바뀐다는 이야기이다.

상규는 다시 방으로 들어왔다. 생각은 여전히 주먹이 손바닥으로 만들어지는 시간차에 머물러 있었다. 그것은 내밀함이었다. 내밀함은 별과 같았다. 별은 반딧불 이상의 무엇이다. 손에 잡히지 않는 그 어디에 있는….

산꼭대기 암자에까지 왔으니 식견으로라도 알 수 있는 시간차와 알 수 없는 시간차가 무엇인지 밝혀보고 떠나자는 생각을 했다. 그때 누가 문을 두드렸다. 문을 여니 어제 그 동자승이 여명에 그림자처럼 어른거렸다. 아침을 먹으라 했다. 무슨 새벽밥이냐 싶어 어리벙벙 동자승을 바라보니 네댓 살 아래로 보였다. 부엌방으로 가니, 손가락과 주먹의 수수께끼를 던져준 노승이 식사를 마치고 밖으로 나오고 있었다. 눈길이 마주쳐 아침문안으로 고개를 숙였으나 너는 너, 나는 나 심드렁 편편이었다. 상규는 뒤돌아서 그 표정을 턱 떨어진 개 지리산 쳐다보듯 한참 보다가 부엌방으로 들어갔다.

식사를 마치고 요사채를 나오니, 동쪽 하늘에 붉은 북새가 피어

올랐다. 앞을 바라보니 지리산인 듯 우람한 산 덩어리가 북새 속에 길게 가로막고 있었다. 시선을 법당으로 옮겼다가 그 위쪽을 바라보니 당우가 있고, '은적당'이란 현판이 걸려 있었다. 은적당은 노승이 거처하는 곳이라고 곁에 동자승이 귀띔해주었다.

노승이란 말에 잠시 잊고 있던 '손바닥과 주먹 사이의 시차'가 얼마쯤 될까, 제법 의미심장한 생각이 떠올랐다. 그것을 알려면 노승과 무릎을 맞대고 앉아야 한다. 상규는 은적당으로 올라가 방문을 두드렸다.

"들어오너라!"

기다린 것 같은 목소리였다. 문을 열고 안으로 들어서니 노승이 경상 앞에 허리를 꼿꼿이 펴고 앉아 있었다. 노승과 눈이 마주쳤지만 여전히 심드렁 편편이었다. 상규는 들구멍 날구멍을 찾는 것도 없었다.

"같은 마음의 말은 향기가 난초와 같다고 했습니다."

"그래서?"

"손가락을 오므려 주먹이 되려면 순간적 시차가 있겠지요?"

말이 떨어지기 바빴다.

"없다!"

눈딱총을 놓듯 목소리는 담백했다. 남원은 예부터 향안질서가 별난 곳이었다. 비린내 맡은 강아지가 허리 부러져도 뜨물통 앞에서 죽는다는 향촌인데, 쥐방울만한 애송이가 앙똥하고 방자하기 짝이 없다 이것인가. 가다죽어도 향적에 든 양반인데, 놓아기른 망아지 놀 듯 그런다는 건가. 나잇살 훔쳤으면 훔쳤지, 양반이 하는 말을 어찌 상것이 하는 짓처럼 계집 바꾼 건 모르고 젓가락 바뀐 것만 안다는 식인가. 그러면 말의 품위를 올려볼까.

"공자님께서 말씀하시기를 세상을 살면서 벼슬을 하기도 하고, 그냥 은거하기도 하고, 인군에게 나아가 간언하기도 하고⋯, 그런다고 했습니다. 그런데 없다뇨?"

말씨는 공손하나 살모사가 대가리를 쳐들 듯 얼굴을 치켜들었다.

"끊겨 있다."

노승의 당 답이었다.

"끊겨 있다뇨? 여동빈의 몽환경에 나온 이야깁니까?"

"머리카락이 가늘더냐?"

"실보다 가늘지요."

"시간은 머리카락보다 몇 백 배 가늘게 끊겨 있다."

"끊겨 있는 것 보셨습니까?"

"보았다."

"어떻게 끊겨 있습디까?"

"이놈아! 사람이 한순간에 숨이 탁! 끊기면 산 것이냐 죽은 것이냐?"

벌써 양반행세는 어디로 가버리고 한순간이라는 말에 헤헤 웃음이 나왔다. 노승은 짧은 시간을 염두에 두고 한순간이라고 말한 것 같았는데, 우리들이 한순간을 말을 할 때는 1초, 또는 1분, 한 시간 이렇게 구분지어 말하지 않는다.

"왜 웃느냐?"

"노스님 얼굴 좌우가 비대칭입니다."

"허! 이놈이…"

화난 척 그랬지만 진짜 화가 난 얼굴은 아니었다.

"젊으셨을 적 팽팽하시던 대칭의 얼굴이 나이 들어 한쪽 볼이 밑으로 처져 비대칭으로 바뀌기까지를 한순간이라고 말하면 틀렸다고 하실 수 있습니까?"

"이놈아, 죽은 사람의 숨이 탁 끊어진 시간이 있더냐?"

"있겠죠."

"어떻게 있더냐?"

"돌연! 퍼뜩! 그렇게 있겠죠."

"그것이 구름결이니라."

이것이 물귀신 잡는 심사다. 퍼뜩 숨이 끊어진 사람에게 구름결이라니, 차라리 동문빨래라고 하지….

"송편을 뒤집어 팥떡이라 하시죠."

그 말을 휙 비틀어 보았다.

"한 송이 꽃을 보면 꿈으로 여기느니…"

어느새 시로 옮겨가 있었다. 잘못했다가는 노승의 수작에 놀아날 것 같았다.

"시차가 시 읊는 것은 아니겠지요?"

"시 읊는 것이 아니라 네 안의 네가 그 안에 있다."

이놈의 영감탱이 말을 따라갔다가는 나무 위로 올라가 흔들림을 당할 것 같았다.

"맹자님은 요임금이 순임금에게 천하를 내준 것이 아니라고 했습니다. 그럼 순임금이 천하를 차지하게 된 것은 누가 준 것이지요?"

어차피 태산을 넘어도 평지는 아닐 것, 얼른 화제를 바꿨다.

"그 뒤에 하늘이 준 것이라 하지 않았더냐?"

노승은 맹자까지 환히 꿰었다.

"예, 그랬습니다."

"맹자 이야기가 나왔으니 하는 말이다만, 「고자편」에 사람은 개나 닭이 달아나면 찾을 줄 알지만, 마음은 달아나도 찾을 줄 모른다고 하지 않았더냐?"

이제 험산을 올라가자 그 말인가. 괜히 관운장 앞에서 큰칼을 들고 놀았다 싶었다.

"달아난 마음을 어떻게 찾습니까?"

또 말이 떨어지기 바빴다.

"충동이 있어야 하느니라."

"울려는 아이 뺨 때리자는 말씀입니까?"

"허 고놈! 네가 공부한 유가의 학문은 쭉쭉 뻗어나가는 생각을 막아, 새로운 예감에 훼방만 놓느니라. 그저 손마디만큼 얻어진 경험의 가치를 규범으로 삼아 거기에 가둬놓고 자유로움으로 나가려는 다리를 걸어 차."

"충동이 경험적 가치규범을 깰 수 있다는 말씀이옵니까?"

"알아들었느냐? 손가락을 오므려 주먹을 만드는 사이에 영원과 네가 말한 시차가 함께 있다."

다시 본론으로 돌아온 것 같은데, 깻묵에도 씨가 있다더니 참 어려운 이야기였다. 아무리 생각해도 노승의 이야기는 불가능한 것은 충동으로 욕망하라는 소리로 들렸다. 된서방을 만났군! 상규는 머리가 멍해져 더 이상 이야기를 이을 재간이 없었다. 황당한 것 같은데, 학당 훈장님 학문을 능가한 노승의 논리는 '대상 안에 있는 그 대상 자체를 넘어선' 무엇을 지적해준 것 같았다. 상규는 고개를 숙였다. 호기심 때문이 아니라 남한테 지고는 못사는 성미라 암자에 머물면서 학문적으로 노승을 눌러놓겠다는 생각으로 물었다.

"노스님, 한 가지 부탁을 드려도 되겠습니까?"

"무엇이냐?"

"저를 이 암자에 머물게 해주실 수 없겠습니까?"

"승가에는 오는 사람 쫓지 않고, 가는 사람 붙잡지 않는다."

"그럼 허락하신 말씀으로 알겠습니까?"

"한 가지 조건이 있다."

"무엇이옵니까?"

상규는 비로소 존숭의 마음이 솟았다.

"유가에 대례(戴禮)가 있듯 승가에는 율의가 있다."

부도를 믿는 사람들이라고 유가의 소대례, 대대례 같은 것이 없겠느냐 하는 생각이 들어 노승을 쳐다보았다.

"율의는 지키라고 있는 것이니라."

"유가의 대례와 같은 것이라면 지켜야 당연한 도리 아니겠습니까?"

내용이 무엇이든 암자 안에서의 율의를 지키겠다는 대답이었다.

"좋다!"

생각하고는 달리 화통한 어른이었다. 쾌히 승낙을 받은 상규는 덕밀암에 주저앉게 되었고, 이야기를 나누었던 노승은 덕밀암 조실 혜월 화상이었다.

나중에 안 일이지만, 혜월 화상은 발목에 족쇄가 채워져 있었다. 패색이 완연한 전제주의 조선왕실 말기에 끊어져가는 목숨을 잇겠다는 안간힘의 상징이 혜월 화상의 발목에 채워진 불교적 족쇄였다. 경주에서 서출로 출생한 수운 최제우가 무극의 대도를 통했다면서 탐관오리들의 수탈과 외세의 침입에 저항하기 위해 동학을 일으키기 전, 덕밀암 은적당에서 혜월 화상의 조력으로 『동경대전』을 저술했다. 그 뒤 동학의 교세가 확산되자, 약자에게 한없이 강했던 조선왕권이 최제우를 잡아 없는 꼬리를 흔들듯, 사술로 민심을 소란시킨다는 죄목으로 서울로 압송중이었다. 쳇불관 쓰고 몽둥이 맞는다더니, 그때 하필 철종이 죽자 대구감영으로 이송해 처형되었다. 그 바람에 혜월 화상도 수운 최제우를 도왔다는 죄목이 연좌되어 덕밀암에 연금되었고, 승적이 체탈도첩되어 서류상 스님이 아니었다.

판치생모

상규가 덕밀암에 머물 때, 혜월 화상의 연금이 완화되어 지리산 실상사와 운봉현까지 왕래가 허용되었다. 한 치 앞을 못 본 외눈깔 총독부 일인들이 연금으로 무엇을 하고 완화로 무엇을 하자는 것인가. 나라의 앞날을 꿰뚫는 식견 있는 사람들에게 덧낚시를 걸어 꼼짝 못하게 해왔다. 양민을 쥐 잡듯 해온 기존 왕권은 밀려드는 외세에 곰 새끼꼴이었다. 외교 무대에서 왕따를 자처해온 대원군의 쇄국은 민비 세력에 밀려났고, 승냥이 떼 흡사한 서구열강과 통상을 맺었다. 그 틈새를 늑대처럼 엿보던 왜놈들은 항구가 열리자 정치·군사·경제적 침략의 본색을 드러냈다. 동학은 최시형이 최제우의 뒤를 이은 제2대 교주로 신도들을 다시 조직하고 교화로 세력을 확장해 경상도 영해에서 시국집회를 열었다. 주둥이로만 전통을 지키며 옹호한다는 꼴통보수들은 이 꼴을 못 봤다. 보수왕권에 이권으로 고리가 연결된 그들이 앞장서 설레발을 치니 시국집회가 실패로 끝나, 최시형이 되레 탄압을 받던 때였다.

상규는 그 무렵 혜월 화상을 따라 운봉에 사는 임상학 거사를 만났다. 임상학은 남원에서 이름난 부가옹으로 상규는 그의 아들 임동수와 가까워져 노자, 장자를 읽었다. 노자를 읽고 나니, 시시 콜콜 허접스럽고 허위에 가득 찬 경험의 가치를 유가들은 으뜸 규 범으로 내세웠다. 사람마다 각각인 사고와 특성을 그놈의 틀 속에 집어넣으려는 획일성이 눈에 들어왔다. 노자는 그것을 코웃음 치 면서 유연하게 대지에 풀어놓은 사람 같았다.

이듬해 덕밀암에도 여름이 왔다. 상규는 은적당 선실에서 혜월 화상과 마주 앉았다.

"사서삼경에 노자, 장자를 읽었다니 머리로 아는 것은 그만하면 되었고, 이제부턴 마음으로 아는 것을 배워라."

"예!"

그때 상규는 혜월 화상을 스승으로 받들었다.

"보니, 네 마음이 어지간히 차분해졌더구나…. 마음으로 아는 것은 앉는 것으로 시작된다. 앉는 것이 무엇이냐? 갖고 있는 모든 생각을 다 때려 부수어 내려놓고 의식을 한곳으로 모아 하나로 딱 뭉쳐있게 하는 것이다."

"생각을 때려 부수다니요?"

"잔말 말고 귀담아 들어! 그렇게 하려면 우선 부처님처럼 가부 좌를 하고 단정히 앉아, 반쯤 뜬 눈으로 코끝을 보고 간절히 이뭐 꼬? 의심하면서 네가 너를 스스로 보아 마음을 한곳으로 모으라 는 것이다."

"예! 그리 하겠습니다."

그러고는 시범삼아 가부좌를 틀고 앉는 모습을 보여주었다.

"다리가 아프거든 잠깐잠깐 일어나 쉬어가면서 해도 된다."

"방에서만 앉아서 해야 됩니까?"

"아니다, 네가 좋아하는 숲이나 바위 위도 괜찮다."

까짓것 앉아 있기로 한다면 날인들 못 새우겠는가. 상규는 자신만만, 방으로 들어가 혜월 화상이 가르쳐 준대로 앉아보았다. 그리 오래 앉아 있지도 않았다. 발목에서 무릎으로, 다시 엉덩짝으로 이어진 혈관이 꽉 막혀 아랫도리가 절절 저려오는데, '이뭐꼬?'고 지랄이고 온 신경이 장딴지와 허벅지에 가 있었다. 오래 앉아 있으면 다리가 저리는 것은 당연한 일, 이를 악물고 저려오는 것을 꾹 참고 좀 앉아 있었더니 엉덩이는 굳은살, 허벅지와 다리는 감각이 없는 남의 다리가 되었다. 이럴 때는 잠깐 일어나 쉬어가면서 하라고 그랬지, 손으로 방바닥을 짚고 일어서려는데, 아랫도리가 빳빳하게 굳어 옆으로 꽈당! 쓰러지고 말았다.

이거 쉬운 게 아니구나, 뻣뻣해진 다리를 북촌마님 빈대떡 주무르듯 주물러 정신을 차린 뒤 힘겹게 일어나 방 안을 절룩절룩 걸어 근육에 피가 돌게 했다. 원상을 회복하는 데 그리 오래 걸리지 않았다. 다시 자리에 앉아 '이뭐꼬?'를 생각해 보니, 상규는 자기가 지금 무슨 지랄을 하고 있는지 스스로 괴상하다는 생각이 들었다. 뭐가 미워 혜월 화상이 골탕을 먹이려고 부러 꾀를 부려 벌을 세우지는 않을 터, 꾹 참고 이뭐꼬를 되풀이 뇌까리다 보니 교룡산이 평지가 된 것 같았다. 아니 평지가 교룡산이 된 것 같았다. 이태백이도 술을 사양할 때가 있을까. 누가 알랴? 이러다 천지개벽하는 일이 벌어질지…. 하나 얼마 안 가 다시 다리가 저렸다. 이게 무슨 네굽질도 아닐 터인즉, 꼭 지랄발광을 해야 도를 통하는가. "엠병할…!" 소리가 입 밖으로 튀어나왔다가 도로 쏙 들어갔다. 하긴 미련한 놈이 담벼락을 뚫는다지…, 그런 생각으로 입을 꾹 다물고 가부좌틀기와 사투를 벌였다.

어찌 한 술에 배부르겠는가? '간산용이 상산난(看山容易上山難)'이라, 산을 바라보기는 쉬워도 오르기는 어렵다고 하지 않았던가. 좀 고약스럽기는 했지만 상규는 꾀를 쓰거나 머리를 굴리지 않았다. 이러다 보면 개울 속의 용도 하늘을 날 때가 있겠지, 제법 느긋하게 생각했다. 그러다 보니 옹이가 꽝꽝하게 박힌 것 같던 엉덩이가 부드러워지면서 거짓말처럼 '이뭐꼬'가 가가에 미타불이요, 처처에 관음처럼 보이기 시작했다. 그때 혜월 화상이 불러서 갔더니 앉으라 했다.

"옛 조주선사는 앞니에 수염이 났더니라."

"옛—?"

가당찮아 고개를 불쑥 들었다.

"찾아봐라. 앞 이빨에 수염 난 사람이 있다."

배나무에 사과가 열린다는 소리만큼 황당했다. 거기에다 한마디를 더 보탰다.

"그런 사람이 있으니 의심하지 말라."

의심하지 말라? 코밑이나 턱밑에 털이 났다면 수염이라 하겠지만 이빨에 수염이 나다니? 상규는 어리벙벙 의심으로 꽉 차 은적당을 나왔다.

가을이 되어 요사채 뒤, 꽉 쪼개듯 깎여 벽을 이룬 바위 아래 낙엽을 모아 자리를 만들고 가부좌를 틀었다. 급하지도, 느슨하지도 않게 '이뭐꼬'가 잘 나가던 판인데, 뜬금없이 이빨에 수염 난 사람을 찾으라고? 그런 사람을 찾으려면 사람들이 많이 모인 난장판이나 약장수 굿판으로 돌아다녀야 될 것 같았다. 그래도 다행인 것은 한나절을 앉아 있어도 다리가 저리거나 엉덩뼈가 아프지 않게 단련이 되어 있었다. 그러던 어느 날, 또 눈썹에 날벼락이 떨어졌다. 날벼락이라 하니, 무슨 망혹을 버리고 스스로의 성정을 봤다는 게 아니고, 그동안 까맣게 잊고 있던 아버지가 덕밀암을 찾아오셨다.

암벽 밑에 둥지를 틀고 앉아 이빨에 털 난 사람을 어떻게 찾나 그러고 있는데, 시자가 아버님이 오셨다는 말을 전했다. 의당히 반가워해야할 전갈인데, 개가 등겨 먹다 들킨 심정이었다. 이럴 땐 어찌해야 하나, 살 맞은 뱀처럼 냅다 달아나 버릴까 하다가 도적놈 눈자위 굴리듯 얼부터 먹고 은적당 문을 열었더니, 아버님이 혜월 화상과 이야기를 나누고 계셨다. 상규는 등허리에 보리까끄라기를 짊어진 심정으로 방바닥에 엎드려 큰절을 올렸다.

"아버님께 말씀 올리지 못한 죄 장공속죄하겠사옵니다."

숨을 죽이고 가만히 엎어져 버렸다. 머리통에 당장 목침이 날아올 줄 알았더니, 아버지의 목소리가 의외로 차분했다.

"이놈아, 2년 넘게 집에 돌아오지 못할 일이 생겼으면 인편에 연락이라도 해줘야 할 것 아니냐?"

이게 부자유친인가, 잃어버린 아들을 찾았다는 안도감 때문인지 생각과는 달리 목소리에 불같은 기운이 빠져 있었다.

"내 이제야 발을 뻗고 잠을 자겠구나."

그러고는 확인이라도 하듯 얼굴을 들여다보고 다시 혜월 화상을 돌아보았다.

"잠깐 바람 좀 쐬고 오겠다고 나간 자식이 2년이 넘었습니다. 스님께서는 아이를 낳아 길러보지 않으셨으니 잃어버린 자식을 찾는 아비 심정이 어떤 것인지 잘 모르실 겁니다."

그 말에 혜월 화상이 아버지의 말을 잘랐다.

"아버님의 그런 마음을 헤아리지 못하고 암자에 머물게 한 소승의 잘못이 크옵니다. 너그럽게 용서하시지요."

"아닙니다. 제가 자식 놈을 잘못 가르친 탓이지요."

"별말씀을…, 상규가 영특하고 또래답지 않게 아는 것이 많아 앞날이 촉망됩니다."

"저 불효막심한 자식 놈을 그렇게 봐주시니 고맙습니다."

아버지는 마음이 놓였는지 잠시 말을 멈췄다가 화제를 바꾸었다.

"그나저나 소문을 듣자하니, 스님께서는 큰 도를 깨치신 훌륭한 분이라고 칭찬이 자자합니다. 불가의 학은 말할 것 없고, 유학에 도학까지 식견이 높다 하시던데, 그런 어른께 제 자식 놈이 가르침을 받았다니, 죽은 나무가 산 나무로 자라난 듯하옵니다."

"원, 과찬의 말씀을…."

아버지와 혜월 화상 사이에 그런 이야기가 오가고, 상규는 아버지를 따라 집으로 돌아왔다.

이야기를 들어보니 아버지는 집을 나간 아들을 찾으려고 남원, 순창, 전주, 장수, 함양, 구례, 지리산까지 샅샅이 뒤졌다고 했다. 그래도 못 찾고 지난번 남원 5일 장에서 허생원을 만나 막걸리를 마시다가 이야기가 나왔다고 했다. 2년 전 누른대삼거리에서 상규를 보았는데, 교룡산성을 찾더라는 것, 그 말을 듣고, 만사 작파하고 정신을 빼서 꽁무니에 달고 찾아오셨다는 것이다.

"허—! 업은 아기 삼 년 찾는다더니, 이 녀석을 교룡산에 놔두고…."

집으로 돌아온 아버지는 웃음이 절로 나온 듯, 그동안의 시름을 잊은 쾌활한 모습이었다. 앞으로는 어디를 가면 간다고 말하고, 언제쯤 돌아오겠다는 허락을 받으라고 단단히 일러 주었다. 물론 상규는 그렇게 하겠다고 다짐한 뒤 아버지의 마음을 위로해 드렸다.

집에 오니, 다시 서당에 갈 일밖에 없었다. 눈만 벌어지면 공자, 맹자, 주자에 퇴계 이황까지 보태져 '이기호발'이니 '사단칠정'이니 야단을 떨었다. 사단이 이에서 생기고 칠정이 기에서 생겨 뿌리가 다르다는 것에 비하면 '이빨에 수염 났다'는 소리는 벼락 때리는 소리 같았다.

아니 하늘을 속여야 할 만큼 촉촉한 긴장감이 팽팽하게 힘줄을 땅겼다.

상규는 전 같지 않게 서당 학문에 건성이었다. 봄바람이 처녀 바람이라더니 내가 왜 이런가, 덕밀암에서 지낸 일들을 생각하면서 산자락만 곱사등이 싸다니듯 쏠고 다녔다. 그것을 아버지가 모를 리 없었다. 요놈의 자식 빨리 색시를 얻어 꼼짝 못하게 묶어놔야겠다고 덧낚시를 걸었다. 한다하는 장수현 풍양 조씨 집안과 혼서지가 왔다 갔다 한 사실은 나중에 알았다.

"장수 풍양 조씨 양반 집안이다."

"네?"

"번암에 물집 할매 있지 않냐?"

물집은 옷감을 물들여준 일을 하는 집이다.

"매파 할머니 말씀말예요?"

물집 할매는 이름난 매파였다.

"그래…, 그동안 조대감집 참한 색시와 혼담이 성사되어 납채를 보내려고 한다."

직감으로 탁! 부딪쳐오는 게 있었다. 또 도망칠까봐 울타리를 막아놓겠다는 아버지의 방어대책, 그 대책이란 것이 장가를 보내 색시와 쩸매 코를 꿰놓겠다는 작전이었다. 이렇게 되면 조롱 속에 새가 된다. 내 이럴 줄 알았다니까, 이젠 덕밀암은 안 돼, 이미 알려져 버렸으니 다른 곳으로 튀어야 해…. 상규가 사찰로 가려 한 것은 할일이 남아서였다. 혜월 화상이 '마음으로 아는 것은 앉는 것

72

으로 시작된다'는 것도 그렇거니와 '이빨에 수염 난 사람'을 만나려면 집에 갇혀가지고는 가망이 손톱만큼도 없어 보였다. 그렇다면 어떻게 해야 되는가. 죄송하지만 꾀장을 부릴 수밖에…. 상규는 새롭고 신기한 시선으로 아버지를 보았다.

"아버님, 납채를 보내신다니 저도 좋습니다."

한 술 더 떴다.

"홍! 장가는 가고 싶은 모양이구나."

속도 모르고 빈정거렸다.

"장가가는 거 싫어할 사람 누구 있겠어요? 그런데 한 가지 조건이 있습니다."

"조건이 뭐냐?"

"혼례를 치르기 전에 규수 얼굴을 한 번 보고 싶습니다."

"이놈아, 남녀가 유별한데, 양반집에서 그런 일은 흉이다."

"그러시겠죠. 하지만 한평생 같이 살 사람 얼굴도 보지 않고 혼인을 어떻게 합니까?"

"허허! 이놈이 남세스럽게…."

"그러니 제가 살짝 자태만 보고 오겠습니다."

아버지는 어이가 없는지 상규의 얼굴만 멀뚱히 쳐다보았다.

"매파 할매한테 이야기하면 소문이 돌 테고, 조대감 성함만 일러주십시오. 제가 알아서 하겠습니다."

자식은 겉 낳지 속은 못 낳는다던가, 아버지는 무슨 생각을 하셨는지 조대감이 사는 곳과 이름을 가르쳐 주었다.

"사내자식이 체신머리없이 담 밖에서 기웃거리지는 마라."

"그 점 염려 놓으십시오. 수원 백씨 체면 깎일 일은 안하겠습니다."

그래놓고 덕밀암으로 튈까하다가 밑져봐야 본전이다 싶어 남원 장날 뒤꽂이, 고리잠, 귀바늘, 댕기, 노리개, 귀걸이, 비녀, 인두, 황아, 분갑, 참빗, 구루무(크림) 따위를 구입해 방물장수로 변장했다. 조대감은 양반으로 세를 부리며 거들먹거리고 사는 듯 사랑채도 와가, 안채도 와가였다. 방물장수가 사랑채 앞에서 서성거릴 일은 없겠다싶어 안집 대문 안으로 직행했다.

마당 안으로 들어서니 다듬이질 소리가 요란했다. 혼사를 앞 둔 집이니 상답이라도 다듬어야 하겠지, 한데 다듬이질 소리가 혼자 두드리는 소리가 아니라 양손에 방망이를 든 두 사람이 마주앉아 두드리는 듯 딱딱딱딱따다다…, 연속으로 들렸다. 상규는 기세 좋게 방망이질 소리가 나는 안방 토방으로 올라섰다.

"방물장수 왔수다."

사람이 왔음을 알렸으나 방망이 소리 때문인 듯 문이 열리지 않았다.

"방물 보러 나오세요!"

소리를 높여 다시 외치니 그제야 방문이 열리고 안방마님이 마루로 나왔다.

"혼사를 앞두셨나? 명주 베 다듬는 걸 보니…"

이게 오버였다. 방물장수 곁에도 안 가본 주제에 상술이랍시고 이 빠른 소리를 했던 것인데, 안방마님 귀에는 참빗이 뭔지도 모르고 참빗 장사를 나온 사람으로 보였다.

"장가나 들었수?"

어설프다, 그 소리다. 세상을 하루 더 살면 언덕만큼, 십 년을 더 살면 장안산만큼 넓고 높이 보이는 법이다. 방물장수 너스레가 넉살스럽지 않고 어딘가 어줍다 그 소리였다. 상규는 규수집 마루의 마수걸이가 가로새리라고는 상상 못했다. 지금 상규를 야즐거리는 안방마님은 장가를 가면 장모가 될 여인임에 틀림없었다. 그렇다면 가슴이 따끔하게 판세를 뒤집어놓아야 한다.

"지붕의 호박도 못 따면서 하늘의 천도를 따겠다는 사람으로 보입니까?"

몇 계단 수를 높인 말이어서 그런지 눈을 둥그렇게 뜨고 바라보았다.

"몇 살이나 먹었수? 총각."

할 말 없으면 파리채 든다든가, 곧 장모님이 될 여인의 말씀에 틈새가 보였다.

"허허! 제가 총각인지 아닌지 어떻게 아세요? 새 바지에 똥 싸실, 실수의 말씀을⋯."

"움마! 다리 들고 오줌 누면 다 수캔가?"

안방마님도 너스레가 보통이 아니었다. 지대기에 머리를 아무렇게나 땋아 내린 모습만 보고 대번 반말이었다.

"아침에 불로초 드셨소? 어서 방물이나 고르세요. 헛장사하게 마시고….”

마룻바닥에 방물 보따리를 푸는데, 가슴이 신장대 떨듯했다.

“구루무 있소?”

방물장수가 마루에서 방물보따리 펴는 것을 알고 정재에서 젖은 손을 앞치마에 닦으며 아낙들이 줄줄이 나왔다.

“박가분 있소?”

“예!”

“얼굴이 박꽃이면 됐지 무슨 박가분은?”

“하룻밤만 자도 헌 각신디 그거라도 칠해야 새 각시처럼 보이재.”

자기들끼리 주거니 받거니 우르르, 새 각시 헌 각시들이 노리개, 귀걸이, 황아, 분갑, 제 눈에 든 것들을 집어 들고 “이것은 얼마요?” 가격을 물었다.

“그것은 쌀 한 되.”

마루가 방물가게처럼 소란스러워졌다.

“혼사를 앞두신 것 같은데, 싸게 드릴게요.”

떨리는 손으로 분갑과 구루무를 들어 보이며 각본을 짜 연습해 둔 연기를 착오 없이 잘 보여주었다.

“이 분을 말할 것 같으면 요즘 새로 나온 ‘연백분’이라는 것인데, 라일락 향기가 은은하지요. 피부색을 곱게 해주고 양반 댁 품위를 더해주니 쌀 한 되만 받으려고 해도 한 되씩 더 준 사람들이 어찌나 많은지….”

“아따, 거 방물장수 총각 허풍이 설렁설렁하네.”

그때 방문이 열리고 질질 끌리는 옥색치마로 늘씬한 허리를 감아쥔 옥녀가인이 마루로 나오는데 주변이 훤했다.

"엄마, 나도 연백분 하나 더 살까?"

버들가지처럼 허리가 낭창 휘어지면서 연백분을 집어 들었다. 상규는 눈알이 빙글 돌았다. 하마터면 아! 하고 뒤로 나자빠질 뻔했다. 규수는 박꽃도 아니고, 모란도 아니고 광한루 춘향이었다.

"그 그건 요즘 새로 나온 연 연…, 향 향기가…."

입술이 굳어버렸다. 광대는 아무나 하는 것이 아니구나. 이 상황을 어떻게 마무리해야 하나. 잘못했다가는 개가 절구를 쓰고 지붕으로 올라갈 일이 생길 판이었다. 이게 '차지무은삼백량(此地無銀三百兩)'이란 중국 속담과는 다른 상황이다. 장삼이란 자가 누가 훔쳐갈까 봐 은 3백량을 땅에 묻고, '이곳에 은 3백량은 없다'는 푯말을 써 붙여놨다. 이웃에 사는 왕이라는 자가 푯말 글귀가 수상해 땅을 파고 은을 캐 가져가면서 자기를 의심할까 봐, '왕이는 은을 캐가지 않았다'는 푯말을 써 붙여놓았다. 장삼이나 왕이나 그놈이 그놈이란 뜻이 아니다. 방물장수는 가짜고 진짜 신랑이 될 사람은 저 총각이라는 것이 밝혀지면, 죄는 규수의 자태에 혼이 빠진 데에 있겠다. 하나 낯을 먹고 사는 양반 체면을 가죽 속에 도로 집어넣을 수 없게 된다.

"이건 얼마요?"

규수가 연백분 하나를 집어 들고 상규를 쳐다보았다. 상규의 눈빛과 공중에서 불꽃이 튀었다. 참 교묘하도다. 낼모레 혼례를 치르고 나면 속살을 비빌 여편네가 될 규수와 연백분을 흥정해야 할 팔자, 아무리 생각해도 광대 끼로는 해결될 수 없을 것 같았다. 상규는 미치광이 풋나물 캐듯해야 할지, 미친놈 떡 퍼 돌리듯 해야 할지 판단이 서지 않았다. 이런 걸 낯짝이 얇으면 밥주걱을 핥고, 낯짝이 두꺼우면 고기를 먹는다는 것인가. 이까짓 방물쯤이야. 내일은 삼수갑산을 갈망정 그냥 물러설 수 없었다. 상규는 어금니를 물었다.

"장수에는 논개만 있는 줄 알았더니 웬 춘향이가…"

딱 마주치는 순간 터져 나온 감탄사에 '햐—!' 소리가 어디로 도망가 버렸다. 보면 볼수록 갸름한 얼굴에 오뚝한 코, 옥 같은 목에 갑사댕기를 가슴께로 내려뜨렸는데, 숨이 꼴깍 멎을 것 같았다. 교양까지 갖췄는지 새봄에 능수버들가지인 듯 가냘프고도 조신스럽게 허리를 돌리는 몸놀림, 대번 팍 꺾어버리고 싶은 심정이었다. 여기까지는 현실이다. 다음 일을 어쩌랴!

"그거 다 장만해 놨는데, 또 뭘…"

규수가 들고 있는 연백분을 보고 장모될 여인이 말했다.

"엄마, 이 방물장수 어젯밤 꿈에 본 사람 같애."

이게 임기응변인가. 남 수박밭에서 수박 따 먹고 입 씻자는 소릴까. 아무래도 이것은 하늘에서 정해준 천생배필의 암시 같았다. 목소리까지 옥반에 진주 구르듯 또르르 했다.

"뭐야—?"

사실 놀란 사람은 제 엄마였다.

"교룡산 신선이 되려다 왔다면서 왔어, 글쎄."

제 엄마는 옆 사람 눈치를 보며 입막음에 급급했다.

"그거 노루잠에 개꿈이다."

허허! 이 마당에 소금 들고 덤비는 꼴이라니…, 규수가 집어 들었던 연백분을 도로 놓고 상규를 찬찬히 쳐다보았다. 노루잠에 개꿈이 아니라 규수의 꿈이 천기를 보이심이니, 아까울 게 뭐 있느냐, 상규는 규수가 내려놓은 연백분을 도로집어 내밀었다.

"이 분 그냥 드릴 테니 가지세요."

그러자 규수가 뒷걸음으로 물러서면서 받으려하지 않았다. 그 광경을 지켜보던 안방마님이 부엌일을 해주는 사람인 듯 광주댁을 불렀다.

"광주댁 광에 가 쌀 두어 되 퍼오시오."

"그냥 드린다고 했으니, 쌀은 괜찮습니다. 한 가지만 물어보죠. 어젯밤 꿈에서 만난 그 총각 이빨에 수염 났습디까?"

어어! 이런, 가당찮은 말이 왜 여기서 나왔을까, 상규는 움찔했다. 이빨에 수염 난 사람, 규수 어머니가 그 말을 곱게 받아들일 까닭이 없었다.

"혼사를 앞 둔 규수가 어디다 얼굴을 함부로 내밀고 그러냐?"

규수부터 먼저 닦달했다. 규수가 돌아서는데, 내 엉덩이나 보라는 듯 치마폭에 감싸인 둥글 넙적한 궁둥이를 보이고 안방으로 들어갔다. 아! 실수를 했군, 하나 때는 늦었다. 그 사이 광주댁은 쌀을 퍼왔고, 규수 어머니의 시선이 상규에게로 향했다.

"이제 보니 이 방물장수가 숭악한 난봉꾼이구만…."

거기서 더 우물쭈물했다가는 무슨 망신살이 뻗칠 줄 몰랐다, 머슴들한테 몽둥이찜을 당하지 않는다는 보장도 없었다. 이럴 때는 삼십육계가 최상책이다. 상규는 곁에 있는 광주댁 귀에 입을 가까이 댔다.

"측간이 어디요?"

소곤거리듯 물었다.

"대문을 나가 사랑 왼쪽으로 도시오."

토방에서 얼른 마당으로 내려섰다. 어리벙벙했다. 그렇다고 혼이 빠진 것은 아니었다. 상규는 오줌이 잔뜩 마려운 듯 서너 걸음 황급히 뛰다가 뒤를 휙 돌아보았다.

"이 집 규수 때문에 오줌만 저렸네."

방물보따리 주변에 모여 있던 아낙들이 까르르 웃었다. 정녕 저 웃음이 우스워서 웃는 웃음일까. 상규는 강아지한테 쫓기는 닭처럼 지대기를 펄럭이며 대문 밖으로 뛰었다. 방물이고 연백분이고 그대로 놔둔 채 조대감 집에서 멀리 멀리 멀어져 갔다.

한참 달리다 보니 발걸음이 휘청휘청했다. 내가 지금 무슨 짓을 한 건가. 이 사단이 정녕 장가가기 싫어서였을까. 저렇게 이쁜 색시인 줄 알았더라면 집에 가만히 앉아 있다가 못이긴 척 아버지 말씀을 들을 것을, 부러진 팔 고쳐 주니 다리 부러진 격이 되었다. 이젠 틀렸다. 그렇다고 죄를 지은 것은 아니겠지….

정신없이 달리다 보니 하번암 지름길인 수분재가 아니고 사치재에 올라와 있었다. 왜 이 길로 왔지? 가만있자, 차분히 생각 좀 해 보자. 고갯마루에서 마음을 가다듬고 따져 보니, 혼자서는 어떤 결론도 내리기 어려웠다. 그렇지, 이럴 때는 혜월 화상을 찾아가야 해, 혜월 화상 말씀부터 들어보자. 상규는 곧 오수역을 지나 교룡산으로 들어갔다.

은적당 문을 두드리니 들어오라 해서 안으로 들어가 인사를 드리고 서탁 앞에 마주 보고 앉았다. 혜월스님 입술에 잔잔한 웃음이 묻어 있다.

"사는 게 뭡니까?"

앞뒤 치레 쏙 빼고 불쑥 들이민 것이 그 소리였다.

"삼삼하더냐?"

"네―?"

스님들은 사는 것을 고라고 하던데, 이 노인네가 웬 딴전인가.

"내가 보니 지금 장가가기 딱 맞은 나인데, 부친께서 장가가라 하지 않더냐?"

상규는 눈이 둥글했다.

"그걸 어떻게 아세요?"

"얼굴에 그렇게 써 있다."

"납채를 보낸다기에 몰래 규수를 보러갔더니, 남원골 춘향입디다."

"허허허허…!

혜월 화상이 큰소리로 웃었다.

"그럼 여긴 왜 왔냐?"

"이빨에 수염 난 사람부터 찾으려고요."

"이빨에 수염 난 사람을 꼭 찾고 싶나?"

"네!"

"그럼 여기서는 안 되고 해인사로 가거라."

"해인사로 가면 찾을 수 있겠습니까?"

"해인사 극락암에 화월스님을 찾아가면 이빨에 수염 난 사람을 만날 수 있다."

장가도 장가지만 그런 희귀한 구경부터 하고 집으로 빨리 돌아가면 장수현 조대감집 규수를 놓치지 않을 것 같은 생각이 들었다.

"정말 이빨에 수염 난 사람을 재깍 만날 수 있을까요?"

한 번 더 다짐을 받으려고 건넨 말이었다.

"그것은 네 하기에 달렸다. 운 좋으면 가자마자 만나게 될지도…."

상규가 자리를 박차고 일어섰다.

"어디를 가려느냐?"

"해인사로 가렵니다."

"작두에 올라설 일 있냐?"

"급해야 업은 아기도 찾을 것 아닙니까?"

"그렇다고 우물을 통째로 들고 마시지는 못할 터, 집에 가서 허락부터 받아라."

상규는 "예!" 대답하고 그 길로 가야산으로 튀었다.

해인사 극락암은 일주문에서 오른쪽으로 올라가 있었다. 다섯 칸 당우는 허술해 보였고, 요사채는 당우 왼편에 있었다. 암자 안으로 들어서니 요사채에서 승복을 입은 또래의 스님이 나왔다. 상규는 스님에게 화월 화상 계신 곳을 물어 방 앞으로 안내되었다.

당우 오른편 두 칸이 화월 화상의 선실 겸 숙소인 듯했다. 방 안은 아무것도 없었고 뒷벽은 큰 벽장이었다. 화상은 경상을 앞에 놓고 벽장 등지고 앉아 있었다. 상규는 큰절을 올린 뒤 마주하고 앉았다.

"덕밀암에서 왔느냐?"

단주를 천천히 돌리면서 물었다. 아니, 고승이란 노인들은 눈이 하늘에도 달렸는가? 어찌 덕밀암에서 온 것을 아는가. 하나 절에서는 꼬박꼬박 캐묻는 것을 별로 좋아하지 않아 그냥 "네!" 하고 대답했다.

화월 화상은 혜월 화상의 사제였다. 가야산에서 교룡산은 묘향산 보현사나 설봉산 석왕사에 비하면 지적이나 다름없다. 그러함에도 화월은 혜월 사형이 최제우의 사도난정(邪道亂正)에 연루되어 덕밀암에 연금돼 계심에도 자주 찾아뵙지 못했다. 정축년 동안거가 끝난 정월, 안부나 드리려고 덕밀암을 찾았는데, 백행자 이야기를 들려주었다.

"장안산 아래 죽림촌에 백남현이란 유생이 있네."

"아— 예."

"그 사람 아들이 여기를 왔었지."

"행자로 말입니까?"

"행자라기보다 아주 영민해, 그래 가만히 지켜보았네."

"그릇이 될 만한 소양이 뵈던가요?"

혜월 화상이 고개를 끄덕였다.

"잘 다듬으면 서산대사 심법을 이을만 해."

"아니 그런 아이가 여기를요?"

"2년 나마 있었네…. 개 아비가 찾으러와 보내기는 했네만…."

"이름이 뭐랍디까?"

"상규라는 아이야, 백상규."

"아비가 데리러 왔다면 자성연기가 외연(外緣) 아닙니까?"

혜월 화상이 고개를 저었다.

"아니야, 사물을 보면 자성 아닌 것으로 보려고 하는 것이 특이
하더이."

상규의 감각과 직관이 항상 평행을 이루려 한다는 뜻이었다. 화
월 화상이 고개를 끄덕이면서 물었다.

"아비를 따라 집으로 갔다면 어디 쉽겠습니까?"

"아닐세. 다시 올 거야. 평생 운수(雲水)와 함께할 얼굴이거든."

화월 화상은 잠자코 듣고만 있었다.

"오면 자네한테 보낼 테니, 잘 다듬어 보게."

해인사로 보내겠다는 것은 상규가 사는 곳과 멀리 떨어진 곳으
로 행방을 감춰주겠다는 이야기 같았다. 화월 화상은 두어 달 전
사형 혜월 화상을 찾아갔다가 그런 이야기를 나눈 적이 있었다.

"네 이름이 무엇이냐?"

"백상규라 하옵니다."

쓱 보니 듣던 대로 영민해 보였다. 무슨 일이든 붙들기만 하면 끝장을 낼 몽니까지 있어 보였다.

"그래 여기는 뭘 하러 왔느냐?"

"저, 지금 그런 한가한 말씀 들으러 오지 않았습니다."

이놈 봐라? 대번 툭 튀었다.

"그럼 무슨 일을 하러 왔느냐?"

"이빨에 수염 난 사람을 찾으러 왔습니다."

화월 화상은 쿡 웃음이 나왔으나 꾹 눌렀다.

"여기에 오면 그런 사람이 있다더냐?"

"예! 저희 스승 혜월 큰스님께서 그리 말씀하셨습니다."

이 녀석이 뭘 알고 하는 소린가. 화월 화상이 말을 돌려 물었다.

"뿔 난 토끼를 보았느냐?"

대번 고개를 번쩍 들었다.

"토끼 뿔이라뇨?"

신기한 듯 그 말을 확 끌어당기는 눈빛이었다. 흠! 듣던 대로군….

"그런 토끼가 있다면?"

그 말에 허헛! 웃었다.

"그럼 저의 스승이신 혜월스님이 순 거짓말쟁이군요."

말의 낙처(落處)를 꿰뚫고 얼굴이 환해졌다.

"이제 알았느냐?"

그 말에 자리에서 벌떡 일어서더니 큰절을 올리고 다시 앉았다.

"하마터면 저는 눈까지 못 볼 뻔했습니다."

"흐음! 그것이 판치생모(板齒生毛)니라."

상규가 활짝 웃는 것을 보고 화월 화상이 다시 물었다.

"집에 놓고 온 게 없느냐?"

말이 떨어지기 바빴다.

"있습니다."

"그것이 무엇이냐?"

"측간에 갔는데, 밑을 닦지 않고 왔습니다."

타고났는지 선리가 선방에서 두어 철 지낸 수좌보다 나았다.

"그럼 어찌 할 테냐?"

"그것이 금덩어리라면 쪼개서 나눠주겠으나, 금덩이가 아니라 걱정입니다."

보통 총민한 아이가 아니었다.

"그렇다면 칼이나 도끼는 필요 없겠구나?"

"…………!"

대답을 못 했다. 화월 화상이 말을 이었다.

"옛날 당나라에 조주선사라는 대화상이 있었느니라. 어떤 사람이 너처럼 귀중한 금덩이가 10관이나 있다고 그러면서 길 가는 사람들을 붙잡고 따져 물어, 누구든 바로 깨달은 말 한마디만 하면 금덩이를 그냥 주겠다고…, 몇 사람과 이야기를 했으나, 딱 들어맞는 말이 아니거든. 맨 마지막으로 조주선사가 그 사람 집으로 갔어. 그랬더니 한마디만 바로 하면 금덩이는 물론 더 귀한 것까지 주겠다고 그래. 그 말을 듣고 조주선사가 삿갓을 쓰고 그냥 나와 버렸느니라."

상규가 눈망울을 굴렸다. 의단이 적중으로 들어맞는 것 같았다.

"자, 늦었으니 오늘은 여기서 자고 볼일 없으면 내일 돌아가거라."

화월 화상이 자리에서 일어섰다. 부러 문을 열고 밖으로 나가려다 눈치를 보려고 한마디를 더 붙였다.

"승가에서는 떠나는 사람은 뒷모습을 안 보인다."

집으로 가려면 아무 소리 말고 가라는 이야기였다. 화월 화상은 시자를 불러 행자에게 객실을 내주라 하고는 밖으로 나갔다.

상규는 시자를 따라가 저녁을 먹고 안내해준 요사채 방으로 들어갔다. 머릿속에 번뜩 떠오른 생각은 사람은 왜 지나온 어제 속으로 시차 없이 되돌아갈 수 없을까 하는 문제였다. 활을 떠난 화살은 다시 돌아올 수 없고, 한번 흘러간 물은 도로 거슬러 올라올 수 없다. 장수 조대감집 마루에 풀어놓은 방물 보따리를 지금 사랑채 한쪽에 붙은 측간에서 오줌을 누고 들어온 것처럼 왜 시간은 압축되지 않을까? 방물보따리가 아까워서가 아니다. 그에 따른 시차적 문제가 집채 같은 바위가 되어 가슴을 짓눌렀다. 깨뜨린 달걀이 깨지기 전 달걀로 다시 되돌아갈 수 없도록 이 세상에 무엇이 그것을 거부하는가. 상규는 이빨에 난 수염을 보려고 몇 달에 걸쳐 극락암까지 와 판치생모란 말로 해결을 보았지만, 다시 장수 조대감집으로 달려가 아낙들과 방물을 팔려고 이야기를 나누는 상황으로, 지나온 시간을 감쪽같이 축약시켜 그 자리에 다시 떡하니 서 있을 수 없을까. 그 점이 의혹을 불러일으켰다. 고상한 말로 표현하면, 꽃 떨어지는 것을 보면 간살스럽게 사사로운 감정까지 몸살 나게 하지만, 물 흘러가는 것은 보면 무감각으로 있다가 뒤늦게 꽃 떨어진 것을 그리워하게 만든다. 이런 감정은 공자님도 해결 못한다. 맹자님도, 물론 퇴계선생도….

왜 시간은 앞으로 가기만 하고, 필요에 따라 재강아지 눈 감듯 감쪽같이 다시 지나온 그 자리로 되돌아올 수 없을까. 시간은 무 엇이며, 도대체 무엇이 시간을 그렇게 만들어 놓았는가. 만일 몸과 마음이 텅 빈 공간으로 있다면 시간이 가는 모습을 볼 수 있을까. 아니다 시간을 모두 떠나버렸기 때문에 스스로 공간이 되어 시간 이 무의미한 것이 될 것이다. 이것을 적멸이라 할 수 있을까. 그렇다면 적멸은 시간과 공간이 분리되거나 움직임 그 자체를 허용하지 않을 것이다.

바보! 본시 우주가 그렇게 바보로 만들어진 것 같았다. 한데 시 간이라는 것이 있어가지고, 시간을 따라 계속 가면 나에게 남겨진 것이 없을 같았다. 그것을 모두 떠난 것이라 할 수 있을까. 아니다, 시간을 따라왔으니 적멸은 아닐 테고, 거기에는 죽음이 기다리고 있다. 죽음이 무엇이기에 사람들은 죽음을 두려워할까.

상규의 생각은 거기에서 막혔다. 다만 시간을 따라 산다는 것이 그렇게 허망한 것임을 알았다. 그러함에도 사람들은 작은 이익 앞에서 악쓰고, 싸우고, 훔치고, 뺏고, 권력을 가진 사람은 백성들이 낸 세금을 아무렇지 않게 자기 호주머니에 넣는다. 그것이 뻔뻔한 짓인데 되레 잘 났다고 우쭐거린다.

그러다가 나라까지 빼앗겼다. 우리는 왜 덧셈과 뺄셈이 없는 하나의 세상으로 영원히 존속할 수 없을까. 왜 우리가 사는 공간은 나부끼는 무엇이 있어도 거기에 경도되지 않은 고정된 표준이 없는가. 상규는 가슴이 터질 것처럼 혼란스러웠다.

이튿날 아침 일찍 일어나 답답한 가슴을 털어내려고 큰절로 올라갔다. 관음전 앞을 돌아 앞마당에 장엄한 3층 석탑을 돌아보고 계단을 올라 대적광전 안을 들여다 보니, 아이구야! 모셔져 있는 부처를 덕밀암 부처와 비교하니 덕밀암 부처는 도토리였다. 다시 장경각으로 올라가니 어마어마한 집채의 나무창살 사이로 경을 새긴 목판이 빽빽하게 들어차 있었다. 대단하다, 대단해! 감탄의 목소리를 연발하면서 다시 극락암으로 내려왔다.

떠나는 사람은 뒷모습을 안 보인다고 했지? 나는 안 간다, 안 가! 덧셈과 뺄셈이 없는 고정된 세상의 표준을 찾지 않고는 극락암을 떠나지 않겠다, 속으로 굳게 다짐하면서 화월스님 방 앞으로 갔다.

"저 백상규옵니다."

문을 똑 똑 두드리니 방문이 열렸다.

화월 화상은 어제와 똑같은 자세였다. 찻잔이 놓인 서탁 너머에 단주를 돌리고 앉아 있었다, 여전히 흐트러짐 없이. 상규는 절을 올리고 마주보고 앉았다.

"한 가지 묻겠습니다."

불쑥 말을 꺼냈다.

"뭐냐?"

"시간은 왜 뒷걸음질 없이 앞으로만 갑니까?"

진사 수탕나귀 보듯 화상이 한참 쳐다보았다.

"뻥! 터져서 그렇다."

아니 시간이 뻥 터지다니? 지붕에서 호박 떨어진 소린가.

"스님께서는 제가 얼빠진 아이로 보입니까?"

뻥 터졌다는 말의 반격이었다.

"겉이 끝없이 부풀어 안이 텅 비어 그렇다."

이건 동문서답도 아니고, 불알 가려운데 등 긁는 소리도 아니다.

"제 말뜻은 그게 아니고요, 큰스님 서탁에 놓인 찻잔이 만일 옷소매에 걸려 아래로 떨어져 차가 팍 엎질러지면서 찻잔이 깨졌다면 말예요. 깨진 찻잔이 다시 뒷걸음질 쳐 엎질러진 차가 도로 찻잔에 담겨 서탁에 놓인 이전 상태로 왜 되돌아가지 못하느냐 그걸 묻는 겁니다."

"그러니까 네놈 말은 수염 하얗고 머리도 하얀 노인이 뒷걸음질 쳐 수염이 검어지고 머리도 검어져서 다시 팽팽한 젊은이로, 그 젊은이가 어린아이로, 그리고 다시 아기가 되어 제 어미 뱃속으로 왜

들어가지 못하느냐, 그것을 묻는 것이렷다?"

"그렇습니다. 시간의 역순 말예요."

"땅덩어리가 둥글다는 건 알고 있느냐?"

"네! '진서' '천문지' 혼천의주(渾天儀注)에 하늘은 달걀껍질과 같고 땅은 달걀 안 노른자와 같이 홀로 놓여 있다는 내용을 보았습니다."

"흐음―! 땅은 공처럼 둥글다, 그리고 동쪽에서 떠오른 해가 서쪽으로 한 바퀴 돌면 낮과 밤 하루다. 그런데 해는 제자리에 가만히 있고 사실은 땅이 도는 게야. 땅이 돌면서 우리가 알아차릴 수 없게 흔들려. 똑딱! 하는 순간에 3만 2천 번 탁탁탁, 끊겨 이어진다. 한 번 끊긴 것을 1찰나라 하는데, 이게 끊겨 있으면서 뒤로는 안 가고 앞으로만 가. 그래서 땅덩어리가 태양을 한 바퀴 도는데 1년이 걸린다. 그게 시간이다."

내참! 이게 메주 먹고 술 트림하는 소리라는 게다. 땅덩이가 태양을 돈다는 말은 알겠는데, 똑딱! 할 때 3만 2천 번, 그것도 탁탁 끊겨 앞으로만 간다는 말은 춤 동작이 너무 커 팬티 속까지 보인다는 말과 같았다. 상규는 너무 엉뚱해 손바닥으로 입을 막고 킥킥 웃는데, 화월 화상이 이야기를 계속했다.

"바다는 합쳐진 시냇물이 강물이 되어 흘러들어가 이루어진 것이다. 몇 십 년, 몇 백 년 강물이 바다로 흘러들어가지만 넘친다는 말을 들어보았느냐?"

"듣지 못했습니다."

"바다도 한 방울 한 방울 물방울이 모여 이루어져 있다. 여울에서 물방울이 빠르게, 강으로 들어오면 천천히 흐르지 않더냐? 가령 네가 독립된 물 한 방울이 되어 흘러가면서 관찰한다면 빠르게 흐르기도 하고 천천히 흐르기도 한 모습을 볼 수 있겠느냐?"

"볼 수 있을 것 같습니다."

"시간도 마찬가지다. 일반 사람들에게는 똑같은 방향 똑같은 간격으로 도망친 것 같지만 어떤 대척점에서 관찰하느냐에 따라 시간이 빠르게 흐르기도 하고 느리게 흐르기도 한다."

"그럼 시간이 춤추는 도깨비 같다는 말씀입니까?"

"이놈아, 도깨비도 수풀이 있어야 재주를 부려."

수풀, 수풀이 뜻하는 것이 뭘까. 재주를 부릴 만한 능력이겠지….

"사람은 누구에게나 시간이 있다. 너한테도 네 시간이 있고, 나한테도 내 시간이 있어. 그렇게 있는 시간을 따라 앞으로만 가면 종국에 어디에 이르겠느냐?"

"그야 죽음 아니겠습니까?"

화상이 상규를 한참 바라보고 있다가 말을 이었다.

"숨을 흡 들여 마셨다 푹 내쉬고 나면, 숨을 들여 마신 것은 벌써 과거가 되고, 다시 숨을 들여 마시려고 하는 것은 미래가 돼. 그래서 과거심·현재심·미래심이 있다."

"과거심·현재심·미래심이 시간이란 관점에서 볼 때 똑 같은 것입니까?"

"아니다, 다르다. 그래서 불가득이라 했느니."

"불가득이라뇨?"

"시간은 지나온 이전으로 뒷걸음쳐 똑같은 체험을 할 수 없다 그 말이다."

"그것 참, 시퍼런 칼날이군요?"

"그렇고말고 지나가면 끝이다."

"그렇다면 어떻게 하고 살아야겠습니까?"

"도깨비가 재주를 부리려면 숲이 필요하듯 울창한 숲속으로 들어가 재간을 닦으라는 것이다."

화월 화상이 손에 쥐고 있던 단주 알 하나를 가리켰다.

"이 단주 알이 무엇이냐?"

"나무를 구슬처럼 둥글게 깎은 것 아닙니까?"

"더 정확이 말하면 이것도 물건이다. 구체적이면서 개별적인 이런 것들을 사물이라고 하지 않더냐. 이런 것들이 널려 세상을 이루고 있어. 이런 것들 사이로 시간이 슬금슬금 왔다가 휙 지나가는데, 그렇게 지나가는 시간을 이 단주 알처럼 하나의 사물로 보란 게야."

"그러니까 시간이 지나가지 못하게 꽉 뭉쳐 말뚝 박듯 한곳에 고정시켜 놓으라 그 말씀이십니까?"

화상이 고개를 끄덕이면서 상규를 쳐다보았다.

"말귀가 밝구나."

"아니, 움직이는 것을 무슨 재주로 그리 할 수 있겠습니까?"

"집중하면 그렇게 할 수 있다. 시간을 한곳에 고정시켜 놓고 보면, 시간의 중심이 내 마음 한가운데 위치해 있다. 네가 시간을 대신해 앞으로 나아가기도 하고 뒤로 되돌아가기도 하면서 시간 외부의 것들을 보게 돼. 사물이 변화하는 모습뿐만 아니라 공간도 보인다. 거기서 좀 더 나아가면 시간과 공간이 하나로 있는 것을 보게 될 게야."

순간 상규는 '이뭐꼬? 의심하면서 네가 너를 스스로 보아 마음을 한곳으로 모으라'는 덕밀암 혜월 화상의 말이 머릿속을 스치고 지나갔다.

"그것이 판치생모 아니옵니까?"

"허허허허…, 고놈!"

화월 화상이 통쾌하게 웃었다.

"이놈아, 그래야 네가 측간에 갔다가 안 닦고 나온 네 밑이 스스로 닦여."

어찌 들으면 황당한 이야기 같았는데, 그 속에 수행이란 뜻이 숨어 있었다.

"스님께서는 가야산도 돌려놓고 꾸미시겠습니다."

허풍이 어지간하다고 비아냥을 놨더니, 화월 화상이 돌리던 단주를 딱 멈추며 눈썹을 꼿꼿이 세웠다.

"이놈이 그만큼 이야기했는데도 격발은커녕 귓구멍으로만 알려고 해?"

꼿꼿이 일어선 눈썹이 파르르 떨었다. 상규가 파르르 떠는 눈썹을 보고 킥 웃었다.

"알고 있습니다. 온몸을 던져도 어렵거늘, 귀로 듣고 머리로 주산 알 튕겨봐야 말짱 헛일이라는 것."

화상이 손에 든 단주를 휙 집어던졌다.

"그만 나가거라!"

나가라고 해놓고 화상이 자리에서 솟구치듯 일어섰다. 환히 알고 있는 놈을 앞에 놓고 여러 소리를 했다싶은지 먼저 밖으로 나가버렸다. 상규는 닭 쫓던 개 지붕 쳐다본다는 말이 실감났다. 화월 화상 이야기의 포인트는 수행이라는 것에 있었는데, 말이 수행, 수행이지 그것은 산 너머 산이요, 물 건너 물이었다. 오목장이 아무리 분주해도 볼 장만 보면 그만 아닌가? 아니다, 상규는 고개를 흔들었다. 인간지사 새옹지마라는 회남자의 말은 틀렸다. 새옹지마란 시간이 슬금슬금 왔다가 휙 지나간 뒤에야 시간이 지나갔구나 하는 사람들이 요행을 바라는 도박과 같은 것이었다.

가만히 생각해 보니 상규는 난행난사였다. 이대로 집으로 가면 아버지는 납채를 보낼 것이고, 조대감집에서 납폐와 전안할 날짜를 정해 택일단자가 오겠지. 여기 이대로 있으면 혼사날짜가 정해지고, 신랑이 흔적을 감춰버려 혼사가 깨져 버릴 것이다. 규수를 보겠다고 방물장수로 나서지 않았더라면 혼례가 치러지고 춘향이 같은 조대감집 규수를 아내로 맞았을 것이다. 그리고 나서 갓바치 내일 모레 하듯 숨 가쁘게 세상을 살아가겠지.

그렇게 살아서는 안 된다. 화월 화상이 '격발'이라 하지 않는가. 온 마음과 몸으로 치고 박고 달려들면 한 좌표(대척점) 밖에 있는 시간을 보게 된다고 가르쳐주지 않았는가. 그래야 측간에서 안 닦고 온 밑이 스스로 닦인다는 거다. 노자도 그랬지, 있는 것과 없는 것 그것은 유현하고 유현해 교묘하기 짝이 없는 변화의 비법[玄之又玄 衆妙之門]이 된다고…. 더구나 지나가버린 과거를 다시 맞닥뜨려 경험하게 되는 것과 똑같은 상황이 될 수 있다면 인생을 도박으로 살아서는 안 된다. 도박은 허깨비 살림이다. 조대감집 규수와 평생을 오순도순 산다고 해도 그것이 허깨비 삶이 되지 않는다는 보장이 어디 있는가.

상규는 하루를 머물렀다 다시 화월 화상을 찾았다.

"저를 여기에 머물게 해주십시오!"

화상이 이윽히 바라보았다.

"그건 왜냐?"

"어제 격발하라 하지 않았습니까? 머리로 치고, 가슴으로 들이받아 홍제원 인절미라도 되어야 사는 길이 보일 것 같습니다."

화월 화상이 흐흠―! 하고 웃었다.

"좋다! 그러면 깎겠느냐?"

머리를 깎겠느냐는 물음이었다.

"그게 무슨 대숩니까?"

그래서 상규는 극락암에 눌러 앉게 되었고, 그해 하안거 입제날 개울 건너 큰절(해인사)로 가 화월 화상을 은사로, 상허 혜조율사가 사미계를 주어 진종(震鍾)이라는 새 이름을 얻었다.

향상일로

백남현은 장수 조대감집으로 청혼서와 상규 사주를 보냈다. 곧 조대감집에서 납폐와 전안(奠雁), 택일단자가 왔다. 다음 차례는 납폐서와 혼수품을 조대감집으로 보내면 된다. 일이 이렇게 척척 진행되고 있는데, 규수 얼굴을 보러 간 상규가 오리무중이었다. 조대감 집에서 납폐서와 혼수품을 보내오면 정해진 날짜에 혼인을 치러야 할 상규가 행방불명이었다.

상규는 영민한 데다 배울 만큼 배웠다. 뉘 집 자식 못지않게 정직하고 올곧은 아이였다. 어릴 때 백운천에서 낚은 고기를 살려준 일 외에 부모 속을 썩이거나 말썽을 부린 적이 한번도 없었다. 덕밀암으로 가 2년 나마 집을 잊어버리고 있었던 것은 서당에서와 달리 색다른 학문을 접하다 보니 거기에 탐닉되어 날짜 가는 것을 몰랐던 것으로 백남현은 이해했다.

낯 들고 다니는 처녀도 선을 보아야 된다는 속설도 있거니와 누구보다도 탐구심이 강한 상규가 규수를 보러 가겠다기에 평생 해로하면서 살아야 할 사람, 미리 얼굴 좀 보는 것쯤이야 그러고는 허락을 했는데, 행방이 묘연했다. 가서 보니 신부될 규수가 언청이거나 먹곰보인 것을 보고 도망친 것 아닐까 하는 생각도 해봤지만, 물집 매파도 그렇고, 상규에게는 서모이지만 선을 보고 온 제 어미도 신부감이 보기 드문 미인이라 했다. 대사에는 낭패가 없다는데, 규수가 하도 예뻐 상규가 덥석 끌어안았다든가, 입을 맞춘 실수를 저질렀다면 조대감 집에서 택일단자를 보내오지 않았을 터, 북두칠성이 앵돌아졌는지 전개되는 일이 꺼림칙했다. 이 혼사가 잘못되면 백남현이나 조대감이나 얼굴을 들고 다닐 수 없을 만큼 체면에 손상을 입는다.

백남현은 어떤 총각이 방물을 팔러와 규수 집 마루에 방물보따리를 펼쳐놓은 채 측간에 간다면서 흔적 없이 사라져버렸다는 이야기를 들었지만, 상규가 그런 엉뚱하기 짝이 없는, 더구나 뒷감당 못할 일을 저지를 아이라고는 생각하지 않았다.

할 수 없었다. 사람을 풀어 상규를 찾아 나섰다. 뻔히 아는 덕밀암에는 가지 않았을 것이란 생각이 없는 것은 아니었으나 급하면 업은 아기도 찾는다고 교룡산 꼭대기 암자로 올라가 보니, 혜월 화상은 시자를 데리고 출타하고 없었고, 부목 양처사도, 공양간 할머니도 상규가 집으로 돌아간 뒤 한 번도 오지 않았다고 말했다.

신랑 없이 혼사를 치를 수는 없는 일, 혼사가 깨지면 백남현이나 조대감이나, 봐라! 양 새끼는 아무리 잘 키워도 준마가 되지 않는다는 소문이 자자하겠지…. 물집 매파는 항우도 댕댕이 넝쿨에 넘어진다고 평생 중매를 하면서 신랑 될 총각이 행방불명된 적은 한 번도 없었다면서 방물장수로 나타난 총각이 상규 아니냐는 의심을 갖게 했다. 누구보다도 아들을 믿는 백남현은 매파할머니의 그 말을 귀담아 듣지 않았다. 하지만 결국 혼사는 깨지고 백남현이나 조대감은 남세스러운 얼굴로 사람들을 대해야 했다.

    진종으로 이름이 바뀐 상규는 집안에 그런 사단이 생긴 줄도 모르고 시간과 공간이 하나로 겹쳐진 경지에 이르겠다는 과제에 몰두해 있었다.

    하루는 화월 화상이 찾아서 갔다.

    "앉아는 보았느냐?"

    참선을 해보려고 한 적이 있느냐는 물음이었다.

    "예 덕밀암에서 시늉으로 앉아 보다 말았습니다."

    "앉아 보니 어떻더냐?"

    "처음에는 다리가 저리고 엉덩이에 옹이가 박힌 것 같더니, 차츰 풀리면서 가가에 미타불이요, 처처에 관음이 보이는 것 같았습니다."

    칭찬을 해줄 줄 알았더니 도리질을 하면서 다시 물었다.

    "조주무짜 이야기는 들어 보았느냐?"

    "예! 지난 번 동안거 결제 때 큰절 방장스님이 법상에 올라 조주무짜 이야기를 해서 열심히 들었습니다."

    "그래 어떻더냐?"

"답이 뻔히 나와 있는 말씀이더군요."

"어떻게 답이 나와 있더냐?"

"개에게 불성이 있느냐고 물으니까 있다는 거 아닙니까? 그러면 왜 가죽부대 속에 들어가 있느냐고 물으니, 알고 범했기 때문에 그랬다는 겁니다. 또 다른 수좌가 개에게 불성이 있느냐는 똑같은 질문을 하니, 이번에는 없다는 겁니다. 생명 있는 것들은 모두 깨달음의 인자가 있는데, 왜 없느냐고 하니, 본래평등무차별이라는 것을 지각 못해서 그렇다는 거 아닙니까?"

"의심을 해보지도 않고 어째서 그게 뻔한 답이라는 게냐?"

"불법이라는 것이 끊임없이 구르는 수레바퀴 같아, 살아 있는 것들이 몸뚱이로, 또는 생각으로 저지른 잘못 때문에 생사를 반복한다는 것을 밑바탕에 깔고 있지 않습니까? 그러니 알고도 잘못을 저질렀으니 개도 될 수 있고, 개가 되었으니 본래 제가 지니고 있는 평등무차별한 깨달음의 인자를 지각 못한다는 것은 당연한 이야기 아닙니까?"

화월 화상이 들어 보니 '조주무자'를 책보고 배운 지식으로 꿰맞추어 상식으로 받아들인 것 같았다.

"너는 교학을 공부하지 않았는데, 어떻게 그걸 아느냐?"

"노자도 읽고 주역도 보았습니다. 그만큼 읽었으면 알 만한 내용 아닙니까?"

"의리선 이야기를 들어 보았느냐?"

진종이 고개를 들었다.

"아직 못 들어 봤습니다."

"원래 선에 '의리'라는 말이 있었다. 그러나 의리에 선이라는 말을 붙여 '의리선'이라고 하지 않았다. 근래에 백파긍선 선사가 말이나 문자의 속뜻에 맞추어 초보자는 의리선으로 출발해 여래선으로, 그리고 조사선으로 들어가야 한다고 주장했다. 하지만 선문에서 의리선은 죽은선[死句禪]이라 하느니라."

"그럼 어떻게 해야 합니까?"

"여래선이다, 조사선이다, 그런 이름에 사로잡히지 말라."

"네, 알겠습니다."

"이제부터 내 말을 잘 들어!"

"예!"

"어떤 수좌가 조주선사한테 물었지. 털끝만큼 견주어 보는 것이 있으면 어떠합니까? 하늘과 땅만큼 차이가 있느니라. 수좌가 다시 물었어. 털끝만큼도 견주어 보는 것이 없을 때는 어떠합니까? 하늘과 땅만큼 차이가 있느니라 그랬다. 자 어떻게 생각하느냐?"

끓는 가마솥에 종발소리요, 귀신 굴에 살림살이라[1]더니, 참 희한하기 짝이 없는 말이었다. 진종은 말이 막혔다.

"옛날에 진정(眞爭)선사가 그 말을 듣고 '선방으로 들어와 차나 마셔라' 했다."

이거야말로 구름으로 바람 잡는 소리였다. 조롱박도 모양을 보

---

1) 진제선사의 '향상일로'.

아야 그럴 수 있는 법인데, 어찌 가르쳐주는 선지식의 얼굴도 모르고 부처를 본다는 이야긴가. 좌우지간 선원 주변에 떠돈 이야기들은 낮에 나온 도깨비처럼 해괴하기 짝이 없는 것들이 많았다.

"저도 차나 마실까요?"

한 번 대질러 보았더니, 화월 화상의 목소리가 높아졌다.

"공연히 애쓰는 것은 원숭이가 물에 비친 달을 잡으려는 것과 같다."

"찬찬히 생각해 보겠습니다."

"생각으로는 되지 않는다!"

탁, 못을 박았다. 더 앉아 있다가는 가슴만 터질 것 같아 진종은 밖으로 나왔다. 쌀 한 가마니를 어깨 위에 올려놓은 것처럼 온몸이 무거웠다. 봄바람이 불면 꽃이 피고, 잎이 푸르면 새가 울고, 하늘이 높아지면 단풍이 지는 극락암에 이리 무거운 짐 덩이가 웬일인가. 이거야말로 괜히 자초해서 벌어들인 고초 같았다.

선원이라는 곳이 원래 그런 곳인가. 달거리 없는 여자가 아이를 낳으니 4월 보름이라느니, 며느리가 나귀를 타고 시어머니가 말구종을 한다느니, 몽둥이로 후려갈긴다느니 하여간 별의별 이야기가 떠돌았다.

하나 진종은 몽둥이로 두드려 맞는 일이 있더라도 맞서기로 했다. 그 길로 큰 절 방장실로 찾아갔다. 몇 십 년씩 참선을 한 수좌들도 방장실 앞에서는 가슴이 퉁게퉁게 한다는데, 엊그제 사미계를 받은, 한마디로 애송이가 방장실로 뛰어 들어가니 모두 제정신이 아닌 놈으로 보았다. 그러거나 말거나 진종은 방장스님 앞에 엎어져 삼배를 하고 단정히 앉았다.

"조주무짜가 무엇입니까? 다시 일러주십시오."

말이 떨어지기 바빴다.

"자유자재의 지혜를 여는 열쇠다."

"그 열쇠가 어떠합니까?"

"홀로 하늘을 걸을 수 있으나, 시퍼렇게 날이 선 칼이다."

"잘못했다가는 몸뚱이가 두 동강 나겠군요?"

"길 위에서 자취마저 사라진다."

어려운 이야기였다.

"그렇다면 코에 끈을 꿰어 똑바로 가게 해야겠군요."

방장스님이 진종을 이윽히 바라보았다. 엊그제 계를 받은 아이가 틀림없는데, 말을 척척 받아넘기는 모습이 예사 아이가 아니구나, 그런 생각을 하는 것 같았다. 방장스님이 한 단계 올렸다.

"네가 앉아 있는 곳이 어디냐?"

"그걸 모르겠습니다."

"사천하를 비춘다."

"시간처럼 있는 것과 없는 것을 싸잡아 함께 지나가는군요."

"허허, 이놈! 시자야, 몽둥이 가져오너라."

방장스님이 시자를 불렀다.

"이놈이 주둥이만 열렸어!"

"저 몽둥이 안 맞겠습니다."

진종은 황급히 일어나 절을 하고 방장실을 나왔다.

미련한 놈도 한 고집은 있다. 나라 다스리는 위치에서 권력을 잡으면 설삶은 말 대가리 같아 똥구멍에 불송곳도 안 들어간다. 그러고는 돈 많은 사람 지갑만 넘겨다본다. 여자의 경우 그 정도가 지나쳐 여우 뺨치는 동업자를 불러들여 '가보시키' 하자며, 권력을 사적으로 활용해 '머니 론더링(money laundering)'으로 백성들 돈을 빼돌린다. 그러다보면 욕심이 "놀부 너는 저리 가"가 되어 국정농단으로 이어진다.

민비가 그런 여자라는 뜻은 아니다. 고종이 나이가 들었으니 친정을 한다하여 대원군을 몰아내고 권력 공유의 '책실(策室)'로 들어앉았다. 책실이 나라 밖 사정에는 생쥐 멍석 구멍 내다보듯 그러면서, 제 안방 거울만 나무랐다. 조선이 이 지경이 되니 일본 사람들이 활개를 아니 칠 수 없었다. '조일수호조규' 부칙 '조일무역규칙'을 들이대 쌀·콩·금 등을 똥값으로 수입해 들이고, 제 놈들 나라 쌀을 국제시장에 비싼 값으로 내다 팔아 국익을 챙겼다. 어찌 일본뿐이랴, 고종 책실 뒤에 썩은 생선 속에서 나온 벌레들이 자빠지는 나라의 기둥을 헌 사챙이로 세우겠다고 달려들었는데, 사자 아가리 같은 영국, 프랑스, 독일, 러시아 여러 나라와 통상조약을 맺어 미친 년 떡 퍼주듯 국민 세금을 퍼주었다. 이리되니 민씨 패거리들이 온갖 감투를 나눠 쓰고 가만히 앉아 나라 금고만 파먹는 벌레가 되었다. 나라의 운명이 잿불화로에 불씨 꺼져가듯 그 지경으로 치닫던 때였다.

화월 화상은 진종이 큰절 방장실로 대거리를 하러 들어가더라는 이야기를 듣고 슬쩍 불러 속을 떠보았다.

"그래 방장스님 직하불긍(直下不肯)이 무엇이더냐?"

방장스님께서 직하에 인정하지 않는 것이 무엇이더냐고 물었다.

"별 것은 아니고요…, 몽둥이로 때리겠다고 하기에 도망쳤습니다."

그러면 그렇지, 틀림없이 제 머릿속에 든 것으로 덤벼들었을 터인즉, 몽둥이질 하겠다는 말씀이 나오지 않을 리 없었을 터이다. 화월 화상은 방장스님과 진종이 마주 앉아 어떤 정경을 펼쳤는지 눈에 보이는 듯했다. 책을 보아 아는 식견도 아무나 갖추기 어려운 귀한 지식이기는 하지만, 지식이 기연(機緣)을 방해하는 장애물임은 두 말할 나위없다. 차라리 돼지를 길들인 것보다 좀 안다는, 식견 있는 자들을 길들이기가 더 어렵다. 진종과 같이 식견이 뛰어난 수행자들은 일단 몸으로 부딪쳐 알게 해야 한다. 숨을 못 쉬고 헉헉대며 발버둥 치게 하는 것만이 약이 아니다. 그래서 차분한 목소리로 이야기를 꺼냈다.

"육조대사께서 대중들에게, 나한테 한 물건이 있는데, 모양도 없고 이름도 없다. 보면 있는 듯하고, 없는 듯도 해, 메아리처럼 빨라 따라갈 수도 없고, 황홀해서 측량할 수도 없다고 하셨다. 무슨 물건인지 알겠느냐?"

진종이 대답했다.

"모르겠습니다."

"그렇겠지…, 있기는 있으나 머리도 없고 꼬리도 없다. 위로는 하늘에 닿고 아래로는 땅에 꽉 차, 밝기로 말하면 태양과 같고 검기로 말하면 옻칠과 같다. 그것이 늘 움직여 우리가 항상 쓰고 있는데도 손으로 잡으려 하나 잡히지 않는 그것을 한 물건이라 한다. 제자들한테 그런 물건이 있는데, 알 수 있겠는가 하고 물었다."

"그래서요?"

"신회라는 어린 제자가 벌떡 일어나, 그게 부처님의 애당초 깨달음의 인자이자 저의 본래 성품입니다, 그랬어."

"잘못된 이야기는 아닌 것 같습니다."

"물론 잘못된 이야기는 아니다. 그런데 육조대사께서 차후에 너는 많은 사람들 선생은 되겠으나, 밑바닥 없는 배를 타고 구멍 없는 피리를 불지 못하겠다고 막 나무라셨지. 그게 뭔지 알겠느냐?"

진종이 말이 막혀 대답을 못했다.

"그걸 알아내는 게 우리가 할 일이다."

"알아낼 방법이 있습니까?"

화월 화상이 고개를 끄덕였다.

"있다! 내가 너한테 격발이라는 말을 했던가?"

"네, 하셨습니다."

"격발은 모든 감정과 생각들이 격렬하게 솟구쳐 주먹으로 치고, 머리로 들이받고, 온몸으로 죽기 아니면 살기로 맹렬히 달려들어 뒤로 넘어져 숨이 헐떡거릴 지경에 이르러야 그것을 조금 눈치채

게 된다."

진종이 눈을 까막거리며 듣고 있다가 물었다.

"그럼 어떻게 해야 하겠습니까?"

"내일부터 네가 문자나 지식으로 알고 있는 것 모두를 싹 쓸어 홍류동에 내다 버리고, 대적광전으로 올라가 아무 생각 없이 절을 3천 번씩 하거라."

"사시, 조석예불로 맨날 절만 하는데, 그것도 한꺼번에 3천 번을 하라 그 말씀이십니까?"

"하겠느냐? 못하겠느냐?"

거두절미 우격다짐으로 닦달했다.

"밑바닥 없는 배를 탈 수 있다면 해야죠."

"날마다 3천 번이다. 알겠느냐?"

사정이 이렇게 되어 진종은 대적광전에서 절을 시작했다.

이듬해(1880) 동안거 해제가 되어 혜월 화상이 극락암을 찾아왔다. 사제 화월 화상 근황도 알 겸, 상규가 사미계를 받아 진종이란 새 이름을 얻었다는 이야기는 들었으나, 어떻게 지내는지 살펴보기 위해서였다.

화월 화상은 사형 혜월 화상을 맞아 예의를 갖추고 앉았다.

"공양을 차리겠습니다."

"아닐세, 먹고 왔네."

"그럼 차나 하시죠."

화월 화상은 시자를 불러 다담을 가져오라 하고 다관을 화로에 얹었다.

"그렇지 않아도 찾아뵈려던 차에 잘 오셨습니다."

"소식 없으면 잘 있는 게지. 그 먼 곳까지 올 것 뭐 있나."

"진종이 때문입니다."

"말썽을 피우던가?"

"그런 건 아닙니다만, 길만 제대로 들어서면 쇄락한 불가를 일으켜 세울 큰 그릇이 되겠습디다. 그런데 유가는 말할 것 없고 도가의 학문까지 재간이 펄펄 넘쳐 정작 보아야할 칼날을 못 보고 있습니다."

혜월 화상이 고개를 끄덕였다.

"그럴 게야. 그 녀석 알음아리 습을 나도 알고 있네."

혜월 화상이 우려낸 차를 따라놓은 잔을 들면서 물었다.

"그래 지금 어떻게 하고 있는가?"

"대적광전으로 올라가 절을 하라 했습니다."

"거, 아주 잘했구먼."

"일념발기(一念發起)의 길로 들어서게 하려면 어떻게 해야 되겠습니까?"

혜월 화상이 한참 생각하더니 대답했다.

"주력의 문으로 들어가게 하세."

주력이란 기이하고 존엄해 말로는 설명할 수 없는 불가사의한 것으로 특수하게 감추어진 비밀의 언어를 말한다.

"그게 좋겠습니다. 우선 자신감이 넘쳐 움직이지 않는 굳센 믿음이 마음속에 자리 잡게 되면 지혜를 여는 길(dhyāna)이 무엇인지 제 스스로 알겠군요."

혜월 화상이 고개를 끄덕였다.

"여러 말 할 것 없네. 고운사로 보내세."

"수행에 방해되는 다섯 가지 장애[五障]를 없애주는 데 영험이 있다는 고운사 말씀입니까?"

"거기 수월영민(水月永旻) 장로님 계시느니."

"저도 이야기 들었습니다. 주력수행으로 깨달음을 얻은 장로님이란 거…."

이런 이야기를 나누고 있을 때, 진종이 대적광전에서 3천 번 절을 마치고 극락암으로 내려왔다. 화월 화상 시자로부터 덕밀암 혜월 화상이 오셨다는 이야기를 듣고 화월 화상 방 앞으로 달려갔다.

"스님, 저 왔습니다."

곧 방 안에서 대답이 나왔다.

"어서 들어오너라."

방으로 들어가니 혜월 화상과 화월 화상이 다담 접시를 놔두고 차를 마시고 있었다. 진종은 혜월 화상에게 세 번 절을 올렸다.

"스님께옵서는 연금이 풀렸사옵니까?"

최제우의 사도난정 사건으로 덕밀암과 실상사만 오갈 수 있는 것을 알고 있었기에 그렇게 물었다. 그런데 대답이 깜짝 놀라게 했다.

"법 속에는 사물의 가치를 변별하고 자기의 행위에 대해 옳고 그름, 선과 악의 판단을 내리는 도덕적 의식이 반드시 포함되어 있어야 하느니라. 지금 조선왕조 조정에서 내리는 법에 그런 양식이 들어 있더냐? 높은 자리에서 백성들 사표가 되어야 할 배웠다는 자들이 백성들의 안위와 국익은 팽개쳐 놓고, 되레 일자무식보다 더 막되어 먹은 막말을 쏟아내는 나라에 무슨 법이라는 것이 있겠느냐?"

"그래도 법은 지키라고 있는 것 아닙니까?"

그 말에 혜월 화상이 '흐흠—!' 하면서 곁눈으로 쳐다보았다.

"말은 옳다."

옳다고 한 게 칭찬일까 비아냥일까. 나이도 어린 것이 벌써 동두민이 다 되어 매양 소뿔을 양뿔이라 하면서, 고삐 없는 소를 찾아나서려 한다는 나무람처럼 들렸다. 그런데 다음에 이어진 말이 달랐다.

"원숭이가 마고자 입었다고 귀인은 아닐 터, 나무에서 떨어진 도토리를 멧돼지가 먹으면 멧돼지 것이고, 다람쥐가 먹으면 다람쥐 것이다."

말씀을 들어보니 헛짚었다싶었다.

"지금 나라 사정이 그렇다는 말씀입니까?"

혜월 화상이 고개를 끄덕였다.

"곧 망하게 될 게야…"

나라가 망한다? 진종이 고개를 들었다. 민비를 앞세운 민씨 정권은 평화적 교류라 한 '조일수호조규'가 사기임이 드러났음에도

일본에 김홍집을 보내 『조선책략』이란 책을 가져왔다. 책 속에 좋은 내용들이 많아. 버스 떠난 뒤 손들듯, 부국강병에 개화정책을 편답시고 일본에 신사유람단을 보내고, 청나라에는 영선사를 파견했다. 이 대목에서 성리학적 깡보수들이 새 문명 어쩌고 떠벌리는 사람들을 진보로 여겨 조화를 이루려 하지 않고 '하양이' '빨갱이' 막말을 퍼부어 충돌을 부추기면서 히노마루(ひのまる)에 눈길을 보냈다.

작금에 나라를 작두날에 올려놓은 극우 가짜보수들이 새삼스럽게 전통질서를 지킨다면서 위정척사운동을 벌였다. 뭐랄까, 이 꼴통들은 세계정세에 나라꼴이 어떤 처지에 놓여 있는지, 국제정세는 검은 개 굿 구경하듯 하면서 민심을 두 패로 가르는 데 열을 올렸다. 사대의 가치가 골수에 박혀 다 썩어 껍데기뿐인 청나라가 국방의 방패막이가 될 것이라는 믿음이 허망하게 무너지자, 기득권을 놓지 않으려고 오뉴월 쉬파리 끓듯 앵앵거리면서 신니치(しんにち)에 앞장섰다.

그것마저도 백성들 눈이 밝아져 자기들 마음대로 안 움직여주니 쇠살에 말뼈를 들이대, 입으로 뱉으면 다 말인 줄 알고 강포지욕(强暴之辱)으로 딴지만 걸었다. 병신도 한고집이라고, 외골수 가짜보수들이 방방 뛰는 세상이 되니, 식견 없이도 나라가 망할 망자를 이마에 붙이고 있는 모습이 보였다.

"우물고누도 첫수라고, 나라 법을 지키는 것도 중요하다만, 닭이 맨발로 다니니, 네가 세월을 항상 오뉴월로 알까보아 왔다."

이것이 노심초사다. 혜월 화상 말속에 진종을 간절히 아끼는 마음이 들어 있음을 어찌 모르겠는가.

"네 스승 화월스님과 얘기했다만 이제 자리를 옮겨 보아라."

"자리를 옮기라니요?"

"이곳을 떠나 다른 수행처로 가보라는 뜻이다."

진종은 장수 조대감집 규수 생각이 가끔 떠올라 고개를 세차게 흔든 적은 있어도, 극락암을 떠날 생각은 한 번도 해본 적이 없었다. 선방 수좌들이 해인사가 '나귀를 말뚝에 매듯 마음을 꽉 붙들어 매 집중시키기[繫驢橛] 아주 좋은 도량'이란 말을 자주 들어, 진종도 극락암에 아예 말뚝을 박으려 했다. 그런데 다른 데로 가라니, 두 노승이 해인사에서 쫓아내려고 말을 맞춘 것 아닌가 하는 생각이 없지 않았다.

"그럼 어디로 가면 좋겠습니까?"

슬쩍 속을 떠보려고 물었다.

"의성 고운사로 가거라. 거기 가면 수월영민(水月永旻) 장로님이 계시느니라. 내가 찾아뵈라 했다고 말씀드리고 장로님의 가르침을 받도록 해라."

생각해 보니 나를 훤히 꿰뚫고 계신 두 스승께서 더 좋은 생각이 있어서 고운사 수월 장로님을 소개한 것 같았다.

진종은 바리와 숟가락만 든 바랑을 메고 해인사를 떠났다. 고운사를 물어물어 굽이쳐 도는 산길을 따라 들어가니 등운교가 나왔다. 막 새잎이 돋기 시작한 자작나무 사이로 꼭대기가 반구형인 산봉우리가 보였다. 일주문인 듯 조계문 안으로 들어서서 천왕문을 지나 올라가니 눈에 띄는 누각이 나타났다. 협곡에 기둥을 세워 골짜기를 막아선, 정면 5칸 2층 누각에 가운루라는 현판이 걸려 있었다. 구름을 올라탄 누각이라, 이름은 그럴듯하다만 운치에 앞서 당우가 낡아 쓸쓸하고 스산함뿐이었다.

대웅보전은 가운루 위 반구형인 산봉우리 양쪽에서 흘러내린 계곡 합류 지점 위에 있고, 깊숙한 골짜기 양편에 작은 당우들이 다닥다닥 붙어 와가로 된 산적들 소굴 같다는 느낌이 들었다. 고운사는 왜 사람들의 기를 팍 죽일 듯 위풍당당한 당우가 없는가.

일단 대웅보전에 들러 해인사 진종이 이곳에 왔노라고 부처님께 삼배로 신고를 마치고 나오니, 또래의 스님이 할 일이 없어 오금이나 긁는 사람처럼 골짜기를 내려다보고 서 있었다. 진종은 그 스님 앞으로 가 합장을 하고 말을 건넸다.

"수월영민 장로님을 찾아왔습니다만?"

"수월 장로님이라 카셨습니꺼?"

"예!"

"마, 고운대암으로 가보이소."

오른쪽 산자락 당우를 가리켰다. 뭐, 거치적거리는 겉치레는 싹 빼고 사푼사푼 걸어 세 칸 당우의 현판이 고운대암인 마루로 올라가 문을 두드리니, 옆방에서 키가 작고 몸뚱이가 탱글탱글한 사미승이 도갓집 강아지처럼 쪼르르 튀어나왔다.

"와 예?"

쓱 쳐다보더니 합장도 하지 않고 첫마디가 억센 경상도 사투리였다. 진종은 아무 대꾸도 하지 않고 뻣뻣이 서서 쳐다만 보았다.

"멍교?"

해인사에서 늘 들어본 사투리라 앞뒤소리 빼고 대답했다.

"수월 장로님을 뵈러 왔습니다."

"수월 장로님 예?"

탱글탱글은 눈도 깜짝거리지 않았다.

"예!"

솔직히 지나 내나 절에서 토끼풀만 먹는 주제에 가슴을 떡 벌어지게 뒤로 젖히며 똥똥하게 나온 배를 내밀고, 가래 터 종놈 대하듯 그러면서 방문을 열고 사람이 찾아왔다는 전갈을 주었다.

"들어오시라고 해라."

방으로 들어가 엎어져 삼배를 올리고 윗목에 무릎을 꿇고 단정히 앉았다.

"어디서 왔는고?"

짙은 눈썹의 노승은 얼굴이 해맑았다.

"해인사 극락암에서 왔습니다."

"뭘 하러 왔나?"

"저희 스님께서 가르침을 청하라 하셨습니다."

"해인사에 훌륭한 스님들이 많은데, 내가 뭘 안다고 여기까지 왔나?"

"글쎄요, 제가 하는 짓을 보더니 선원에 앉아 염기염멸(念起念滅)로 성해무풍(性海無風)의 금파자용(金波自涌)이 어렵겠다고 판단하신 것 같습니다."

들은풍월로 떡하니 문자를 쓰니 수월 장로가 씩 웃었다.

"누가 그런 말을 하면서 이리로 가라 하더냐?"

"혜월 큰스님께서 그리 말씀하셨습니다."

수월 노승이 슬쩍 천장으로 눈을 돌리더니, 혜월스님이 보낸 뜻을 알아차린 듯 물었다.

"육자대명왕 진언은 알고 있느냐?"

"예, 옴 마니 반메훔입니다."

"옴 마니 반메훔이 무슨 뜻이냐?"

"육자대명왕 진언입니다."

말이 떨어지기 바빴다.

"종헌아!"

문을 향해 바깥에 대고 소리쳤다.

"예―!"

대답소리와 동시에 방문이 열리더니, 아까 그 탱글탱글한 키 작은 사미가 방 안으로 들어섰다.

"저기 앉아 있는 수좌를 데리고 약사전으로 가 안으로 들어가거든 밖에서 문을 모두 잠가버려라!"

천둥칠 때 송아지가 방앗간에 뛰어들듯 대낮에 생벼락이었다. 약사전에 날 가두라고…? '괴각'이란 괴짜배기 스님을 말한다. 하나 노장스님들을 괴각이라 부르지는 않는다. 그런데, 큰스님들 가운데 간혹 염통이 비뚤어졌는지 쓸개가 새는지 '3×7은 21'이 분명하건만 그런 것에 부러 눈을 감아버린 막무가내 선장(禪丈)들이 없는 것은 아니다. 이런 걸 논두렁에 구멍 뚫는 짓이라고 한다. 진종은 졸지에 상전을 잘못 만나 곤장 맞은 종놈 꼴이 되었다.

탱글탱글 스님을 따라 약사전으로 가면서 저 뚱뚱이 탱글탱글의 발을 걸어 자빠뜨리고 냅다 튀어버릴까 하다가, 혜월스님 법명을 누설한 것 때문에 꾹 참고 약사전으로 들어갔다.

탱글탱글이 부처님 탁자 밑에 방석을 깔아주고 나가면서 혼잣소리처럼 중얼거렸다.

"만다꼬 그라노? 미치삐겠네. 내 문 안 짱구마. 칵 도망치삐라!"

그러고는 밖으로 나갔다.

약사전 부처님은 석불이었다. 등 뒤에 이글이글 불타는 무늬를 새겨 세워놓은 돌이 키를 세워놓은 것처럼 보였다. 진종은 열이 정수리까지 뻗쳐 '도망치뿔까' 하다가 저 돌부처가 손을 들어 머리통을 내리누를 것 같아, 섣부른 재간에 마빡 터진다는 생각을 하면서 하이고 마! 그러고는 눈을 내리깔았다. 탁자 위에 목탁과 요령이 놓여있었다. 문득 원효대사도 표주박을 때리면서 나무아미타불, 나무아미타불 했다는 생각이 떠올랐다. 인생사 이판사판이다. 목탁을 집어 들고 자리에서 일어섰다. 다시 세 번 절하고 목청을 가다듬었다.

정구업 진언,

수리수리 마하수리 수수리 사바하…,

냅다 목탁이 쪼개지도록 두드리면서 소리를 높였다.

신묘장구대다라니,

나모라 다나다라 야야 나막알약 바로기제 새바라야…,

밖에 어둠이 내린 것도 몰랐다. 갑자기 문이 펄쩍 열리면서 탱글
탱글이 안을 들여다봤다.

"니 미칫나?"

그의 손에 밥과 반찬이 올려진 쟁반이 들려 있었다.

"밥 무가면서 히라!"

뭐, 이 신세가 되었는데, 새삼스럽게 수월 화상을 다시 만나고
자시고 할 것 없다. 차라리 약사전 안에서 '디비지 죽자' 사람을 들
어가라 해놓고 밖에서 문을 잠그게 놔둘 것이 아니라, 내가 안에
서 문을 잠가 스스로 갇혀버리자. 진종은 약사전 문을 콱 닫아걸
었다. 밤이 깊어져 졸리면 토막잠을 자면서 '옴마니반메훔'을 외다
가 '신묘장구대다라니'를 외고, 때로는 '능엄신주'도 외웠다. 이래봬
도 각정이뼈를 감싼 살가죽이 베껴져 피가 줄줄 흐르는 무릎으로
해인사 극락보전에서 하루에 3천 번씩 절을 한 사람이다. 그에 비

하면 옴마니반메훔 외는 것, 이거야 손바닥 뒤집기다. 목탁으로 탁
탁 박자를 맞추며 주둥이로 나불거리는 것이 뭐가 힘드냐? 그래서
겉보리로 돈 사기가 수양딸로 며느리 삼기보다 쉽다는 말이 나온
것 같았다.

　그런데 문제가 있었다. 끼니를 잊어버렸는데, 때가 되면 탱글탱
글이 고함을 지르며 잠근 문을 때려 부술 듯 걷어찼다.

　"니 우째 이카노? 죽을라카나?"

　그래서 문을 열면 밥과 반찬이 얹힌 쟁반을 들이밀었다.

　"이 문디야, 주글락카몬 조오케 죽그래이."

　그러기를 몇 달, 개 발에 낀 진드기처럼 정체불명의 당취가 약사
전을 깔고 앉았다는 소문이 절 안에 쫙 퍼졌다. 진종은 고운사 대
중들에게 모로 긴 벌레 같은 취급을 받았으나 탱글탱글은 달랐다.
수월 장로 제자 탱글탱글 종헌은 입만 열면 몽둥이 맞은 개처럼
알아듣기 어려운 사투리가 튀었으나, 취상설호화(嘴上說好話) 각하
사반아(脚下使絆兒)라. 입으로 좋은 말 하면서 발로 뒷다리 거는 사
람이 아니었다. 그러거나 말거나 지랄마라, 난 황소 불알 잘라 먹
는 진드기가 될 게다. 진종의 그런 결심을 눈치 챈 것은 아니었겠
지만 탱글탱글의 마음은 연꽃처럼 향기로웠다. 정이 지척이면 천
리도 지척이라 했던가. 입에서 튀어나온 억센 사투리 때문에 시아
주버니가 제수씨를 업고 물을 건네주느라 힘만 들이고 샅 사이에
낀 미운 개 꼬락서니가 될까봐, 진종은 되레 탱글탱글의 그 점을
안타까이 여겼다.

"허헛, 겪어보니 손을 뒤집어 구름을 만들고, 손을 엎어 비를 내리게 한 사람은 아니구면."

마음씨가 착하다고 한마디 했더니, 말뜻을 알아듣고 한참 쳐다보며 큭큭 웃었다.

"니도 눈까리는 있나?"

그러고는 달아나 버렸다. 저 탱글탱글이 누구인가. 입은 자갈밭을 가는 쟁기였으나, 벙어리가 세월 가는 것 훤히 알듯 마음이 뚫려 경상도 말로 '등 따신 만푸장이' 수월 장로 제자였다.

그런데 누구의 배려였는지 낮에는 말매미, 밤에는 부엉이처럼 옴마니반메훔만 외워대니 처음에는 '절마 땜에 미치삐리겠네' 그러던 대중들이 진종에게 약사전을 아예 전세내어 주었고, 방도 한 칸을 배정해 주었다.

"바라 바라, 몸띠이도 단디 생각카거라잉."

그러고는 밥은 시간에 맞춰 후원으로 와서 먹도록 했다.

가짜 보수우익들은 뒷걸음질 치기를 좋아한다. 조정에서 '조선책략'에 의해 개화운동이 시작되었는데, 사대로 얼굴에 기름기가 번들번들한 유생들이 '하양이' '빨갱이'로 색칠하면서 개화정책을 맹비난했다. 그러다 보니 과거 그들의 적이었던 흥선대원군이 도리어 추앙을 받게 되었다. 거기서 뒤로 한 걸음 더 물러서더니 고종의 이복형이자 대원군의 서장자인 이재선을 국왕의 자리에 앉히고, 임금을 폐해 진보적 패거리들을 제거하려 했다. 이들은 대원군과 민비의 대립에 얽혀, 보수와 진보로 쫙 갈려 백성이 노예냐고 떠들어대면서 나라의 망할 망자에 부채질을 했다.

그 무렵 진종은 조용한 변화를 겪고 있었다. 하도 옴마니반메훔을 부르다 보니 자신이 딛고 있는 땅덩이가 어디론가 사라져버린 것 같았다. 뭐라더라? 온갖 잡색들이 담긴 통 밑이 퐁 빠져버린 것하고는 달랐다. 밑만 빠진 것이 아니라 앞뒤, 양옆 칸막이가 한 순간에 툭 터져 없어져버려, 진종은 몸뚱이가 있는지 없는지 그것조차 몰랐다. 이게 무슨 조짐인가. 원래 내가 이랬던 것인데, 사서삼경에 노자, 장자, 주역참동계 내용까지 한 꼬챙이에 꿰겠다고 설레발을 쳤던 것이 부끄럽게 여겨졌다.

"헛, 그것 참!"

그러고는 옴마니반메훔, 옴마니반메훔…, 다나다라 야야 나막알약 하다가 스타타가토 스니삼 시타타파트람…, 하여간 혀 꼬부라진 소리로 다라니 외는 것을 그치지 않았다. 그러던 어느 날 약사전 문이 펄쩍 열리고, 탱글탱글이 고개를 쑥 내밀었다.

"니 여즉 숨 쉬나?"

진종이 환히 웃어주었다.

"살아 있구마, 마 씨슥바리지 말고 장로님한티 다말아가바라."

장로님이 찾고 있으니 핑 가보라는 이야기였다. 진종은 아주 느긋한 걸음걸이로 약사전을 나와 수월 장로님을 찾아갔다. 문을 열고 안으로 들어가니 놀란 토끼 벼랑 쳐다보듯 그러더니 곧 부드러운 얼굴로 바뀌면서 방바닥에 깔린 방석을 가리켰다.

"거기 앉거라."

절을 올리고 방석 위에 단정히 앉았다.

"그래, 이제 옴마니반메훔을 알겠더냐?"

"예! 겨우 서당에서 천자문을 배운 것만 합니다."

수월 장로가 눈을 뚝 뜨고 얼굴을 살피더니, 차를 가져오라 해 다관을 화로 위에 얹었다.

"지금 네 생각이 어떠한고?"

난데없는 물음이었다. 하지만 수월 장로의 눈언저리가 싱긋거렸다.

"낳고 죽는 것을 하찮게 여길 일이 아닌데, 이제야 덧없고 제가 매가리 없다는 것을 알았습니다."

"흐흠—!"

콧방귀를 뀌는 것 같은 소리였다. 진종이 물었다.

"그것을 어찌해야 하겠사옵니까?"

"글쎄다. 세존께서 가신 지 오래되어, 선한 일에 훼방 놓는 일은 날로 강해지고, 부처님 가르침은 날로 쇠약해져 숙세에 입으로, 몸뚱이로, 생각으로 저지른 죄업이 쌓였다. 그것을 물리칠 착한 힘이 형편없이 약해졌으니, 삼보전에 대비주를 정성스럽게 외워야 지혜의 빛이 비칠 것이니라. 지혜의 빛이 환히 비추어야 숙세에 저지른 잘못이 저절로 도망쳐 모두 녹아 없어질 것이다."

수월 장로님 말씀은 차분했는데, 진종은 갑자기 커다란 얼음조각이 목구멍을 타고 내려간 것처럼 섬뜩함을 느꼈다. 아니 방망이로 가슴을 쾅쾅 치는 것 같았다.

"스님께서 하신 말씀이 제 가슴을 칩니다."

"숨이 막히느냐?"

"그렇습니다. 이러고도 솔방울 우는 소리를 듣겠습니까?"

"들을 수 있다!"

"그것이 무엇이옵니까?"

"육자대명왕진언이다."

진종은 자리에서 발딱 일어섰다. 무슨 말이 필요한가, 곧바로 약사전으로 향했다. 다시 마음을 꼿꼿이 세워 옴마니반메훔을 외웠다. 몇날며칠, 아니 몇 달을 그렇게 외웠는지 몰랐다. 석불 앞에 그대로 서 있는데, 새벽녘인 듯 생생히 깨어 있는 밝음 속으로 들어갔다. 주변을 싸고 있는 것들은 커다란 달걀껍질 같은 끝없는 것이었다. 투명하고 하얀 달걀 속 얇은 막 같은 것이 멀리멀리 물러나고 있었다.

"옴마니반메훔!"

번쩍! 하는 순간에 섬광이 쭉 뻗어나갔다. 자신을 둘러싼 안개도 같고 무지개도 같은 것들이 모두 흩어지면서 태양과 같은 빛이 사방을 둘러쌌다.

갖가지 구체적 실체와 개별적 존재가 나타나

충동을 일으켜 이렇게 저렇게 구별하는 것이 산처럼 쌓였구나,

그런 산속에서 소를 찾겠다고 헤매는 나그네

텅 빈 강당에 홀로 앉았으니 달처럼 외롭다.

모나고 둥글고 길고 짧게 밖으로 나타난 그것이 무엇인가
한 덩어리 불꽃이 태양계, 은하계, 우주 모두를 불사른다.
五蘊山中尋牛客 獨坐虛堂一輪孤
方圓長短誰是道 一團火炎燒大天

뭘 안다고 지금까지 까불어댔던 철딱서니 없는 지식의 안개가
산산이 흩어지면서, 새롭게 비춰오는 희원에 사무쳐, 진종은 문득
떠오른 시 한 편을 읊고 약사전을 나왔다. 그 길로 수월 장로님 방
으로 찾아가니 장로님이 일어서서 손을 잡고 자리에 앉혔다.
"무엇이 보이더냐?"
벌써 묻는 말이 달랐다.
"아닙니다."
고개를 저었다.
"아무것도 보이지 않았다면 그것도 이상한 것이다."
"장로님이 그대로 보입니다."
홧! 수월 장로가 자리에서 벌떡 일어섰다.
"허허허허!"
큰소리로 웃더니 손가락으로 진종을 가리켰다.
"그것이 본래 너다!"
'그것이 본래 너다!' 진종은 소름이 돋았다. 우리는 경험적 사실

을 일반화하는 데 익숙해 있다. 그러고는 논리적이라고 말한다. 그렇다면 내가 '2+2=4'라고 생각하는 것과 네가 '2+2=4'라고 생각하는 것은 같은가? 다른가? 수리적으로는 같다. 그럼 내가 '인'라고 생각하는 것과 네가 '인'라고 생각하는 것은 같은가? 다른가?

알 수 없다. 내가 할 수 있는 것 가운데 공평하지 않은 것, 그리고 더 많으면 안 되는 것, 더 적어도 안 되는 것의 실체는 어떻게 생겼을까. 구름을 타는 것이겠지…, 절박한 심정으로 고개를 숙이고 앉아 있는 모습을 보고 수월 장로가 말했다.

"됐다. 그만하면 너 혼자 헤쳐 나갈 만하다."

"아닙니다."

고운사를 떠나면 더는 진전이 없을 것이란 생각으로 고개를 흔들자, 수월 장로도 같이 고개를 흔들었다.

"산을 내려가 혜월 화상님을 찾아뵈어라."

"아닙니다. 아직 부족함이 많습니다."

고운사를 떠나면 뭔가 간절히 열망하는 것을 잃을 것 같은 소망의 목소리였으나 수월 장로 역시 그 내면을 훤히 아는 눈치였는데, 목소리가 냉정했다.

"이젠 혼자 다듬어도 별 문제 없을 것이다!"

마음의 그림자

유월은 감 장수 철이 아니다. 감 장수로 나서려면 감이 불긋불긋 물들어가는 초가을쯤 되어야 한다. 아직 많이 부족한데 혼자 다듬으라는 수월 장로의 말씀이 등을 떠미는 느낌이었다. 눈에서 눈물이 핑 돌았다. 진종은 지그시 입술을 깨물었다. 그렇다면 할 수 없다. 혼자 부딪쳐 보자. 이제부터 설산에 던져진 셈이었다. 감상은 적이다. 가차 없이 칼로 잘라 버려야 한다. 진종은 수월 장로를 낯선 암벽처럼 쳐다본 뒤 삼배를 드리고 고운사를 떠났다.

교룡산성 덕밀암에 이르니 죽림마을이 지척이었다. 하나 부모님이 계신 집에 들어선다 해도 출생해 성장한 집이 낯섦 없이 느껴지지는 않을 것 같았다. 괜히 얼굴을 내밀었다가 지금쯤 차분히 가라앉았을 아버지의 심기만 돋우어드릴 것 같았다. 할 수 없다. 불효막심한 자식이 되자. 지금의 불효를 더 큰 것으로 바꾸어 드려야 해. 일상의 개별 행위에서 선택받은 것이 없다면 그것은 무의미일 뿐이었다. 어떤 시인의 말처럼 하늘은 뜻이 없어 맑고, 산은 말이 없어 푸르고, 꽃은 생각이 없어 곱듯² 비원천의 원천으로 시간 앞에 나타난 현재를 그려낼 수 없다면 그것은 언어적 체계로는 치유될 수 없다.

은적당 문을 밀고 들어서니 혜월 화상이 낮도깨비가 나타난 것처럼 한참 쳐다보았다. 관청에 잡아다 놓은 닭을 쳐다보는 모습이 저럴까.

"허! 이놈이 개 꼬리가 황모가 되었구나."

이상했다. 마음이 하나도 흔들리지 않았다.

"굴뚝에 삼 년을 묵혀놓아도 흰 개 꼬리는 흰 개 꼬립디다."

맨송맨송한, 아니 무감동한 목소리로 받아넘겼다.

"이놈이 입은 달라지지 않았네?"

"빛과 빛은 걸림이 없사옵니다."

말이 떨어지기 바빴다.

"산이 산이더냐?"

"산은 산이 아닙니다."

혜월 화상이 "흐흠—!" 하고 앓는 소리를 냈다. 한참 침묵이 흐른 뒤 다시 입을 열었다.

"여러 말 할 것 없다. 경기도 양주 고령산에 가면 보광사가 있다. 보광사 위에 도솔암이 있느니, 그곳이 견도(見道)의 인연지지다. 도솔암으로 가거라."

---

2) 박이문의 시 '무의미의 의미'.

"산돼지도 칡뿌리를 나눠 먹는답니다."

인사차 막 들어선 사람을 내쫓을 생각부터 하느냐는 비아냥거림이었다. 혜월 화상이 누구인가.

"허, 이놈이 회덕 우암이 되어 돌아왔네?"

회덕에서 살았던 송시열은 겉으로는 점잖은 척, 속으로는 엉큼하고 욕심 많은 사람이라고 세속사람들이 수군거린 소문을 들이댔다.

"알겠습니다. 백배의 공과(功果)가 없으면 평상시와 다르게 행동하지 말라는 말씀으로 받아들이겠습니다."

더 이상 할 말이 없어져 버렸다.

이튿날, 혜월 화상한테 작별 인사를 하러 갔다.

"무융(無融)대사님이 금강산에 계신다는 말을 들었다. 때가 되면 한번 찾아뵈어라."

"예!"

무융대사님 이름을 마음에 새겨 넣고 가야산으로 갔다. 은사 화월 화상을 찾아뵌 뒤, '회덕 우암선생'이라는 혜월 화상의 갈고리에 걸려 콩마당에 간수 치듯 덕밀암을 떠났던 것처럼 화월스님에게도 인사만 드리고 양주 보광사로 직행했다.

도선국사가 창건했다는 보광사는 조선 후기 영조의 생모 숙빈 최씨의 원찰 탓인지 쇠락한 모습이 아니었다. 도솔암은 보광사 뒤, 돌로 된 골짜기 오른편 가파른 능선 길을 올라가야 했다. 군데군데 소나무가 섞여 자란 도토리나무 숲속에서 바람소리를 타고 나무 몸통을 찍는 크낙새 소리가 들렸다.

딱따그르르….

딱따구리가 구멍을 파는 숲 위에 도솔암이 있었다. 산은 높지 않았으나 암자 앞을 휘감아 서쪽으로 내달리는 산이 힘차보였다. 전나무와 커다란 소나무가 서 있는 골짜기 꼭대기 높은 축대 위에 극락전이 있었다. 극락전 왼편에 삼성각이 있고, 삼성각에는 화려한 칠보족도리를 쓴, 얼굴 예쁜 여자 산신이 모셔져 있었다. 요사는 낮고 좁은 초막이었고, 초막 안에서 노승이 밖으로 나와 맞았다.

초막 안으로 들어가 정중히 인사를 드린 뒤, 하룻밤을 보내고 이튿날 아침 뜰 앞으로 나왔다. 뒤따라 나온 노승은 삼성각 여자 산신과는 달리 하얀 눈썹 밑에 눈빛만 초롱초롱했다. 원래 산이란 일란성쌍생아처럼 똑같은 산이 없건만 눈에 들어온, 서쪽으로 내달리는 능선이 창자를 뒤틀듯 까닭 없이 답답하게 여겨졌다.

"대호망천(戴壺望天)이렷다?"

항아리를 쓰고 하늘을 쳐다보느냐는 노승의 말이었다. 그것 참! 배는 내가 앓는데 가끔 보면 설사는 딴사람이 하는 경우가 종종 있었다.

"앞을 가로막은 저 산은 장마철 오이가 아니구나, 그러고 섰습니다."

진종이 서쪽으로 내달리는 능선을 가리켰다.

"장마철 오이라면 어쩔 텐가?"

"저 산은 산이 아니고, 나무 또한 나무가 아니나, 능선을 오이처럼 집어 던질 능력 없음을 자책해야겠지요."

"냇물이 보이지 않는데, 신발부터 벗으면…."

이것 봐라! 속을 훤히 들여다보는 것 같았다.

"제가 너무 앞서 갔습니까?"

"아닐세…."

진종은 쓸데없는 소리다 싶어 노승의 말을 공중으로 날려 보내며 아롱거리는 봄 하늘을 바라보았다.

"잎은 나오지 않고 꽃망울부터 터뜨린 나무를 보는가?"

노승이 물었다.

"예!"

축대 아래 대단히 큰 나무, 잎은 피지 않았는데, 가지에 제철을 만난 연홍빛 꽃들이 매달려 향기를 내뿜으니 벌들이 앵앵거렸다. 살구꽃 같았으나 살구나무라고 하기에는 나무 밑동이 매우 크고 높아 보였다.

"보기 드문 살구나무군요?"

꽃이 피기 시작한 나무를 가리키자 노승이 껄껄 웃었다.

"어찌 성미 급한 게 살구나무뿐이겠나…"

말머리를 돌렸다.

"매화도 있고 도화도 있지 않은가?"

'복숭아꽃을 보고 마음이 밝아졌다[靈雲見桃明心]'는 것에 살구꽃을 빗댄 것 같았다. 다 한마디씩 할 줄 아는군! 산 높고 깊은 골짜기에 송낙을 쓰고 살면서 마음의 고삐를 거머쥐고 놓지 않으면 저런 이야기가 저절로 나오는 것인가.

"노스님, 법호를 여쭈어도 되겠습니까?"

"나는 그런 것 없네, 그냥 고령노인이라 불러."

"그럼 행화고령(杏花高靈)이라 하겠습니다."

'행화'란 '영운견도명심'에 빗댄 말이었다.

"젊은이 입에 아직 가시가 안 떨어졌구먼."

천천히 초막으로 돌아서는 노승의 등 뒤에 대고 물었다.

"제가 저 극락전을 써도 되겠습니까?"

초암의 잠자리가 불편해서 묻는 말은 아니었다.

"극락전을 깔고 앉아 보게."

노승은 곧 초막 안으로 들어가 버렸다.

극락전에는 연꽃 좌대 위에 아미타불이 장난기 가득한 아이처럼 앉아 있었다. 고운사 약사전에서와 같이 '옴마니반메훔!'을 외우려 해도 아미타불이 킥킥 웃는 모습으로 장난을 걸어오는 것 같아, 진종도 같이 웃기만 했다. 웃음이란 심각한 것들을 해체해 버리는 선약과 같았다. 마음이 싹 풀려 시름없이 앉아 있었더니, 평소에 뭘 찾겠다고 제법 용을 쓰며 헤맸던 것들이 그림자처럼 보였다. 이리 허망한 것을, 저 그림자를 본래 나라고 억지를 부리며 날뛰었구나 하는 생각으로 혼자 웃기만 했다.

나를 자처한 그림자, 그것은 걷어내고 자시고 할 것도 없었다. 그러함에도 억지로 걷어내려고 생 땀을 뺐군…. 그림자를 걷어내려 하니 마음대로 되지 않았고, 그래서 그림자를 걷어내려고 하는 그것까지 건어내려고 생 땀을 뻘뻘 흘렸는데, 이것 봐라, 이전에 찰나라고 했던 것들이 저절로 눈에 보이는 듯했다.

장가 못가고 죽은 총각은 몽달귀신이 된다. 시집 못간 처녀가 죽으면 손각시가 된다지. 백상규와 장수 조대감 댁 규수 조은엽 사이에 오고간 사주단자가 천생연분 돌쩌귀 상에 속궁합까지 찰떡이란다. 땅에서 솟았나 하늘에서 떨어졌나, 두 사람을 함께 묶어놓으면 황토가 금이 된다는 것이다.

허허! 김치국부터 마시지 말라. 사주가 좋으면 벙어리가 말을 하나, 장님이 눈을 뜨나, 하다못해 댕댕이덩쿨이라도 두 사람을 꽉 쩸매 놓아야 금이 되든지 쇠가 되든지 하는 게지⋯. 혼인 전에 규수 얼굴을 보겠다고 집을 나간 상규가 구름 지나간 하늘이 되었다.

"어허! 이런 망측한⋯."

조대감 입에서 긴 한숨이 토해져 나왔다. 백상규와 조은엽의 혼사는 여기서 마침표를 찍었다. 듣자 하니 백상규가 중이 되었다는 소문이 자자했다. 거 참! 상것들하고 혼사를 하려니 망신살이 무지갯살이로구먼. 조대감의 괄기가 인왕산 솔가지 같았다.

개구리와 중은 어디로 뛸지 모른단다. 더 과장하면 벼룩 세 마리를 몰고 다닌 재주가 있어도 수좌 셋은 못 데리고 다닌단다. 백남현이 사람까지 풀어 상규가 가 있을 만한 곳을 발칵 뒤졌으나 겨자씨 속에서 담배씨 찾는 격이었다. 그래서 백상규와 조은엽의 혼사가 헛 물레질에 동냥아치 쪽박 깬 꼴이었다.

백남현이 조대감을 찾아가 자초지종 이야기를 하자, 백남현의 근본 종자가 낙락장송의 뿌리가 분명했다. 백옥이 진토에 묻히듯 글 속에 글이 있고 말 속에 말이 있는 인품을 지녀 벗하고 지낼 만한 사람이었다. 조대감은 입맛만 쩝쩝 다시다가 통 크게 넘겨버렸다.

"대백천주몽(大白天做夢)이라, 대낮에 꿈이려니 합시다."

그래서 없었던 일로 넘겨버렸는데, 치마폭에 호들갑을 싸가지고 다니는 여인들이 흠집을 냈다. 우물가 공론이 날개 돋친다더니, 변암 물집 할매도 뺨 세 대로 끝나지 않았다.

"대체 우리 조씨 집안이 뭘로 보이요?"

중매쟁이 여편네가 쌀에서 뉘 고르듯 어디서 가락 빠진 괴머리 같은 실성기 있는 총각을 신랑감으로 들이댔다는 것이다. 소문이 한 입 건너고 두 입 건너 장수, 남원, 임실, 진안, 함양까지 퍼져나 갔다. 더 가관인 것은 신랑 될 총각이 방물장수로 꾸미고 찾아와 규수와 '히야카시'를 하다 귀싸대기를 맞고 방물을 놓아둔 채 달아났다는 것이다.

"아니 실성한 방물장수를 사위로 삼으라고요?"

매파 할매가 들어보니, 그 얌전한 죽림촌 백생원 아들이 방물장수가 되어 찾아왔다가 실성한 사람이 되었다. 그거야 혓바닥에 침도 바르지 않은 말인데, 거기에다 '히야카시'까지 했다는 말은 귀신 씻나락 까먹는 소리 같았다. 하나, 매파 할매는 조대감집 위세에 꼭뒤 눌려 목소리가 모기소리였다.

"마님, 무슨 뜬금없는 말씀이다요?"

"이실직고하시오!"

천산갑이 지은 죄 무덤가 나무가 벼락 맞는다고, 물집 할매는 오금이 덜덜 떨렸다.

"총각이 공부도 많이 하고, 얌전하고 '인사깔'도 밝은데, 어찌 그런 사단이 벌어졌다요?"

"시끄럽소!"

양반댁 아낙이라 욕은 하지 않았지만 목소리가 컸다. 찾아온 방물장수가 죽림촌 상규 총각이라고 우기니, 윗돌도 못 믿고 아랫돌도 믿을 바 못되는 소리로 들렸다. 이놈의 여편네가 깨진 혼사 화풀이나 하자고 양반 티를 내세워 패장을 부리는가 하는 생각이 없지 않았으나, 방물장수 얼굴을 못 봤으니 억지 누명 쓴 셈 치고 될대로 되라고 생각했다.

"내 가만 안 있을 거?"

매파 할매는 조대감집 위세에 눌려 고개를 숙였다.

"제가 잘못했구만요."

잘못 없는 잘못을 빌었다. 한데 안방마님과 매파 할매 사이에 오간 이야기를 아무도 몰래 새겨듣는 사람이 있었다. 저 매파가 방물장수 총각과 짜고 중신 섰다고 해도 총각이 찾아와 하는 행동을 보면 본래 방물장수가 아닌 게 틀림없었다. 더구나 저 매파가 총각을 방물장수로 위장해 보내지 않았을 터인즉, 매파는 지금 엄마의 애먼 소리에 억울함을 감추지 못한 표정이었다.

총각 입장에서 보아도 그렇다. 선은 부모가 보고 혼인식을 올려야 하는 유가들의 오랜 풍속, 이를테면 자식들 장래까지 쥐락펴락 하는 풍습은 고쳐져야 한다는 생각이 들었다. 평생 같이 해로하고 살 사람을 남녀간 내외를 내세워 얼굴도 안 보고 혼인을 해야만 되는, 이치에 어긋난 풍습을 어쩌지 못해 총각이 궁여지책으로 방물장수로 위장하고 왔다면 그것은 한 발 앞선 실용적 가치를 우선한 행동으로 보아야 한다.

은엽은 연백분을 들어보이던 방물장수 얼굴이 떠올랐다. 입고 있는 옷이 허술해서 그렇지 얼굴은 해맑고 눈빛도 반짝반짝 빛났다. 설령 방물장수가 규수를 보고 마음에 안 들어, 깊은 산속으로 숨어 혼사를 파기했다면 그것은 조선 혼인풍습에 문제가 있는 것이지 방물장수를 나무랄 일은 아니라는 생각이 들었다.

하나 은엽은 초조하고 안타깝고 자신의 품위를 지켜온 자부심에 말할 수 없는 상처를 입었다. 제까짓 게 잘났으면 얼마나 잘났다고 내 자존심을 이렇게 납작코로 만드는가. 또 방물장수가 찾아온 날 꾼 꿈은 무엇인가. 여러모로 생각해 보아도 예사 꿈이 아니었다. 승냥이 꿈에는 멤생이 떼만 보인다던데, 앞집에서 찹쌀을 씻자 동치미 항아리를 열어본 것 아닐까. 어떻든 꿈에 나타난 총각은 겉에 걸친 옷만 신선들이 입는 옷 같았을 뿐, 높은 위치에 있는 사람처럼 존엄해 보였고, 위의가 남달랐다. 꿈에 자신과 반대되는 남성이 나타남은 어떤 변화의 암시라 하던가. 위의와 존엄을 갖춘 사람이 나타남은 시끄러운 시국을 평정할 꿈이라 하던데, 혼사가 깨지고 생각하니 은엽에게는 조금도 반갑지 않은 꿈이 되어버렸다. 되레 그 꿈이 나름대로의 긍지에 깊은 흠집을 냈다. 이 따위 시집 안가도 좋다. 내 그 방물장수를 기어이 찾아내 몇 갑절 응징을 하리라. 은엽은 칼을 버리듯 입술을 지그시 물었다.

"엄마, 그만 하세요."

은엽은 안방으로 들어가 어머니한테 한마디 하고 별채로 갔다.

소문이란 제 집 처마 끝에서 퍼져 나간 것이지만, 세 사람만 우겨대면 없는 호랑이도 만들어낸다. 한 입 건너고 두 입 건너더니 억측이 생겨났다. 마치 방물장수를 보기나 한 듯 허우대가 허여멀쑥해 멋들어진 한량이었다는 것, 그래서 여자 셋이 모이면 접시가 공중에서 춤을 춘다는 말이 생겨난 것 같았다. 그렇게 만들어진 소문은 얌전한 강아지 부뚜막에 먼저 올라간다고 조대감 딸이 그 한량과 시집도 가기 전에 그렇고 그런 사이였다는 것, 다른 총각과 혼인날짜가 정해지자 해코지하려고 방물장수로 변장하고 나타났다는데, 와서 보니 조대감집 위세가 하늘을 찌를 듯해 도망쳤다는 것이다.

소문은 쑥덕쑥덕, 생야단이 났는데, 딸의 부정한 행실을 모른 조대감이 혼사가 깨지자, 풍양 조씨 양반임을 내세워 더 좋은 신랑을 구하려 한다는 소문이 담장을 넘고 울타리를 넘어 다녔다. 떡은 돌리라고 하면 덜 돌리고, 소문은 돌리라고 하면 더 돌리듯, 돈 들어가는 일이 아니고 보니 너도나도 찧고 까불어댔다.

"자식은 겉 낳제 속은 못 낳는당께."

생긴 것이 약방 기생 볼 줴지르게 생겼던데, 경주 돌이면 다 옥석인가. 못된 송아지 엉덩이에 뿔난다고 일찌감치 훤칠한 한량과 정을 통해 이미 헌 처녀가 되었다는 것이다.

조대감집 규수 은엽은 혼사가 깨지자, 첫사랑에 할퀸다더니, 배반에 봉변에 자다가 벼락을 맞은 꼴이었다. 이것이 언걸먹은 것이다. 속곳 벗고 함지박에 들어가 날 좀 보소, 그런 꼴이라고 생각하니 눈에서 황이 튀었다.

"백성들 입 막기가 냇물 막기보다 힘들다더니…."

조대감도 하도 소문이 떠도니 한마디 했다. 안방마님은 소문 퍼뜨린 사람을 당장 찾아내 망가진 혼사를 되돌려 놓으라고 송사를 벌여 장비 호통을 치고 싶었다. 하나 소리 난 방귀는 냄새가 없다.

"남의 말도 석 달이데요, 귀 장사 말고 눈 장사 합시다."

앞으로 잘 하자는 아버지의 말에 어머니는 시큰둥했다. 또한 은엽이라고 그런 경황을 모르지 않았다. 눅잦히다는 누그러뜨리다와 같은 말이다. 개구리가 움츠리는 것은 멀리 뛰자는 생각 때문이다. 은엽은 속에서 끓어오르는 울화를 꾹 눌러 마음을 고쳐먹었다.

"냅둬요. 엄마, 입 아프면 그만들 두겠죠."

"이것아, 그럼 맷돌짝 지고 산으로 갈래?"

엄마는 시집을 못간 딸이 안타까워 한 말만은 아니었다.

"엄마, 팔자는 길들이는 대로 가."

"장차 뭣이 되려고 오장육부가 그렇게 다 빠져버렸냐?"

"밥은 치면 떡이 돼, 베개만 높이 벤다고 높아지겠어?"

"애가 누굴 닮아 통아지가 이리 물황태술꼬?"

은엽의 입에서, 기어이 '독 안에 들어가도 도망 못 치는 팔자도망을 치겠다'는 말이 튀어나왔다. 그 말은 먼 훗날을 내다보고 한 말이었다.

"나 이참에 집을 떠나 있으려고 해."

엄마는 뜬소문에 얼마나 시달렸으면 저러겠느냐싶어 조용히 물었다.

"그럼 어디로 가겠다는 소리냐?"

"경성 삼촌 집에 가 있으려고…"

"장통방 동희삼촌 말이냐?"

동희는 조동희를 말했다. 이조판서를 지낸 조성하의 사촌으로 장통방에서 살았다. 벼슬은 안했지만 조대비의 연줄로 왕실에서도 얕잡아 본 사람이 아니었다. 아버지 조대감 둘째 동생인데다 일찍 개화사상에 눈을 뜬 올곧은 선비로 알려졌다.

"시집도 안 간 규수가 삼촌댁에서 뭘 어쩌려고?"

"시집 안 갔으니 가려고 그래, 엄마는 헛소문이 그리도 좋아?"

귀속에 딱지가 앉을 만큼 소문에 시달려온 은엽의 뜻이 조대감에게 전해졌다.

"경성 삼촌집으로 간다고 했느냐?"

"네!"

"뭘 하러 가려고 하느냐?"

"이참에 공부나 하려고요."

"기집애가 공부는 해서 뭘 어쩌겠다는 게냐?"

"신학문을 배워두면 써먹을 데가 많을 것 같아요."

조대감도 앞뒤 꽉 막힌 사람이 아니어서 장통방 동희에게 연락해 은엽을 경성으로 보냈다.

은엽이 장통방으로 올라온 그해 여름에 임오군란이 일어났다. 자주국방이 무엇인지도 모른 자들은 비싼 돈으로 외국 신식무기만 들여와 배치하면 국방이 절로 되는 줄 알았다. 이런 베라먹을…! 조일수호조약으로 개화, 수구 대립이 날카롭던 때, 부국강병책을 쓴다고 기존 5위령을 무위, 장어 2영으로 축소, 별기군을 창설했다. 별기군 교관은 일본군 소위인 호리모토 레이조(堀本禮造), 통역은 쓰시마에서 온 부산 초량어학원생 다케다 진타로(武田甚太郎)였다.

별기군은 급료와 피복 등 각종 군수물자가 풍성한데, 구식군대 무위영과 장어영은 1년 동안 급료도 주지 않았다. 구식군대의 불만이 폭발하려던 찰나 쌀로 한 달 치 급료를 지급했다. 군수보급창[宣惠廳] 관료들이 가마니에 대롱을 박아 쌀을 다 빼가고 모자란 분량을 모래로 채워, 그것도 형편없이 됫수가 모자란 양을 지급했다. 그래서 폭동이 일어나 민씨 일파가 청나라 군대를 불러들여 진압시켰다. 국가안보에 철학이 개똥만큼도 없는 자들은 외국무기는 무조건 좋다는 것, 외국군대는 무조건 강하다는 것, 그것이 백성들을 기름 짜듯 세금을 짜내 강대국에다 바친 사대에서 친일로 이어졌다.

진종은 아침을 먹고 요사채 옆으로 올라갔다. 초막에서 대여섯 걸음 나아가면 대단히 큰 소나무가 있고, 소나무 아래에서 내려다 보면 시야가 확 트여 펼쳐진다. 날씨 맑은 날은 강화도와 강화만, 인천, 해주, 연평도, 서해바다까지 선명히 내려다보였다.

그날은 산자락 밑에 운해가 덮여 있었다. 바다에까지 안개가 하얗게 펼쳐져 도솔암이 하늘 위에 떠있는 것 같았다. 등 뒤에서 밝은 해가 떠올랐다. 햇살이 안개바다를 꿈속처럼 비추었다. 고령산도 이런 비경을 연출해 내는구나. 한데 안개의 장막 위에 그림자가 나타났다. 다른 사람의 그림자가 아닌 진종 자신의 그림자가 안개바다 끝에 이르러 있었다. 자세히 보니 그림자 주변에 무지개가 나타났다. 안쪽은 푸른색, 바깥 쪽은 붉은색 띠가 드리워져 아름답다기보다는 신기하게 보였다.

신비롭구나…! 저것이 환영이다. 대상적 허망경계다. 자연은 그런 원리(遠離)적 그림자까지 나타내는 아름다움을 펼쳐 보였다. 만일 저것을 사실이라고 믿으면 돈오(頓悟)의 문에 들어설 수 없다. 자연이 나타낸 그림자든, 마음이 나타낸 그림자든 저런 그림자를 끊어 버렸을 때 비로소 텅 빈 것이 눈앞에 나타날 것이다.

진종은 천천히 요사채 앞으로 발길을 옮겼다. 삼성각 옆에 놓인 작은 평상에 행화고령으로 이름 붙여놓은 노승이 하염없는 얼굴로 전나무 사이에서 반짝이는 햇살을 바라보고 있었다.

노승을 보니 문득 무융대사 이름이 떠올랐다.

"노스님, 혹 무융대사님을 아십니까?"

무융대사도 이와 같은 시차적 경계와 맞닥뜨리면 저 노스님처럼 하염없는 시선으로 시간을 바라보지 않을까.

"무융대사를 왜 묻나?"

"공공혜(空空慧)에 이르신 분이라고 들은 적이 있어서요."

노승이 고개를 끄덕였다.

"표훈사에 계시느니라."

표훈사…, 한 번 찾아가 뵈라는 혜월 화상 말씀이 생각났다. 표훈사는 금강산에 있지. 그런 생각을 하고 있는데 노승이 혼자소리처럼 말했다.

"암! 아미타부처님과 그만큼 장난을 쳤으니…."

말끝을 흐렸다.

"장난을 치다니요?"

솔직히 까놓자면 도솔암에서는 수행이랄 것이 없었다. 아미타부처님만 보면 장난꾸러기 아이를 보는 것 같았고, 자신도 모르게 킥킥 웃음이 나왔다. 그러다 보니 친근한 아미타가 가슴속으로 들어와 마음을 편안하게 했다. 눕고 싶으면 눕고, 자고 싶으면 자고, 아미타부처님 손을 쥐기도 하고 만지기도 했다.

"경외만 하는 것이 부처가 아니니라."

노승의 말에 진종은 갑자기 통 밑이 퐁 빠져버린 것 같았다. 뭐랄까, 허망한 것도 같고, 몸뚱이가 없어져 버린 것 같았다.

"억—!"

마당 앞에 살구나무가 살구나무로 보이지 않았다.

"아미타부처님과 가깝게 지내더니 네 눈이 밝아져 거리낄 것 없어 보이나? 이제야 무거운 저울추를 달고 한계점으로 다가갈 때에 이른 것 같구나. 그만하면 무융대사를 찾아뵈어도 되겠다."

노승이 속을 훤히 들여다본 듯했다.

"감사합니다."

진종은 땅바닥에 엎드려 삼배를 올렸다.

무융대사는 명월당에 계셨다. 안내를 받아 대사와 마주앉았다.

"어디서 왔느냐?"

대사는 나가세나 존자처럼 고개를 들고 바라보았다.

"고령산 도솔암에서 왔습니다."

나한 나가세나를 빼닮은 대사가 서탁에 놓인 죽비를 집어 들었다.

"이것이 보이느냐?"

"보입니다."

"어째서 보이느냐?"

"통 밑이 퐁 빠지고부터 보입니다."

무융대사가 죽비로 손바닥을 탁 때렸다.

"산은 산이다."

경외하는 것만이 부처가 아니라는 도솔암 노스님의 말을 듣고 밑이 퐁 빠진 것 같았지만, 살구나무는 여전히 살구나무로 보이지 않았다.

"산은 산이었는데, 한참 참구하다 보니 산은 산이 아니었습니다."

유리로 가려놓은 것을 들여다보듯 하면서 물었다.

"조주 무자를 아느냐?"

"있다 없다 그 너머에 있사옵니다."

"어떻게 생겼더냐?"

진종은 말이 막혔다. 무응대사가 살며시 죽비를 내려놓았다.

"한밤중에 개구리가 울거든 다시 오너라."

그날 진종은 판도방(判道房)에 방부를 들였다.

장통방 동희 삼촌 집에서 그리 멀지 않는 곳에 '여여원'이라는 한의원이 있었다. 한의사는 유홍기라 했고 호가 대치라는 어른으로, 동희 삼촌과 아주 가까운 사이였다. 사람들 이야기에 의하면 오경석이란 이가 중국에서 『해경도지』 외에 여러 권의 책을 가지고 왔는데, 서양의 사회제도와 문화를 소개하는 내용이었다. 그 책을 읽고 발달한 서양문명이 알려져 연암 박지원의 손자 박규수 사랑에서 유홍기, 오경석 등이 모여 개화사상을 논의해 개혁을 꿈꾸어 왔다는 소문이 암암리에 퍼져 있었다. 한데 박규수가 세상을 떠나자 새로운 학문에 눈을 뜬 장년층 어른들이 여여원 사랑방으로 몰려든다는 것이다. 그 가운데 홍문관 교리를 지낸 김옥균의 활약이 두드러진다고 했다. 김옥균은 유홍기 여여원 원장을 스승으로 모시고 개화사상에 남모를 활동을 한 인물로 소문이 나돌았다.

은엽은 개화사상 내용을 알고 싶은 마음을 누를 길 없었다. 어머니 말씀대로 팔자가 맷돌을 지고 산을 오르게 생겼지만, 떡판까지 엎어졌다고 볼 수는 없었다. 떡판이 그대로라면 떡 본 김에 굿인들 못하겠느냐, 한번 부딪쳐 보자 그러고 삼촌과 마주 앉았다.

"제가 삼촌 집에 온 것은 경성에서 배울 것이 있어서 왔습니다."

삼촌이 유심히 얼굴을 살폈다.

"그런데 밥만 죽이고 있으려니 삼촌 볼 낯이 없습니다."

"뭘 배우려 했더냐?"

"의술을 배우려고 했습니다."

"기집애가 의술은 무슨…?"

"아니 삼촌도 그런 말씀을 하세요?"

개화하겠다는 분이 웬 케케묵은 옛 소리냐는 항변이었다.

"남녀칠세부동석이란 말을 믿지 않으시겠죠?"

"그래? 이야기 해봐라."

"일곱 살 되면 머시매와 가시내가 한 장소에 앉지 말란 소리가 아니고요. 옛날 중국 방석이 일곱 살 되면 서로 부둥키고 앉을 수도 없을 만큼 좁디좁아 남녀칠세부동석이라고 했답니다. 이 말을 조선 양반이란 자들이 풍선 부풀리듯 부풀려 일곱 살이 되면 남자와 여자는 같은 장소에…."

"무슨 말인지 알겠다."

삼촌이 말을 가로챘다.

"의술을 공부하자면 문자를 좀 알아야 하는데, 소학은 배웠느냐?"

"소학을 떼고 논어도 보았습니다."

"그만하면 문자는 되었고…, 길 건너 여여원 원장 대치선생께서 워낙 바쁘셔서 일손 도와 줄 사람을 구한다 하시던데, 맨 사내들만 드나드는 곳이라 그렇긴 하다만…."

은엽의 눈치를 살폈다. 조선왕조 내내 유학의 뿌리가 깊어서 그런지 삼촌도 남녀 성차별의 고리를 완전히 벗어나지 못한 것 같았다.

"개화사상가로 이해가 깊으실 줄 알았더니, 삼촌께서도 그런 말씀을 하세요? 두 냥 반짜리 양반 그까짓 게 무어 대숩니까? 아직 철딱서니가 안 들어서 그런지 저는 비록 가시내지만 구닥다리 양반이란 자들 사고방식에 환히 도랑 쳐놓고 싶습니다."

"아따, 우리 가문에 여장부가 났구나?"

일이 이렇게 되어 은엽은 여여원 약 심부름꾼으로 들어갔다.

진종은 무자화두를 들었다. 판도방에서 두어 안거를 났으나 별반 달라진 것이 없었다. 갑신(1884)년 해제가 되었다. 선방에 앉아만 있다는 것이 조롱 속에 갇힌 새 같다는 생각이 들었다. 만행도 수행이다. 어떤 대상에 끌림 없이 구름처럼 물처럼 자유롭게 돌아다니며 수행하라고 해제가 있다. 그러함에도 표훈사로 들어와 계절이 몇 번 바뀌었으나 일주문 밖을 나가지 않았다.

운수행각이라면 금강산만한 곳이 어디 있겠는가, 우선 금강산부터 구경하고 전국 선원을 돌아다니다가 오겠다고, 무융대사께 말씀드리고 비로봉을 넘어 옥류동으로 내려왔다. 신계사 산내암자 보광암 앞에 이르렀다. 보광암은 3년 전에 실화로 폐허가 되어 있었다. 황량한 빈터에서 수좌 한 사람이 긴 장대를 머리 위로 올려 들고 빙빙 돌리고 있었다.

"어헛! 주장자 길이가 비로봉에 닿겠네."

화두는 안 들고 웬 장대장난이냐고 혼잣말로 뇌까렸다.

"무용 화상한테서 이리로 넘어온 수좌인가?"

"그대가 무용대사를 어떻게 아는가?"

"토끼만 잡는 사람은 노루를 못 보지."

무용대사를 토끼에 비유해 싸잡아 빈정거렸다.

"눈이 밝아도 제 코는 못 보고 장대 끝만 뵈던가."

그 말에 수좌가 돌리던 장대를 세워들고 가까이 다가왔다.

"백을 가지고 백을 보여줘야만 알겠소?"

가까이서 보니 두 어깨가 쩍 벌어져 싸움이라면 시비를 가리지 않고 칼 빼들고 달려들 왈패처럼 보였다.

"이제 보니 그대가 충창 화상의 맥을 이은 수좌인가?"

금강산 이충창은 조선 중기 불교가 박해를 받을 때 정치적 변혁을 일으키기 위해 지리산 김단야와 당취를 조직해 이끌었던 의승이었다.

"이 뭐꼬로 절밥만 축낸 그대가 충창 화상을 알고나 하는 소리요?"

"아나마나, 때로는 그런 수좌가 필요하기도 하지."

"흠! 말이 좀 통할 것 같군…. 이건 장대가 아니고 봉이라고 하는 게야."

"덕산 방(棒)이 그렇게 길던가?"

"허허, 개 눈에는 뭣만 보인다더니, 이건 덕산 방이 아니고 바다를 건널 봉이란 말일세. 내 이 봉을 들고 부산으로 내려가 대마도를 콱 짚고 왜놈 나라로 건너 뛰어 천황의 멱을 따버릴 걸세."

"으흠—! 두꺼비 엎디는 꿈이라니, 좋구먼?"

"말이 제법 통할 것 같네. 우리 인사나 합시다. 난 신계사 범도(範道)라는 중이오."

그래서 통성명을 하게 되었다. 그는 신계사 지담(智潭·止潭) 화상 상좌로 서산, 사명, 이순신 이야기를 듣고 승군활동에 지대한 관심을 가진 수좌였다. 진종은 범도를 따라가 신계사에서 머물면서 그를 앞세워 외금강, 해금강을 돌아보며 많은 이야기를 나누었다. 왜놈을 원수로 보는 그와 친교를 맺고 남쪽으로 내려왔다. 다시 오대산과 속리산을 거쳐 고령산 도솔암으로 들어갔다.

행화고령이라 이름 붙여놓은 노스님은 어디론가 떠나버리고 도솔암은 비어 있었다. 솔직히 세상살이가 떵그렁하지도 않은데, 사람들과 만나고 헤어지는 것 또한 부질없는 짓 같았다.

진종은 노스님이 머문 초옥에 쌀과 보리, 된장, 소금, 고춧가루 그런 것들이 남아 있어서 죽을 끓여 먹으면서 이전처럼 극락전으로 들어가 아미타부처님을 향해 앉았다.

"오랜만입니다. 부처님!"

그러고는 무자 화두를 들었다. 무(無)—! 있는 마음으로 알 수 없는 것이 무라면 없는 마음으로 얻을 것 없는 것은 무법법(無法法)

이다. 공간이 비어 있는 것이냐, 채워져 있는 것이냐, 비어 있지도 않고 채워져 있는 것도 아닌 괴상한 형질의 것이다. 그것이 무엇이냐. 성질을 알 수 없고 기량도 알 수 없는 괴괴망측한 것이다. 왜 괴괴망측한 것이냐. 있기도 하고 없기도 하기 때문이다. 없을 무자 무라는 것은 아무 차이도 만들지 않지만, 한쪽은 아무것도 없는 것으로 보이고 한쪽은 온갖 것이 다 있는 것으로 보인다. 강태공은 죽은 고기를 낚으려 했는데, 어찌하여 납자들은 향기를 찾으려 하는가. 재앙을 잘못 만나 바다가 마르면 바닥을 볼 수 있겠지만 사람은 별별스럽게 뙤기를 쳐도 마음을 알 수 없다. 그럴수록 진종은 생생히 깨어 있었다. 생생히 깨어 있는 것에 공맹의 문자를 떼어다 헤아리려니 도리어 눈앞이 캄캄했다.

무! 무 무 무…, 아무 차이도 만들지 않는 무, 한쪽은 아무것도 없고 한쪽은 별 것 별 것 다 있는 무, 진종의 의단은 느리지도 않고 빠르지도 않았다. 오직 '없다'는 그것을 끌어당겨 잡도리를 하다 보니 빈틈없이 착 달라붙어 숨겨져 있는 마음의 빛이 비치는 듯했다.

빛! 바로 이것이다. 이 빛은 언설로 형언할 수 없는 희열이다. 하나 진종은 그런 것 다 팽개치고 쥐가 작은 이빨로 널빤지를 살살 긁듯 무자를 하나하나 조심스럽게 끊어나갔다. 조금도 무리하지 않고 놓으면 깨지고 들면 날아갈 듯 며칠을 보냈더니, 바람에 나부끼듯 흔들리는 것도, 기압이 낮아 고요한 것도, 애벌레처럼 생겨난 것도, 불꽃처럼 스러진 것도 없었다. 눈으로 보려고 애를 써도 보이지 않았고, 귀로 들으려고 귓구멍을 하늘에 대고 눈을 감아도 들리지 않았다. 그것은 텅 비어 없는 것 같으나 사실은 무언가 있는 것인데, 칠흑처럼 캄캄한 것 같기도 하고 대낮처럼 밝아, 크기로 말하면 끝 간 데가 없고 작기로 말하면 가늠조차 되지 않았다.

이것이 어디서 온 소식이냐. 진종은 극락전을 나와 살구나무 밑을 지나 삼사백 년은 좋이 넘었을 커다란 소나무 아래로 갔다. 하늘이 맑게 개어 구름 한 점 없는데, 갑자기 하늘이 뻥 뚫려 보였다. 순간 땅덩어리가 사라진 것 같더니, 강화도 마니산이 바다 끝에 대롱대롱 매달려 있었다.

> 구름을 밀어내 안개를 붙들고 문수를 찾으니
> 애당초 문수가 텅 빈 곳에 거꾸로 서 있구나.
> 눈으로 보아 보이는 것이 뒤집혀 빈 곳으로 돌아가고
> 텅 빈 것이 눈앞에 겹겹으로 나타나 없어지지 않네.
> 排雲攫霧尋文殊 始到文殊廓然空
> 色色空空還復空 空空色色重無盡

감회를 읊고 돌아서니 발바닥이 구름 위에 둥 떠 있는 것 같았다. 다시 극락전으로 가는데, "앗!" 비로소 살구나무가 살구나무로 보였다. 산이 산 아니던 것이 의연히 산이었고 물 또한 의연히 물이었다.

극락전에서 가부좌로 한 달 나마 앉아 있다가 행화고령 노스님이 읽다가 놓아둔 『육조단경』을 펴들었다. '있는 그대로의 상태, 그

것이 깨달음이다' 진종은 무릎을 쳤다. 바로 이것이었구나! 헷갈리고 치우치고 훼방 놓는 것들이 너와 함께 있다. 바르게 판단하는 지혜, 그것은 사물을 바라보는 이해가 밝고 현명한 방향으로 작용하고 있어서 그렇다.

아─! 이 놀라운 가르침, 진종은 『육조단경』 내용이 모래에 물이 스미듯 전신으로 촉촉이 스며들었다.

은엽이 여여원에 발을 들여놓았을 때 유홍기 원장을 스승처럼 모신 김옥균, 김윤식, 박영효, 홍영식, 서광범 등 신사조에 번들번들 물이 든 개화파 젊은이들이 황아장수 잠자리 옮기듯 드나들었다. 그 사람들은 맥을 짚으러 오거나 약을 지으러 온 환자들이 북적거린 대낮이 아니라 밤이나 아침 일찍 다녀갔다. 은엽은 자기보다 나이가 훨씬 많은 사람도 있었지만 대개 열서너 살 위로 보이는 그들에게 고개 숙여 인사를 했다.

한데 신사유람단을 수행해 일본에 들어가 귀국하지 않고 게이오기주쿠(慶應義塾)에서 유학한 유길준은 임오군란이 일어나자 별기군 교련책임자 민영익의 권유로 귀국했다. 그 뒤 외교통상 문제를 총괄하는 관청(統理交涉通商事務衙門) 주사로 있으면서 〈한양순보〉 발행을 추진하다 보수 유생들이 방해를 놓아 개화파에 합류했다.

개화파 홍영식은 갑신(1884)년 군국사무아문에 우정총국이 설치되자 우정총판이 되었다. 그해 초겨울 장통방에서 멀지 않은 견

평방에 우정국 청사를 신축, 낙성식을 하던 날 개화파들이 정변을 일으켰다. 삼촌 이야기를 들으면 임오군란이 일어나 민씨 정권이 무너지고 홍선대원군이 다시 권력을 잡았으나, 민씨들이 청나라에 군대를 요청, 군란을 제압한 뒤 떡 본 김에 제사까지 지내겠다고 조선을 청나라에 딸린 나라로 만들어갔다. 그 소용돌이 속에 청나라가 대원군을 납치해 가두어버리니 조선은 사실상 청나라 속국이 되었다.

나라가 이 지경이 되니 김옥균, 박영효, 유길준, 서광범 등 혈기왕성한 개화파들이 가만있지 않았다. 되놈들이 조선을 도와준 척 그러면서 나라를 차지해 버렸다고, 청나라 군대를 몰아내야 한다는 공론이 돌았다. 그러고는 일본공사한테 붙었다. 일본공사 다케조에 신이치로 이놈도 조선에 덫낚시를 걸려고 의뭉을 떨던 놈이라 "야! 걱정 마, 우리가 도와줄게." 그래놓고 쿠데타를 일으키게 했다. 은엽이 이야기를 들어보니 참 기구멍이 막혔다. 나라가 청나라와 일본의 먹잇감이 된 그 와중에 조선의 그 알량한 기득권 양반들은 급진개화, 온건개화, 민씨수구, 대원군수구, 위정척사로 찢어져 서로 잘났다고 삿대질이었다. 급진개화파는 다케조에 신이치로 말만 남정북벌 명장 믿듯 굳게 믿고 기세 좋게 나갔다. 영의정, 좌의정, 좌포판, 우포판, 병조, 형조, 호조 감투란 감투는 모두 뒤집어쓰고 재를 털어야 숯불이 빛난다는 듯 개혁을 한다고 조정을 발칵 뒤집어 헌 가마니 털듯 털어냈다. 한데 그 속에 첩자까지 끼어, 도와준다고 큰소리 빵빵 친 일본 사람들이 "너희들 떡, 나는 몰라." 그러고 입술을 싹 씻었다. 대번 청나라 군대 1500명이 들이닥쳐 홍영식과 박영교 외 일곱 명을 붙잡아 총살시키자, 김옥균, 박영교의 동생 박영효, 서광범, 서재필 등 아홉 명은 일본으로 도망쳐 '3일천하'라는 말로 끝났다. 삼촌도 거기에 연루되었으나 감투를 쓰지 않아 위기는 모면했지만 쫓기는 신세였다. 은엽이 들어보니 하여간 한심스럽기 짝이 없었다. 개화사상으로 조정을 뒤엎겠다는 젊은이들이 썩은 사챙이로 호랑이 잡듯 뒷갈망을 군밤 둥우리처럼 해놓고 달려들었다니, 삶은 소대가리가 하품할 지경이었다.

유길준도 개화파 주모자로 체포되었다. 한데 금군별장 한규설이 힘을 써주어 그의 별장인 취운정에 연금되었다. 은엽은 삼촌과 교우관계가 깊은 구당(유길준의 호) 선생과 은밀히 오가는 심부름을 하게 되었다. 그러다 보니 신학문에 목말라하는 속내가 알려졌다.

"신학문을 하려면 일본말부터 배워야 하느니라."

구당 선생이 '히라가나'와 일본어 기초학습 자료를 주고 직접 발음을 해보이며 가르쳐 주어 부지런히 익혔다.

진종은 영축산 통도사 금강계단에서 선곡 율사로부터 비구계와 보살계를 받았다. 조선조에 들어와 승려가 팔천에 들어 율맥이 끊겼는데, 대은낭오가 지리산 칠불암에서 금담장로와 서상수계(瑞祥受戒)를 성취, 계율을 중흥시켰다. 진종은 대은, 금담, 초의, 범해, 선곡으로 이어진 계맥을 전수받아 제6대 계사가 되었다.

이듬해 송광사 삼일암에서 안거에 들어 정진을 하던 중 방선한 틈을 타 전등록을 보았다. 전등록 19권 형산(衡山) 금륜가관선사 어록에 '당겨진 활처럼 달은 둥근데, 비는 찔끔 내리고 바람이 드세구나' 이 대목에 이르렀다.

아니, 이 소리가 뭔가?

갑자기 눈앞이 환해지더니, 부스러기처럼 조금 남아 있던 무자 화두의 의심이 싹 풀려 뚜렷해졌다. 그 감회를 안으로 깊이 간직해 보임하고 해인사로 왔다. 어느 날 가야산 상왕봉에 올라보니 바위 기괴함이 금강산 보덕암 위 봉우리 하나를 옮겨다 놓은 것 같았다. 무자 화두가 맞구멍이 펑 뚫려 선유동 물 위로 씻겨 내려가는 것 같았다.

> 가야산은 신선 사는 곳이라 멀리멀리 알려졌는데
> 마음 밝게 드러내 어진행실 베푸는 이가 몇이나 오갔나
> 기이한 바위 삐죽삐죽 잇대어 치솟아 위엄을 뿜내고
> 촘촘히 연이은 자작나무는 그때그때 푸르름을 나타낸다.
> 끝이 어딘지 모를 흰 구름 골짜기에 모여 가득한데
> 꾕—! 꾕—! 커다란 범종소리 푸른 하늘을 꿰뚫는구나.
> 고개를 돌려 바라보니 산이 노을에 취해 떠내려가고
> 나무에 기대니 이미 해가 기울어 눈이 절로 감긴다.
> 伽倻名價高靑丘 明心道師幾往來
> 矗矗奇巖疊鱗高 密密白樹相連靑
> 無限白雲滿洞鑽 洪鐘轟轟碧空衝

回首看山醉流霞 倚樹沈眼日已斜

　진종은 해인사에서 『대승기신론』, 『대지도론』, 달마대사 『관심론』과 『혈맥론』, 『신심명』 외 여러 책을 보았다. 다시 서산대사 『선가귀감』, 환성지안 선사의 『선문오종강요』까지 보고 모든 것이 자신의 한 생각을 따르는 초자연적 경지에 올랐다.

　1886년 진종은 다시 송광사 삼일암에서 하안거를 마치고 경상도 선산 신라초전법륜지 아도모례원으로 갔다. 아도모례원 우물가에서 용맹정진을 하던 중 바로 자기 자신이 우주의 실재와 하나임을 알았다. 그는 낙동강에 빠진 저녁노을을 바라보다가 그만 감회에 젖었다.

　　금오산은 천년이 가을 달이요
　　낙동강은 만 리가 파도로구나
　　고기잡이배는 어디로 갔는고
　　옛 모습 그대로 갈대꽃 속에 잠들었구나.
　　金烏千秋月 洛東萬里波
　　漁舟何處去 依舊宿蘆花

　진종은 다시 송광사 감로암 호붕 강백을 찾아가 기신론과 법화경을 배웠다. 이어 태안사 수경 강백 문하에서 선요와 서장을 보았고, 청화산 석교 율사에게서 범망경과 사분율을 공부했다. 다시 송광사 호붕 강백 문하에서 화엄경을 보았으며, 해인사 월화 강백 문하에서 염송을 읽고, 월화 강백이 대승사로 자리를 옮긴 바람에 그리로 가 화엄십지와 치문을 공부했다. 승가의 교학체계는 대개 사미율, 초발심자경문, 치문, 서장, 도서, 선요, 절요, 능엄, 기신론, 금강, 원각, 화엄경, 전등록, 선문염송으로 차례가 정해져 있다. 그런데 진종은 거꾸로 갔다. 전등록과 선문염송을 먼저 보고 화엄, 원각, 금강경…, 순으로 위에서 아래로 거꾸로 내려갔다. 그래서 맨 나중에 읽은 것이 초보자들이 보는 치문이었다.

수행자들이 찾고 찾아 헤매는 경지가 '실재'다. 실재는 상징에 의해 구조 지어져 있고, 언어는 기표(귀로 들을 수 있는 소리로써 의미를 전달하는 외적형식)로 구성되어 있다. 첫 번째 기표와 두 번째 기표 사이에 차이가 있고, 두 번째 기표와 세 번째 기표 사이에도 차이가 있다. 이렇듯 끝없이 기표들 사이의 상징계에 의해 실재가 상징을 띠고 나타난다. 이것이 바로 일자무식 육조 혜능이 '범소유상 개시허망이니 약견제상비상이면 즉견여래라'는 소리를 듣고 그 자리에서 단박 깨달아 오조 홍인의 법을 이었던 것이다. 이것은 곧이곧대로의 학문이란 것을 벗어난 길이다. 여기에 사족을 붙이면 산은 산이요, 물은 물인데, 글쎄 부처는 어디에 있는가.

"어헛!"

진종은 웃었다. 밖으로 영롱하게 드러난 것을 손에 넣으려 하는 것은 구름을 잡는 짓이다. 이 세상 모든 것이 형체도 없고 실체가 없다고 주장하는 것은 다리가 있어도 걷지 못하고 눈이 있어도 보지 못한 것이다. 자 똑똑히 보아라! 어언 번듯하게 빈틈 하나 없이 촘촘한데 어디에 틈새가 있느냐. 납으로 만든 벽도 단박에 뚫고 나가는 한줄기 빛이 하늘을 환히 빛내지 않느냐. 그것을 알려고 날뛰면 정신분열증이 된다. 그러면 어떻게 해야 되느냐. 아름다움은 개념의 아름다움일 뿐 아름다움은 없다. '아름다움은 그것을 보는 사람 눈 안에 있다.'[3]

3) 『손바닥 안의 우주』, 우주마티유 리카르 외, 샘터사, 2003, 343쪽.

대한제국 현주소

은엽이 여여원 건재창고 앞에서 건강(乾薑)을 꺼내보니, 습기가 있는 것 같아 햇볕에 널고 있었다. 근묵자흑이라, 그 무렵 은엽의 의술은 대치선생을 대신해 처방전을 낼 만큼 수련이 끝나 있었다. 한데 삽살개가 어디서 잡았는지 쥐를 물고 나타나 은엽 앞에 놓았다.

"쯧쯔一! 네가 조병갑이보다 낫다."

들자하니 고부에서 민란이 일어났는데, 군수 조병갑 이름이 소문 한가운데 있었다. 두견새 목에 피를 내어 먹듯 탐관오리들 탐학에 백성들이 눈물로 살아온 조선, 망할 망자가 가까워지니, 더더욱 조정에 거금의 뇌물을 주고 군수가 되어 내려와 한 밑천을 뽑으려는 가렴주구가 한양까지 요동쳤다. 비전박토에 세금 물린 것은 조선조 지방 수령이면 누구나 다 해온 짓이었으니, 그렇다 치자. 고부는 원래 물산이 풍부한 곡창지대로 가만히 앉아 있어도 호박이 넝쿨째 굴러온 곳이다. 조병갑이 군수로 내려오자마자 초라니 소고 흔들듯 놈의 물탐(物貪)이 바닷물을 비웠으면 비웠지 주머니가 채워지지 않는다는 것이었다.

만석보 물세로 농민들 등짝이 찌그러들었고, 돈푼 있는 사람이 다 싶으면 도나 개나 잡아들여, '너 어제 오입질 했지?' '너 어젯밤 술 먹고 이웃 아낙네 덮쳤잖아?' '네놈이 불효자라는 것 모르는 사람이 없다!' 꼬투리를 잡아 등이 휠 만큼 벌금을 매겨 돈을 뜯 어냈다. 그 재미로 군수노릇을 하다 고부지방 동학접주 전봉준한 테 걸렸다. 그러지 말라고 몇 번을 말려도 듣지 않자, 전봉준이 동 학농민군 1,000여 명을 이끌고 관아를 습격했다. 무기고를 부수고 무장부터 한 뒤, 곳간 문을 열어 빼앗긴 세곡을 도로 농민들에게 돌려주자 조병갑이 전주로 도망쳤다.

이것이 계기가 되어 전라도와 충청도 농민과 동학교도들이 들고 일어나 나라 안이 전쟁이었다. 중앙이나 지방이나 양반이란 작자 들이 깨알만한 권력만 쥐면 못난 백성 쌀독을 긁어가 눈물로 골짜 기를 만들어 살아온 것이 조선조 고종 때 백성들만은 아니었다.

저녁에 여여원에서 돌아온 은엽은 삼촌하고 마주앉아 삽살개가 쥐를 잡아 물고 왔기에 조병갑이보다 나아 보이더라는 이야기를 했더니, 큰소리로 웃었다.

"그것이 나라의 망징패조(亡徵敗兆) 아니겠느냐?"

"그나저나 고부에서 농민군이 한양으로 올라온다는 소문이 사 실인가요?"

삼촌이 고개를 끄덕였다.

"어찌 고부뿐이겠느냐? 충청도에도 동학군이 일어나 관군이 쫓기고 나라창고가 다 털리고 있다.”

“그럼 양반들 곳간도 털리겠네요?”

“관아가 무너지는 판에 양반들 곳간 그까짓 게 문제냐?”

망징패조의 1등공신은 가렴주구 관료, 2등공신은 잇속만 챙기는 졸부, 3등공신은 문벌 좀 있다고 거들먹거린 양반, 4등공신은 백성들을 깔보는 유생, 그들을 표적으로 삼고 동학농민군이 한양으로 올라오고 있음이 거짓이 아닌듯 했다.

“아이고, 저도 얼른 장수에 내려가 봐야겠네요.”

“왜? 아버지 어머니가 걱정이냐?”

“세상이 뒤집히면 우리 집이라고 절간에 쇠 채운 것 같겠어요?”

삼촌은 정읍, 태인, 김제, 부안, 남원, 전주까지 동학농민군에게 점령당했지만 장수가 점령당했다는 말은 못 들었으니 걱정 말라고 했다.

“남원, 전주가 점령됐으면 장수가 몇 발짝이나 됩니까?”

은엽이 한숨을 푹 내쉬며 혼잣소리로 “큰일 났네.” 그러면서 삼촌을 쳐다보았다.

“내일 고향에 내려가 보고 올게요.”

“뒷집 마당 벌어진 데 솔뿌리 걱정한다더니….”

꼼짝 말고 가만히 엎드려 있으라는 뜻이었다.

“부모님이 전쟁 한가운데 계신데 가슴에서 불이 꺼져요?”

“지금 시국 형편이 단 꿀에 개미 덤비듯 하면 안 될 때다.”

“선 머시매 나무꾼 행색으로 갈게요.”

삼촌이 한참 생각해 보더니 대답했다.

"알았다. 효성은 그만큼 갸륵하니…."

이튿날 행랑아범이 나귀 한 마리를 끌고 왔다.

"어르신…."

삼촌은 개화가 되어 행낭아범한테도 어르신이라는 존칭을 썼다.

"은엽이를 데리고 장수 제 형님 댁에 좀 다녀오십시오. 지금 남쪽이 시끄러우니, 진천에서 옥천으로 내려가 무주에서 산길로 장수로 가십시오."

"알겠습니다. 나리."

"보은은 최제우 신원을 요구하는 최시형의 동학군이 집결해 있다는 말이 들리오. 그 점 유념해 보은 쪽으로는 가까이 가지 않는 것이 좋을 것이외다."

"예, 알겠습니다. 나리."

은엽이 한밤중에 손을 내밀듯 불쑥 나타나자 아버지 어머니가 깜짝 놀랐다. 한데 아버지는 은엽의 행색을 보고 행낭아범 인사를 받더니 낌새를 알아차린 듯 담뱃대를 입에 문 채 껄껄 웃었다.

"수고했네."

행낭아범을 사랑으로 들여보냈다.

하나 어머니는 달랐다.

"이것아! 시집도 안 간 규수 행색이 게 뭐냐?"

한숨이 땅이 꺼지듯 했다.

"허허! 임자는 지금 시국이 상것들 세상이라는 것을 어찌 모르시는가?"

아버지가 대신 대답했다.

"그래도 그렇지요. 양반집 규수가 저 행색이 말이나 되요?"

쏟아지는 눈물을 못 참고 옷고름을 눈으로 가져갔다.

"걱정 마 엄마. 부러 이러고 왔어."

"한양에서 신문물을 받아들였으니 임자하고는 생각이 다를 게요. 암, 다르고말고…."

그러고 아버지는 사랑으로 가버렸다.

은엽은 몸을 씻고 전에 입었던 옷으로 갈아입었다. 머리는 한양에서처럼 두 갈래로 땋아 앞가슴으로 내렸다. 이튿날 색다른 은엽의 머리 모습에 사람들이 어리둥절했다.

"머리가 어찌 두 갈래냐?"

어머니가 물었다.

"그것이 신식 머리다냐?"

마땅찮다는 목소리였다.

"양 갈래 머리는 옛날에도 있었어, 엄마."

"시끄럽다. 그러고 다니면 누가 널 규수로 보겠냐?"

한양은 단발령이 내려 젊은 남정네들은 하이칼라를 하고, 처녀들 머리도 예전하고 많이 달랐다. 그러함에도 장수와 같은 산골로 내려오니 유속(儒俗)을 생명처럼 여긴 사람들이 상투를 자르지 않겠다고 뻗대는 이들이 많았다.

은엽이 한양에서 왔다는 소문이 퍼지자 동갑내기 처녀들은 시집을 가 얼굴을 볼 수 없었고, 이웃에 사는 어머니 친구들이 모여들었다.

"워매! 얼굴이 박꽃처럼 훤허네."

"신랑이랑 같이 왔능겨?"

여자 셋이 모이면 접시에 구멍이 뚫린다더니, 시집 안 간 줄 뻔히 알면서도 찧고 까불어댔다.

"무슨 호박이라고 혼자 늙을까?"

"만났는겨?"

전에 마루에 방물을 펴놓고 사라진 방물장수를 염두에 두고 집적거려 눈치를 보려는 것 같았다. 그 후속편이 은엽의 입에서 나오지 않으면 틀림없이 아낙들이 창작을 해댈 판이었다. 하나 방물장수 문제는 은엽이 한양에 가 있는 동안 행적이 모두 드러나 있었다. 가족들만 아는 남원군 번암면 죽림리에 사는, 백상규 총각이라는 사실이 다 알려져 은엽은 지그시 입술을 깨물었다.

당시 은엽은 사소한 일에도 알 수 없는 것을 간절히 그리워했을 뿐 그 대상이 구체적이지 않았다. 그런 은엽에게 신랑을 맞는다는 것은 대단히 큰 변화이자 놀라움이었고, 그 모든 것을 호기심이 이끌었다. 그것이 희망으로 자리 잡기 전에 집에 나타난 방물장수를 보았다. 나중에 그 방물장수가 사주단자 오고간 신랑될 총각이라는 사실을 알았다. 은엽은 비로소 맑은 그의 얼굴과 반짝이는 눈빛이 황홀감(eros)으로 되돌아왔다. 이게 사랑일까. 하나 혼사가 깨지자 꿈을 꾸었던 희망만큼 미움이 자리 잡았다. 제까짓 게 잘났으면 얼마나 잘 났기에 받아 놓은 혼사 날짜를 깼나싶어 방물장수를 기어이 만나 복수를 하려 했고, 그를 잊기 위해 경성으로 올라갔다.

은엽은 가슴에서 방망이가 치솟듯 북받치는 감정을 누르느라 얼굴이 붉어졌지만, 시침 딱 떼고 안면을 바꿔 누구랄 것 없이 조용한 목소리로 물었다.

"그럼 그 총각은 장가가서 잘 산대요?"

"행방불명 됐단다."

행방불명? 말 떨어지기 바빴다. 남 시집 못 가게 해놓은 그놈이 풀 먹은 미친개란 말인가. 방물장수로 꾸미고 찾아온 것을 보면 제정신이 아닌 팔푼이 틀림없다고 생각했다. 한데 그렇게 치부하고 속을 가라앉히려 해도 한번 응등그러진 가슴은 찜찜하기만 했다. 놈도 양반이라고 글 줄 읽었을 터인즉, 어찌 사과나무에 배 열린 짓을 했을까. 수수께끼는 여전히 풀리지 않았다.

은엽은 백상규 이름만 외어 이튿날 아무도 모르게 번암 죽림리로 찾아갔다. 사람들이 신식 머리를 한 은엽을 흘끔흘끔 쳐다보았지만 그런 것에 한눈팔 새 없이 중매를 선 물집 할머니 댁으로 갔다. 매파 할머니는 그동안 많이 늙어 반백이 흰머리가 되어 있었다. 할머니가 한참 쳐다보더니 은엽을 알아보았다.

"아니 장수 조대감님 따님 아닌겨?"

"네…"

모기소리만한 목소리로 대답했다.

"세상에…, 어서 좀 들어와 앉아."

친절히 맞아주었다.

"경성으로 갔다더니 얼굴이 훤해졌네."

훤해졌다는 말대꾸할 것도 없었다.

"집안은 다 무고하세요?"

우선 치레의 말을 해주었다.

"세상이 이리 시끄러워 무고할 것 있겠는가마는 별일은 없어."

건성 나온 목소리였다.

"다행이네요."

은엽인들 힘이 넘치는 소리가 나올 계제가 아니었다.

"한양으로 올라가 잘 지낸다고 하더니 웬일인가?"

찾아온 것이 반갑지 않다는 속내가 보였다.

"전에 저와 혼인하려다 만 백상규 총각이 장가가서 잘 사는가 보려구요."

"하이고 이 또 무슨 쇠통 빠진 소리다냐?"

매파 할머니가 놀란 듯 어깨를 움츠렸다.

"그 총각 죽림리에 산다고 하던데 지금 집에 있나요?"

다 알고 발걸음을 했지만 부러 딴전을 피웠다.

"이 일을 어쩌면 좋을꼬. 난 한다고 했는데, 혼쭐만 났어."

"혼쭐나다니요?"

"큰매, 납폐서와 혼수품까지 보내놓고 총각이 내빼버렸당께."

"그럼 행방불명되었다는 말이 사실인가요?"

"말도 마소. 신랑 될 총각 아범이 아들 찾아내라고 야단이 났네."

혀에 침도 묻히지 않고 꾸며댄 말 같았다.

"그래서 어떻게 했나요?"

"총각이 중이 되었다는 소문만 떠돌고 통 나타나지 않어."

"아니, 중이 되어요?"

그 말은 은엽도 처음 듣는 소리였다.

"혼인 날짜 정해놓고 빗감도 안 하니께 그러제."

"지금까지 총각이 안 나타났단 말씀이세요?"

"감감무소식이여. 호랭이가 안 물어갔으면 중 된 것이 틀림없제."

은엽은 잘못 찾아 왔다 싶었다. 한데 노파가 묻지도 않은 말을 덧붙였다.

"전에도 교룡산 덕밀암에서 1년 나마 있다 왔다는 소문이 떠돈 것을 보면, 암, 중이 되었은께 그러제…."

"그럼 죽지는 않았다 그 말씀이군요."

"죽을 총각이 아니제. 원체 똑똑해놔서…."

기껏 들은 말이 그것이었다. 은엽은 총각이 중이 되었다는 말에 가슴이 뜨끔했지만, 뭔가 중요한 것을 잃어버린 것 같은 이상한 마음이 사무침으로 바뀌어 집으로 돌아왔다. 그해 겨울 전봉준이 순창에서 잡혔다는 소문이 들려 다시 한양으로 올라갈 차비를 차렸다.

"아버지 저 경성으로 올라가렵니다."

"아니 집에 있다 시집이나 갈 일이지 경성에 꿀단지 붙여놨냐?"

아버지는 듣고만 계셨고 어머니가 방방 뛰었다.

"어머니, 저 일본으로 유학 갈 거예요."

그 말에 아버지 얼굴에 놀란 표정이 나타났다.

"유학을 가다니, 그 무슨 소리냐?"

"아버님도 아실지 모르지만 유길준 선생과 삼촌이 아주 가까운 사이에요. 지난 갑신년 정변으로 취운정에 갇혀 지낼 때 삼촌 심부름으로 몇 번 갔다가 그 어른이 일본말을 배우라고 해서 일본말을 배웠어요. 세상이 조용해지면 선생님은 미국으로 가시겠다면서, 전에 선생님이 다녔던 일본 게이오기주쿠 학교에 입학시켜줄 테니 열심히 공부나 하라고 해서요."

"오매, 경성도 먼 곳인디 왜놈들 나라로 가겠단 말이냐?"

아버지는 어머니의 말을 무시하고 다시 물었다.

"사내도 아닌 네가 그게 가능하겠느냐?"

"외국은 개화가 되어 공부하는 데 남자여자 차별이 없답니다."

아버지가 고개를 끄덕였다.

"그러면 비용이 좀 들겠구나."

"학비는 삼촌이 준다고 했어요."

"돈이 상당히 들어갈 텐데, 삼촌이 다 감당할 수 있겠느냐?"

"그럼 아버님께서도 도와주세요."

"알았다. 삼촌과 잘 의논해 봐라."

아버지의 말에 어머니가 놀란 목소리로 물었다.

"아니 은엽이를 왜놈 나라로 보낼 작정이에요?"

"배우는 데 여자남자가 따로 없다지 않소."

은엽은 아버지의 말씀을 허락으로 받아들이고 다시 경성으로 올라왔다. 하나 일본 유학의 꿈을 접고 말았다. 왜냐하면, 조선은 일본이 보면 '모찌'고 청나라가 보면 '만두'였다. 동학농민군과 같은 내란이 일어나도 일본군대를 부르거나 청나라 군대를 불러들여 진압해야 했다. 그러다 일본과 청나라가 티격태격하더니 조선 땅에서 힘겨루기가 일어났다.

두 나라가 군사를 일으켜 싸우면 전쟁 당사국인 일본이나 청나라 땅이 전쟁터가 되어야 하는데, 조선이 돈을 받고 싸움터를 빌려준 것도 아닌데, 조선이 두 나라의 전쟁터가 되었다. 이건 벌써 나라도 아니었다. 그들 싸움 속살을 들여다보면 뱀이 개구리를 삼키듯 조선을 통째로 삼키려는 싸움이었다.

청일전쟁에서 일본이 이겼다. 일본이 친일내각을 성립시켜 단발령을 비롯한 급진적 개혁을 마구 실시했다. 일본은 랴오둥반도까지 할량 받아 중국대륙으로 치고 올라갈 발판을 마련했다. 이번에는 러시아가 가만있지 않았다. 가만가만 부는 바람이 큰 나무를 꺾는다더니, 그대로 놓아두었다가는 쥐구멍이 소구멍 될 것 같다는 생각이 들었는지 팔을 걷어붙이고 나섰다. 프랑스와 독일과 연합해 랴오둥반도를 청나라에 돌려줄 것을 요구하자, 일본이 꼬리를 내렸다.

이럴 때는 등거리외교가 필요한데, 이것이 기회다 싶은 민비 세력이 러시아 공사쪽에 찰싹 붙어 조정이 친러쪽으로 기울었다. 말하나마나 의당히 일본을 배척하는 양상이 나타났다. 그렇다고 일본도 가만있지 않았다. 계획적으로 군출신 미우라 고로를 일본공사로 보내 낭인들을 이끌고 경복궁 왕비 침실인 옥호루로 들어가 명성황후를 살해하고 석유를 뿌려 불살라 파묻은 사건이 일어났다.

　좌파 우파, 동인 서인, 북인 남인, 노론 소론, 찢어 나누기를 좋아한 당파에 길들여진 친러파 이범진이 비밀리에 이완용, 이윤용, 러시아 공사 베베르(Karl Ivanovich Veber)와 합작으로 고종 '파천'에 나섰다. 고상하게 말하면 파천이라 할 수 있지만 사실대로 말하면 잡아 데려다놓고 친러정책을 실시했다.

　이때 친일내각을 이끌었던 김홍집과 정병하가 '왜대신(倭大臣)'으로 지목되어 광화문 앞에서 군중들에게 타살 당했다. 그 사건으로 내부대신이었던 유길준은 일본 군영으로 피신, 망명해 버렸다. 그 바람에 은엽의 일본유학 꿈은 갈림길이 되었다. 열화와 같은 신학문에 대한 열정을 잘 알고 있는 삼촌이 "유길준 동지만 있어야 일본유학이냐?" 하며 일본으로 가 본격적으로 신학문을 배울 수 있게 뒷받침해주겠다고 했으나 은엽이 고개를 흔들었다.

　"꼭 일본에만 가야 공부이겠습니까? 이화학당에나 가렵니다."

　그래서 병술(1886)년에 설립된 이화학당에 입학했다. 이럴 줄 알았으면 좀 일찍 들어와 공부할 걸….

　어느 날, 이화학당에서 돌아오니 삼촌이 쩝쩝 입맛을 다시며, 점잖은 사람은 입에 담기 어려운 '개똥참외'라는 말을 혼잣소리로 중얼거렸다.

"아니 개똥참외라니요?"

"지금 나라 형편이 그렇다."

조선의 땅속까지 먼저 본 놈이 임자라는 것이었다.

"뱀은 쥐나 개구리를 입에 물면 통째로 삼키지. 그런데 포유류는 달라. 여우가 산토끼를 잡으면 승냥이나 호랑이가 야ㅡ, 안 돼지려면 저리 비켜! 그러고는 뺏어 먹거든. 인간은 또 다르지."

"어떻게 다르나요?"

"돼지로 예를 들어보자. 돼지고기 목 부분을 목심, 등 부분을 등심, 등심 밑에 안심, 앞다리 부분은 사태살, 배 부분은 삼겹살, 뒷다리 부분은 볼기살, 발은 족발…."

꼭 푸줏간에 종사하는 사람처럼 줄줄 꿰었다.

"언제 그렇게 돼지고기 연구를 하셨나요?"

"네가 언젠가 삽살개가 쥐를 잡아 안 먹고 가져오더란 말을 했었지?"

"네."

"지금 조선은 통째로 잡아놓은 돼지고기 신세다. 자, 들어 봐라! 돼지고기 목심이랄 수 있는 종성, 경성 광산 채굴권은 러시아가, 앞다리 사태살이랄 수 있는 운산 광산권은 미국이, 등심격인 금성 광산채굴권은 독일, 일본 사람들은 꾀가 여우처럼 놀놀해 먼 장래를 내다보고 조선의 내장을 겨누고 있다. 한양을 중심으로 경부, 경의, 경인 철도부설권, 한양 전차부설권, 돼지 삼겹살격인 직산 광산채굴권을 차지하고, 러시아는 또 뒷다리 사태살 격인 목포 고하도 섬을 아예 팔라는 거야."

"호호호, 조선은 그럼 족발만 남습니까?"

"웃을 일이 아니다. 값나간 데는 땅속까지 모두 도장을 찍어 놨다."

듣고 보니 과연 웃을 일이 아니었다. 살쾡이, 호랑이, 늑대, 곰, 여우같은 나라들이 눈을 부릅뜬 채 한반도를 둘러싸고 한 볼퉁이씩 먹겠다고 달려든 꼴이었다.

판세가 그리 되었다고 일본이 앙가발이처럼 주저앉을 리 없었다. 생떼거리도 서슴지 않을 터인즉, 미국과 영국을 끌어들여 러시아와 전쟁을 일으켜 또 이겼다. 바야흐로 하버드대학 출신인 일본 가네코 겐타로가 나섰다. 같은 하버드대학 동창인 미국 루즈벨트(Roosevelt) 대통령과 '사바사바'로 영국의 묵인 하에 조선 외교권을 넘겨받았다. 일이 이렇게 되니 조선은 외통수에 걸려 외교권도 없는 빈껍데기뿐이었다.

일본과 중국과 달리 조선시대 지식 공급은 나라가 주도했다. 책은 관청에서 필요에 따라 나누어 주는 것으로 양반이나 특권층에만 해당되었다. 그 후 '책쾌' 활동으로 공급되던 책이 일본 사람들이 드나들면서 숭례문 앞에 몇 군데 서점이 생겼다. 은엽은 광학서포에 들러 의학에 관한 책을 사들고 집으로 돌아왔다.

한데 삼촌의 심기가 대단히 불편해 보였다. 저렇게 분노를 못 삭인 것을 한 번도 본 적이 없었다.

"삼촌 안 좋은 일 있으세요?"

팽팽히 긴장해 조심스럽게 묻자 대번 입에서 '이놈!' 소리가 나왔다.

"이완용 이놈! 이근택 이놈!"

심화가 얼마나 끓는지 피가 맺힌 목소리였다.

이야기를 들어보니, 이완용, 이근택, 이지용, 박제순, 권중현 다섯이 조선의 이마빡에 망할 망자를 붙여놓았다. 주한일본공사 하야시 곤스케와 주한일본군사령관 하세가와 요시미치가 회유했는지, 아니면 한통속이 되었는지 모든 책임을 고종한테 떠넘기고 '을사보호조약'에 도장을 찍었다. 거기에 잔꾀까지 보태 이완용과 경쟁 관계의 송병준이 이끈 일진회로 하여금 조약에 찬성한다는 선언을 하게 했다.

불과 5년 전 조선이란 나라에다 옥상옥을 지어 황제의 나라라고 뻐기더니, 나라꼴이 이 지경이 되니, 조선이 자주국임을 주장해 온 삼촌은 속을 끓이다 결국 앓아눕고 말았다. 보수수구들이 탐관오리가 되어 조선왕조 내내 순한 양 같은 백성들 차독을 긁어먹더니, 이제는 일본 사람들이 합법적으로 차독을 긁어가는 세상이 된 셈이었다. 은엽도 온몸이 아리고 쓰려 눈물만 흘렸다. 일본은 을사보호조약에 따라 공사관을 폐쇄하고 통감부를 설치해 병오(1906)년 3월 이토 히로부미가 초대통감으로 왔다.

깊은 산속으로 다니며 혼자 정진만 해온 진종은 호를 용성(龍城)

이라 하고 모습을 나타냈다. 그해가 광무 4년이었다. '광무'는 1896년 창립된 개화파 독립협회와 자주적 수구파가 연합해 러시아 공사관에 연금된 거나 다름없는 고종을 경운궁으로 환궁시켰다. 그리고 '칭제건원(稱帝建元)'을 추진해 선포한 것이 '대한제국' 연호였다.

광무 4년은 승려 도성출입이 해제된 지 5년째 되는 해이기도 했다. 팔천에 든 승려들 도성출입이 허용된 것은 사노젠레라는 일본 승려가 한양으로 올라와 놈들 군부를 배경으로 양덕방에 일련종 교무소를 세우려고 도성을 자기 집 드나들듯 하면서였다. 김홍집 내각에 압력을 넣어 선심 쓰듯 조선 승려에게도 도성출입을 허용하게 했는데, 용성은 조금도 반갑지 않았다.

조선 승려들의 출입을 금지시킨 도성문은 조선 승가에서 두드려 열어야지 맥도 모르고 일본 중놈이 열어준 문에 입이 헤벌레 벌어져 사노젠레를 칭송하는, 줏대 없는 중들이 많았다. 조선 승려는 기도하는 일밖에 아무것도 하는 것이 없고, 엿과 떡을 주면 굶주린 호랑이처럼 달려드는 무리라는 말이 일본 중들 사이에서 떠돌았다. 용성은 그 말을 듣고 입술을 깨물었다. 사노라는 그놈 뱃속을 들여다봐라. 선기가 서릿발 같은 조선 불교를 엿과 떡같이 얕잡고 일본 불교 속에 싸잡아 넣으려고 엉큼을 떠는 흉계가 무엇인가. 미국에 배경을 둔 야소교가 의술과 교육을 가지고 들어와 전도를 펼치니, 일본도 침략의 전위대로 승려들을 앞세운 한 수 높인 조선 침탈의 잔꾀를 왜 모르는가. 용성은 안으로 속앓이를 했다.

권력은 뒷걸음질치지 않고 더 큰 권력을 향해 나아간다 했던가.

은엽도 비운에 왕비가 척살당하고, 내나라 내 땅에서 발걸음조차 자유롭지 못한 임금을 황제로 높인다고 해서 중국 황제나 일본 천황과 서열이 같아진다는 발상, 참으로 한심스럽기 짝이 없었다. 한 치 앞을 못 내다본 그 발상이 하루아침에 황제 즉위식을 마치고 고종이 황제가 되었다. 이 난센스는 권재형이 '황(皇), 제(帝), 왕(王)은 글자가 다르지만 한 나라가 자주독립으로 다른 나라에 의지하지 않는다는 만국공법상 어긋남이 없다'는, 얼씨구나! 소리가 절로 나오는 콤플렉스 논리였다.

뱁새가 황새를 따라가면 가랑이가 찢어진다 했던가. 대한제국 선포 후 흥선대원군이 죽고, 서재필이 독립문을 세운 뒤 미국으로 돌아갔다. 수구파들은 개 버릇 못 버리고 무술(1898)년 독립협회가 개최한 만민공회를 궁정수구파의 황국협회가 보부상을 불러들여 습격했다. 이런 가운데 한양에는 전차가 굴러다니고 전등이 켜질 때, 은엽은 이화학당을 졸업하고 새로 설치된 광제원 판임관의사(判任官醫師)로 들어갔다.

용성은 경허선사가 득도했다는 내포 천장암을 거쳐 정혜사 수덕암에 이르렀다. 거기서 경허선사의 제자인 혜월혜명을 만났다.

"어디서 오시오?"

"천장암에서 왔습니다."

혜월이 목침을 들어 보이며 물었다.

"이것이 무엇인가?"

"목침이오!"

혜월이 목침을 감추고 물었다.

"이럴 때는 뭐라고 하는가?"

"큰 지혜를 내 어둠을 비추는 곳일세."

혜월이 웃었다. 용성은 그해 겨울 조계산 송광사로 내려가 조계봉 토굴에서 동안거를 마치고 이듬해 해인선사(海印禪社)로 돌아왔다.

해인사 사명 문하의 제산정원이 용성을 찾아왔다. 푸른 눈빛을 보니 잡티가 없어 보여 물었다.

"목침이라 부르면 걸려드는 것이고, 목침이 아니라고 그러면 달아나는 것이 있는데, 그게 뭔가? 어서 말해보게 어서."

제산이 목침을 집어 던졌다. 용성이 다시 물었다.

"산과 강이라고 부르면 걸려드는 것이고 산과 강이 아니라고 그러면 달아나는 것이 있는데, 그게 뭔가? 어서 말해보게 어서."

제산이 대답을 못하고 방을 나가버렸다.

임인(1902)년 2월 용성은 지리산 화엄사 탑전에서 안거에 들었다. 경허선사의 제자 만공이 찾아왔다.

"내포에서 왔습니다."

"먼 길에 노독지환(路毒之患)은 어떠며, 시자는 몇 명이나 두었는가?"

"노독도 없고 시자도 없습니다."

"참 어리석은 사람이구려."

"그럼 어떻게 견디면 되겠습니까?"

"졸리면 자다가 시절인연이 오면 바람이 등왕각으로 보낸다지."

만공이 절을 하고 나갔다.

용성은 다시 묘향산 비로암으로, 금강산 불지암으로 돌아다니며 깨달음의 지혜가 흩어지거나 어지럽지 않도록 간직해, 어떤 경우에도 휩쓸리지 않게 단단히 조여 맨 수행을 했다. 그 뒤 산중선회(山中禪會)를 열어 납자들을 제접(提接)하기 시작했다. 보개산 성주암에서 수선회를 창설하고, 관음전을 창건해 머물면서 『선문요지』를 저술하고 삼각산 망월사로 왔다.

망월사에서 비로소 법상에 올라 주장자를 세우고 사자가 울부짖듯 우렁찬 목소리로 입을 열었다.

"오늘이 섣달그믐이다. 대중들은 어떤 것이 확실히 환한가를 얻었는가? 말해보라."

아무도 말한 사람이 없어 한참 침묵하고 있다가 게송을 읊었다.

　　허공을 두드리니 꿩이 곡곡 울고
　　징을 때리니 소리가 들리지 않는다.
　　打空鳴角角
　　擊錚不聞聲

이로부터 수행자를 모아 가르침의 길로 들어섰다.

광무 2년, 고종 황제가 대나무 삿갓을 쓰고 옷차림이 색다른 사람을 보고는 중이라는 것을 처음 알았다. 궁중에서 승려를 대면한 적이 없었던 고종 황제의 눈에는 괴상한 괴물로 비췄는지, 도성출입을 더욱 엄중히 금하라는 명을 내렸다. 소통을 모르는 수구보수들, 승려가 자국민이라는 것을 모르는 불통의 황제, 슬픈 일이지만 일본 사람들이 도성문을 열고, 황제의 명을 마치 개 짖는 소리쯤으로 여기며 콧방귀를 풍풍 날리는 행태를 은엽은 잘 알고 있었다.

한데 산속에서 수행만 해온 까닭에 용성은 사노젠레가 불교 침탈의 흉계로 조선 승려들에게 도성문을 열게 했다는 것 외에 피부에 와 닿는 세세한 문제는 잘 알지 못했다.

하루는 상궁 임씨가 찾아왔다. 용성은 그즈음 조선 불교의 대선지식이라는 소문이 궁중에까지 났었다. 궁중 상궁들은 대개 불심이 깊었다. 상궁이라고 나라가 막다른 골목에서 호랑이를 만난 개꼴이라는 것을 어찌 모르겠는가.

상궁 임씨도 고려가 몽골군의 침입을 물리치기 위해 대장경판을 조성한 사실을 알고 있었다. 지금 황실도 짚불이 꺼져가듯 황제의 권위와 영화가 하잘것없이 몰락해가는 현실을 눈앞에 두고 있는 사실을 누구보다도 잘 알았다. 고승에게 의지해 불사의 공을 쌓으면 부처님 가호로 기울어가는 황실의 운명을 바로 세울 수 있을까. 간절한 믿음을 가지고 찾아와 입을 열었다.

"대사님 말씀 많이 들었사옵니다."

"구중궁궐에서 산속의 비천한 중의 이름을 듣다니요?"

"장안에는 대사님 명성이 자자하옵니다."

"소문은 허망한 거품이외다."

"대사님, 허망하지 않는 것이 무엇이옵니까?"

"내가 서 있는 바로 이곳이 극락임을 아는 것입니다."

상궁이 한참 있다가 다시 물었다.

"그렇게 하려면 어찌 해야 하옵니까?"

"마음을 정하게 갖고 선근을 심는 것이지요."

그 말에 상궁이 고개를 돌리는데, 눈가에 이슬이 맺혔다. 대사는 여신도를 대해본 적이 없어 천장만 보았다. 상궁이 마음을 다잡은 듯 합장의 예를 갖추고 낮은 목소리로 말했다.

"저희 황상께서 공덕이 부족해 낙숫물 떨어지는 데 또 떨어지는 어려움을 겪고 계시옵니다."

상궁의 그 한마디는 나라의 운명이 가뭄철 물웅덩이 속 올챙이 모습으로 바뀌어가는 것을 암시했다. 궁중 사람이 저리 눈물을 보일 정도이면 나라 안의 백성들은 어떨까. 등꼬부리 허리 펼 새 없이 쪽박 속의 주먹밥 신세란 것 아닐까. 뭔가 위로가 될 말을 해줘야겠는데, 수좌들에게 '정진하라'고 할 때처럼 합당하게 맞아떨어지는 말이 생각나지 않았다. 서산대사께서 주장자 대신 칼을 들고 일어서신 것이 이와 같은 경우를 맞닥뜨려서였을까.

"사람은 속고 사는 것입니다만…"

짊어지고 다니는 것이 칠성판이요 먹는 것이 사잣밥인 백성들의 속을 대번 확 뚫어줄 만한 소리가 없었다. 용성은 비로소 이타행을 다시 생각해 보았다. 하나, 나라가 무너지는 판에 산승은 그저 무력함뿐이었다.

"저 혼자 일이라면 속아 살아 그랬거니 하겠사옵니다만 황궁이 무너지는데, 기둥 하나 버티지 못하게 생겼으니 어찌하옵니까?"

나라가 망한 것보다 망해가는 과정이 견디기 어렵다고 했던가, 망국지탄이 아닐 수 없었다. 국가가 제아무리 강대해도 전쟁을 좋아하면 반드시 망한다고 했지만, 조선은 강대한 나라도 아니고 전쟁을 좋아한 나라도 아니었다. 이럴 때 세존께서는 뭐라고 하셨을까. 적이 사방에서 침입하면 나라 안의 적과 나라 밖의 적이 함께 일어난다. 나무와 풀잎이 창과 칼로 나타나 가는 곳마다 몸을 상하게 되고 찔려 죽기도 한다.

왜 이런 일이 일어나는가. 국왕, 왕자, 대신들이 스스로 고귀함만 믿고 성인의 큰 가르침이 적힌 책을 불태우는 법을 만들어 올바른 가치를 파멸하고, 비구와 비구니의 출가수행을 방해하기 때문이다. 하얀 옷 입은 사람(俗人)이 높은 자리에 앉고 수행자를 땅에 세워 백성들을 군대나 노예처럼 취급해 탑 쌓는 일을 방해하기 때문이다.

그래서 국왕은 소리를 크게 해 위엄으로 대중을 억누르지 말아야 하고, 모든 것을 확실하게 알아 어지럽지 않게 해야 한다. 대중 앞에서 두려워하는 모습을 보여서는 안 되고, 교만한 말재간을 부려서도 안 된다. 큰 뜻이 확실하게 갖추어진 말을 꼭 실천해야 하며, 경론을 통달해 계획적이고 조직적으로 천하를 다스려야 한다. 과거 여러 가지 훌륭한 교훈과 경륜을 모아 익혀야 하며, 그때그때 시절에 맞는 이야기를 해야 한다. 조선왕조가 5백여 년을 내려오면서 언제 그렇게 나라를 다스린 적이 있었던가. 얼마 전까지도 수행자를 도성 안으로 들이지 말라고 명령을 내렸던 사람이 고종이었다.

"대사님 늦은 줄 아옵니다만 제가 6천량을 시주하겠습니다."

6천량이면 아주 큰돈이었다. 상궁이 황실의 미래를 위해 가지고 있는 자기 전 재산을 내놓겠다는 것이었다. 용성은 민망스러워 머뭇거리다 대답했다.

"해인사 장경각 경판이 많이 낡기는 했습니다."

오래 해인사에 머물러 사정을 잘 아는 용성은 조선왕조 척불의 행업을 경판 보수로 수참(修懺)의 기회가 되었으면 하는 뜻으로 대답했다. 그 말을 듣고 상궁 임씨가 6천량을 내놓고, 국고에서 2만 량을 지원해 장경경판 보수에 들어갔다.

용성은 강대련을 경판보수 담당관으로, 별감은 김성업, 감독은 경명과 영해를 임명해 보수작업을 시작했다. 그리고 기도와 함께 안거를 마치고 법좌에 올랐다.

"오늘 대중들이 식사를 하고 차를 마시던데, 조주의 차와 같든가 다르든가? 일러라!"

대답하는 사람이 없자 시자를 불러 "차를 한 잔씩 주어라." 하고 주장자로 법상을 치면서 말했다.

"조주가 왔느니라."

그리고 법좌에서 내려왔다.

백련암에 머물면서 용성은 일본 침략으로 조선 불교가 얼마나 망가졌는지 차츰 눈을 뜨게 되었다. 서산대사가 이끈 승군과의 싸움으로 패전한 임진왜란의 역사적 교훈 때문인지 이번에는 일본이 불교를 앞세우고 들어왔다.

일본 불교는 종파에 대한 개념이 강하고 계율을 지키는 전통이 사라져 대부분 대처승으로 사찰도 대를 이어 운영되었다. 그들이 조선에 맨 처음 건립한 것이 정토진종 대곡파 부산 별원이었고, 뒤를 이어 정토진종 본파가 들어왔다. 그 뒤 조선 승려 도성출입을 해제시킨 일련종 사노젠레가 들어오고, 같은 해 민비 시해에 깊숙이 개입한 조동종 다케다 한시가 들어왔다.

조선의 선종 입장에서 보면 일본 불교는 중도 아니고 속도 아니었다. 조선 불교의 거사회만도 못한 자들이 불교라는 이름의 연꽃을 들고 들어와 유치원과 소학교를 세워 그들 불교의 씨앗을 심었다. 부녀회와 청년회를 만들어 조직적이고 자발적인 운영의 틀을 만들어갔다.

우리가 열심히 수행하는 것은 성가시고 번거롭고 귀찮게 채워진, 보이지 않는 족쇄로부터 벗어나기 위해서다. 그리고 영원히 깨어 있는 지혜를 성취하기 위함이다. 다시는 낳고 죽는 것 없는 니르바나(Nirvana)에 이르러 지혜로 안락을 누리기 위한 것이다. 한데 현해탄을 건너온 일본 불교는 자기 자신이 자연의 실재라는 것을 터득해, 그리로 옮겨가는 가장 큰 수행의 덕목이 빠져 있었다. 어찌 고기 먹고 술 먹고, 마누라 거느리고 애 낳는 짓을 하면서 해탈의 길을 찾는다고 하는가. 용성은 아예 그쪽은 처다보지도 않았다.

장경각 경판불사가 끝나 용성은 대적광전 법좌에 올랐다.

"대덕들이여, 세연(世緣)을 모두 놓아버리고, 해진 옷 누더기를 걸치고 하늘 끝에서 땅 끝까지 무슨 일을 하자고 떠돌아다니는가."

주장자로 향로 받침대를 꽝! 하고 내리쳤다.

"그것이 마음 편한 것이 아니라 이 소리가 마음 편한 것이다. 주거도 생업도 없이 떠돌아다닌 것이 부처를 배우는 것이라면 바로 이 소리만한 부처가 어디 있겠는가. 고덕께서 말씀하시기를, 자기 교법에만 치우쳐 칭찬하고 높이면 그 절 강당 안 설법 자리에 잡풀이 한 길이나 우거질 것이라 하셨다. 그래서 어리석음을 꽉 눌러 밑으로 내리고 각기 찾아들어가야 할 길을 보여주겠다."

다시 주장자를 들어 한 번 꽝! 치고 말했다.

"이 속으로 들어가야 한다! 알겠는가? 안다고 한들 무슨 좋은 일이 있겠는가. 주관과 객관을 다 끊어 없앴다 해도 무덤에 풀이 자랄 것이요, 남전의 심오한 가르침을 알았다고 해도 헤아리는 마음이 벌써 철옹성 위에 올라가 있다."

곧 시자를 불러 말했다.

"자세히 보아라. 내 눈썹이 땅에 떨어졌구나."

그러고는 법좌에서 내려왔다.

광제원과 적십자병원이 병합, 다시 대한의원으로 이름이 바뀌자 그 자리가 다시 그 자리였다. 은엽은 그때 마흔을 갓 넘긴, 의사로 한방과 양방을 아우르는 명의였으나 결혼을 안 한 노처녀였다.

삼촌도 급물살을 타듯 격변의 세상을 사느라 은엽이 공부만 열심히 한다는 것 외에 다른 일에 마음을 써주지 못했다. 뜻을 같이한 동지들을 만나 가볍게 술을 한 잔 걸치고 들어왔는데, 은엽이 먼저 집에 와 있었다.

"은엽아, 이리 와 앉아 봐라."

소파를 가리켰다.

"희영이 엄마도 술 한 잔 내오고 이리와 같이 앉아요."

희영은 이화학당에 다니는 조카이고, 희영이 엄마는 숙모였다. 곧 숙모가 술과 술잔을 가져와 자리가 만들어졌다.

"생각해 보니 너한테 참 미안하구나."

삼촌이 말했다.

"뭐가 미안해요, 삼촌?"

"내가 너무 소홀했어."

은엽이 잔에 술을 따르며 물었다.

"삼촌 집 밥만 죽이고 공부만 했는데, 뭐가 소홀해요?"

삼촌이 그 말을 무시하고 직설적으로 나왔다.

"혹 만나고 있는 남자는 있느냐?"

그 말은 은엽에게 민감한 사항이었다. 나이도 그렇거니와 신여성 바람이 살랑거릴 때였으나 아버지 어머니가 주선한 혼인이 파탄 난 뒤, 중이 되었다는 방물장수가 가슴에 고드름 같이 들어앉아 물 본 기러기, 꽃 본 나비처럼 이성에 들떠본 적이 없었다. 이것도 병인가….

"왜요, 늦게 된서방 만날까 봐서요?"

숙모도 같이 쳐다보았다.

"이놈아, 새도 제 보금자리를 사랑하는 게다."

"삼촌도 참, 오늘따라 웬 딴 나라 말씀이세요?"

"그래서 너한테 소홀했다는 거 아니냐?"

"저 일가친척 다 버리고 산천마다 눈 설고 말 많은 여자행실 싫습니다."

망부가 한 구절을 들이대 대답했다.

"그래서 임뿐이라 하지 않았더냐."

"아니 배움 그만하고 인물 반반한데, 따라다닌 사내도 없단 말이냐?"

이번에는 숙모가 나섰다.

"이화학당 다닐 땐 퀸이라고 했지요. 수업 끝나고 학당 문 나서면 동경대학, 와세다대학, 배제학당, 뭐 사각모자 쓴 건달들이 줄을 서서 기다려 성가셨어요. 그때 받은 연애편지 모아두었으면 한 구루마는 될 걸요."

"지금도 그런단 말은 아니겠지?"

"아이참! 숙모도, 제 나이가 몇인데…."

"봐라, 봄 색시 하루가 가을 색시 열흘이다."

"그렇다고 사귄 남자 하나 없을까?"

삼촌이 거들었다. 사귄 남자가 있으면 털어놔 보란 이야기 같았다.

"제가 모두 딱지를 놨어요."

"뻐꾸기도 유월이 한철이다"

"쟤가 지금도 닭장에 봉황 들기를 기다리나 봐. 지식을 너무 탐한다했더니 콧대가 과붓집 굴뚝이 된 것 아니냐?"

삼촌이 기어이 귓구멍을 긁었다. 은엽은 어떻게 해야 속에 있는 마음을 털어놓을지 몰랐다. 한참 망설이고 있는데, 숙모가 은엽의 성격을 치켜세웠다.

"난 네가 평양 나막신처럼 영 살가운 것으로 안다."

"병인가 봐요."

무심히 뱉은 병이라는 말이 방향을 다른 데로 바꿔놓았다.

"병?"

숙모와 삼촌 시선이 은엽의 얼굴에 모아졌다.

"삼촌, 콤프렉쓰(コンプレックス)란 말 들어보셨지요?"

"그거 왜놈 말은 아닌 것 같은데, 미국 놈 소리냐?"

"정신분석학에서 쓰는 말이에요."

"의학을 공부하더니 정신분석학도 하냐?"

"제가 장수 집에 있을 때 중매쟁이 오간 거 알잖아요?"

"그래 안다."

"시집갈 날 받아놓고 연길이니, 송복이니, 납폐가 오갈 때 방물장수가 끼어들었지요."

벌써 잊혀진 이야기라 새삼스러운 듯 고개를 들었다.

"지대기 걸친 방물장수였어요. 마루에 방물을 펴놓고 측간이 어디냐고 묻더니 '오줌만 저렸네' 그러고는 사라져 버렸지요."

"허허허, 너한테 매혹되어 정신이 잠시 보리동냥 나간 놈이구나. 그런데 그게 언제 적 이야긴데 이제야 씩둑이냐?"

"그게 제 병으로 발전했다면요?"

삼촌과 숙모가 동시에 쳐다보았다.

"지난 동학란 때 집에 갔을 때, 어머니가 그 방물을 벽장 속에 넣어둔 것을 보았어요."

"네 엄마도 참! 세상에 넣어둘 게 없어서 그런 걸 벽장에 넣어두었다더냐?"

"이럴 수도 저럴 수도 없었을 거예요. 제가 보기에도 귀신 붙은 물건 같았으니까요. 엄마라고 그런 생각 못했겠어요."

"태워버리든지 사람들한테 나눠주면 될 일 아니냐?"

"임자가 있는 물건인데, 숙모는 그럴 수 있겠어요?"

우두망찰이라, 숙모가 얼떨떨 대답을 못했다.

"숙모, 잘 아는 집 잔치에 갔을 때, 방으로 가면 더 잘 먹을 수 있을까, 부엌으로 가면 더 잘 먹을 수 있을까 생각해본 적 있어요?"

할 말 없으면 건넛산 쳐다본다더니, 숙모는 철 그른 동남풍 같은 말로 대꾸했다.

"너도 참…, 학당에서 그런 것도 배우냐?"

"방에 가면 잘 먹을까, 부엌에 가면 잘 먹을까, 그 비결 참 알기 어려워요, 숙모."

은엽은 거실 천장을 바라보았다. 그 뒤에 이어질 말은 우리 주변에 의외에도 빗댈 근거 없는 말들이 차례로 줄을 서 있었다. 가령 출타하려고 길을 나서는데, 여자가 앞을 지나가면 재수가 없다든가, 밤에 손톱을 깎으면 안 된다든가, 월경한 여자가 약수터에 가면 안 된다든가…. 사람들은 닭이 오줌을 안 깔기지만 저절로 해결할 방법이 있음을 알지 못한다. 그래서 도가 넘으면 날 밝은 것이 싫어 수탉을 죽이는 우를 범하기도 한다. 은엽은 벽장 속의 방물이 그런 해괴한 문제를 안고 있는 물건 같았다. 너무 섬세한 생각이 아닐까 되새겨도 보았지만, 날씨가 추우면 닭은 나무 위로 올라가고, 오리는 물속으로 들어가듯 그것을 그럴싸하게 설명해낼 수 없었다.

"숙모, 한 가지만 더 물을게요. 숙모는 삼촌을 사랑하지요?"

"애는…."

숫처녀처럼 눈을 흘겼다.

"숙모님 사랑에는 삼촌이라는 대상이 있지요. 그리고 삼촌에게 친밀감을 느끼죠. 그 친밀감에 열정까지 더해져 헌신하지 않아요. 그렇죠? 물어보나마나 대답은 예스일 거예요."

"네가 학문이 깊다는 건 안다만 그것이 '콤프렉쓰'냐?"

이번에는 삼촌이 나섰다.

"한편만 보면 그렇다 할 수 있습니다. 가령 미친 사람을 보면 다들 미쳤다고 인정하는데, 정작 미친 사람은 미쳤다는 생각을 안 해요. 반대로 사람들이 미친 사람으로 보지 않는데, 스스로 미쳤다고 생각하는 사람도 있거든요. 그런데 어느 게 진짜 미친 사람일까요?"

"무슨 이야기가 그렇게 복잡하냐?"

25+10=X

"제가 어떤 사람 그림자를 사랑한다면 삼촌은 믿을 수 있겠어요?"

"그거야 미친놈이나 하는 짓이지."

"그것보세요. 예전에 제가 동경대, 와세다대 돈 많은 집 아들들이 사랑한다고 눈물로 고백을 해도 딱지를 놓은 것은 과붓집 굴뚝이어서가 아니라 지대기 입은 방물장수가 저에게 드리워놓은 그림자 때문이었어요."

"너 지금 꿈꾸고 있냐?"

"제가 미쳤다는 것을 말씀드리고 있어요. 저는 제정신이 아닌데, 삼촌은 저를 미친 조카로 보지 않잖아요. 왜 그런 줄 아세요? 방물장수 그림자를 못 잊는 것이 저에게는 '진실임직'하기 때문이에요."

"진실임직하다?"

감이 잡히지 않은지 고개를 갸웃했다.

"진실과 진실임직 함은 엄연히 다르지만 구별이 쉽지 않지요. 그것은 언어의 명증성 부족 때문이에요."

삼촌은 황당한 듯 눈을 껌벅거렸다.

"요즘 너희들이 신학문이라고 배운 것이 그런 것이냐?"

"꼭 그렇다고 할 수는 없습니다만, 사람에 따라 '정신적 위기의 흔적'이 그렇게 나타나기도 하죠. 전체의 인격에서 분리된 작은 편린이 작용한 것 같은…, 서양 말에 리베르탱(libertin)이란 게 있어요. 기존 도덕이나 종교에 얽매이지 않고 자유롭게 생각하는 사람을 가리킨 말인데요. 이것이 새로운 사상인 것 같고, 신여성이라면 의당 그렇게 사고해야 될 것 같지만 의외에도 제약이 많아요."

"무슨 제약이 있다는 게냐?"

"극심한 고립주의(isolisme)에 빠지게 돼요."

"고립주의?"

"네! 이 세상 모든 존재가 고립된 상태로 태어났고, 서로를 필요로 하지 않는다는 겁니다. 나와는 아무 관계가 없고, 남들이 느끼는 고통도 나와 아무 의미가 없다는 거지요."

"중놈들 사상이 그런 것 아니더냐?"

"중들은 그 속에 자비를 끌어들이지 않아요?"

"뭐 중노릇을 해보지 않아서 모르겠다만…, 그러면 무슨 재미로 살겠냐?"

"그런 허무 속에 아주 미미한 쾌락이 있다네요."

"그것이 이해가 되어 한 말이냐?"

"진실인 것 같아 다가가면 전체에서 한 조각이 떨어져나가 다른 것이 되어, 거기에 골똘하면 외로움에 빠질 것 같은데, 흥미롭다는 거죠."

"너도 방물장수 그림자 속에서 그런 쾌락을 느끼느냐?"

"솔직히 말하면 증오와 애착이 교차돼요."

"증오가 사랑의 다른 말이기는 하지…."

"이성적 생각으로 사유해보면 그림자는 정확하게 있어야할 실체를 헷갈리게 한 방해물일 뿐이에요."

"그런 방해물인 줄 알면서도 욕망에 끌려 계속 재형성된다면?"

"그것 때문에 제가 다른 남자를 사귀지 못했잖아요."

듣고 보니 그것도 큰 병이구나 싶은 듯 삼촌이 담배를 꺼내 물었다.

"그런데 방물장수 정체는 알아보았느냐?"

"저와 혼인하기로 이야기된 총각이었어요."

"아니, 그런 녀석이 방물장수 되어 너를 만나러 왔더란 말이냐?"

"그러니 괴짜배기란 거죠."

"그놈은 다른 데로 장가를 갔다더냐?"

"그렇게 되었으면 제가 이렇게 되진 않았지요."

"그러니까 살아 있다는 것이구나?"

"중이 되었다네요."

그 말에 삼촌이 큰소리로 웃었다.

"하하하, 그럼 절에 가서 찾아야겠구먼."

"찾는다고 부부로 완전한 인격을 갖출 수 있겠어요?"

"음양의 이치는 그럴 수도 있다."

용성은 그때 중국에 있었다. 일본 불교가 조선에 들어오니 왜색이 짙게 깔려 안질에 고춧가루가 되어갔다. 봉원사 승려 이보담, 화계사 승려 홍월초, 신흥사 승려 이회광이 오동나무 씨를 거문고로 알고 춤을 추듯 일본 정토종을 본 따 불교연구회를 설립했다. 기름 맛을 본 개 모양, 날만 새면 차마 눈뜨고 볼 수 없는 일들이 벌어졌다. 일본이 조선침략에 불교를 앞세우더니 수행의 기강을 무너뜨려 고기 맛을 본 중들 모습이 어떤 것인지 적나라하게 보여주었다.

용성은 해인사 대장경판 보수로 상궁 임씨와 인연이 되어 더러 황실 소식을 접할 수 있었다. 나라가 어지러우면 충신이 난다더니, 박쥐같은 간신들이 밤낮으로 얼굴을 바꿔 황상을 발 아래로 깔아뭉갰다. 5백여 년간 수행자를 노예 취급해온 조선의 앞날이 잿불 화로에 불씨 꺼지듯 했다. 외국의 적이 침입하면 나라 안의 적이 함께 일어난다 했던가. 을사오적의 주역으로 조선 외교권을 박탈하는 데 앞장을 섰던 대역적 이완용이 엎어진 나라 꼭뒤 차듯 앞장을 섰다. 낮에는 조선 권력자로, 밤에는 왜놈들 계략에 부역한 하수인으로, 누가 이 자를 높은 관직에 등용했는가. 앞에서 꼬리치고 뒤에서 발뒤꿈치 문 이 자들을 등용한 사람이 다름 아닌 고종 아닌가. 사필귀정이 여기에 맞는 소리인지 모르겠으나 못난 놈이 잘난 척, 개똥도 모르면서 아는 척, 소리만 높여 있는 척, 속을 까뒤집어보면 조선 유생들 허세가 이러했다. 이 자들이 중국 천자와 일본 천황과 맞장을 뜨겠다고 고종을 황제자리에 올렸다. 이 자들이 누구인가. 자국의 백성들을 콩 볶듯 지지고 볶아온 삼각산 밑 짠물 먹은 그 잘난 유가들 후손 아닌가.

1907년 헤이그 만국평화회의에 조선 대표로 참석한 이상설, 이준, 이위종이 일본의 방해로 회의장에 들어가지도 못하고, 분을 삭이지 못한 이준이 주검(comfortism)으로 돌아왔다. 매국간흉 이완용은 이토 히로부미와 짜고 고종이 일본 국위를 떨어뜨렸다고 양위 협박에 나섰다. 요순시대나 있었던 양위…. 나라꼴이 이 지경이니 용성인들 마음이 편할 리 없었다. 그렇지 않아도 자빠진 나무 쓰러뜨리기로 작정한 내부 적들의 준동으로 고종 황제는 피겨죽에 강도 맞은 모양새로 피를 토하지 않을 수 없었다.

그 속을 들여다보면 나라야 어찌 되든 잘 먹은 놈은 껄껄껄, 못먹은 놈은 이를 뿌드득, 이것이 친일과 반일의 반응이었다. 미친 개밥에 달걀 같은 나라꼴에 전국에서 의병들이 일어나 전투를 벌였지만, 나날이 증파된 왜놈 군대를 당해낼 재간이 없었다.

용성은 이웃 청나라도 이 모양인가 싶어 상황을 살피려고 운봉 임동수 거사와 북경으로 발길을 향했다. 가는 길에 몇 군데 사찰에 들러 중방교(現北京 觀音寺街) 관음사로 갔다. 용성을 맞이한 관음사 방장이 해동제일의 선지식이 내왕했음을 알고 한 번 건드려 보겠다는 듯 대거리를 해왔다.

"무엇이 자성을 깨달아 삶과 죽음을 초월(安心立命)한 것이오?"

용성이 대답했다.

"관음원은 쌀밥이 좋습디다."

"밥에 대해 묻지 않았소이다."

용성은 껄껄 웃으면서 대답했다.

"관음원은 반찬도 좋습디다."

스스로 체인(體認)해야 알 수 있는 말 밖의 말을 알아들었는지 예의를 갖추고 용성을 상석에 앉혔다. 그해 관음사에서 안거에 들었는데, 홍려사(鴻蘆寺)에서 한 승려가 찾아와 물었다.

"모든 깨달은 이의 머문 데가 어떤 곳입니까?"

"당신은 어느 지방 사람이오?"

"남방 사람입니다."

"남쪽은 산수가 아름답다고 들었는데 그렇습니까?"

"예, 그렇습니다."

"거 참 좋은 지방이군요."

"무엇을 깨달아야 죽고 사는 것을 훌쩍 뛰어넘는 것입니까?"

"붉은 봉황새가 벽오동에 앉소."

용성은 정미(1907)년 동안거를 관음사에서 마쳤다. 조선에서 선지식이 왔다는 소문이 퍼져, 성경성(現瀋陽市) 장안사에서 선객이 찾아왔다. 그래서 선객에게 물었다.

"대덕께서는 장안에서 왔으니 장안사 일을 잘 아시리라 믿습니다. 감히 묻겠는데, 장안(長安)의 길이 어디에 있습디까?"

선객이 대답을 못했다.

이듬해 2월 중국 3대 명산 가운데 하나인 푸퉈산(普陀山)에서 한 선객이 찾아왔다.

"선기부동(璿機不動) 하시다는 명호를 듣고 찾아 왔습니다."

용성이 선객에게 물었다.

"보타산이 어느 곳에 있습니까?"

"남쪽 바다 가운데 있습니다."

"경치가 어떠합니까?"

"바다의 푸른빛이 하늘에 닿아 있습니다."

"관음보살이 그 안에 계신다 하던데 그렇소?"

"그렇습니다."

"신령스러운 감응은 저절로 느껴진다 합니다. 그렇습니까?"

"네, 그렇습니다."

"그러면 관음보살 모습을 보여주시오."

선객이 대답을 못했다.

"현묘한 뜻을 알지 못하면 생각만 잠잠해져 헛된 수고를 하게 됩니다."

한 입 건너고 두 입 건넌 청나라 선객들은 용성을 두고 귀소문 말고 눈소문 하라는 말이 번개처럼 퍼져나갔다. 용성은 쑤저우(蘇州)로 발길을 돌렸다. 쑤저우에는 고승 한산과 습득이 주지를 살았던 한산사가 이름 있는 가람이었지만, '달이 지니 까마귀 우는 하늘에 찬 기운 서늘하고, 강가의 단풍나무 아래 어선의 불빛이 시름없이 잠든다…'는 장계(張繼)의 풍교야박(楓橋夜泊)의 시로 더 잘 알려져 있다.

한산사로 한 선객이 용성을 찾아왔다. 그래서 물었다.

"남쪽지방 깨달음의 상황이 어떠합니까?"

선객이 대번 부싯돌에 부시가 닿듯 게송으로 읊었다.

"강남 삼월은 하나의 마음속에

자고새가 울면 온갖 꽃이 향기롭소이다."

常憶江南三月裏

鷓鴣啼處百花香.

그러고는 용성에게 물었다.

"조선의 부처님 가르침은 어떠합니까?"

"외도 하나(大有)가 이를 아프게 합니다."

"그러면 이만 아픕니까? 마음이 아픕니까?"

"어 헛—!"

용성이 큰소리로 할을 했다. 선객이 다시 물었다.

"온 힘을 기울여 물었습니다."

그 말이 떨어지기 바쁘게 방석으로 후려갈겼다.

방석을 맞은 선객이 합장을 하고 나갔다.

용성은 퉁저우(通州) 화엄사로 갔다. 방장실에서 방장과 인사를 나눈 뒤 자리를 함께 했다. 방장이 먼저 물었다.

"어느 절에 계시다 계를 받으셨습니까?"

"우리나라에는 부처님 진신사리를 모신 통도사에 금강계단이 있습니다. 금강계단에서 수계했소이다."

"중국의 청정계율이 언제 당신 나라에 전해졌습니까? 제가 듣기로는 조선은 사미계만 받으면 승려가 되는 것으로 알고 있습니다. 대계(具足戒)는 받았습니까?"

용성은 큰소리로 껄껄 웃었다.

"허공의 해와 달이 당신 나라의 해와 달인가? 석가세존의 가르침은 천하의 어느 나라도 관할할 수 없는 진귀[公道]한 것이외다. 이러한 '공도'를 어찌 중국에만 국한시키는가. 중국이 나라는 큰데, 사람은 소인이로구먼! 설령 그렇더라도 가운데(中)라는 것은 고정된 것이 아니외다. 남쪽에서 보면 당신 나라는 북쪽에 있고, 북쪽에서 보면 남쪽에 있지 않소? 동쪽과 서쪽에서 보아도 그러하거늘 무슨 근거로 가운데라 할 수 있는가. 그런 이야기로 사람을 업신여기면 끝없이 죄만 쌓일 것이외다. 알겠는가?"

그리고 게송을 읊어주었다.

동쪽 2만 리(扶桑) 해가 비추니
강남의 바다와 산악이 순조롭구나.
같은 것과 다른 것을 찾지 말라
신령스러운 빛은 어제나 오늘이나 막힘이 없다.
日照扶桑國 江南海岳紅
莫問同與別 靈光今古通.

청나라 불교는 수행의 덕목을 잃은 일본 불교의 침탈만 없다 뿐, 당·송 시대와는 격이 많이 낮아졌음을 알고 한양으로 돌아왔다.

용성이 한양으로 돌아오니 이완용 집(남대문 밖 중림동)이 불에 탔다. 성난 민중들이 이토 히로부미의 '푸들(poodle)'이 된 이완용의 집에 불을 질렀다. 나라가 무엇인지 더 잘 안 민중들이 가재도구,

패물, 고서적, 신주까지 부지깽이로 쏘삭거려 모두 불태워 없앴다.

　용성도 이완용이 고종 황제의 양위를 협박한다는 이야기를 들어 알고 있었으나, 자세히 들어보니 귀에 담을 수 없을 정도로 상상을 초월했다. 이준, 이상설, 이위종 때문에 국제무대에서 망신을 당했다고 본국으로부터 질책을 당한 이토가 이 기회에 조선 정부의 주권을 말살할 호기로 삼았다. 당장 매국내각 총리대신 겸 궁내부대신서리인 이완용과 농상공부대신 겸 일진회총재인 송병준을 불러 고종 황제를 끌어내려 패대기를 치라고 호통을 쳤다.

　이 푸들들이 고종을 찾아가 했다는 이야기는 협박이 아니라 비수를 옆구리에 들이댄 살인미수 수준이었다. "일본이 선전포고할 권한을 갖고 있다. 빨리 양위하라. 이토의 뜻을 따르지 않으면 조선이 쑥밭이 된다."는 공갈에 고종이 그래도 뻗대자, 송병준이 "양위를 하지 않을 거면 자결해 사직을 구하라!"는 것이었다. 허수아비 어전회의에서 고종의 안색이 달라져 다른 대신들 의견을 물으니 아무도 입을 연 사람이 없었다.

　"폐하, 자결을 못하겠으면 천황 폐하를 찾아가 사죄하십시오!"

　이번에는 이완용이 나섰다.

　"하세가와 대장한테 무릎을 꿇어 항복을 고하고 죽을죄를 지었다고 비십시오!"

　이것이 친일이다. 고종이 자리를 뜨자, 내각이라고 남은 사람들이 과붓집 문고리 빼들고 엿장수 부르듯 황제의 위를 황태자에게 넘기기로 결의했다. 그날 세 차례 어전회의에서 군부대신임시서리 이병

무가 칼로 위협한 가운데 내관 2명이 고종을 대신해 황제 양위식을 거행했다. 그래서 이척(李坧, 고종의 둘째 아들)이 순종 황제가 되었다.

용성은 나라꼴이 하도 기가 막혀 말도 나오지 않았다. 이래서 서산대사가 주장자를 버리고 승병을 일으켰다. 생각 같아서는 당장 이토란 놈 목을 밧줄로 매 개처럼 끌고 다녔으면 좋겠는데, 무예를 연마한 장수가 아닌 사문의 몸이라 힘이 거기에 미치지 못했다. 용성은 해인사로 내려가 있다가 잠시 범어사에서 머물렀다.

한데 방문을 두드린 사람이 있었다.

"대사님, 문안드리옵니다."

다소곳이 인사를 하고 앉아 있는 모습을 보니 얼굴이 짜글짜글, 체구까지 대추씨처럼 다부지게 생긴 수좌였다.

"처음 뵙는 분이신데 뉘신지…?"

"한용운이라 합니다."

한용운, 한용운…, 삼십대 초반의 수좌 이름이 생각나지 않아 한참 얼굴만 쳐다보고 있었더니 그가 말을 이었다.

"명성을 익히 들어 알고 있었습니다만, 이렇게 늦게 인사를 드려 죄송합니다."

"산속에 숨어사는 사람 이야기를 듣다니 어느 산문에서 수행하시오?"

"저는 백담사로 출가해 거기서 지냈는데, 종헌스님한테 말씀 많이 들었습니다."

종헌스님? 너무 오랜만에 듣는 이름이어서 고개를 들었다.

"고운사 종헌스님 말씀이오?"

"네, 설악산으로 수행하러 오셔서 같이 지낸 적이 있습니다."

니 미쳤나? 밥 무가면서 히라! 억센 경상도 억양을 쓰는, 그래서 '탱글탱글'이라 별명을 붙여놓은, 그 종헌이 맞는 것 같았다. 말씨와는 달리 마음씨가 곱던 종헌스님이 생각나 빙긋이 웃으면서 물었다.

"그래 그 스님께서는 어느 절에 계십니까?"

"대사님, 말씀 낮추십시오."

이것이 남당남장불회두(南撞南墻不回頭)라는 것인가. 남쪽 담장에 부딪쳐 아프지 않으니 머리 돌리지 않는다는, 깡다구가 펄펄 뛰어 넘치는 젊은 수좌가 대뜸 자세를 낮추었다.

"처음 만난 자린데 그럴 수 있겠소?"

"아닙니다. 연세도 있으신데, 제가 앉아 있기 거북합니다."

말씨도 쇳소리처럼 야무졌다.

"그래 지금은 어디서 어떤 수행을 하고 있수?"

"일본에서 오는 길입니다."

일본? 의외였다. 머리에 문자가 들어 좀 돌아간다 싶으면 너도나도 일본으로 가 일본중이 되어 돌아왔다.

"그럼 일본에서 유학하고 오는 길이우?"

용성은 길게 이야기하고 싶지 않았다.

"유학이라고 할 수는 없습니다만, 제가 제 팔꿈치를 물지도 못하는 주제에 놈들 불교를 배워 뭘 하겠습니까? 도대체 뭘 하는 놈들인지 구경 좀 하러 갔습니다.”

이야기가 달랐다.

“그래 어떻습디까?”

“놈들 불교는 신돕디다. 우리 할머니들이 꾸러미 밥을 싸 나무에 달고 사파쐬, 사파쐬하듯 해요.”

“그렇더라도 신도가 일본의 고유 종곤데 그리 쉽게 얕볼 수 있겠소?”

“우리나라에서 불교가 들어가 습합된 것 같습디다. 놈들은 신을 신성시하지 않아요. 신을 자기와 똑같이 생각한 것 같습디다. 애, 나 지금 혼인할 처녀 만나러 가는데, 즐겁고 복된 일만 있게 해줘. 그러고 빌면 그렇게 된답니다.”

“거, 즉심시불이 따로 없구면?”

“즉심시불이라니요?”

용성은 대답이 길어질 같아 화제를 바꿨다.

“그래 그런 걸 보려고 일본까지 갔단 말이오?”

“조동종에 들러 대표라는 히로쓰 세쓰조(弘津說三)도 만나고, 그곳 학교에 들어가 놈들 말도 배우고, 조선 유학생 최린과 고원훈과도 사귀고 왔습니다.”

구경하러 갔다더니 일본 불교를 살피고 온 것 같았다.

“그럼 공부를 더하지 않고 왜 돌아왔소?”

“헤이그 특사파견 후 나라가 어떻게 돌아가고 있는지 모르십니까?”

"이토가 황제를 퇴위시키고 정미칠조약을 체결, 조선 내정을 장악했다는 것은 알고 있소이다."

"나라가 이 지경인데, 일본에서 책만 읽고 있어야겠습니까?"

수좌의 이야기에 강단이 있고, 생긴 것처럼 열혈남아의 본색이 나타났다.

"그래 어떻게 할 생각인가?"

"경성으로 올라가 이토 이놈부터 죽이고, 이완용, 송병준 요놈들을 죽여 놓겠습니다."

하나 한일합병은 하루아침에 이루어진 것이 아니었다. 메이지유신 이후 1873년 사이고 다카모리((西鄉隆盛)의 정한론에서 시작해, 그 정한론을 이어받은 이토 히로부미의 '대륙웅비(大陸雄飛)' 정책은 조직적이고 치밀하게 전개되어 왔다. 그렇게 정교하게 계획된 한반도의 먹구름이 하루아침에 쉽게 걷혀지지야 않겠지만, 우리 승가에 저런 결기를 가진 수좌가 있다는 것이 자랑스러운 일이 아닐 수 없었다.

한용운이 경성으로 올라간 그해 용성은 지리산 칠불선원으로 가 돈교의 요지를 밝힌 『귀원정종(歸源正宗)』을 저술했다. 그리고 그해 겨울이었다. 만주로 망명, 의병항쟁을 벌이던 안중근이 러시아 재무상 블라디미르 코콥초프(Vladimir Kokovtsov)와 회담하기 위해 하얼빈 역에 도착한 이토를 권총으로 쏘아 죽인 사건이 일어났다. 안중근은 '대한제국 만세'를 외친 뒤 현장에서 체포되어 뤼순 감옥으로 옮겨져 수감되었다고 했다.

25+10=X

일본은 더욱 악랄해져 갔다. 배알이 뒤틀린 놈들은 앞뒤 가리지 않았다. 이듬해 5월 육군대신 데라우치 마사다케를 3대 통감으로 임명, 헌병경찰제를 보강하고 속전속결 식민화에 나섰다.

1910년 8월 22일 기어이 창덕궁 흥복헌에서 군주가 나라를 버리는 어전회의가 열렸다. 이 회의에서 순종은 "종전부터 친근하게 믿고 의지해온 대일본 황제에게 나라를 양여한다"고 선언했다. 여기에 불알 두 쪽에 달그락 소리가 나게 바쁜 사람이 이완용과 데라우치였다. 순종의 전권위임장을 손에 쥔 이완용과 데라우치는 사전에 작성된 한일병합조약에 도장을 찍음으로써, 조선은 건국된 지 27대 519년, 대한제국이 성립된 지 14년 만에 셔터를 내렸다.

여기서 나라는 두 조각으로 쪼개졌다. 이완용은 포상금 15만원에 백작 작위를 받고, 철종의 사위 박영효는 포상금 16만 8천원에 후작 작위를 받았다. 송병준은 포상금 10만원에 후작 작위를 받고, 박제순은 포상금 10만원에 자작 작위를 받았는데, 포상금과 작위를 받은 사람이 60여 명에 달했다.

반면 황현, 박병하, 민영환, 박세화, 김가진, 이근주, 이만도, 장태수, 이중언, 김근배 등은 한일병합에 분을 삭이지 못해 자결하고, 이학순, 한규설, 이상설, 홍범식, 안숙, 이재윤, 김도현, 정동식 등 14만 명에 이르는 애국지사들이 독립운동에 뛰어들었다.

주먹으로 닦는 눈물

전국 방방곡곡에서 의병봉기로 온 나라가 토네이도 몰아치듯 했다. 일본은 한일병합 도장밥이 마르기도 전에 서울 예장동 조선통감부를 조선총독부로 이름을 바꾸었다. 일제의 제1기 무단통치를 시작했다.

그해 겨울 종현천주교회(명동성당)에서 '콩고의 학살자'로 이름을 날린 벨기에 황제 레오폴트 2세(Leopold II)의 추도식이 열렸다. 이재명은 이완용이 거기에 참석한다는 보도를 읽었다. 군밤장수로 위장하고 있다가 추도식이 끝나 교회 밖으로 나온 이완용을 향해 마른번개 날아가듯 뛰어들었다. 칼로 3번을 찌르고 '대한독립만세'를 부르다 경찰에 붙들려 중상을 입고 본정경찰서에 수감되었다.

신문 보도를 본 은엽은 이재명이란 이름이 귀에 익었다. 삼촌한테 물으면 금방 알 사람인데, 삼촌이 집을 비운 지 여러 날 되었다. 집안 식구들한테도 행방을 알리지 않고 집을 비웠다. 예전에는 한 번도 없던 일이었다. 그래도 숙모한테는 알렸겠지 했는데, 숙모도 삼촌이 어디를 갔는지 깜깜무소식이었다.

"금고 안의 유가증권과 현금을 챙긴 것만 봤다."

"돈을 가지고 가셨다는 거예요?"

"전에도 독립운동 하시는 분들께 자금을 보낸 건 여러 번 있었다만…."

이야기 앞에 예전에는 자금을 대기는 했지만 직접 나서지 않았다는 말이 생략되어 있었다. 그럼 삼촌도 독립운동에 뛰어 들었다는 것인가. 긍정도 부정도 할 수 없었으나 행복해 보인 가정이 졸지에 장마철 하늘같았다.

이제는 은엽이 숙모를 안심시켜 드려야 할 처지였다.

"걱정 마세요. 급한 사정이 생겨 말씀을 못하신 거겠죠."

"그렇다고 왜 걱정이 안 되겠냐?"

"그래도 끼니는 거르지 마세요. 제가 삼촌을 찾아볼게요."

그러고 일어서는데, 유길준 선생 얼굴이 떠올랐다. 한일합방에 정면으로 반대한 선생은 흥사단을 조직하면서 교육사업에 전념하다 나라를 잃자 '넋장'이 무너져 일본에서 주는 작위도 거절하고, 몸을 숨겨 나타나지 않는다는 이야기가 들렸다.

은엽은 알 만한 분들을 찾아 수소문 끝에 선생이 흥인문 밖 숭신방에 잠시 머물고 있다는 이야기를 들었다. 찾아가 보니 은신이 바로 이런 것이라는 듯 낮은 산자락 밑 작은 초막에 숨어 있었다. 무릎을 맞대고 앉자 먼저 말을 꺼냈다.

"오랜만이구나."

"정말 오래만이에요, 선생님."

한데 은엽의 말을 흘려듣고 삼촌 안부부터 물었다.

"삼촌은 잘 계시냐?"

삼촌 행방을 알려고 온 사람한테 안부 묻는 것을 보니 헛걸음이 구나 하는 생각이 번쩍 스쳤다.

"사실은 저희 삼촌 때문에 선생님을 찾아뵀어요."

"그건 왜?"

"아무도 몰래 집을 나가셨는데, 며칠째 소식이 없습니다."

"그런 일이 있었느냐…?"

은엽의 얼굴을 쳐다보았다.

"저희 삼촌이 가 계실 만한 곳 생각나는 데 없으세요?"

"글쎄다…."

선생이 손가락을 펴 이마를 짚고 한참 생각에 잠겼다.

"근래 내가 일본과 가까이 지낸다는 소문 때문에 밖에 발걸음이 뜸했지. 그러다 보니 네 삼촌에 대한 자세한 것을 모르고 살아왔다."

선생은 한참 머뭇거리더니 다시 물었다.

"혹 이범진이란 분을 아느냐?"

"대한제국 때 러시아공사를 지낸 분 아닌가요?"

"맞다. 한일병합이 되자 울분을 못 견뎌 자결하셨지. 네 삼촌이 그분하고 평양 박태은이란 분하고 아주 가까이 지냈어. 내 생각으로는 박태은 선생한테 갔거나 이범윤을 찾아가지 않았나 하는 생각이 든다."

은엽도 이범윤은 아는 이름이었다. 그래서 모르는 사람부터 물었다.

"박태은이란 분이 누구세요?"

"평양 갑부다. 독립자금을 많이 대신 분이고…, 이재명, 김정익, 전태선, 이런 열혈 청년들을 모아 반일단체를 조직하려고 동분서주하신 분이지."

"이범윤은 이범진 공사 동생 아닌가요?"

"맞다. 어떻게 아느냐?"

"삼촌을 자주 찾아와 저도 얼굴을 봤어요. 하지만 아직 젊은 사람이잖아요."

"사람은 젊지만 똑똑해. 제 형이 죽자 네 삼촌을 형님처럼 따랐다. 전에 블라디보스토크에 가 있다는 이야기를 들었다만 요즘은 어디에 있는지 그것까지는 모르겠구나."

"블라디보스토크는 러시아영 아니에요?"

"러시아영이지만 우리나라 독립군들이 많이 올라가 있다."

"저희 삼촌도 그리로 가셨을까요?"

"거기까지는 안 가셨을 게야. 내 생각인데 지금 평양에 있거나 만주 훈춘으로 갔거나 아니면 동해안을 따라 청진이나 나진쯤 올라가 돌아다니지 싶다."

"그렇지 않아도 저희 숙모님 한숨이 방바닥 꺼지게 생겼는데, 이 말씀 들으면 기절하시겠네요."

"너무 심려 말라고 잘 위로해 드려라. 너희 삼촌이 어디 호락호락한 사람이냐?"

은엽은 그 말을 듣고 집으로 돌아왔다.

1911년 일제가 전문 7조와 부칙으로 된 사찰령을 발표했다. 뒤를 이어 전문을 8조로 만들고 시행규칙을 공포했다. 한국불교는 국난 때마다 구국의 대열에 서왔다. 전국적으로 일어난 의병전쟁도 속을 들여다보면 승려들이 깊숙이 개입해 있었다. 임란을 교훈으로 삼지 않을 수 없는 일본으로서는 호국의 성격이 강한 한국불교에 먼저 왜색을 짙게 칠해놓아야 민족정신을 말살할 수 있다는 판단이 섰을 터이다. 그래서 불교를 앞세우고 들어왔고, 사찰령 조항마다 그런 의도가 담겨 보였다.

"이대로 산속에 박혀 있어서는 안 되겠군!"

용성은 떨치고 일어나 한양으로 올라왔다. 마땅히 갈 만한 곳이 없어 망설이던 끝에 전에 망월사에 머물 때 보기 드물게 신심이 깊은 대사동 강(姜)거사를 찾아갔다.

"아니 대사님께서 저희 집을…."

하도 뜻밖의 사람인지라 꿈인지 생시인지 어리벙벙 맨발로 뛰어나와 맞아주었다.

"이렇게 불쑥, 찾아와도 되는지 모르겠구먼?"

"무슨 말씀이옵니까? 아주 잘 오셨습니다."

강거사 내외가 정성을 다해 시중을 들어주었다. 하루쯤 쉬었다

다른 곳으로 가려고 하니 강거사 내외가 쌍지팡이를 짚고 나섰다.

"크게 불편하시지 않으시면 저희 집에 머무르십시오."

"불편해서 그런 게 아니오."

"그럼 따로 볼일이 계십니까?"

"볼일이 있는 것도 아니고, 한양 사람들에게 우리 선불교를 좀 알릴까싶어서 올라왔소."

여러 이야기가 오간 끝에 아무 대책 없이 올라온 사실을 안 강거사가 붙들고 늘어졌다.

"저희 집 사랑채가 좁기는 합니다만 여기서 시작하시죠. 힘닿는 데까지 대사님을 돕겠습니다."

그래서 용성은 강거사 사랑채에서 선불교 포교를 시작했다. 그런데 포교소를 열자마자 사람들이 꾸역꾸역 모여들었다. 채 소문도 나지 않았으나, 두어 달 사이 수백 명에 이르렀다.

조선총독부가 중앙행정기구는 대한제국 관제를 그대로 두었지만 '지방관 관제령'을 공포해 지방의 저항을 저인망식으로 잡도리해갔다. 또 헌병경찰제를 도입, 조선인을 감시·억압하는 치안망을 만들고, '범죄즉결례'를 만들어 재판을 거치지 않고 현장에서 즉결처분을 합법화 했다. 여기에 '조선교육령'을 만들어 종전 서당중심의 교육을 폐지하고 공교육이라는 이름으로 학교를 세워 일본어와 일본의 역사를 가르쳐 천황사상을 주입시켰다. 뿐만 아니라 조선인에게는 과학연구와 고등교육의 기회를 주지 않았고, 부려먹기 딱 좋을 만큼 지식과 기술만 습득하게 했다. 뒤이어 '토지조사령'

까지 공포해 수탈체제를 확립해 나갔다.

이러다 보니 호박을 쓰고 돼지 굴로 들어가듯 5백여 년간 나라를 멸망의 길로 들어서게 한 주자학은 자취를 감추었고, 쥐꼬리만큼 남아 있는 그들의 허세도 소금에 절인 파뿌리가 되어버렸다. 그렇다고 메부엉이가 날갯짓을 못할까. 헐어도 비단옷으로 살아온 유생들, 조상 덕에 허장성세로 부를 누려온 그들은 재빨리 일본 '꼬봉'으로 얼굴을 바꾸어갔다. 하나 대다수 순직한 민중들은 숨어들 구멍도 없었고, 일본에 빌붙지도 못했다. 그러다 보니 막대 잃은 장님이 되어 하늘이 노랗고 눈앞만 캄캄했다. 이런 사람들이 '선불교'를 강설한다고 하니 꾸역꾸역 모여들었다. 희망도 없고 갈 길도 잃은 그들이 조국을 잃은 슬픔 때문인지 '선불교'의 가르침을 신선하게 받아들였다.

용성은 자기가 설한 강설을 듣는 사람들과 똑 같은 슬픔과 똑같은 아픔을 느꼈다. 나라 잃은 슬픔이 어찌 이들뿐이겠는가. 전국의 모든 백성들이 똑같은 고통 속을 헤매고 있을 터인즉, 용성은 흐르는 눈물을 감출 수 없었다. 이들에게 희망을 갖게 할 방안이 무엇인가. 수심이 깊어갈수록 포교소를 찾는 사람들 수효는 더더욱 늘어갔다.

강거사 사랑채는 바늘 하나 꽂을 틈도 없었고, 안집이며 마당까지 발 딛을 틈이 없었다. 급기야 골목에까지 가르침을 들으러 온 사람들로 꽉 들어차 이웃 사람들의 통행을 불편하게 했다.

용성은 두 가지 과제를 안고 있었다. 시급히 해결할 문제가 장소였다. 더 넓은 공간에서 더 많은 분들을 차별 없이 도대능용(道大能容)했으면 좋겠다는 생각이 절실했다. 그런데 일이 되려고 그랬는지 얼굴이 해맑고 부티까지 풍기는 선비타입의 중년남자가 찾아왔다.

"대사님, 인사 올립니다."

옷차림도 깨끗했고 교양도 있어 보였다.

"어디서 오신 뉘신지요?"

"여 위 가회동에 사는 강영균(康永勻)이라 하옵니다."

무력감에 빠진 백성들과는 달리 기가 팔랑해 보였다.

"무슨 일로 오셨소?"

"대사님께서 선불교를 설하신다기에 열심히 들었습니다."

"그런데요?"

"외람됩니다만 포교장소에 대해 한 말씀 드려도 되겠습니까?"

"겸손해 하실 건 없고 말씀해보시오."

차근차근 이야기를 들어보니 그는 한의사로 전에 광제원 원장을 역임한 사람이었다. 소문을 듣고 선불교 법회에 참석하게 되었는데, 열 골 물이 한 골로 모이듯 찾아오는 사람들이 하도 많아, 늦게 도착하면 법회장 안으로 들어가지 못하고 담벼락에 매미처럼 붙어 대사님 말씀을 들으려고 깨금발로 담 안을 넘겨다보는 사람들이 많아 퍽 안타깝다는 것이었다.

"나라고 어찌 그것을 모르겠소."

"한 말씀 더 올려도 되겠습니까?"

"뭘 거리낄 것 있소? 말해 보시오."

"가회동 소생의 집이 여기보다 넓습니다. 제가 사랑채 하나를 대사님께 드릴 테니 장소를 그리로 옮기심이 어떨까 싶어 여쭙습니다."

일념이면 통천[一念通天]이란 이런 것인가. 용성이 고심하던 장소 문제의 핵심을 콕 찔렀다.

"허허, 빈집에 소가 매인다더니…."

싫지 않았다. 제공하겠다는 사랑채가 설령 똥 싼 왕골자리라 해도 장소가 넓다고 하니 우선 귀가 솔깃했다. 하나 처음 만난 사람이 대들보만한 배포로 호의를 베푸는 것도 예사가 아니려니와 액면 그대로 받아들인다는 것도 지혜가 아닐 듯싶었다. 호사다마라, 외바늘 귀 터지기 쉽다는 말이 있듯 조심스럽지 않을 수 없었다. 그렇다면 한 번 대질러 볼까.

"숙향전이 고담이란 말이 있소이다."

"대사님, 사주에 없는 관을 쓰면 이마가 벗겨집니다."

이거 봐라! 대번 말을 척 받아넘겼다.

"어허허허…!"

용성은 흔쾌히 웃었다. 이튿날 그가 시간을 맞춰 찾아와 가회동 그의 집으로 갔다. 위치는 경복궁과 창경궁 사이였고, 예전에 멋깨나 부리고 권세깨나 누리던 사람이 살았던 듯 운치 있게 손질한 정원수 사이에 정자 몇 채가 자리해 있고, 주변 환경이 놀라울 만큼 호화로운 저택이었다. 마구간과 곳간이 딸린 사랑채도 여러 채

였고, 바깥마당도 드넓어 광장 같았다. 도대체 강영균이란 사람의 재력이 얼마나 여유가 있기에 해인사 극락암을 통째로 옮겨놓은 듯한 이런 멋스러운 저택에서 사는가.

"대사님께서 여기 오셔서 선불교 법회를 여시면 이곳을 암자로 바꿔드리겠습니다."

"암자까지는 바라지 않습니다만, 장소가 넓으니 법회장소로 더 바랄 것이 없겠습니다."

용성은 강영균의 간곡한 청을 받아들여 대사동 강거사 사랑채에서 가회동 강영균 집으로 포교소를 옮겼다.

그렇다고 용성이 생각하고 있는 과제가 다 풀린 것은 아니었다. 더 큰 과제는 조선 땅덩어리를 정토로 바꿔놓겠다는 것인데, 그것은 화두가 전제되어 실천이 따라야 이룰 수 있는 문제였다. 수행을 하겠다는 사람들도 까맣게 높은 하늘에 던져져 땅이 잡아끄는 힘과 떨어지는 속도가 딱 맞춰져야 모든 것이 정지해버리듯, 그런 아슬아슬한 지점에 흔들림 없이 마음을 두고 있어야 해탈에 이르는 법이다. 일반 대중이 그것을 어떻게 받아들이고 실천할 수 있을까.

모름지기 생명 있는 것들은 숨 줄을 달고 삶의 공간에 던져진 순간부터 성가시고 귀찮은 일로부터 출발한다. 낳는 것이 성가시고, 늙는 것이 성가시며, 아픈 것이 성가시고, 죽는 것이 성가시다. 꼭 있어야 할 것을 얻으려 하나 손에 들어오지는 않고, 대대로 원한이 맺혀 저 녀석 다시는 만나지 않으려 했으나 외나무다리에서 만난다. 새벽바람 사초롱 같은 그리움으로 살랑거리는 심장을 그대로 건네주어도 모자랄 사랑하는 연인을 돈 있고 권력 있는 놈이 가로채, 그래서 '우리는 사랑하기 때문에 헤어진다'는 역설을 시로 읊고 산 사람도 있다. 어찌 그것뿐인가. 숲속에 가면 모기, 변소에 가면 똥파리, 풀밭에 가면 진드기, 외딴 곳에 가면 강도…, 하여간 별별 것들이 귀찮게 하고 성가시게 해 항상 가슴이 놓이지 않은 세상을 산다. 여기에 나라까지 빼앗겨 다달이 세금폭탄, 조금만 잘 못해도 잡혀가 왜놈들한테 얻어터지다 보니 백성들 살림살이는 나그네가 먹다 남긴 김치국인들 아니 마실 수 없는 지경에 이르렀다.

그래도 철딱서니가 있는지 없는지 선불교를 이야기한다고 하니, 선량한 민중들이 꾸역꾸역 모여든다. 곰곰 생각해보면 신기한 일이라기보다는 되레 이상기류 같아 용성은 감을 잡을 수 없었다. 이유야 어떻든 저 많은 아픔과 저 많은 고통의 낟알들을 편안하고 안락한 곳으로 옮겨 놓아야겠는데, 뾰족한 수가 없어서 봄날 생말가죽 말라가듯 가슴이 타들어갔다.

그때 의병장 박한국, 김봉안이 전북에서 체포되고, 정세창은 태인에서 체포되었다. 상하이에서는 독립운동단체 동제사가 조직되고, 손정도, 조성환이 일본 육군대장출신 가쓰라 타로(桂太郎)를 암살하려다 체포되었다. 의병장 전성근도 체포되고, 이석용은 장수군 내진면 사무소를 습격하다 체포되었다.

불교계는 또 다른 양상이었다. 일본놈을 상전으로 모신 모리배 반민족 중들이 달밤에 달을 보고 짖는 미친개처럼 빨갛게 일본물이 들어 제 세상이나 된 듯 설쳐대는 꼴이라니. 대표적인 자가 이회광이었다. 말이 좋아 조동종 중놈이지 '니뽄도'를 찬 낭인으로 명성황후 살해에 깊숙이 개입한 다케다 한시의 달콤한 말에 춤을 춘 중이었다. 조선 임제종의 종지를 엿장수 맘대로 엿판 합치듯 1908년 원흥사에 세운 조선 원종과 일본 조동종 연합을 체결했다. 거기에다 남의 떡으로 낮내듯 동래 범어사와 양산 통도사를 조동종 관할 사찰로 편입시키려 했다. 이회광은 미친개들과 고기를 나눠먹듯 조선 사찰을 일본 사찰로 만드는 데 앞장섰다.

용성은 조약 문서를 찢어 불사를 듯 두 주먹을 불끈 쥐고 나섰다. 1,700년의 전통불교에 어찌 저런 깜부기 같은 중들이 있는가. 용성은 임제종을 들고 일어섰다. 한용운, 박한영, 김경운과 한양 중부 사동(현 승동교회)에 '조선 불교임제종중앙포교당'을 설립, 용성이 개교사장을 맡고 한용운이 포교당 임무를 맡았다.

이듬해 4월 8일 3천 명이 모인 자리에서 용성은 법좌에 올랐다. 한참 침묵하고 있다가 주장자를 세우고 사자후를 토했다.

"알겠는가?
깨달은 이와 깨닫지 못한 그들이 누구인가.
나는 모르겠네.
태평은 전쟁을 원하지 않는데,
제국주의 군대는 평화를 원하지 않는다.
밤송이는 누가 삼킬 것이며 금덩이는 누가 삼키는가.
할―!"

그러고 법좌에서 내려왔다.

삼촌 소식이 끊긴 채 몇 해 세월이 지났다. 조선이 일본 식민지가 되면서 놈들의 관제(官制)에 따라 1911년 대한의원이 조선총독부의원 부속 의학강습소로 이름이 바뀌었다.

경술(1910)년 3월 신입생을 선발했다. 하동규라는 키가 크고 얼굴이 준수한 학생이 들어왔다. 저렇게 네모반듯한 학생이 무슨 생각을 했기에 의학전문학교에 입학했을까. 은엽은 관심을 갖고 지켜보았다. 항상 성적이 상위권에 올라 있었다.

한데 예과를 마치고 본과로 올라갈 무렵 동규가 학교를 그만둔다는 소문이 떠돌았다. 성적이 특별히 우수하고 언제나 다른 사람모범이 되어, 히포크라테스(Hippocrates)선서가 아니라도 의료의 윤리적 지침을 어김없이 따라 인류에 봉사할 자질을 갖춘 학생이 중도에 학업을 포기한다는 이야기를 듣고 깜짝 놀랐다.

은엽은 동규 학생을 만났다.

"시간을 내 나를 한 번 찾아오게."

"네, 알겠습니다."

그 다음날 동규 학생이 은엽을 찾아왔다. 두 사람은 조용한 장소를 찾아 마주 앉았다.

"들자 하니 학교를 그만 둔다는 소문이 돌던데 사실인가?"

"네!"

고개를 들고 똑바른 목소리로 대답했다.

"중동학교를 졸업했더군?"

동규는 대답 없이 은엽만 쳐다보았다.

"성적이 좋은 걸 봤어…, 그리고 중동학교는 자주자립, 창조개척, 애국애족을 이념으로 삼는 학교인데, 그 정신으로 여기서 의학을 공부해 만족에 헌신하는 것이 보람된 일 아니겠나?"

"제가 학교를 그만 두려는 이유는 따로 있습니다."

"그게 뭔가?"

"교수님, 한 가지만 묻겠습니다. 의술이 뭡니까?"

"테크네(techne)가 무슨 뜻인지 알고 있겠지?"

"네, 압니다."

"데모크리토스(Dēmokritos)가 '철학은 의식으로 억누르기 어려운 감정을 없애고 의학은 몸에 질병을 없앤다'고 했지. 우리가 배우고 있는 의술은 치료불가능하다는 것이 판명될 때까지 치료가능하다고 여기는 것이 의학이야."

"그럼 사람의 병은 의술로 치료한다 하겠으나 마음의 병은 무엇으로 다스립니까?"

동규의 질문이 내외과적 임상의 범위를 벗어나 있었다. 은엽 역시 인간의 의식에 대해 연구를 해둔 것이 별로 없어 확실히 들려줄 만한 대답을 찾지 못했다.

"최근 이론인데, 정신분석이 내적갈등을 해결할 유일한 방법은 아니라고 프로이트(Freud) 이론을 비판한 카렌 호나이(Karen Horney)란 사람이 있지. 그를 신프로이트학파라고 부르던데, 신경

증은 참된 자기를 스스로 소외시키고, 신경증적 자기를 고집하는 것에서 생긴다는 거야. 치료는 곧 참된 자기의 발견, 즉 자기실현에 있다고 했더군."

"중동학교 오세창 교장선생님이 사적으로는 저희 고숙이 되십니다."

"그래? 아주 훌륭한 분을 집안 어른으로 모시고 있군."

오세창은 은엽도 잘 아는 사람이었다. 그가 대한협회(大韓協會)에서 발행한 〈대한민보〉 사장으로, 일본과의 병합에 반대하는 '문명개화파'의 대표적인 사람이었다. 천도교 사범강습소에 관여하다가 중동학교가 중동야학으로 출발할 때 초대 교장으로 추대되었다. 그가 교육에 발을 들여놓으면서 드러나지 않게 조선인 교육자의 모임을 갖자고 해 여러 차례 만난 사람이었다.

"하루는 출타하시면서 따라오라고 해 갔더니, 백용성 스님을 소개해줘서 뵈었지요."

은엽은 동규의 눈을 뚫어지게 바라보았다.

"지금 백용성이라고 했나?"

"네."

은엽은 움찔했다. 남의 이름에 '백'자만 들어가도 왜 이렇게 과잉반응인가. 이젠 잊어버렸다고 여긴 '백'자가 귀를 깜짝 놀라게 하면서, 제주도에 말을 사 놓은 것처럼 생각되었다.

"용성이 전라도 남원고을 옛 이름 아닌가?"

그 말은 용성이 백상규가 아니기를 바라는 마음의 표출이었다.

"저도 그렇게 알고 있습니다."

"용성이란 그 사람 남원 사람 아닌가?"

"네, 남원 번암에 사셨다고 들은 것 같습니다."

"아, 아니 그 방물장수가…."

자기도 몰래 얼결에 튀어나온 말이었다.

"교수님, 방물장수라니요?"

동규가 어리둥절한 눈으로 쳐다보았다.

"아냐, 아냐…, 내가 딴 생각을 하다가 나온 소리야."

동규가 헷갈린다는 듯 고개를 갸웃하더니 그냥 흘려 넘기는 표정이 아니었다.

"그래 백용성이란 그 사람이 뭐라고 하던가?"

은엽이 얼른 말을 바꾸었다.

"어느 학교에 다니냐고 묻기에 의학전문학교에 다닌다고 했더니, 방금 교수님께 드렸던 말씀처럼 사람의 병은 의술로 치료한다 하겠지만 마음의 병은 무엇으로 다스리겠느냐고 묻더군요."

"그래서?"

"전설과 사원의학(Temple medicine)을 이은 헤라클레이데스(Herakleides) 이야기를 했지요. 헤라클레이데스는 의학을 철학에 비유한 플라톤(Platōn)의 제자인데, 흔히 의사의 아버지라 한 히포크라테스는 헤라클레이데스 아들로, 사람의 병도 요인을 꼼꼼히 찾아 올라간다면 의학이 마음의 병까지 다스리지 않겠느냐고 그리스 기초의학을 들어 말씀드렸지요."

"그랬더니 뭐라고 하던가?"

"불교는 마음의 병을 다스리는 종교다, 그러더군요."

"상당히 어려운 이야기구먼…."

백용성이란 사람이 승려이고 보면 옛 신비설을 의술로 착각하고 있는 게 아닐까 하는 생각이 없지 않았다. 옛날에는 꿈을 점치는 것(ゆめうら), 또는 신의 계시(しんたく) 같은 것을 학설(神秘說)로 만들어 의술처럼 생각해 왔다. 나중에는 좀 더 발전해 창이나 칼에 다친 데는 지혈을 하고 진통약을 썼으며, 내복약으로는 술, 마늘, 꿀, 산양 젖을 말린 것에 곡식가루를 섞여 먹였다. 산속에 사는 승려라면 지금도 샤먼(shaman)과 같은 그런 것을 의술이라고 생각할지 몰랐다.

"그래서 학교를 그만 두려고 한 건가?"

"생각을 많이 해봤죠. 제가 의학을 공부해 훌륭한 의사가 된다 해도 낮과 밤이 한 찰나도 쉬지 않고 지나가는 것을 멈출 수 없다는 것을 알았습니다. 저도 늙으면 주름살이 잡히고 머리털이 희어져 추한 모습이 되겠지요. 그래서 병이 들면 제가 제 병을 고칠 수 없을 뿐 아니라 제가 배워왔던 의술도 아무 쓸모없는 것이 되겠구나 했지요."

"히포크라테스 선서에 의사의 명예가 무엇인지 나와 있지 않던가?"

"그 명예가 우주의 본질과 유형무형 사물의 근원까지 꼭 집어 가르쳐 준다고는 믿어지지 않았습니다."

같이 잠을 자도 꿈이 다르듯, 눈 먹던 토끼와 얼음 먹던 토끼가 제각각인 것을 보면 나무도 층암절벽에서 자란 나무가 있다. 이쯤 되면 쑨 죽이 밥이 될 까닭이 없다.

"그래 출가를 할 생각이구먼?"

"낳고 죽는 문제와 맞서고자 하면 일거에 한 순간 생각을 탁! 소리가 나게 깨뜨려야 한다는 말씀을 들었습니다."

"나로서는 그 장단에 춤추기 어려운 말이구먼."

"저도 결정을 하기까지 그렇게 힘들 줄 몰랐습니다."

동규의 그 말은 한 번 빼든 칼 도로 꽂지 않을 것이란 다짐이 있어 보였다.

"그래도 본과나 마치고 시작하지 그러나?"

난봉자식 마음 잡아 봐야 사흘 안 간다는 걸 몰라서 묻는 말이 아니었다.

"저도 많이 생각해보았습니다."

은엽은 가르치던 제자와 이렇게 헤어져야 한다는 생각이 들어 눈시울이 뜨거워 쏟아지려는 눈물을 참느라 눈을 감고 한참 있다가 물었다.

"자네한테 부탁할 말이 있네."

"무슨 부탁입니까?"

"출가를 하면 백용성이란 그 사람한테로 가겠구먼?"

"네, 그럴 생각입니다."

"그러면 말이지, 백용성 그 사람이 승려가 되기 전 이름이 무엇인지 알아봐 주겠는가?"

혹시 몰라 당부한 말이었다.

"네, 그렇게 하겠습니다."

"어릴 적에 정말 남원 번암에서 살았는지 그것도 다시 확인해주면 좋겠고…."

동규와의 이야기는 거기서 끝났다.

용성이 가회동 강영균의 사랑채로 옮겨 선불교 포교를 계속했으나 신도가 생각처럼 많이 늘어나지 않았다. 오히려 대사동 강씨 집 사랑에서보다 더 줄어든 기분이었다. 환경이 넓고 더없이 좋은 훌륭한 대갓집인데, 왜 신도수가 줄어드는가. 하루는 가회동 포교소를 찾아가던 신도들이 골목길로 접어들더니 자기들끼리 귓속말로 소근거렸다.

"지금 경성 인구가 몇 명이나 되나?"

"27만에서 30만 안쪽일 걸."

"경성에서 밥술 먹고 배꼽 팡팡 두드리고 사는 놈들은 다 일본 놈들 수족 아니면 일본 종놈들로 봐야할 거야. 그러니 어림잡아 경성 사람 반은 일본 물이 빨갛게 들었다고 봐야할 걸?"

"그럴지도 모르지. 강영균이란 그 사람도 일진회 회원 아닌가."

"아니 그렇다면 용성선사가 친일분자 집에서 선불교 포교를 한단 말인가?"

"글쎄 말일세. 용성선사도 이회광과 강대련처럼 친일 물이 들어간 것 아닌지 모르겠어."

"허허! 그렇다면 애먼 우리들만 애그러지게 나가다 어그러지게 돌아오겠구먼?"

"쉬쉬! 시끄럽네, 하늘이 두 쪽 나도 용성선사가 그런 분은 아닐 세."

신도들 사이에서 나돈 소문을 용성선사가 모를 리 없었다. 조선 땅덩어리를 정토로 바꿔놓겠다고 시작한 용성의 계획이 '꿰지'를 잘못 꿴 것 같았다. 송병준이 일진회 회원이라니…. 식민지가 되어버린 땅에서 죽지 못해 사는 민생들을 송병준이 이끈 일진회가 각지에서 일어난 의병들을 토살하고, 안중근의 총격에 이또가 사살되자 일진회의 매국행위는 더욱 가열되었다. 한일병합이 체결된 후 일본 특무기관과 통감부로부터 재정 지원을 받은 일진회는 매국적 소임을 더욱 열렬히 자행해 왔다.

잘 짖는다고 좋은 개가 아니고 말 잘한다고 현인이 아니다. 용성은 이것이 아니다싶었다. 그렇다면 바람 따라 다시 돛을 올려야 한다. 곧 봉익동에 조그마한 민가를 구입해 그리로 포교소를 옮겼다. 그 다음 대문에 포교소라는 이름 대신 '대각교(大覺敎)'라는 현판을 걸었다. '대각'은 한순간에 탁! 소리가 나게 마음을 확 깨쳐야 한다는 뜻이다.

나라가 일본 식민지가 되어 줏대 없는 조선사람 반 이상이 일본놈이 못되어 안달이 나 있는데, 언제 화두를 들고 틀고 앉아 대오(大悟)가 이루어지기를 기다리자는 것인가. 어차피 이차방정식에서 실수로 나타낼 수 없는 허수는 털어버릴 수밖에…. 대성(大聖)께서도 과거에 지은 잘못은 벗어날 길이 없다고 했고, 연줄이 닿지 않으면 구제 받을 수 없다고 했다. 또 생명 있는 것들을 한꺼번에 니르바나에 이르게 할 수 없다는 것 아닌가.

그렇다면 귀 있는 자는 들어라! 나무를 해 장에 내다 판 일자무식 나무꾼도 '모양 있는 것은 다 허망하니 모양 없는 것으로 보면 곧바로 훌쩍 뛰어넘어 실제로 성스러운 것을 본' 일이 있지 않았는가. 이것이 '대각교'다. 이 대각교에 모인 사람들이 '대각회'다. 용성은 더욱 열심히 선불교 포교를 펼쳐나갔다.

한 학기가 지나자 동규가 찾아왔다.

"교수님, 학교에 제적원을 냈습니다."

그 말을 듣는 순간 은엽은 울컥 감정이 치솟았다. 작별이 이런 것인가. 헤어지면 그냥 끝나는 것. 매년 졸업생을 떠나보내면서 더러 눈시울을 적신 적은 있었으나 제적원을 낸 동규의 말에서처럼 이렇게 감정이 회리를 친 적은 없었다. 그놈의 방물장수 때문이야. 딱히 그리움이랄 수도 없고 적개심이랄 수도 없는 그림자를 안고 녹두 빛 하늘을 흘러가는 구름처럼 연연히 수놓아 몇 해를 살아왔던가. 은엽은 가까스로 마음을 누르고 곁에 빈 의자를 가리켰다.

"거기 좀 앉게."

동규가 의자에 앉았다.

"자네한테 아무것도 해준 것이 없는데, 왜 이렇게 눈물이 나오려 하지?"

생각해보면 동규한테 해야 말이 아니었다. 정신없는 노친네 죽은 딸네 집에 가듯 마음이 헷갈려 내뱉는 소리였지만 동규는 그렇게 듣지 않는 듯했다.

"죄송합니다. 본과나 마치고 시작하라는 교수님 말씀이 생각나 휴학원을 낼까 하다가 제적원을 쓰면서 저도 손이 떨렸습니다."

"그래서 한 얘기가 아닐세. 내가 시집을 못 가 그런지 정을 받았던 남자를 떠나보낸 것이 이런 것일까 그렇구먼."

왜 이런 말이 나왔을까. 한 남성에게로 향한 마음이 골똘해져 눈앞에 동규를 번암면 방물장수로 착각하고 속에 있는 말이 얼결에 튀어나오자 동규의 표정이 어리둥절했다. 이 무슨 망발인가….

"오해하지 말게, 드는 정은 몰라도 나는 정은 알거든."

항우도 낙상할 때가 있고 소진도 망언할 때가 있다더니, 이 또 무슨 소린가. 이런 것을 느닷없이 호박 국 끓이자는 소리라 하던가.

"교수님께서 제자들에게 남다른 정을 주셔서 그럴 거예요."

"아니야, 전에 나에게도 그런 사람이 하나 있었지."

은엽의 귀에도 벌써 번지수가 다른 귀뚜라미 풍류하는 소리 같았다. 하늘천 하니 하나를 건너 뛰어 넘을천 한다던가.

"난 자네와 아무 약속도 하질 않았네. 왜냐하면 사람들은 돌아서면 잊혀져 버리거든."

혼수품이 오가던 시절 방물장수로 위장한 총각이 신랑감이라는 사실을 알았을 때의 회한이 저절로 터져 나온 소리였으나, 그 사실을 모른 동규는 달리 받아들이지 않은 듯했다.

"교수님, 다시 만날 날이 있을 거예요."

"난 아무 말도 하지 않겠네…."

꿈에 넋두리 같은 소리가 자꾸 이어졌다

"과거는 없는 듯 사라지거든…. 단 설레는 마음으로 낯선 길을 가려고 하는 자네의 뜻이 이루어지기를 바랄 뿐이야."

가까스로 머릿속 방물장수를 지워내고 들려준 말이었다.

"저는 교수님 제잡니다. 어찌 잊을 수 있겠습니까?"

"지금은 그렇겠지만 곧 잊게 될 거야."

동규가 민망한 듯 얼굴을 붉혔다.

"출가한다고 그랬었지…. 그래 어디로 갈 겐가?"

"범어사로 갈 겁니다."

"범어사가 어디에 있지?"

"부산 동래에 있습니다."

"멀리 있군…. 큰길은 곧추 뻗어 있으니 자네 갈 길을 가게."

매정스럽게 들렸던지 동규가 고개를 숙이고 눈물방울을 훔쳤다.

"일조선전양마조(一條線拴兩螞蚱)라는 말이 있지. 메뚜기 두 마리를 실 하나에 묶어놓을 수 없는 거야."

은엽이 자리에서 일어섰다.

"자네는 지략도 깊고 사리에 밝아 행실까지 올바르니 큰일을 해낼 걸."

"은혜 잊지 않겠습니다."

"은혜란 건 없고, 장가 세 번 가면 불 끄는 것도 잊는다네. 그런 기분으로 열심히 살게."

비아냥거리는 소리로 들은 듯 동규는 아무 표정 없이 일어섰다. 은엽이 앞서 연구실 문 쪽으로 걸어가 문을 열자 동규가 문 밖으로 내려서면서 물었다.

"교수님 부탁하신 것 말씀드리지 않아도 되겠습니까?"

"아참!"

은엽은 생각났다는 듯 문지방을 짚고 동규를 내려다봤다.

"용성이란 사람 어릴 적 이름을 알아달라고 했지. 그래 알아봤나?"

"네, 남원 하번암에서 사시고, 그때 이름이 백상규였답니다."

백상규라는 말에 은엽은 귀가 멍하고 울리면서 옆으로 비척했다. 망주석! 그러고는 아무 생각 없이 한순간 능침공간의 망주석처럼 그 자리에 우뚝 서 있었다. 이제는 그 자가 제자까지 빼앗아 가는구나….

"멀리 계시지 않습니다. 돈화문에서 옛 좌포청 내려가는 길 중간, 태묘 쪽에 있습니다. 집은 민가지만 대문에 '대각교'라는 현판이 붙어 있습디다."

길을 가다 무심코 용변을 보던 사람이 몸을 추스르듯 은엽은 얼른 마음을 다잡았다.

"거기가 무슨 동인가?"

"봉익동입니다."

새삼스럽게 가슴에서 방망이질이었다. 한참 더운 피로 이성을 그리워하며 살 나이에도 이런 적이 없었는데, 이게 무슨 망발이냐는 생각이 들었다. 은엽은 가까스로 입술에 웃음을 발라 동규의 어깨를 토닥여 주었다.

"알겠네."

동규가 고맙다는 인사를 하고 돌아섰다. 곧 문을 닫고 돌아서 두 손을 깍지 껴 뒷머리에 받치고 의자에 앉았다. 방물장수, 그 작자가 지금 봉익동에 대각교 현판을 걸고 있다 그 말이지. 왜 이렇게 세상이 좁고 만사가 심란한가….

삼촌이 소문 없이 오셨다. 밤중에 대문을 두드려 문을 여니 허름한 두루마기에 중절모자를 쓴 사람이 안으로 들어섰다.

"아니, 뉘 뉘시오?"

처음에는 숙모도 은엽도 삼촌을 알아보지 못했다.

"내가 집을 나가 있었더니 다른 옹솥을 들였나?"

"아빠—!"

뒤따라 나온 희영이 한눈에 아빠를 알아보고 달려가 안겼다. 그제서야 반 울음으로 이게 어찌 된 일이냐며 팔소매를 붙들고 거실로 들어갔다. 소파에 앉는 것을 보니 삼촌은 쭈글쭈글 늙은이가 되어 나타났다.

"아니, 당신이 희영이 아빠가 맞소?"

"이 사람, 나 없는 사이에 치매 들렸나?"

25+10=X

"어디서 뭘 하셨기에 이렇게 상것이 되어 돌아왔소?"

숙모는 무릎을 꿇고 엎드려 삼촌 무릎에 얼굴을 묻고 울기 시작했다. 희영이는 손수건을 눈으로 가져가며 삼촌의 어깨를 붙들고 있었는데, 자세히 보니 삼촌의 올이 굵은 회색 두루마기는 때가 새까맣게 절었고, 동정은 아예 검은 헝겊이었다.

삼촌이 곧 두루마기를 벗어던지고 욕실로 들어가 샤워를 한 뒤 새 옷으로 갈아입고 식탁에 앉았다. 식탁에 식사가 차려지자 숙모를 바라보았다.

"거, 가양주가 있거든 한 병 가져오구려."

가양주를 한 잔씩 권하며 식사를 했다. 한데 식사를 하면서도, 물론 식사를 끝내고 응접실 소파로 나앉은 뒤에도 그동안 어디를 돌아다녔으며, 무슨 일을 하다 왔는지 입 밖에 한마디도 내지 않았다. 결정질석회암처럼 양반 테가 좔좔 흐른 하얀 얼굴이 검게 그을리고 뼈마디가 앙상해 중노동을 하다 온 사람 같았다. 집안 식구들이 그 점을 애태우는 것을 번연히 알면서도 네 떡 나도 모른다는 식이었다.

"아니, 색시 귀신에 붙들렸수? 몇 년을 밖에 계시다 오셨으면서 복 들어온 날 입술 닫듯 왜 그러시우?"

삼촌이 껄껄 웃었다.

"집안에 이리 어진 부인이 있는데, 씨름에 진 사람은 말이 없는 법이외다."

은엽 역시 입술이 근질거려 가만히 있을 수 없었다.

"삼촌, 평양 박태은 선생 댁에 계시다 오셨지요?"

박태은이란 이름에 눈빛이 달라졌다.

"네가 박태은 선생을 어떻게 아느냐?"

"삼촌이 소식 없이 집을 나가신 후 숙모가 시름시름 앓고 계셔서 제가 찾아 나섰어요. 평양 갑부 박태은 선생과 아주 가까운 사이라는 이야기를 듣고 방학을 이용해 찾아가려고 했으나 숙모님 병간호가 더 급해 못 갔어요."

"안 오기를 잘했다. 왔더라도 만나지 못했을 테니까."

그 말은 한곳에 붙박여 있었다는 이야기가 아니었다.

"그런데 한의 양의를 몇 십 년 공부하고도 숙모 엄살병 하나 못 고쳤다면 그거 돌팔이 아니냐?"

"아니, 무슨 말을 그렇게 하시오."

숙모가 나섰다.

"당신이 노는 색시들한테 등골 뽑히느라 소식 한번 못 전했다는 말은 않고…."

"알 만한 사람이 어찌 그렇게만 생각하는가? 두꺼비가 엎드린 것은 덮치자는 뜻일세."

두꺼비가 엎드린, 그 말속에 답이 다 들어있어 보였다. 그 무렵 동만주와 블라디보스토크로 많은 조선족이 이주하고 있다는 소문이 무성하던 때였다.

은엽은 쇠잔해진 삼촌 건강을 찾아줘야겠다고 생각했다. 그러

25+10=X

자면 보양이 필요한데, 왜놈들이 국권을 장악하고 서양의학 일변도로 나가던 때라 비따민(ビタミン)류나 아미노산(アミノさん) 말고는 원기를 회복시킬 제품이 마땅치 않았다. 이럴 때는 전통 동의학이 좋은데, 동의학이 자취를 감춰가면서 한시적 면허를 갖고 있는 사람만 취급할 수 있었다. 원래 여여원에서 한방으로 출발했던 은엽은 학교에서 퇴근하는 길로 명망 있는 한의원을 찾아가 녹용대보탕 두 재를 지어들고 왔다.

"허허, 의사가 조카딸이다 보니 팔자에 없는 보약을 먹게 생겼구나."

겉으로는 기백이 펄펄해 보였다.

"한번 드셔보세요. 효과가 별로면 다음엔 보중익기탕을 지어 오겠습니다."

"병을 잘 고치고 약장사만 잘해야 명의가 아니니라."

"그럼 의사가 환자 치료 말고 무엇을 잘해야겠습니까?"

"역사에 대해 생각해본 적 있느냐?"

"저는 의학강습소에서 서양의학으로 체제가 바뀐 후 서양 쪽 의학사(醫學史)만 조금 알고 있습니다."

"의학사 말고 왜놈들이 우리 역사를 정한(征韓)에 목적을 두고 황국사관으로 '우라가에시(うらがえし)'해가고 있다. 중국은 우리 고대사를 춘추필법이라 하여 존화양이 사상으로 바꾸어 놓은 지 오래되었다. 대한사관이 빛을 잃어가는데, 혹 환단 사상 이야기는 들어봤느냐?"

"역사를 배운 바 없어서 처음 듣는 이야깁니다."

"그게 문제다. 너처럼 식자가 풍부한 사람이 우리 역사를 이웃 나라들이 도둑질해 가 거짓말 역사가 되어버렸거늘, 그것을 모른다니 가슴 무너질 일 아니냐?"

"그럼 어떻게 해야 하겠습니까?"

"역사를 제대로 알려면 역사 이전의 역사적 사실과 사회적 환경을 알아야 한다. 그러고 나서 역사학자에 대해 공부해야 해. 역사학자는 과거 현재를 각기 다르게 바라보기 때문에 서로 인식이 달라. 그들이 정의한 역사는 절반만 진실이다. 예를 들어 김부식이 친송(親宋)의 물이 짙게 들어 중국사와 제 집안 족보를 신라사로 이야기 했고. 자주성이 없는 이성계는 쿠데타가 성공하자 명나라를 섬겨 오로지 중국문화 모방에만 힘써 사대가 조선역사 아니냐?"

"이성계가 무인이라 철학이 없어 그리된 것 아니겠습니까?"

"그래도 우리 역사를 가져간 남의 나라에서 역으로 빌려오는 짓은 하지 말아야지. 조선왕조실록이 명나라 시각으로 기록되어 만주족을 오랑캐로, 압록강과 두만강을 건너 우리 북방민족의 약탈을 일삼은 것으로 되어 있지 않더냐? 그러나 만주 쪽에서 보면 조선의 계속된 흉년과 탐관오리 가렴주구로 압록강·두만강을 건너 만주로 건너가 터전을 잡은 조선족이 훨씬 더 많은 것으로 나와 있다."

"그래서 역사가 기록되기 전 사회 환경에 초점을 맞추라는 거군요."

"어디 그것뿐이냐. 선조가 조선을 제2의 왕국으로 건국한 것으로 기록되어 있고, 멀리 갈 것도 없이 7,8년 전 일한병합 이후 총독부 파쇼정치에 망국노가 되어 훈춘, 옌볜, 봉천 등 만주 땅으로 애국지사와 의병장들이 대거 넘어갔는가 하면, 시베리아로 연결된 만저우리(東淸) 철도부설에 고용된 조선 노동자들이 블라디보스토크 등지에 그대로 정착해 조선족 수가 30만 명에 이르러 있다. 그래서 지금 블라디보스토크에 '신한촌(新韓村)'이 생기고 한민학교를 설립, 훈춘을 중심으로 북만주에 항일운동단체인 '훈춘대한국민회의'가 조직되어 있느니라."

"무슨 말씀인지 알겠네요. 일본 물이 밴 학자들이 지금 역사를 일본 시각으로 써대면 설령 나라가 독립된다 하더라도 우리는 친일역사를 갖게 되겠군요."

"의사라 배움이 있으니 말을 금방 알아듣는구나. 바로 그 점이 문제다. 독립운동의 방향이 이를 가름해야 할 텐데, 민족보다 자본의 힘에 점점 더 기울어져 가고 있어."

"그래서 요즘 지식 있는 사람들이 자기들끼리 모이면 칼 마르크스(Karl Marx) 이야기를 소곤대곤 그러는군요."

삼촌이 이상한 표정을 짓더니 그냥 웃어 넘겼다.

삼촌은 집에서 채 열흘을 머물지 않고 다시 외출을 시작했다. 한 번 나가면 으레 이삼일이고 어떤 때는 열흘을 넘겨 돌아올 때도 있었다. 도대체 어디서 무슨 일을 보기에 저리 바깥출입이 잦은

지 알 수 없었다. 숙모는 알고 계시겠지 싶어 물어보았더니 대답이 엉뚱했다.

"장안 갑부가 되려고 그러는지 한 번 나갔다 오실 때마다 돈을 한 망태씩 담아 오신다."

"우와! 난 개인병원 차릴 곳이나 알아봐야겠네."

"남 속 탄 줄도 모르고…, 시집을 안 가 철딱서니가 저러지."

"재간도 써야 재간이랍니다."

"쪽박이 제 재주도 모르고 한강을 건너려 한다는 말 못 들어봤냐?"

"숙모, 삼촌을 너무 과소평가 마세요."

숙모는 혀를 끌끌 차고 일어섰다.

그날이 비번인데다 할 일도 없어, 은엽은 이때다 싶었다. 이름을 용성으로 바꾼 백상규가 생각나 봉익동으로 향했다. 옛 좌포청 자리에서 돈화문으로 올라가다 오른쪽 골목으로 들어서니 코딱지만 한 와가 대문에 '대각교'라는 현판이 걸려 있었다. 한데 그날이 무슨 날인지 대문 앞은 말할 것 없고 골목에까지 사람들이 빽빽이 들어서 마당 안을 넘겨다 보느라 기러기목이 되어 있었다. 그러거나 말거나 은엽은 비좁은 사람들 사이를 뚫고 들어가 안채 뜰방 앞에 이르렀다. 절이라는 곳을 가 본 적이 없는 은엽이 안을 살펴보니, 지붕을 받치고 있는 기둥만 놔두고 벽들을 모두 헐어 강당으로 만들어놓았다. 강당 뒷벽에 탁자를 만들어 촛불을 켜 부처를 모셔놓고 그 앞에 중년으로 보이는 중이 가사를 입었는데, 울퉁불

통 몽둥이 같은 지팡이를 어깨에 세우고 경상 앞에 앉아 이야기를 하고 있었다.

"…견해가 밝으면 빛깔이 발생하고, 견해를 밝히려면 생각을 일으켜야 합니다. 생각이 뭡니까? 착! 하고 재빠르게 눈치 채는 것 아닙니까. 그래서 견해가 다르면 서로 미워하고, 견해가 같으면 사랑하게 됩니다. 그런데 이 사랑이라는 것이 문젭니다. 사랑이 걷잡을 수 없이 넘치면 거기에 씨앗이 생겨, 씨앗이 생기면 받아들이게 되어 있어. 이게 바로 태(胎)라는 것인데, 이 태 속에 과거 두 사람이 알게 모르게 저질러온 버르장머리가 깃들어 있다 그 말이야…"

은엽은 난생 처음 들어본 소리라 긴가민가했다. 이야기는 계속 되었다.

"…그런데 이 태라는 것이 욕정의 결합으로 생긴 것이라 소견을 따라 떴다 가라앉았다 하니, 이시인연(以是因緣)으로 계속 상속되는 이것을 중생이라 하는 겁니다…"

은엽은 용성이란 중을 찬찬히 바라보았다. 뭘 먹고 사는지 얼굴이 허여멀쑥한데다 이목구비가 뚜렷해 스무 살 무렵 집으로 찾아온 방물장수하고는 완전히 다른 모습이었다. 세월이 많이 흐르기는 했지만 비 오는 것 십 리 다르고, 바람세는 것 백 리 다르다더니 달라도 너무 달라 자신이 층암절벽에 서 있는 기분이었다. 그때 만일 혼사가 이루어졌더라면 저 작자가 내 신랑이 되었겠지….

이야기는 계속되고 있었다.

"밝혀내야 할 대상이 분명이 있는데, 소견머리라는 것이 상도(常

道)에서 벗어나기를 좋아해. 그것이 무엇 때문이냐, 색(色)이 본래 그렇거든. 색이 발동하면 마음에 한계가 생겨, 그것이 생명을 전하는 매체는 되겠지만 사랑이라는 것이 있으면 돌아가는 수레바퀴를 벗어나지 못 한다 그 말이라…."

어찌 들으면 형이상학적 황당한 소리 같은데, 그 속에 무슨 알맹이가 있는 것도 같았다. 허 참! 나도 나이가 이만큼 되었으니 까놓고 털어놓아 보자. 젊은 날 저 자가 나의 신랑이 되었더라면, 저 자는 나를 알몸으로 만들어 유방을 만지고 핥다가 아랫도리 다리 사이 계곡으로 저 지팡이를 잡은 손이 거침없이 들어왔을 것 아닌가. 비너스 둔덕 검은 숲을 만지면서 도덕적으로 허락된 자율 속에서 난 저 자를 내 배 위에 올려 배꼽을 맞추며 합치가 되어 히히덕거렸겠지. 하이고! 남세스러워라. 그랬더라면 아이들도 몇 명 낳았을 것이고, 하번암에서 벌어먹고 사느라 한양 구경이나 했겠나…. 나는 남자라고는 삼촌과 내가 가르치는 학생말고는 손조차 잡아 본 적 없지만, 저 자는 마누라가 있을까. 원래 중은 장가를 안 간다고 들었는데, 요즘은 일본 중들이 마누라와 자식들까지 달고 호화 번쩍하게 사는 세상이니 조선 중들도 색시와 자식들을 두고 살림을 차린 자들이 부지기수로 늘어난다고 하지 않던가. 뭐 저 자라고 마누라가 없겠어. 보나마나 자식도 있겠지….

그런 생각을 하니 은엽은 저 중놈한테 발등을 찍힌 것 같았다. 자리에 더 앉아 있고 싶은 생각이 싹 사라져 버렸다. 어떻게 저자를 홍두깨로 받아칠까. 한데 무슨 사람들이 저 중이 하는 두루무리 알듯 말듯 한 소리를 들으려고 마당까지 빽빽이 들어차 빠져나 갈 수가 없었다. 자리에서 일어난 은엽은 가까스로 사람들 틈을 비집고 대문 앞으로 나왔다. 대문 앞에도 울타리처럼 진을 친 사람들을 정렬하느라 생땀을 흘리는 젊은 스님이 있었다. 은엽은 젊은 스님 옆으로 가 어깨를 툭툭 건드렸다.

"저 말씀 좀 묻겠습니다."

젊은 중이 위아래를 쓱 훑었다. 나이답지 않게 세련된 지성미, 톡 쏠 것 같은 지적 수준에 얼이 나간 모양인지 대답이 정중했다.

"말씀해보시지요."

"지금 교당 안에서 이야기하신 스님을 뵈려면 어떻게 해야 합니까?"

앞소리 싹 빼고 본론만 말했다.

"보살님, 오늘 처음 오셨습니까?"

보살님이란 호칭이 낯설고 근질거렸다. 젊은 스님 입장에서야 의당히 '교당 안에서 법문하신 대사님'이라 해야 할 것이나, 고용인지 닭똥인지도 모르고 '교당 안에서 이야기하신'이라 했으니, 오늘 처음으로 왔느냐고 물었던 것 같은데, 은엽은 '보살님'이란 말이 머슴한테 속곳 챙기라는 말처럼 생소했다.

"네, 저는 불교를 믿지 않습니다만, 매우 훌륭하시다는 말씀을 듣고 처음 왔습니다."

젊은 스님이 말이 채 끝나기도 전에 고개를 흔들었다.

"알겠습니다. 그런데 대사님은 뵙기가 참 어렵습니다."

무용(無用), 하찮은 일로 쓸데없이 여자나 만나 히히덕거릴 만큼 한가롭지 않다는 대답 같았다. 은엽은 평소의 프라이드로 꽉 쏘아대려고 했으나 꾹 눌렀다. 방물장수 때문에 속을 감추고 일생을 사느라 속이 썩을 만큼 썩었는데, 이 젊은 스님이 뭘 알겠어, 그러고는 고개를 숙여 엿판대기 엿처럼 착 달라붙었다.

"저와 너무 가까운 분이라 드릴 말씀이 있어서 그렇습니다."

어찌 들으면 그렇고 그런 사이라는, 묘한 느낌이 풍기게끔 싱긋너 알지, 그런 눈웃음을 날리니 그가 다시 물었다.

"친척 되십니까?"

좀 엉뚱했지만 머리가 휙 돌아가 한 술 더 떴다.

"오빠 됩니다."

"그럼 남원에서 오셨소?"

"네!"

착착 들어맞자 계속 대문 앞으로 밀려든 신도들을 잠시 제지해 놓고 말했다.

"평일에는 찾아오시는 분들이 많아 만나 뵙기 어렵습니다."

"그럼 어느 때가 좋습니까?"

"새벽 4시면 아침 예불이 끝나거든요, 예불 끝난 뒤 잠깐 뵐 시간이 있을 겁니다."

하—! 백상규라는 방물장수가 언제 이렇게 하늘하고 씨름하는 사람이 됐나?

"알겠습니다."

은엽은 젊은 스님한테 가볍게 목례한 뒤 집으로 돌아왔다.

삼촌은 반공실(うしつ)에 쌓아놓은 지폐와 어음을 여러 망태에 나누어 정리했다. 그리고 총검을 감추어 단단히 무장한 젊은이들을 데려와 화폐가 담긴 망태기를 각기 하나씩 요령껏 몸뚱이에 숨기게 했다. 그리고 명령을 내렸다.

"모두 알지?"

"예!"

"자, 주먹을 올리고."

청년들이 야무지게 쥔 주먹을 어깨높이로 올렸다.

"신출귀몰!"

"신출귀몰―!"

청년들이 복창했다.

"각개약진!"

"각개약진―!"

"철벽수비!"

"철벽수비―!"

척 보니 하는 짓거리가 하늘을 쓰고 도리질할 듯 기세등등한 모습이 훈련깨나 받은 것 같았다.

"좋아 오늘밤 어둠이 내리면 출발한다."

하나 생김생김은 난봉꾼, 능청이, 막바우, 망나니, 발김장이, 한량, 사냥꾼, 시러배, 등짐장수, 건달, 어깨, 제각각 생기고 싶은 대로 생긴 사람들이었다. 눈치를 보니, 위장이겠지만 거의가 나무꾼 행색으로 시왕전에 끌려가듯 비실비실했다. 밤이 되자 서대문, 창의문, 혜화문으로 패를 지어 속속 빠져나가 북방으로 떠났다.

암만 봐도 그들은 여간해서 말을 듣지 않는, 거위 알을 새알이라고 오기를 부리는 백악산 1번지 박고집 같은 자들이었다. 특수훈련을 받아 말대가리 같았지만 고단의 무인들이어서 대적할 자가 없는 북방, 삼촌 휘하의 독립군 같았다.

숙모는 그들이 독립군이란 것을 몰랐다. 삼촌은 그들을 두어 차례 나누어 내보낸 뒤 한 이틀 쉬었다. 그러고는 대충 집안 마무리를 한 것 같더니 겉으로는 팽패리 같으나, 그 역시 무시무시한 고단의 무예에다 절에 가서 새우젓을 얻어먹고도 남을 만큼 머리 회전이 빠른 경호원만 데리고 집을 나섰다. 숙모가 또 어디를 가시느냐고 눈물로 삼촌의 발목을 잡고 늘어지니 거실 소파에 앉았다.

"이봐, 희영 엄마! 고구려 평강공주와 불란서 잔 다르크쯤은 알지 않소. 내가 왜놈들에게 빌붙어 조국을 버리고 헛기침 하면서 거짓말로 살기를 바라지 않겠지?"

"그야 물론이지요."

"그렇다면 날장구를 치지 마세요."

"그렇더라도 어디를 가시는지 행선지나 알려줘야 할 것 아니오?"

맞는 말이었다. 하나 거짓말을 '낭설'이라고도 하고 '대포'라고도 한다. 이럴 때는 순전히 집안사람들을 위해 대포를 쏘는 것이 낫겠다는 생각이 떠올랐는지 능청스럽게 연극대사처럼 늘어놨다.

"나 평양에 좀 가려고 그러오."

"평양 어떤 분을 찾아 가시우?"

"평양법원에 판사로 있는 한상범이란 사람이 내 친구이외다."

이것이 대포다. 희영 엄마는 한상범이 일본에 협력한 친일인사임을 알 리 없었다. 하나 은엽은 알고 있었다. 삼촌이 지난번 심양에서 청년들을 모집해 독립군으로 양성해 맹훈련을 시켰고, 이번에 돈을 한 망태씩 감추어 떠나보낸 젊은이들도 모두 심양에서 온 삼촌 부하들이라는 것까지 눈치로 때려잡았다. 하나 입도 뻥긋하지 않았다. 만에 하나라도 뒷날 문제가 생기면 낭설보다 미리 대포를 쏘아두는 편이 훨씬 나을 터이다. 독립군 지도자가 친일 판사를 친구로 팔아먹는 것은 숙모를 속이려는 목적이 아니라 나중에 혹 왜놈 순사들의 조사를 받게 될 경우를 대비해 쏜 대포이기 때문에 은엽은 얼굴색 하나 달리하지 않았다.

"그럼 언제 오시우?"

"가봐야 알겠지만 할 일 없으면 곧 돌아오겠소."

거짓말이었다.

"일찍 못 오시게 되면 연락이라도 주시오."

"암! 연락 자주할 테니, 은엽이랑 집안 잘 돌보시오."

수제비 잘 만든 사람이 국수도 잘 뽑듯 거짓말도 이처럼 필요할 때가 있다. 삼촌은 곧 팽패리 경호원만 달고 대문을 나섰다.

삼촌이 심양으로 떠난 지 몇 달 되었다. 은엽은 세상이 텅텅 비어 있는 꿈을 꾸었다. 의사가 환자에게 주사바늘 찌르는 꿈이라면 모르거니와 대낮에 도깨비에 홀린 듯 뚱딴지같은 꿈이었다. 이것이 요즘 학생들이 자주 쓰는 다이나믹(ダイナミック)한 것인가. 텅 빈 공간에 무엇이 자꾸 소용돌이치고 있었다. 그 공간에 은엽은 없었다. 은엽이 있다면 의식만 있었다. 아! 나는 내 몸뚱이를 잃어버렸구나. 그러고도 살아 있는 것이 신기했다. 나는 넓디넓은 빈 공간이 되어버리고 의식만 있는 것인가? 한데 빈 공간이 번쩍번쩍했다. 자세히 보니 이름을 지어 붙일 수도 없는 것들이 요동치고 있었다. 씨앗만 몇 개 든 풍선 같은 것들이 여기저기서 부풀어 올랐다가 터지지도 않고 사라졌다. 어떤 것은 풍선 속에 수박씨 같은 것이 반딧불처럼 꼬리를 그리며 빙글빙글 돌기도 했다. 꽃은 없나봐? 생각이 거기에 미치자 어둡지도 그렇다고 밝지도 않은 공간에 장미꽃이 날아왔다. 빨간 장미 한 송이가 공간을 날아오다 환각처럼 자취도 남기지 않고 없어지면서 생담배 연기 같은 푸른 연기가 피어올랐다. 하! 저 향기, 그 연기에 장미 향기가 그윽했다. 향기라고 하면 라일락이 으뜸이지…, 그 생각이 떠오르기 바쁘게 자주색 밥풀처럼 줄기에 줄래줄래 달라붙은 라일락 꽃가지가 날아오다 두 줄기 푸른 연기로 향기만 남기고 형체도 없이 사라졌다. 라일락 향기를 음미하는데, 코는 없고 연기만 실오라기처럼 피어올랐다. 다음에는 히아신스, 나팔꽃, 어리연, 바람꽃, 베고니아, 초롱꽃, 절굿대 이런 꽃들의 연기가 번개처럼 번쩍이기도 하고 춤을 추면서 입

도 맞추고 몸도 섞으며 황홀한 오르가즘으로 흥분되어 있었다. 그때 어디선가 "그것이 모든 창조의 근원이다!" 마치 천둥소리처럼 크게 울렸다.

은엽은 깜짝 놀라 잠을 깼다. 꿈은 예측할 수 없다더니 정말 예측할 수 없었다.

이런 꿈 이야기도 있다.

"할머니, 나는 날아갈 수 있어요."

꿈속에서 할머니가 "말도 안 되는 소리." 그랬는데, 그 말이 떨어지기 바쁘게 할머니가 사방을 기웃거리더니, 곧 두 손을 모아 고개를 숙이고 "하느님, 내 손녀 좀 찾아주세요." 징징 짜면서 기도했다.

이것이 꿈이다. 공간이 '요동치고, 뻗어나가고, 소용돌이치고, 굽이치고 찢어지고, 잦아들고 흔들리면서 모든 일에 참견한다.'[4] 이것이 '창조의 근원이다' 은엽은 꿈속 공간에서 끝없이 펼쳐진 환희와 유희와 사라짐과 서글픔을 느꼈지만 없어져 버린 몸뚱이는 찾지 못했다. "아니 내 몸뚱이가 어디로 갔지?" 눈도 없으면서 두리번거리니 공중에서 "그것이 질량이다." 그랬다.

질량? 꿈을 깨고 생각해 보니, 은엽은 자기 몸뚱이가 고유한 역학적 기본량임을 알았고, 없어진 몸뚱이는 우주처럼 확대되어 볼 수가 없었다.

---

4) K. C. Cole.

앞은 무엇이고 뒤는 무엇인가

요강 뚜껑으로 물 떠먹은 것처럼 꿈이 찜찜했다. 은엽은 새벽에 일찍 일어났다. 샤워를 한 뒤 팬티까지 새것으로 갈아입었다. 무슨 의미가 있어서가 아니라 그러고 싶었다. 외출복도 높은 신분을 상징하는 색상으로 최신 패션 슈트(スーツ)에 바바리(バーバリ)를 걸쳤다. 나도 이만큼 멋쟁이 여자다. 오랜만에 얼굴에 광채 한 번 내보자. 화장을 하고 봉익동으로 갔다.

도착해 보니 아침 5시였다. 전날 약속한 스님이 화려한 은엽의 외모에 혼이 뜬 듯 놀란 시선으로 바라보았다. 시집을 안 가 세월이 정지해버려 얼굴은 이십대에서 그만그만 그대로이고 애 낳은 일이 없었으니 몸매도 늘씬 낭창했다.

"좀 늦었습니다."

"괜찮습니다, 그런데 지금 공양시간입니다."

안내하러 나온 스님이 어제와는 사뭇 다른 어조였다.

"후원으로 가서서 공양하시잔 말씀이 안 나오는군요."

외모에 '쫄았'는지 최상류층 여인 대접이었다.

"기다리죠, 뭐."

"시장하실 텐데 어쩌죠?"

"어제 저녁을 늦게 먹었더니 생각이 없네요."

"그럼 원주실로 가서서 잠깐 계세요."

대각교 현관이 걸린 대문을 들어서면 원주실이었다. 옛날에 곳간이었던 곳을 새로 수리해 원주실이라 이름을 붙여놓았는지, 바닥을 원목으로 깔아 깐깐하게 마무리한 깨끗한 마루였고, 구석에 앉은책상이 있었다. 책상 앞 작은 책시렁에 무슨 서류 같은 것이 꽂혀 있는데, 원주실 본래 용도가 응접실인 듯, 책상 곁에 방석이 가지런히 포개져 있었다.

안내해준 스님이 방석을 깔아주어 바바리코트를 벗어 무릎 위에 놓고 앉았다. 안내를 맡은 스님이 밖으로 나가고 혼자가 되자, 은엽은 느닷없이 가슴이 두근거렸다. 백상규가 덜미를 누르나? 부등가리 안 옆 죄듯 손으로 가슴을 죄고 한참 있었더니, 스님이 노크를 하고 문을 열었다.

"큰스님께서 기다리십니다."

'큰스님'이라면 백상규 그 자다. 은엽은 밖으로 나왔다. 오른쪽 강당을 끼고 기역자로 뻗은 후원으로 들어가니, 큰방이 있고, 막 식사를 끝낸 듯 스님들이 막국수 비벼먹기 딱 좋은 검은 갈색으로 반질거리는 밥그릇을 싸매 선반에 얹고 있었다.

방 하나를 더 지나 제법 넓고 깨끗한 방이 백상규 방이었다. 앞서가던 스님이 노크를 하고 들어가 "손님 오셨다"는 말을 하자 "들어오시라고 해라."는 대답이 밖에까지 들렸다.

은엽은 방으로 들어갔다. 장판에 들기름을 먹였는지 바닥이 반질반질했다. 이런 장판이라야 파리가 낙상한다는 말이 나올 법했다. 경탁 앞에 허리를 꼿꼿이 세우고 앉아 있는 백상규를 보자, 은엽은 비틀 그 자리에 자빠질 뻔했다. 가까스로 몸을 가누었으나 발은 가동거리지 않았고, 난데없이 눈물이 핑 돌았다. 왼팔에 걸친 바바리가 저절로 흘러내리자 안내를 맡은 스님이 얼른 받아 바닥에 개켜놓았다.

은엽이 고개를 돌려 수건을 꺼내 몰래 눈물을 찍어낸 뒤, 백상규를 마주보고 다탁 앞 방석에 앉았다. 애초 절집 예절을 몰랐고, 안다고 해도 그런 것 생각할 겨를이 없었다. 자리에 앉아 백상규를 쳐다보니 이게 무슨 망발인가. 또 눈물이 솟구쳤다. 곡절을 모르는 백상규는 눈도 깜박이지 않았다. 그러겠지… 한껏 멋을 부린 여자의 얼굴에 학문에 종사한 엔그램(engram)이 역력한데, 눈동자에 웬 눈물이…, 어리둥절 그러겠지…. 은엽은 북받친 감정을 조절 못해 옥에 티 같은 우아함에 흠집을 낸 것 같다. 재빨리 왼고개 치듯 감정을 가슴속에 감추고 백상규를 쳐다보았다.

다행히 백상규는 은엽을 알아보지 못했다. 그때까지도 양반가에서는 중들에게 하대하던 때였으나, 시집을 갔더라면 신랑이 되었을 사람이라 절로 높임말이 나왔다.

"세 번째 봅니다. 어제는 강당에서 피가 나게 어금니를 깨물고 설법하는 걸 보았고, 지금은 마주앉아 얼굴을 맞대고 있습니다. 맨 처음은 방물장수로 변장해 우리 집을 찾아온 그대를 보았지요."

집을 찾아온 '방물장수'란 말이 나오자 천천히 고개를 들었다. 곧 입술에 엷은 미소가 묻었다. 하나 은엽에게 백상규는 미운 벌레와 같았다. 다짜고짜 저 자의 얼굴을 홍두깨로 쥐어지르고 싶은…. 날짜를 받아놓고 행방을 감춰버려 혼인이 깨지자 망신살이 무지갯살 뻗치듯 했고, '스트레스(ストレス)'가 쌓여 탄알이 장탄된 무기처럼 닿기만 해도 폭발할 것 같은 세월을 살아왔다.

"장수 조대감님 따님이시군."

백지장 두께도 높다는 듯 대답이 조심스러웠다.

"그렇소."

"조선귀족이 오셨네."

'조선귀족'은 총독부에서 비밀리에 선정한 대한제국 고관이나 '한일병합'에 공로가 있는 사람을 말했다. 그냥 빈정거린 소리겠지. 옷차림이 깔끔하고 세련된 모습만 보고 한 말이라면 은엽은 되레 세련미 돋보이는 차림새로 한 방 맞은 꼴이 되었다. 하긴 친일을 하지 않는 조선 사람이 이만큼 하이테크하게 깔끔한 복장을 한 사람은 보기 드문 시대이니까.

은엽은 고개를 흔들었다.

"처음 만났을 때 오줌 저리고 도망간 방물장수를 만나러 왔소."

어떻게 나오나 보려고 기억의 포인트를 오줌 저렸다는 데 두었다.

"허! 그때 측간에 가 빠져죽은 사람을 이렇게 만나러 오셨구려?"

중이 되어 그런지 태도는 겸손해 보였으나, 말씨가 공교했다. 공교하다는 말은 어째서 꺾자를 치지 않고 왔느냐는 말로 들렸다. 하나 태도가 당당하고 온화한 얼굴에 웃음기까지 머금은 모습은 꽁무니를 뺄 구실로 서두를 던진 것이 아니라 그 반대로 보였다.

"측간에 빠진 흔적이 없고, 나무 밥그릇을 보더니 개밥그릇 차듯 차버리고, 은 밥그릇에 수륙진미를 먹으며 연꽃 휘장 안에서 뜨거움으로 보낸 봄밤이 짧아 일어나니, 해가 높더라는 풍월로 산다기에 기러기처럼 날아왔소."

백거이의 장한가 한 구절을 들이대 조용조용한 말씨로 배운 사람 티를 냈으나, 속에는 날카로운 앙칼이 여전했다.

"흐흠! 아침 일찍 이렇게 오셔서 백거이의 시로 말씀하시니, 소승이 차를 대접해 드리겠습니다."

투박한 찻잔에 오줌빛깔 같은 차를 따랐다. 그 상황에 은엽은 차를 마시고 싶지 않았다.

"수원백씨 양반이란 말을 들었는데, 어찌 팔천에 든 상것이 되었소?"

아프고 날카로운 곳으로 여겨진 데를 쿡 찔렀으나, 얼굴에 조금도 변화가 나타나지 않았다.

"기연(機緣)이외다. 바람에 맡겨 흰 구름이 오가듯…."

표정에 딱 어울린 대답이었다. 이 작자 쓸개가 빠졌는가, 아니면 도깨비 쓸갠가, 비판에 무감각한 사람과 이야기한 기분이 이럴까.

"혼인날 똥 싼 이야기치고는 매끈 반드르르합니다."

직설로 한 옥타브 올렸다.

"허허허…"

다관을 다탁에 놓더니 껄걸 웃고 나서 물었다.

"새가 허공을 날아간 흔적을 보았수?"

대번 이야기를 공중에 둥 띄웠다.

"직관적 초경험을 보는 안경을 가졌소?"

그 대답이 내면을 통한 듯 슬쩍 쳐다보았다.

"가졌다면요?"

"그 안경을 쓰세요, 그리고 내가 여기에 온 흔적을 보세요."

"벌써 보았소."

말씨가 삼배잠방이에 바람 들고나듯 막힌 데가 없었다. 막힌 데 없는 사람과 이야기를 오래 하면 이쪽의 분습법이랄까, 지적수준이 들통난다싶어 눈썹만 치켜세우고 쳐다보았다.

"시험 삼아 묻겠는데, 거울 속 그림자에도 마음이 있습디까?"

얼핏, 거울에 비친 내 그림자가 나와 똑 같은 마음을 가지고 있더냐고 묻는 것 같았다. 그 말을 뒤집으면 너는 빈껍데기라는 비아냥거린 소리가 된다. 현대의학에 현대학문을 한 인텔리의 자존심에 찬물을 끼얹는 것 같아 핸드백으로 빡빡머리를 후려치고 싶은 분노가 치솟았다. 이 자가 중이 되어 뭘 했기에 앞뒤가 뻥 뚫려 잡히는 것이 없는가.

"알았소. 호마불흘회두초(好馬不吃回頭草)다 그 말이오?"

너 잘났다. 그래 해보자. '사나이는 혼사 깨진 여인을 다시 찾지 않는다'는 중국 속담을 들이댄 뒤, 백상규의 마음에 상처가 될 말을 찾았으나 급소를 때릴 만한 말이 떠오르지 않았다.

"이 나이가 되도록 남자를 모르고 살아온 나를 알겠소?"

이야기를 해놓고 보니, 생각과는 달리 빳빳하게 세우겠다는 자존심과 되레 반대되는 소리가 되었다. 이래서 지성을 갖췄다고 해도 '여자는 여자다'라는 한계를 벗어날 수 없다는 것인가.

"알고 있소."

네까짓 게 뭘 알아, 하나 해맑은 그의 얼굴에 세속을 초월한 체험적 전이[transference] 같은 것이 나타나 은엽은 빨려 들어가듯 고패가 빠진 기분이 되었다. 불교에서는 이것을 법력이라고도 하고, 등급을 올려 이야기하면 '사람이 아프니 유마가 아프다'는 은유로 나타낸다. 그는 찻잔을 건네면서 은엽이 겪은, 죽기 싫은 것이 아니라 아픈 것이 섧다는 상심 같은 것은 싹 빼버리고 세월을 압축해 말을 이었다.

"달을 찾는 이가 그림자에 마음이 쏠리고, 날아다니는 새를 찾는 이가 날아간 자취를 쫓는 것은 꿈속을 본 이야깁니다. 오해하지 마십시오!"

"그래도 나는 연꽃 휘장 속에서 뜨거운 밤을 한번도 지새지 못했소."

기어이 하고 싶은 말을 뱉어냈다.

"연꽃휘장이라…, 나는 이미 그때 그 사람이 아니니 어쩝니까?"

도리질로 구질구질 자빡을 치지 않았다. 그렇다고 미꾸라지 모래 쑤시고 흔적을 지우려 하지도 않았다.

"내가 언제 외조할미 콩죽으로 살았습니까?"

얕잡아보지 말라는 소리였다.

"확연한 것은 시루를 떨어뜨리고 돌아보지 않은 것이오."

감춰져 있는 것은 방향이 다른 진실이었고, 그릇된 행동의 자인이었다.

"바다에서 안개만 일으킨 것이 용 못된 개복치라 하던데 그렇습니까?"

수수잎 꼬이듯 꼬인 소리로 백상규의 행방불명을 한 번 더 이죽거렸다.

"무슨 이야기든 해보시오. 다 들어드릴 테니…."

이게 무슨 소린가. 졸라맸던 마음을 풀겠다, 아니 손을 들겠다, 하는 소리 같았다.

"나도 좋은 소리 가려 쓸 줄 압니다. 혼사가 깨지자 그대에게 내 치마 밑을 주고 뺨맞는 양, 엉뚱한 소문이 퍼져 한숨이 구만 구천 두였수. 나는 그때 아무것도 모르던 때라 내가 갈 길이 한 자 땅 밑이구나 했지. 그 지경이 되니 생각까지 막혀 인생사 완전히 허구렁이드만…, 피를 이빨로 깨물며 그대를 찾아내 그대 가슴에 대못을 박자 하면서 살아온 것이 내 앙칼입니다."

조금 과장은 되었지만 뱅뱅 돌리지는 않았다.

"앙칼이란 것 알죠? 앙칼을 박으러 왔는데, 받겠수?"

백상규가 말없이 쳐다보았다.

"남자나 여자나 로맨틱한 사랑에 빠지면 정신을 놔버리고 대상에게 열광하는 것을 간호의학에서 뭐라고 한 줄 아시오? 뇌의 프런트 크로마토그래피(前端クロマトグラフィー)라고 합디다. 영어로는 프론탈 플레인(frontal plane) '콜잭(cortex)'의 '피터멘(putamen)'이 활발하게 활동하기 때문이라고 그러죠."

백상규는 듣고만 있었다.

"그런데 상대편에게 배신을 당하면 프란더 프랜 '코잭'의 '인술라(insula)'가 증오로 바뀌어 그 사람을 괴롭히거나 복수를 위한 계산적 판단이 활발하게 일어나게 되오. 사랑하다 증오하는 상황이 되면 아프고 외롭고, 무섭도록 잔인하게 되지요. 상대를 놓아버리지 못하고 하루하루 절망으로 가슴이 새까맣게 타들어가면서 돌아버릴 상황에 이르게 되는데, 하물며 혼인하기로 절차를 진행하던 신랑 될 사람이 가출해 버렸다면, 신부될 사람의 프란더 프랜 '코잭'의 '인술라'가 어떻게 바뀌어 움직였을지 생각되는 게 없습니까?"

그 무렵 서구에서 한참 연구단계에 있는 생명과학 용어를 마구 섞어 너를 죽일 수도 있다고 '앙칼'이란 말을 날카롭게 포장해댔다.

"오랜 세월 이렇게 외골수로 살다보니 혼인을 파기한 배신자가 내 첫사랑으로 바뀐 묘한 역설을 경험했소. 이해할 수 있겠소? 그 과정을…."

사랑을 해보지 않아 그런지 백상규는 조금도 흔들림이 없었다.

25+10=X

되레 여유 있는 모습으로 은엽에게 물었다.

"하나 묻겠소. 역설이든 뭐든 혼인을 파기한 배신자가 사랑으로 바뀌었다면 그 사랑도 마음 아니겠소?"

"네, 마음입니다."

"그럼 마음을 보았소?"

마음을 보았냐? 이게 무슨 소린가. 마음이 항상 내 안에 있다고 익숙하게 여겨왔지만 그것을 본 적은 없었다. 본 적이 없는 것 아니라 그것과 함께 살아왔다. 그것은 생명현상에 있어서 인지과정을 뒷받침하는 것으로 알고 있었다.

"한 가지만 더 이야기 하겠소. 배를 타고 가면서 바다에다 칼을 빠뜨렸는데, 배 갑판에 칼 빠뜨린 곳을 표시해 놓고 칼을 찾을 수 있겠소?"

이야기가 새리새리했다. 그러고는 한참 있다가 다시 물었다.

"플라톤의 동굴(プラトンの洞窟) 이야기를 알고 있지요?"

"네, 압니다."

"안다고 하니 길게 설명 않겠소. 족쇄에 발목이 묶인 사람들이 동굴에 갇혀 동쪽으로 난 굴 입구에 아침 해가 떠올라 동굴 벽에 비친 자기들 그림자를 실재라고 믿고 있는데, 한 배신자가 족쇄를 풀고 밖으로 나가 빛나는 태양 아래 자연의 모습을 보고, 깜짝 놀라 다시 동굴로 돌아와 동료들에게 밖으로 나가자고 설득을 했으나, 곧이듣지 않았소. 할 수 없이 혼자 동굴을 나왔는데, 그 사람이 배신자 맞소?"

은엽이 대답했다.

"배타적 판단이라는 것이 있는데, '배타적 논리의 합은 A 또는 B이지만 A가 B인 것은 아닙니다.' 다시 말하면 'A나 B중 어느 하나만 성립한다'는 뜻이지요."

"뭘 그렇게 어렵게 이야기합니까? 요즘은 'B가 A다. 그 밖에 모든 것은 B가 아니다' 이것이 현실입니다."

그러고는 은엽의 얼굴을 쳐다보았다.

"더 쉽게 설명해 드릴까요? '조선이 일본이다. 그 밖에 모든 것은 조선이 아니다' 이겁니다."

그때 노크소리가 나고 방문이 열렸다. 젊은 스님이 방으로 들어섰다.

"위창(葦滄, 오세창의 호) 선생님이 오셨습니다."

"오, 그래? 이리 모시고 오너라."

은엽은 손님 모셔오라는 말에 자리에서 일어섰다.

"왜 일어서시오?"

"손님 오셨다지 않습니까?"

"만나 봬도 괜찮은 분이니 서로 인사나 나누고 가세요."

밖에서 성근진 목소리가 "용성선사 기시오?" 하면서 문이 열렸다. 젊은 스님의 안내를 받고 방으로 들어선 사람을 보니 아는 얼굴이었다.

"아니 조교수님이…."

손님은 용성과 예의를 갖춘 뒤, 곁에 서 있는 은엽의 얼굴을 쳐다보았다. 뜻밖에도 손님은 오세창이었고, 먼저 아는 체 하니 인사를 나누고 말고 할 것도 없었다.

"안녕하세요? 선생님."

"조교수님이 여기는 어쩐 일이오?"

"놀러 왔습니다."

"세상이 넓고도 좁다는 말이 이래서 나오는구면."

그러고는 다탁 앞에 앉았다.

"지금도 경성의전에 계시지요?"

"네."

용성은 두 사람을 줄 끊긴 연 바라보듯 쳐다보고 있다가 미소를 지었다.

"참 별쫑난 일이라더니, 공자문전에 매시문(孔子門前賣詩文)이라, 공자님 문 앞에서 시문을 팔려고 했네."

오세창이 대번 용성의 말뜻을 알아듣고 대답했다.

"조교수님으로 말하면 유대치 선생을 친 오라버니처럼 따르는 우리 조선 의학계 하나밖에 없는 편작이오."

되레 은엽을 소개하는 터수로 바뀌었다. 그러고 나서 은엽에게 삼촌은 지금 어디 계시냐고 물었다.

"경성을 떠나신 지 오래 되셨습니다."

오세창이 고개를 끄덕이면서 대답했다.

"이야기는 들었소. 지금 국경을 넘어가 계실 겝니다."

"아니, 선생님, 국경이라니요?"

"내 생각인데 두만강을 건넜지싶소."

은엽은 속으로 고개를 끄덕이며 심양으로 가셨구나 했고, 용성은 무슨 생각을 하는지 잠시 눈을 내려뜨리고 앉아 침묵이 흘렀다.

"오선생님, 하동규 군이 내질(內姪)이라면서요?"

은엽이 침묵을 깼다. 뜻밖의 은엽의 말에 용성과 오세창이 도둑질하다 들킨 것 같은 시선이 함께 모아졌다.

"조의사가 동규 군을 어떻게 아시오?"

"경성의전 학생 아닙니까?"

"아! 그렇군…. 그럼 사제지간이겠네?"

"예, 그랬지요…, 저한테 절에 가겠다는 말을 하기에 본과나 마치고 가라고 했더니, '사람의 병은 의술로 치료한다 하겠으나 마음의 병은 무엇으로 다스리겠느냐'고 그러고는 학교를 떠났습니다."

용성이 했다는 말을 그대로 옮겨 놓았더니, 용성은 눈만 까막거렸고, 오세창이 대답했다.

"뭐 만사가 인연 따라 된 일이라…."

그러고는 용성을 보았다.

"어디로 보냈습니까?"

"범어사로 보냈습니다."

오세창이 그 말을 듣고 껄껄 웃었다.

"그것 참, 희귀한 일이로다. 여기 조교수님은 동규 학교 스승이시고, 용성 화상은 절집 은사이니, 앞으로 제대로 된 물건 하나 나오려나. 허허허…."

세 사람이 기특한 관계라는 듯 큰소리로 웃었다. 은엽은 용성 백상규와 오세창 사이의 분위기에 쓸려 같이 웃다가 자리에서 일어섰다. 오세창이 긴히 할 이야기가 있어 찾아왔을 터인즉, 빨리 자리를 비켜주는 것이 예의다 싶었다.

"아니, 가시렵니까?"

"네."

오세창의 입이 가만있지 않았다.

"설레는 봄빛만 많으면 무얼 하는가, 한 송이 꽃도 없는데."

왕안석의 시 '만록총중홍일점(萬綠叢中紅一點)'을 빗대, 푸른 잎으로만 덮여 있는 숲에 꽃도 한 송이 없으면 어쩌겠느냐는 우스갯소리였다.

은엽이 인사를 하고 방을 나간 뒤였다.

"용성선사님 신도요?"

은엽과의 관계를 물었다.

"신도가 아니라 내 안사람이 되려다 만 여인이오."

"어라! 율사라는 분 하신 말씀 봐라?"

"요즘 과학자들은 우주기력을 '에나지(エナジー)'라고 하더구먼, 한문으로는 '능(能)'자를 쓰던데, 범어로는 '헤뚜(hetu)라 하고 뒤에 '파라(phala)'가 붙으면 인과라 합디다. 아시다시피 인과라는 것 때문에 해탈이 얼마나 어렵소? 아까 경성의전 선생이란 분이 과거 생에 나와 무슨 감성의 오감이 있었던지 도덕적 결과로 우주의 잡

아끄는 힘에 부부연이 맺어지려다 만 사람입니다. 아직도 잡아끄는 에너지가 다하지 않았는지 수십 년 만에 오늘 처음 내 앞에 나타났소. 원래 오온이 공한 것인데, 위창 선생을 알고, 하동규 군도 알고, 출가 전에는 나와 그런 관계가 있고…, 오늘 오취[五蘊]가 다 모인 것 같아 참으로 수행이 어렵구나 하는 생각을 하는 중이오."

"허! 용성스님이 대선사임에 틀림없도다."

"뭐 그런 소리 듣자고 한 말은 아니나…."

용성이 시자를 불러 다관을 비우고 새로 물을 떠오라 했다. 오세창은 단 둘이 분위기가 잡히자 말을 꺼냈다.

"오늘 용성선사를 뵈려고 한 것은 식민지가 되어버린 조선이 독립해야 한다는 문제를 상의 드리려고 왔소."

오세창은 조금 전 얼굴과 싹 달라졌다.

"일본으로 도망가 동경에서 유학이랍시고 하면서 권동진 동지와 우의를 다졌지요. 그리고 손병희 선생과 가까이 지내다 보니 '사람이 곧 하늘이며, 하늘인 모든 사람은 평등해야 한다'는 인내천 사상에 빠져들게 되고, 나라를 빼앗긴 우리 조선이 지금 크게 모순되어 있구나 하는 생각을 하게 되었습니다. 그렇다면 무엇보다도 먼저 나라를 되찾아야겠다는 생각이 들어 조이듯 긴박한 문제로 바뀌어 찾아왔습니다."

"나라를 되찾아야 한다는 긴박한 문제라면 내 생각하고 한 치도 어긋남이 없소."

"용성선사!"

오세창이 정면으로 쳐다보았다.

"그렇다면 힘을 하나로 뭉칩시다."

"그거야 조금도 어려운 문제가 아니오."

"문제가 없다면 용성선사가 불교계에서 적극 앞장 서 나서주시오."

용성은 엄지손가락으로 턱을 받치고 한참 생각에 빠졌다.

"참 부끄러운 이야기이나, 천도교와 달리 좋게 말하면 불교는 국경이 없어서 사정이 좀 다릅니다. 조선왕조 오백년 유가들의 갖은 천대를 받다가 도성 문이 열렸으니, 오아와리출봉황(烏鴉窩裏出鳳凰)이라, 봉황이 까마귀 둥지에서 나왔으면 뼈아픈 자성으로 정신을 바짝 차려야 하는데, 올 정초 30본산 주지들이 총독 관저에서 신년축하연을 한다고 모여, 데라우치 마사다케가 천황이 하사한 술잔[銀盞]이라면서 일일이 주지들을 불러 술을 따라 환대하자, 조선 중들이 일본 중이 못되어 안달하는 것을 보았소. 그런 조선 중들을 내무상 우사미 가쓰오란 자가 조선 중들이 모두 염세주의에 빠졌다는 소리를 합디다. 그런 모욕을 당하고도 부끄러운 줄 모르는 자들이 대부분인즉, 언감생심 독립을 하자! 그것이 바로 우이독경이란 것입니다. 어찌나 기가 막히든지 내 그 후로 장좌불와 소신연비 심정으로 정(定)에 들 때가 한두 번이 아니었소."

"이러니 이 오세창이가 용성선사를 존경하지 않을 수 없다니까…. 그러면 용성선사라도 독립에 힘을 합칩시다."

"좋은 이야기요. 군계일학이라고, 불교계라고 어찌 정신이 올바로 박힌 수행자가 없겠소? 내 주변에 한용운이라는 수좌가 있는데, 내가 권할 테니 한 번 만나보겠소?"

"암! 만나고말고, 꼭 만나 봐야지요."

"아직 젊고 혈기가 왕성해, 큰일 해낼 인물입니다."

"하이고, 명심하겠소이다."

"그나저나 독립을 하자면 먼저 어떤 방향이 세워져야 할 텐데, 그런 복안은 있소?"

"권동진과는 여러 의견을 나눴습니다만, 오늘 용성선사를 처음 만나 고견을 듣고자 함인데, 좋은 계책이 있으면 말씀해 주시죠."

"앞으로 목숨을 내놓고 덤벼들어야할 큰일인데 이제 시작이구먼?"

"그렇습니다. 권동진과 말을 맞추기를 목숨 아깝지 않게 내던질 동지를 규합한 연후에 의견을 모아보자고 했소."

"우리 선문(禪門)에 일수대일수익(一手擡一手搦)이란 말이 있소. 충무공이 한산대첩에서 학익진을 펴 왜놈들을 모조리 섬멸하듯, 어느 곳이 손을 든 곳이고, 어느 곳이 손을 내리는 곳인가를 잘 살펴 필사즉생의 각오로 일본 사람들을 몰아내고 독립을 성취해, 민족을 살리는 기회가 되어야 할 것이외다."

"이르다 뿐이겠습니까? 용성선사 말씀을 들으니 내 속이 후련합니다."

"그동안 의병들이 의분을 못 이겨 불같이 일어났으나, 신무기와 훈련된 왜놈 군대를 당해내지 못하고 모두 원혼으로 사라지지 않

25+10=X

았소."

"글쎄, 그 점도 권동진 동지와 많은 이야기를 나눴습니다. 그래서 이번에는 종교계와 교육계가 나서야 한다고 결론을 내렸지요."

"그것도 좋은 생각이오. 불교 육바라밀 가운데 인욕 하나만 떼어내 인욕수행을 하면서 용서를 빼버리면 비폭력 불복종이 됩니다. 군사력이 빈약한 우리가 왜놈들을 이기려면 비폭력으로 나아가야 할 수밖에 없을 것 같소이다."

"용성선사 말씀이 구구절절 옳은 말씀입니다."

"그런 헛치사는 빼고…, 그러면 천도교가 중심이 되겠구먼?"

"왜요, 야소교도 있잖습니까?"

용성이 고개를 끄덕이면서 대답했다.

"어쨌든 은밀히, 정말 은밀히 추진해야 할 것이오. 그나저나 일을 추진하자면 자금도 들어갈 텐데, 그것도 문제구먼?"

"그만한 자금은 천도교에 있습니다."

"알겠소. 나도 자금에 보탬이 되게 노력해보겠소."

"어떻든 고맙습니다. 큰 힘을 주셔서!"

대각교당을 찾아온 오세창은 그런 이야기를 나누고 헤어졌다.

평안도와 함경도는 세계열강의 '노다지' 금광이었다. 연간 수익률의 3백 퍼센트에 이르렀다.[5] 용성은 그해(1916) 시자로 있는 스

---

5) 『한국근현대사』 참조.

님에게 대각교당을 맡겨놓고 함경도 북청으로 갔다. 북청은 운산이나 은산, 종성, 경성처럼 미국, 영국, 프랑스, 독일 등 서구열강이 광물자원 채굴권을 놓고 벌이는 각축전 밖에 있었다.

북청 출신 이용익은 젊은 시절 물장수로, 보부상으로 별 볼 일 없이 떠돌다 금맥을 발굴해 떼부자가 된 사람이었다. 어느 권력자가 쇳가루 싫어한 놈 봤나? 썩은 냄새 꽉꽉 풍기는 대한제국, 이용익은 민씨 일가를 상대로 쇳가루를 뿌려 광무국이 설치되자 함경도광무감리가 되어 그 지역 광산을 관리했다.

하나 용성이 북청으로 갔을 때는 대한제국과 이용익이 모두 사라진 뒤였고, 강홍도가 북청군수로 있었다. 강홍도는 불교신도로 용성선사를 매우 존경했다. 강홍도의 주선으로 현지에 와서 이야기를 들으니, 어찌 보면 '땡추'도 같고, 날치꾼도 같은데, 주로 산에서만 지내는 떨꺼둥이와 별 다른 것 없는 자가 있다는 것이다. 한 가지 이상한 것은 그 자가 왜놈이라면 거두절미, 아락바락 그 자리에서 두들겨 패 반 죽여 놓는 딱장대라는 것이었다.

그 사람 이름이 뭐냐고 물었더니, 범도라고 했다. 범도는 용성이 한참 화두의 의단이 치열해져 감당할 수 없을 때, 금강산 표훈사로 공공혜에 이르신 무융대사를 찾아가 두어 철 수행을 하다 금강산을 떠나면서 신계사에서 만난 수좌였다. 짙은 눈썹에 눈 꼬리가 올라가, 다부지게 생긴 값을 아귀차게 해낼 것이라고 생각한 사람이었다. 불타버린 보광암 터에서 장대를 돌리며, 그 장대로 현해탄을 건너 뛰어 일본천황 멱을 따겠다는 작심이 바위라도 뚫을 것 같은 수좌였다. 그는 조선 불교가 일본화 되는 것을 으등으등 몸태질로 반항했다. 일본놈과는 같은 하늘을 이고 살 수 없다고 견원의 종자로 생각했다. 그 점이 마음에 들어 서로 터놓고 지낸 믿음직스러운 수좌였다.

한데 뒷날 그가 환속해 북청에 살고 있다는 이야기를 들었다. 이름을 범도(範圖)로 고치고 금광을 운영한다는 말도 있고, 금광에서 금괴를 훔쳐 독립자금으로 썼다는 소문이 나돌았으나, 연락이 끊겨 다시 만나지는 못했지만 결기가 칼 같은 수좌였다.

북청에 도착한 용성은 범도를 수소문 하면서 대덕산 학린사에 머물렀다. 산세를 보니 황수원 호수 위에 마을이 있었다. 대부분의 지층이 규석층에서 광층상(鑛層狀)을 이루며 암갈색이나 흑적색을 띤 바위들이 도드라져 보였다. 어떤 것은 육각판상(strontianite)을 형성해 불그스름한 보랏빛 광택이 나기도 했는데, 그곳에 재래식 광산이 있었다. 용성은 강홍도의 도움으로 그 광산을 인수했다.

현지 인부를 고용해 금을 캐보았다. 처음에는 벌흙을 파내느라 고생이 이만저만 아니었다. 차츰 금돌이 나오면서 먹을알(鑛脈)을 발견, 소리 소문 없이 노다지를 만났다. 용성은 캐낸 금의 일부만 제련소로 보내 괴를 만들어 운영자금으로 쓰면서, 앞으로 일본세력을 몰아내자면 자금이 필요할 것으로 여겨 대부분의 광석을 차곡차곡 비축해 나갔다.

그 무렵 수소문을 한 범도가 찾아왔다. 그는 이름 앞에 속성인 홍씨 성을 붙여 홍범도로 불렀다.

"어라! 이 사람이 누군가?"

대번 용성을 알아보았다.

"어허허허…!"

용성은 너털웃음으로 대답했다.

"아니 부처가 되었다고 금강산까지 소문이 자자한 대선사가 금
광은 웬 금광이오?"

"그 이야기를 하자면 길구만…."

"자 자, 그런 이야기는 차분히 하기로 하고 우선 우리 집으로 갑
시다."

그는 북청면 죽평리에서 살았다. 그가 죽평리로 들어온 것은 처
가가 그곳 사람이었기 때문이라고 했고, 아내와 아이까지 거느린
가장이었다. 범도의 아내는 금강산 한 암자의 비구니스님이었다는
소문도 있고, 북청으로 들어와 새로 장가를 갔다는 말도 있었으
나, 그 문제에 대해서는 입을 열지 않았으므로 자세한 것은 알 수
없었다.

"홍거사가 금광을 한다는 말이 경성까지 자자하드만, 채굴은 해
봤소?"

용성은 일단 범도가 머리를 길렀으므로 '거사'로 칭했다.

"금을 캐본 일은 없고, 유인석 의병활동을 지원하다 왜놈들과 전
투가 벌어져 김수협 동지는 전사하고, 나는 황해도 연안에 있는 금
광으로 피신했었소. 왜놈이 운영하는 금광이라 신분을 숨기고 노동
자로 일하다 왜놈군사 세 놈을 때려 없애고, 탄약과 금괴를 모두 빼

내 군자금으로 쓴 일이 있는데, 그 이야기가 와전된 것 같소이다."

"그 뒤로 북청으로 와 가정을 일구었구먼?"

"허허! 무슨 말씀을…, 내 인생은 금강산 산문 밖을 나서면서부터 짓속이 꽹매기 속이었소. 기러기 한평생, 등곱쟁이 허리 펼 새없다더니, 태산을 넘으면 평지가 아니라 더더욱 험산이었소. 원산에서 까리낮도둑을 만나 안사람을 빼앗겼는가 하면, 다시 떠돌이 생활을 하면서 희양 덕패장터에서 감돌이, 베돌이, 악돌이, 기문둔갑까지 별의별 재주를 다 갖춘 포수를 만났소. 그 포수를 따라다니다가 창법, 검법을 익혔고, 낭림험산 골짜기에서 곰을 잡으면 웅담, 멧돼지를 잡으면 쓸개를 먹고 호랑이를 고양이 잡듯 하는 무술을 익혔지."

"부처가 되어야 할 사람이 신발을 한참 잘못 신었구먼."

용성은 그날 범도 집에서 융숭한 대접을 받았다. 범도도 용성선사가 율사라는 것을 알기 때문인지 맨 푸성귀요리만 내놓았다. 가지회, 겨자채, 표고조림, 깨보숭이, 멧두릅나물, 게목나물, 버섯누름적, 화양누르미. 근대나물, 얼갈이김치, 참죽나물, 호박순지짐이, 온갖 푸정가리로 상이 가득했다.

"허! 고종 황제가 이런 수라상을 받아 보았겠나?"

"내 생각 같아서는 구룡포 학유정으로 내려가 닭 한 마리 푹삶아놓고 백주나 주거니 잦거니 하면서 울리는 폭포소리를 풍류로 삼고 싶으나 천생 토끼풀만 먹는 대선사님이라 속이 쏩쓸하구만…"

"그런 거 안 먹어도 먹을 걸로 할 테니, 멋스러운 곳이 있으면 길 안내나 하시구려."

"구경할 곳 많지…. 성대면에 가면 성대금강팔경, 속후면 속후팔경말고도 북청은 불교가 번성해 광제사, 대인사…, 스물세 개의 사찰이 있소. 그곳만 돌아보려 해도 두어 달은 걸릴 터인즉 시간이나 내보시구려."

식사가 끝난 후 용성이 물었다.

"전에 이곳 후치령에서 의병을 일으켰단 말을 들었소?"

"참! 내…, 아까 내가 살아온 게 짓속이 꽹매기 속이었다 하지 않았소? 자랑이라 할 건 없으나, 정미의병이 일어난 후 차도선, 태양욱, 송상봉, 허근 동지들과 함경도 포수, 또 힘 좀 쓴다는 젊은이들을 7백여 명 모아 의병이라 하여 함흥, 북청, 갑산 일대의 일본 수비대를 궤멸시키고, 이원, 단천, 혜산 등에서 서른일곱 차례에 걸친 전투에서 승리했으나 내 아내가 체포되어 처형당한 아픔을 맛보았소이다."

"아이고 이런…!"

"팔자가 불송곳으로 태어났으니 당연한 일이지 뭐."

"그래서 북청에 주저앉았구먼?"

"팔자 탓이라 하지 않았소? 일본놈이라면 눈에 보이는 족족 때려죽이지 못할 한이 맺혔는데 주저앉다니? 갑산, 무산, 종성에서 전투를 벌이다 아무래도 지속적으로 무장투쟁을 해야겠다는 생각이 들어 지린(吉林)을 거쳐 블라디보스토크로 갔지. 거기서 재충

전을 해, 차도선, 김택룡, 홍사현 등 여러 동지를 모아 훈춘지부 독립군을 이끄는 조동희 선생의 지원을 받아 연해주로 침입해온 왜놈들과 전투를 벌여 승리로 이끌었소이다."

조동희는 은엽의 삼촌이었다.

"그러고 이리로 오셨수?"

"말을 하자면 그런 셈이지."

"앞으로 계획은 있소?"

"있고말고…, 내가 배운 것이 포수질이라 함경도 이쪽 포수들을 다 모을 판이어…. 포수도 등급이 있어서 맹수 사냥꾼은 꿩이나 노루, 토끼 그런 것은 돌아보지도 않소. 그런 하찮은 짐승 잡는 자는 포수로 쳐주지도 않지. 맹수라면 호랑이, 곰, 멧돼지를 말하는데, 이런 걸 잡는 포수라야 산을 제대로 타지. 함경도에 내가 아는 맹수 사냥꾼이 꽤 있소. 그들 하는 일이 뭐겠소? 총 쏘아 멧돼지나 호랑이 잡는 것이 일이라 날개를 단 듯 산을 타…, 그들을 모아 독립군으로 조직해 일본놈 사냥에 나설 판이구먼."

"그런 일을 하자면 자금도 좀 들어가겠네?"

"없어도 그만이고 있어도 그만이지만, 있으면 아무래도 좀 부드럽지."

용성은 고개를 끄덕이며, 그런저런 이야기를 나누다 그가 학린사까지 데려다 줘 차를 한 잔 더 마시고 헤어졌다.

되는 사람은 나무를 하다 산삼을 캔다고, 해를 넘기자 큰 먹을 알(노다지)을 만났다. 사람들이 이 재미로 금광에 손을 대는지 모르지만, 출가사문으로 선불교를 포교하는 데 자금이야 다소 필요하기도 했지만, 많은 양의 금이 무슨 필요냐 싶은 생각이 없지 않았다. 하지만 나라 형편을 생각하면 그것도 아니었다. 왜놈들이 합방 전에는 조선 불교계에 회유와 포섭으로 나오더니, 합방 후에는 사찰령으로 통제와 간섭이 지나쳐 선불교가 대처육식으로 대중화되어갔다.

대처육식! 이것은 교리 상 파계일 뿐 아니라 사찰의 재산 손실, 나아가 사찰 공동체 파괴, 이거야말로 미래 불교의 모가지를 비트는 행위였다. 일반 사람들도 생각이 조금만 넓으면 온갖 고난을 무릅쓰고 독립을 외치며 만주로, 상하이로, 러시아로, 미국으로 가 투쟁을 벌이는데, 일본에 유학까지 갔다 온 중이라는 자들이 사찰을 음굴(淫窟)로 만드는 것, 이것만으로도 자주독립은 발등에 떨어진 불이었다.

'악구교인부로아(惡狗咬人不露牙)'라, 사나운 개가 사람을 물 때는 이빨을 드러내지 않는다. 이 말은 일본 헌병경찰제를 두고 한 말이다. 왜놈들 무단통치시기(1910-1919년)의 헌병경찰제도는 군인인 헌병이 경찰업무까지 겸했다. 그들 임무가 첩보수집, 의병토벌, 검사사무대리, 범죄즉결, 민사소송 조정, 집달리 업무, 산림감시, 어업단속, 징세원조, 농사개량, 식목, 부업장려까지 다방면에 걸쳐 끼어들었다.

헌병경찰제 첫 번째 임무가 '첩보수집'인데, 여기에 걸려들면 '니

락끄리스토(ブラックリスト)', 즉 '블랙리스트(blacklist)'에 오른다. 이 '니락끄리스토'에 이름이 오르면 사람을 앉혀서 병신 만든다. 오세창이 장안 사람들 머리 돌아가는 것을 보니 '합방'인지 '병탄'인지 10년이 가까워오자 반은 친일로 돌아선 것 같았다. 일본 사람들이 학교를 세우고 일본말을 가르치더니, 학교교육을 받은 아이들이 일본말로 대화하는 것은 흔한 일이고, 골목을 혼자 걸어가면서도 "치치코오니치 웃테토라에우, 하화아 신니치시요(父抗日 打って握って, 母は 親日しよう。)" 소리를 흔히 들을 수 있었다. 이 말은 '항일분자 아빠를 때려잡아, 엄마는 친일하자'였다. 그 말이 더 단순화 되더니, "타타쿠 한니찌 분시!(たたく はんにち ぶんし!)"로 바뀌었다. 어디서 많이 들어본 소리 같다. 이 말은 "때려잡자, 반일분자!"였다.

세상이 이 지경으로 바뀌니, 그림자 없는 귀신이 되어야 했다. 그런데 인간사에 그림자가 없을 수 있는가. 젓갈 가게에서 중을 찾는다더니, 오세창은 용성선사가 말한 한용운을 만나려고 백방으로 노력했으나, 만날 수 없었다. 중은 자기가 사는 집이라는 것이 없고, 산속의 모든 절이 그들 집이다. 그들은 이마빼기만 있고 뒷꼭지가 없었다. 도대체 어디를 돌아다니는지 한용운은 그림자조차 없었다.

사혹(思惑)이 뭐냐? 방에 가면 더 먹을까 부엌에 가면 더 먹을까 좌고우면하는 것이다. 성큼 나서지 못한 것, 이게 지랄이다. 할 수 있을 때 못하면 하고 싶을 때도 못한다. 한용운이 없다고 망설일 것 뭐 있는가. 오세창은 권동진을 만나 일본놈 판을 뒤집어엎자고 계획을 짜 천도교 교주 손병희와 머리를 맞대고 앉았다. 물론 유리한 조건이 이루어졌다고는 볼 수 없었다. 그때 비린내 맡은 강아지처럼 최린이 끼어들었다. 최린도 같은 교우이기 때문에 끼어들어도 괜찮은 자리였다. 교주 손병희는 오세창 이야기를 듣고 오세창, 권동진, 최린에게 이 문제의 세부추진계획을 일임했다. 그래서 세 사람은 그림자 없는 귀신이 되어 동분서주했다. 그러다 보니 세월이란 물처럼 흐르는 것이라 병진년이 그냥 지나가 버렸다.

홍범도가 사는 죽평리는 용성선사가 금을 파내는 금광과 지척의 거리여서 자주 만날 수 있었다. 하루는 학린사로 올라왔기에 같이 차를 마셨다.

"어떻던고?"

대선사답게 앞뒤 소리 싹 빼고 선문답하듯 물었다. 범도는 당기일구(當機一句)라는 들은풍월이 있었으나 전광석화와 같은 대답이 나오지 않았다. 그래 얼쯤얼쯤하다가 지담대사로부터 배운 풍월값은 해야 할 것 같았다.

"원숭이가 물에 빠진 달을 잡자는 소리요?"

그런 소리라면 세속 물이 새까맣게 들어버렸다고 할 판인데, 용성이 말을 받았다.

"작아도 대추 커도 소반이라더니, 그래도 근기는 남아 있구먼. 내가 묻는 말은 그게 아니고 맹수 사냥꾼이 몇 사람이나 되더냐? 그 말이오."

그제야 말뜻을 알아듣고 대답했다.

"북청 이쪽만 30명이 넘소."

"그럼 이원, 단천, 갑산, 풍산, 신흥, 함흥까지 다 보태면 백 명은 넘겠네?"

"나도 은사 지담대사가 이순신 후손이라 임진왜란 때 서산, 사명의 활약상과 민족의식까지 귀가 아프게 이야기를 들었소. 이제 보니 함경도 포수들을 승군으로 편성하라 그 이야기구먼?"

"이름이야 어떻든 민족의식이 먼저 아닌가?"

"그건 그려…."

용성은 모아놓은 금괴 세 상자를 내놓았다.

"이게 뭐요?"

"이 광산에서 캐 모은 금이오. 이걸로 함경도 포수들을 모두 모아 독립군으로 편성해보시오."

"허허허…! 이 금괴가 아니라도 그럴 판인데, 좋소이다. 내 이 돈으로 용성당 뜻에 따라 독립군을 승군처럼 편성해 민족정신을 되찾는 활동에 들어가겠소."

너털웃음을 웃으며 금괴를 받았다.

"부족하면 언제든지 다시 오시오. 내 뒤를 대드릴 테니…."

"암! 용선선사 정성이 이만하니, 독립은 반드시 이루어질 것이외다."

그러고 헤어졌다.

금이 무엇인가. 용성은 상당량의 금이 모아지자 금에 대해 생각해 봤다. 금은 유통한다는 점에서 화폐를 대신할 수 있지만, 한편 사치품으로 뱃속에 기름기만 번들거린 호사가들을 더욱 호화찬란하게 만들어 준다. 그런 점에서 그들을 아주 넉넉하게 해주니 더욱 많이 더욱 욕심껏 갖고 싶게 한다. 그 속에는 아무리 많이 가져도 족할 줄 모르는 마약이 들어 있다. 이 마약이 욕심이다. 욕심이 곧 탐심이다. 그래서 범어(Sanskrit)에서는 금(sāma)을 '검은 것'으로 설명한다. 그 다음 어두운 것, 그 다음 노란색, 그 다음 황금색, 차차 아름다움으로 변해간다. 이게 무엇을 의미하는가. 금이 환상요술 같은 특성을 갖고 있기 때문이다. 금은 길이가 같은 세 개의 결정축이 서로 직각으로 만나는 결정체(等軸晶系)로서 주로 납작한 잎처럼 생긴 것부터 그 모양이 각양각색이다. 타원형처럼 생기거나, 입자모양의 알갱이이거나, 나뭇가지처럼 죽죽 뻗어나가거나, 갯솜처럼 탄력이 있어 수분을 잘 빨아들이는 푹신푹신한 덩어리처럼 다양하다. 활용 면으로 보면 두드리거나 꽉 누르면 얇게 펴지는 성질이 있어서 백짓장보다 몇 배 얇은, 번쩍번쩍 빛나는 종이로 만들 수 있다. 잡아당기거나 두들겨도 끊어지지 않아 콩알만한 금으로 십리쯤 긴 금실을 뽑을 수도 있다. 이래서 일곱 가지 보배(七寶) 속에 한몫 끼는데, 금에 욕심이 발동하지 않을 자 나와 보라고 해라. 누구나 욕심을 내기 십상인데, 욕심을 내다가 얻어지는 것이 없으면 꼬라지를 내고 그래서 어리석어진다. 이게 삼독(三毒)이란 것인데, 걸식으로 수행하는 자는 금과 상관없는 생활을 해왔다. 그래서

'검은 것'이라 하지 않을 수 없었을 터인즉, 호사가들은 여기에 한 술 더 떠 앞에다 누를 황자를 넣어 황금이라 부른다.

깨달은 이를 빼놓고 황금에 욕심을 내지 않는다면 그건 맹랑한 거짓말이다. 욕심이 눈을 가리면 아홉 가진 놈이 하나 가진 놈도 부러워하게 된다. 이쯤 되면 눈에 헛것이 잡혀 죽은 사람 손에 든 떡도 빼앗아 먹고, 말똥도 밤알로 보여 사람을 죽이기도 한다.

생각이 여기에 이르자 용성은 금을 그만 캐기로 했다. 하나 캐 모은 금은 애초 빼앗긴 나라를 되찾는 자금으로 활용하기 위한 것이라 허투루 여기지 않았다. 그렇다고 그것을 경성으로 가져간다는 것도 좋은 생각이 아니었다. 만일 많은 사람들의 눈에 노출된다면, 포기할 것 다 포기하고 묵묵히 세상을 사는 사람들에게 공연한 탐심을 부추겨 부작용이 생길 것 같았다. 수행하는 사람들도 많은 금을 보면 수행을 팽개치고 얼씨구나 삼독 속으로 빠져들고도 남을 것 같았다. 그렇다면 사람 눈에 띄지 않는 곳으로 옮겨 놓는 것이 상책이다. 그래서 생각해낸 것이 남원 갑부 임동수 거사였다.

용성은 사람을 보내 임동수 거사를 북평으로 올라오라 했다. 임동수 거사와 머리를 맞대고 상의한 끝에 아무도 모르게 남원 운봉 그의 집으로 금을 옮기기로 했다. 그런데 분량이 하도 많아 한두 사람으로는 운반도 난제였다. 만약 가는 길에 산적이라도 만난 날이면 지금까지 고생이 도로아미가 될 판이었다. 할 수 없이 홍범도의 협력을 얻을 수밖에 없었다. 한몫 보자고 냄새를 맡은 무리배나 불한당을 납작하게 깔아뭉갤 수 있는 사람은 총을 멘 맹수사냥꾼밖에 없다. 용성은 홍범도를 호위무사 총책으로, 짐꾼은 몰이꾼으로 위장해 금을 무사히 임거사 집으로 옮겼다.

용성은 곧 금광을 운영하다 폭삭 망했다는 소문을 내고, 북청 군수 강홍도에게 폐광신청을 낸 뒤 경성으로 돌아왔다. 봉익동 대각교당으로 돌아오니, 오랫동안 곁에 있던 시자가 원주소임을 맡아 교당을 잘 지키고 있었다. 그 시자에게 재현(在玄)이란 이름을 주어 제자로 만들고, 전에 사동에서 '조선 불교임제종중앙포교당'을 설립, 개교사장을 맡고 있을 때 친분이 있는 이공(李公)이 조카를 데리고 찾아와 『선문촬요』와 『임제록』을 가져간 적이 있었는데, 이름이 이완규(李完圭)였다. 몸이 건장해진 이완규가 무슨 생각을 했는지 다시 찾아와 행자로 있었다. 이완규에게 계를 받게 해 태현(太玄)이라는 이름을 주어 수행시자로 삼았다.[6]

헌병경찰제 캐치프레이즈인 '때려잡자, 반일분자!'는 그냥 흘러가는 구호가 아니었다. 조선주차군사령부는 일본 왕의 성지를 받들어 의병(匪徒)을 초멸(剿滅)하고, 귀순하는 의병은 죄를 묻지 않겠다는 것, 의병을 나포하거나 그들의 소재를 밀고하는 사람은 상금을 뺑 나가떨어지게 준다는 것, 이러한 유인책 뒤에는 으레 의병을 숨기거나 그들과 관련 있는 사람들을 가차 없이 처단했다. 의병이 사는 마을로 찾아가 마을 사람들을 모두 죽이고 그 읍면까지

---

6) 〈죽림〉 제261호 3대대사 연보.

없애 버리기도 했다.

세상이 이렇게 돌아가니 가진 자는 강한 자에게 할 짓이 그들의 최고 수완인 아첨밖에 없었다. 높은 지위에 있는 사람은 나라가 어려움에 처하면 먼저 나가 싸워 목숨을 바친 본보기(F, noblesse oblige)를 보여주지 못했던 조선왕조 성리학의 이데올로기가 민들레 씨앗처럼 곳곳에 숨어 있다가 일본놈 세상이 되니 경쟁하듯 친일로 돌아섰다. 이왕이면 과붓집 머슴살이를 하듯 좀 더 나은 대우를 받으려고 일본놈 '따까리'를 자처하는 부류도 생겨났다. 그래서 친일은 가진 자로부터 시작되었고, 가진 자로서 엇나간 자(F, canaille)는 일본 권력의 사냥개가 되었다. 이런 시국에 독립이 어디 쉬운 일인가.

초록은 동색이라 했던가. 오세창이 그렇게 찾으려 했던 한용운이 봉익동으로 득달같이 달려왔다. 돌을 보면 어디로 구를지 훤히 보이듯, 승려들은 자기들끼리 정보가 번갯불 같아 눈으로 보지 않고도 마음에 둔 사람의 동선이 환했다.

두 사람은 절집 예절로 인사가 끝나자 다탁을 마주 놓고 앉았다.

"오세창 씨는 만나봤소?"

"대한민보 사장을 지낸 분 말입니까?"

용성이 고개를 끄덕이면서 대답했다.

"그렇소. 내가 용운 수좌를 꼭 만나보라 했소."

"천도교에서 무슨 일을 꾸민다던데, 오세창 그 사람인가요?"

용성이 고개를 끄덕였다. 워낙 총기 있는 사람이라 척하면 울 너머 호박 뒹구는 소리라는 듯 목숨이 왔다갔다하는 기밀을 어디서 들었는지 알고 있었다.

"한용운이 누굽니까? 조선이 제 손바닥 안에 있습니다."

"허허허, 그건 그려…, 천도교에서 대한독립 판을 벌일 모양이드만…."

"그거 섣불리 건드리면 안 건드리는 것만 못할 텐데 자기들끼리 될까요?"

"그래서 내가 용운 수좌를 만나보라고 한 거 아니오."

"그렇다면 한 번 만나보겠습니다."

한용운이 나간 뒤 대각교당을 맡아 지켜온 시자가 들어왔다.

"귀부인 보살님께서 오셨습니다."

"귀부인 보살이라니?"

"전에 위창 선생과 함께 만나셨던 보살님 있잖습니까?"

위창 오세창과 함께 만난 보살이라면 경성의전 교수라는 그 여자다. 시자가 다음 말을 이었다.

"스님께서 북청으로 가신 뒤 여러 차례 오셨지요. 스님은 지금 멀리 가 계신데, 오시면 연락드리겠다고 했더니, 소식을 듣고 오신 것 같습니다."

"들어오시라 해라."

은엽이 방으로 들어와 예전과 달리 무릎을 꿇고 다탁 너머에 앉았다.

"멀리 가 계신다는 말 들었습니다. 건강은 괜찮습니까?"

직업이 의사라 건강부터 물었다.

"덕분에 괜찮소."

잠시 차를 우리느라 침묵이 흐른 뒤, 우려낸 차를 잔에 따르는 것을 보고 은엽이 물었다.

"지난번 마음을 보았느냐고 묻는 말을 여러 모로 생각해 봤습니다."

"그래서요?"

"마음이 시각과 관계가 있더군요."

은엽이 손가락으로 찻잔을 가리키면서 말을 이었다.

"예를 들어 이 찻잔 입구를 둥글게 보면 마음이 둥글다는 것 아닙니까?"

"그럼 하나 물읍시다. 지금 나를 찾아오셨는데, 왜 찾아오셨습니까?"

"생각을 하고 찾아 왔습니다."

"그럼 생각이 곧 마음이겠네?"

"그렇다고 봐야 합니다. 눈으로 이 찻잔 입구가 둥근 것을 보고 둥글다고 생각하면 마음 또한 둥글다고 결정을 내리듯 말예요."

"두꺼비는 파리가 움직이는 것을 속속들이 압니다. 사람도 파리가 움직이는 것을 두꺼비처럼 압니까?"

"생각은 많은 단계를 거쳐 형성되기 때문에 그렇다고 잘라 말할 수 없겠지요."

"느낌이 의식보다 앞서 판단과 분석으로 해석이 가능하다는 이야기 같은데, 거기에 왜곡이 생길 수 있는 것은 왜 그렇습니까?"

"……………!"

은엽이 대답을 못했다.

"왜곡이라는 것은 생각하는 사람에 따라 여러 가지로 달라질 수 있습니다. 더 정교하게 말하면 거기에는 그 사람의 인식이 한가운데 있지 않고 어느 한쪽으로 치우쳐 있다는 것을 뜻하는 것 아닐까요?"

은엽이 포착하기 어려울 만큼 고개만 끄덕였다.

"가령 보살님은 의학을 공부했으니, 눈앞에 무슨 일이든 보살님도 모르게 의학적 심상(image)이 먼저 개입 안 된다고 할 수 있겠습니까?"

은엽이 대답했다.

"전혀 개입되지 않는다고 볼 수는 없을 것 같습니다. 왜냐하면 의식 속에 의학적 상식이 이미 누적되어 있으니까요."

"내가 마음보는 법을 가르쳐 드릴까요?"

"가르쳐 주세요."

"지금 보살님이 있는 그 자리에서 한 발 뒤로 물러나, 보살님을 되돌아보십시오. 보살님이 지금 왜 이 자리에 있는지 알 것입니다. 그것이 바로 보살님 마음입니다. 그리고 여기에 오기까지 무수한 생각들이 되짚어 따라올 것입니다. 아주 먼 옛 생각까지…"

은엽이 용성을 쳐다보았다.

"상규스님은 참으로 차갑고 냉혹하군요."

은엽의 그 말은 자기가 왜 이곳에 와 있는지 알고 하는 대답 같았다. 용성이 말을 이었다.

"이 말은 좀 어려운 것이 되겠으나…, 마음으로 볼 수 있는 것은 이 세상에 아무것도 없습니다. 눈으로 보아 마음에 나타난 것을 없는 것으로 보면 자기의 참 마음을 보게 됩니다. 이것이 봄이 오니 풀잎과 나뭇잎이 저절로 푸르고 시냇물이 저절로 흐르는구나 하는 뜻이지…."

은엽이 한참 고개를 떨구고 있다가 일어섰다.

"가시렵니까?"

용성이 물었다.

"네!"

"어디로 가시렵니까?"

"모르겠습니다."

"모르는 것이 가장 간절한 것을 끊는 그것입니다."

은엽이 용성을 쳐다보았다. 이 중놈이 또 새리새리, 벙거지 시울 만지는 소리로 사람을 보내는구나, 그런 생각을 하면서 용성의 방문을 나섰다.

한용운이 오세창을 만나려 하는데, 느닷없이 최린이 찾아왔다. 최린도 세상 돌아가는 일이라면 벽 너머 음모가 무엇인지 환히 꿰고 있는 사람이었다. 그즈음 프랑스에서 세계 제1차 대전 전

후 처리문제를 논의하기 위해 파리강화회의가 열렸다. 미국 윌슨(Wilson)이 비밀외교 폐지와 '민족자결주의'가 포함된 '14개조평화원칙'을 발표했다. 그것이 빌미가 되어 서구에서 민족국가가 성립되고, 중국에서는 국권회복운동이 일어났다.

여기에 자극을 받은 '조선유학생학우회'가 움직이기 시작했다. 와세다대학 학생인 이광수는 조선과 처지가 비슷한 세계 여러 나라의 움직이는 정보를 가지고 경성으로 한상윤을 찾아왔다. 한상윤은 최린의 제자로, 이광수로부터 들은 세계정세에 관한 정보가 전해졌다. 최린은 그 정보를 가지고 오세창, 권동진, 손병희 사이에서 독립운동이 논의된 사이로 끼어들었다.

이광수는 곧 도쿄로 돌아갔고, 오세창, 권동진, 손병희, 최린은 이왕 판을 벌일 바엔 크게 벌이자로 방향을 바꿔, 불교, 기독교, 유림까지 모든 종교를 포함시키기 위한 교섭에 들어갔다. 불교계는 백용성과 한용운이 동지로서 이미 기획에 참여했고, 기독교는 장로파 이승훈(본명, 이인환)을 설득해 길선주와 감리파 신흥식을 끌어들였다. 유림은 접촉해 보니 소극적인 태도를 보여 제외시켰다.

1919년 1월 21일 고종이 서거했다. 아첨 좋아하는 유가들이 허세로 고양이 소대가리 안듯 대한제국을 세우기는 했으나, 제 코도 못 닦고 흐지부지 용두사미가 되었다. 그 바람에 황제의 나라가 일본제국의 밥이 되어 고종이 북통을 지고 쫓겨나 덕수궁에서 코를 빠치고 지냈다. 67세의 이 못난 황제는 그래도 건강에 이상이 없었는데, 시녀가 건네준 식혜와 차를 마신 후 채 30분이 안 되어 숨을 거뒀다.

환단사상의 얼이 밴 민족정기가 여린 백성들에게 깊이 박혀 나라를 잃은 비분강개가 무엇인지 다 알고 있었다. 일제가 고종 황제의 죽음이 뇌일혈이라고 발표했으나, 친일파 아닌 사람은 그 말을 곧이듣지 않았다. 불난 집에 기름 끼얹고 불을 끄겠다고 적반하장으로 되돌아온 그 발표가, 되레 일본놈들이 시녀를 시켜 고종을 독살했다는 팩트로 바뀌어 급속도로 번졌다. 그 바람에 민심이 극심하게 요동쳤다.

입 가리고 고양이 흉내를 낸 일제의 수작에 학생들은 상장(喪章)을 달았고, 불한당을 치른 집구석 같은 대한문 앞에는 엎드려 통곡하는 사람들이 줄을 이었다. 그런 가운데 장례는 3월 3일 치를 예정이라고 발표되었다.

그때 발보다 발가락이 큰, 생각지 못할 일이 일본본토 한복판에서 터졌다. 금 판 돈만 돈이냐, 똥 판 돈도 돈이다. 모로 가나 기어가나 조선의 목표는 독립이다. 독립만세를 꼭 조선에서만 외쳐야 하냐? 판을 벌일 거면 놈들의 심장부터 팍 찔러야 한다. 병법에서는 이것을 출기불의(出其不意)라 한다. 생각 못한 허점을 찌른다는 것인데, 설만들 도쿄를 건드리겠나, 이 무방비가 과녁이 되었다. 놈들의 심장을 쑤셔 붉은 피가 뻥! 터져 나오게 해야만 한다.

1919년 2월 8일 조선 유학생 몇 명이 최팔용을 앞세워 일사불란하게 추진해온 조선독립대회는 조선유학생학우회가 중심이었다. 이름을 '조선청년독립단'으로 바꿔 도쿄 간다(神田)에 있는 YMCA강당에서 대한독립선언을 터트렸다.

그들은 세계 여러 나라 일본주재 대사와 일제 각부대신, 신문잡지, 저명인사들에게 독립선언문을 우송했다. 일본 관헌들이 폭력으로 그들을 검거하고 탄압에 나섰으나 대타자가 줄을 이어 국가는 '기초적 존재론 차원'이라는 본질적 신념으로 똘똘 뭉쳐 굴복하지 않았다. 한 달 내내 대한독립대회를 개최하면서 일부 학생들은 경성에서 독립대회를 개최할 목적으로 현해탄을 건넜다.

도쿄 2·8 독립선언문 발표는 천도교를 중심으로 경성에서 독립운동을 추진하던 인사들에게 커다란 충격과 감동을 주었다. 독립운동 골자는 선언서에 있었다. 경성에서 최남선이 독립선언서를 작성하겠다며 자청해 나섰다. 보기 좋은 떡이 먹기도 좋다고 문필가로 알려진 최남선이 선언문을 작성하면 금상첨화다. 우선 문장이 매끈해서 좋을 테니까. 한데 부르기 좋다는 개똥쇠의 속뜻이 무엇인가, 최남선은 선언문만 작성하고 서명은 하지 않겠다는 것이었다. 이 고약한 '심뽀'를 더블 겹이라 한다. 호랑이를 보기도 전에 오줌부터 지린, 좁쌀만한 쓸개자루가 선언서를 작성하겠다고? 이런 네미랄! 멍석 구멍에서 생쥐 눈 뜨듯한 겁쟁이를 한용운이 가만 놔두지 않았다. 독립운동에 직접 책임을 질 수 없는 사람의 선언문은 필요 없다고 딱 잘랐다. 일이 그렇게 되니 최남선과 가까운 최린과 손병희가 나섰다. 딴에는 최남선도 문장가라고 선언문을 쓰고 싶어 하니, 그냥 놔두자고 양해를 구해와 한용운이 양보를 하면서, 최남선이 쓴 선언문 뒤에 잔소리 싹 뽑고 뼈다귀만 똘똘 추려 '공약삼장'을 추가해 넣었다.

선언문에 민족대표로 서명한 사람은 천도교 교주 손병희를 필두로 길선주, 이필주, 백용성 등 서른세 사람이었다. 2월 26일 독립선언서 인쇄에 들어갔다. 기밀 유지를 위해 천도교에서 운영한 보성사에서 아슬아슬 손에 땀을 쥐게 한 우여곡절을 겪으며 인쇄를 마쳤다. 2월 27일 독자적으로 독립선언을 추진하던 학생대표와 민족대표가 3월 1일 오후 2시 탑골공원에서 선언식을 갖기로 합의했다. 인쇄된 선언서 일부는 학생들에게, 나머지는 학생조직과 종교조직을 통해 전국 각지에 배포되었다.

그런데 독립선언서에 서명한 33인 가운데 길선주, 김병조, 유여대, 정춘수 4사람이 빠지고 29명만 인사동 태화관에 모였다. 누가 자기 생명을 풍년에 쑥떡 내놓듯 하겠는가. 민족대표로 서명은 했으나 쥐를 때리려 하니 접시 아까운 푼수 아닌가. 까놓고 말하자면 똥 싼 년도 핑계가 있는데, 누구는 지방에 갔다, 누구는 피치 못할 사정이 있다, 지어내려면 여차여차한 핑계거리는 얼마든지 많다. 보나마나 태화관에 참석한 사람들이 모두 일본놈 손에 멱살이 잡혀, 아무리 말을 잘해도 얻어터지며 조사를 받고 '깜방'에 들어가 징역살이가 받아놓은 밥상인데, 쪼금 배워 양식만 조금 있고 강철 같은 굳은 절개가 없다면 누가 이 일에 선뜻 나서겠는가?

3월 1일 오후 2시가 지났는데, 탑골공원에 민족대표 모습이 나타나지 않았다. 기망은 나이든 사람이 한 수 더 높다. 민족대표 스물아홉 사람이 태화관에 모여, 탑골공원에서 학생들과 독립선언을 발표했다가 젊은 아이들이 호박잎에 청개구리 뛰어오르듯 뛰어오르는 날이면 사태가 걷잡을 수 없이 커진다는 것이 이들의 공통된 의견이었다. 핑계가 좋아야 사돈집에도 간다. 이건 오랜 연륜의 여유로운 것이 아니라 '평안도 참빗 장사'와 같은 잔꾀가 이심전심으로 통해 대세를 이뤘다. 그러니 탑골공원으로 갈 것 없이 여기서 독립선언서를 읽고 각자 흩어지자는 것이었다.

용성이 곁에 앉아 있는 한용운에게 물었다.

"나이가 어리다고 학생들과 합의를 깨도 괜찮다는 소린가?"

한용운이 어이없다는 듯 웃었다.

"모두 나이만 처발랐지 번뇌를 깨지 못한 중생들 아닙니까?"

그때 학생대표 강기덕과 한위건 등 세 사람이 들이닥쳤다.

"여기서 이러고 계실 겁니까? 어서 탑골공원으로 나가십시다."

간절한 부탁이었다. 그때 누군가가 말했다.

"우리가 나서면 더욱 사태만 커질 것이니, 모두들 돌아가게!"

나이만 젊다면 이게 귀싸대기감이다. 막상 거사를 앞에 두니, 밤톨만한 똥덩이 빠치고 움찔하는 닭똥구멍처럼 겁을 먹은 내심의 위세가 껍데기에 발려 터져 나온 소리였다. 그때 용성이 한용운의 옆구리를 찔렀다.

"용운 수좌가 나서게!"

한용운이 눈치를 채고 벌떡 일어섰다.

"대세가 이러니 소승이 사회를 보겠습니다."

그러고는 간단명료하게 인사말을 마치고 독립선언서를 펼쳐 들었다.

"오등은 자에 아 조선의 독립국임과 조선인의 자주민임을…,"

어쩌고 선언서를 읽어 내려갈 때, 용성이 조용히 자리에서 일어났다. '뭐? 독립선언서만 낭독하고 각기 흩어져 모래 속에 물 스미듯 모습을 감추겠다는 수작이 독립선언이냐? 이참에 사탕붕어 같은 너희들도 같이 혼 좀 나봐라.' 그러고는 전화기가 있는 곳으로 갔다. 송수화기를 들고 "지금 태화관에서 대한독립을 선언하고 있으니 모두 체포하라!"고 조선총독부 경무총감부에 사실을 알렸다. 한용운이 독립선언서를 다 낭독하고 만세삼창을 크게 외칠 즈음 헌병대와 일본 순사들이 득달같이 달려와 스물아홉 명을 모두 체포해 갔다.

그 시간에 탑골공원에서는 한 학생이 단상으로 뛰어올라 독립선언서를 낭독하고 만세를 외치자, 주변 모든 시민들이 합세하고 나섰다. 이것이 환단사상으로 이어져온 민족의 숨결이다. 고종 장례식에 참석하러 모여든 민중까지 모두 나서 우렁찬 목소리로 만세를 부르며 시가행진에 들어갔다.

사태가 걷잡을 수 커졌다. 탑골공원을 나선 시위대는 두 편으로 나뉘어졌다. 한 편은 홍인문으로, 한 편은 광화문으로 물밀듯 쏟아져 나가면서 25만여 경성 시민들의 만세소리가 땅을 뒤집어엎고 하늘을 울리며 벼락 치는 것 같았다. 간교한 일본놈들도 청천 하늘의 날벼락을 어쩌지 못했다. 태극기를 손에 든 민중들의 만세소리는 전국으로 퍼져나갔다.

　은엽은 독립선언식이 거행된 탑골공원에 나갔다가 깜짝 놀랐다. 백용성이 조선민족대표 서명자 가운데 네 번째에 나와 있었다. 이게 웬일이냐? 간이 벌름벌름했다. 뒷구멍으로 호박씨 깐다더니, 얌전하달까, 사람이 점잖아 평생가도 이런 일에 나설 것 같지 않던 그가 일을 낸 모양이었다.

　은엽이 그날 시위를 마치고 밤늦게 돌아와 이튿날 신문을 보니 독립선언서에 서명한 민족대표들이 모두 연행되었다는 기사가 실렸다. 길이 없으니 한길을 걷고 물이 없으니 한물을 먹는다고, 그도 길 가에 돌부처처럼 돌아앉지 않고 나라 걱정을 했던 것 같았다. 하나 씨름을 아무리 잘해도 등에 흙 떨어질 날은 없다. 그 점잖은 중도 된통 걸렸구나 하는 생각이 들었다. 이거 어쩌지? 몰매 좀 맞게 생겼네…. 그렇건만 경성의전 교수 신분으로는 이 엄청난 사건의 주동인물에 손을 써볼 길은 없었다.

　의전 학생들도 연일 계속되는 만세시위에 나가 수업이 전폐된데다 꼭 용성 백상규 때문이라 할 수는 없었으나, 은엽은 질탕관에 두부장 끓듯 속이 끓어올라 날마다 만세시위에 나갔다. 이게 늙은 처녀 뒷박 내던진다는 건가. 놀부 심사가 되어 불난 데 키 들고 나선 기분을 어떻게 설명해볼 길이 없었다. 이것이 애국인가, 아니면 백상규 때문인가. 주제는 또렷하지 않았으나 마음은 선불 맞은 호랑이가 된 기분이었다. 뭐라고 할까. 애국이라고 해도 아귀가 맞지 않고, 백상규 때문이라면 개밥에 달걀 같은 기분이었다.

스스로도 설명할 수 없는 마음으로 미친년 달래 캐듯 3월 한 달 내내 만세시위 속을 뛰어다녔다. 그러다가 4월이 되어 희영이와 마주 앉았다.

"너도 얼굴 볼 틈이 없더니 만세 부르러 다녔냐?"

"언니도 얼굴 볼 틈 없었잖아?"

"언니라니, 나는 네 학교 교수님이다."

희영이도 이화여전을 나와 은엽의 권유로 경성의전 본과에 다니고 있었다. 삼촌은 은엽이 교수이고, 딸은 학생으로 경성의전에 다닌 것을 보고 한집에 의사가 두 사람이라고 흐뭇해했다.

"학교에서는 교수님이지만 집에서는 언니가 더 정답잖아?"

"이런 이런…."

희영이 넉살맞게 웃어 넘겼다.

"언니, 만세시위가 1대, 2대, 갑조, 을조로 나뉘어 행진했대?"

"그걸 모른 사람 있니? 1대는 남대문에서 서소문, 2대는 무교동에서 대한문, 갑조는 종로에서 창덕궁, 을조는 광화문에 조선보병대 앞으로 각기 출발, 경성 구석구석을 누빈 거야."

"전국으로 번져간 건?"

"이야기만 들었어."

대답이 껄렁했던지 토를 달았다.

"거봐! 교수님과 학생이 다른 게 그거야, 경기도는 개성, 동막, 인천으로 뻗어나갔고, 평택, 안성, 철원, 가평으로 퍼져나갔어. 충청

도는 괴산, 서산, 영산, 공주, 강경, 서천, 유구로, 전라도는 군산, 이
리, 전주, 남원, 광주, 화순, 광양, 영산포, 무안으로 들불 번지듯 번
졌대. 경상도는 대구, 경주, 영해, 부산, 밀양, 진주, 함안으로 이어지
고, 황해도는 황주, 수안, 사리원, 재령, 장연, 송화, 연안, 해주, 청
석두로, 평안도는 평양, 안주, 진남포, 중화, 사천, 성천, 곡산, 순안,
맹산, 신창, 함종, 영원, 의주, 선천, 칠산으로 릴레이를, 함경도는 원
산, 풍산, 길주, 온성, 회령으로 지금 온 나라가 만세소리로 들썩들
썩한대."

"전국 고을을 꿰미처럼 줄줄이 꿰어야만 맛이냐?"

"그래야 실감 나잖아!"

"조선 동포들이 태극기를 들고 모두 일어섰다고 하면 될 걸."

"그래서 언니 같은 사람들을 '후츠우(꼰대)'라고 그래."

"너, 입 가만히 안 덮어둘래?"

동포여, 일어나라!
시기를 놓치지 말라.
죽음은 한 번뿐,
기회는 다시 오지 않는다.
피와 피, 분발하라.
대한독립만세!

처음에는 조선총독부가 겁을 먹고 손을 못 썼다. 나중에야 파리

강화회의와 연계되어 걷잡을 수 없이 사태가 커질 심각성을 깨닫고 진압에 나섰다. 제암리 학살, 경성 십자가 학살, 경기도 화수리 만행, 평남 성천 사천 탄압, 황해도 수안 탄압, 염병에 땀 못 뺀 놈 펄펄 뛰듯 깨진 독 서슬이 되더니, 조선 민중들을 가오리 회쳐먹듯 잔혹함을 드러냈다. 그래서 학살된 사람만 7,997명, 부상자가 1만 5,961명 검거된 민중이 4만 6,948명이었다.[7]

조선독립만세 시위는 해외로 번져나갔다. '대한인국민회'는 김규식, 안창호, 이승만이 멕시코, 블라디보스토크, 하와이에 각 지부를 두고 독립운동을 펼쳤고, 박용만은 대한독립단을 조직해 하와이에서, 정한경은 대한인흥사단 지부를 샌프란시스코에 조직해 독립운동을 펼쳤다. 서재필은 필라델피아에서 재미조선인 독립선언식을 갖고 〈독립신문〉 발행 모금에 들어갔다.

이들이 펼친 독립운동은 평화적이었으나, 시베리아, 중국, 만주에서의 독립운동은 무력투쟁이었다. 블라디보스토크에는 암살단, 기사단, 청년회, 독립단, 노인단, 23개 무장독립단체가 있었고, 하바로프스키와 이만(Iman), 만주 여러 지역에 북로군정서, 광복단, 군무도독부 등 무장독립단체가 산재해 있었다.

1919년 4월 시베리아 지역에서 활동하던 이동녕, 이시영, 조완구 등 30여 명의 독립지사들이 상하이에 모였다. 4월 10일 1천 명이 넘는 애국지사들이 회의를 열고 국호를 '대한민국'이라 정한 뒤, 대

---

7) 『한국근현대사』, p.139.

한민국임시헌법을 제정, 대한민국임시정부를 수립했다. 이승만이 초대국무총리로 선출되었으나 지나치게 독선적이고, 정치성이 짙어 약아빠진 참새 방앗간 지나가듯 실속 없이 뻥튀기만 일삼아 임시정부에서 제명되었다.[8]

"애, 희영아 니네 아버지는 훈춘에서 뭘 하고 있다니?"

은엽은 자신을 질책하고 싶은 말을 희영에게로 넘겼다. 희영은 은엽의 물음에 갑자기 벙어리가 된 듯 눈도 깜박거리지 않고 바라만 보더니, 눈 귀퉁이에 물방울이 고이자 자리에서 일어섰다. 상시에 먹은 마음 꿈속에도 있다는데, 그것을 망각하고 살아가는 것이 인간이다. 망각은 기억에서 사라진, 이를테면 기억과 대칭되는 말이다. 서구에서는 '기억하고 슬퍼하기보다는 잊어버리고 웃는 편이 낫다'는 로제티(C. G. Rossetti)의 시 구절이 유행해 한가롭게 낭만에 젖어 산다는 것이다. 인간의 감성적 작용의 물리적인 것이 덧없는 것이라 함은 센티멘털한 사람들의 전유물이 되기도 했다. 하나 심리적 관점에서 보면 그 말은 재고되어야 한다. 망각은 일본말로 모테크(ぼうきゃく)라 하고, 서구에서는 오블리비언(oblivion)이라 한다. 오블리비언의 어원은 고대 인구어에서 연유된 것이겠지만 은엽은 그것까지는 몰랐다. 오블리비언을 한자로 옮겨 적으면 실념(失念)이다. 에빙하우스(H. Ebbinghaus)의 망각곡선 범위를 벗어난 실념은 정신의학상 질병으로 간주된다.

---

8) 『일본의 식민지 조선통치 해부』, 어문학사, 2011.

은엽은 생각에 잠겼다. 어려운 이야기 같으나 '비원천적 원천은 그것에 이어지는 어떤 시간 앞에서는 현재가 아니다'[9] 이는 과거와 미래라는 시간적 틈을 만들어내는 공간적 사이의 현재라는 것으로, 우리들 현재와 그 작용이 다르다고 했다. 그래서 공간상 타자의 실재가 눈에 보이듯 우리를 향해 다가오는데도 그것을 그림자로 칭한다. 사람들은 이 그림자를 양상이 전혀 다른 미망으로 표현하기도 한다. 미망이 스스로를 어리석게 하는데도….

철학이나 심리학은 부지깽이를 손에 잡듯 잡히는 것이 없다. 뭔가 손에 움켜쥔 맛이 있어야 민중이 한 덩어리가 되어 한반도 골짝골짝에 울려 퍼진 메아리를 웅심 깊은 원동력으로 남게 할 것이다. 만세시위는 철학으로 만들어진 것이 아니다. 이론으로 만들어진 것도 아니다. 함에도 똘똘 뭉쳐 시간을 따라 한반도의 공간을 지배했다. 지금 민중들이 일본 식민지로 전락한 이놈의 나라 뒤집어엎어 새로운 나라를 세울 듯 후끈 달구고 있는데, 삼촌은 도대체 어디서 무얼 하고 있을까?

조동희는 평양으로 내려와 갑부 박태은과 원산, 함흥, 청진, 나진까지 동해안을 돌아보았다. 합방 후 무단통치가 시작되면서 전국 곳곳에 주재소가 들어섰다. 주재소는 일본인 순사가 조선인 보조원을 데리고 지역 사람 사생활을 감시 감독한 곳으로, 등골에

---

9) H. Kimmerle.

오싹 소름이 끼친 곳이다.

　나진은 항만이 넓은데다 부동항이어서 일본 침략자들이 눈독을 들인 지역이었다. 조동희는 박태은의 재정적 뒷받침으로 열혈 청년들을 모아 나진 북쪽 높이 솟은 송진산 자락에 유격 훈련소를 만들어 맹훈련에 들어갔다. 유격대는 함경 북부에 새로 들어선 주재소가 타깃이었다. 부령, 회령, 종성, 경흥 각 읍면에 조선사람 감시초소 역할을 한 주재소를 습격하여 불을 지르고 일본인 순사와 친일 보조원까지 사살했다. 조선 사람들이 주눅이 들었다고 말조차 못하겠는가. 그 바람에 고구려 광개토대왕이 살아 나타났다고 떠들썩했다. 한데 친일 보조원 그놈들이 문제였다. 놈들은 지역사회의 동향과 민심의 움직임을 잘 아는지라 세작이 되어 구체적 정보를 캐내 헌병대에 보고했다. 헌병대가 유격대를 뿌리 뽑겠다고 작정하고 나섰다. 제갈량 심서에 '하늘이 기회를 주었는데, 따르지 않으면 사람을 거역하는 것이 된다'는 말이 있다. 이럴 지경이면 좀 피해 있으라는 전략일 것이다. 작전상 후퇴라 했듯이 그래서 휴식을 취하면서 잠깐 피해 있기로 했다. 유격대원들은 흩어지면 자취가 없다. 농사꾼은 농사꾼으로, 장꾼은 장사꾼으로 성 쌓고 남은 돌처럼 혼자가 되어 시침을 떼고 돌아다닌다. 하나 내면에는 훈련을 받아 금강석과 같은 강직한 충의의 불꽃이 감춰져 있었다.

　앞에서 말했듯 조동희는 경성으로 올라가 거액의 독립자금을 모아 경원군 안농면 농포리로 내려왔다. 이제는 두만강을 건너 만주에서 더 큰 독립투쟁을 벌일 작정을 하고 대원들과 미리 약속을 해둔 철로 건너 두만강 연안, 평상처럼 드넓은 갈대밭에서 흩어진 유격대원을 다시 모았다. 혼자 사는 동네에는 면장이 구장이듯 건달들이 과붓집 기웃거리듯 왜놈들 동태나 살피던 3백 열다섯 명의 대원들이 모두 모였다. 경성에서 모아온 독립자금을 나누어 어깨에 메고 두만강을 건넜다.

조선은 만주 벌판에 비하면 두꺼비가 콩대에 올라가 세상 넓다는 말이 나올 그럴 땅이었다. 좁은 벼룩 등때기 같은 조선 땅에서 육간대청을 짓고 척하면서 살아 그런지 만주라는 곳이 하도 넓어 어디가 어딘지 종잡을 수 없었다. 벌판 가운데 주택들이 밀집해 있는 곳이 훈춘이라는 곳이었는데, 조동희는 3백여 대원들을 이끌고 훈춘에서 서너 마장 떨어진 숲속에 자리를 잡았다. 훈춘은 옛날 고구려 땅이었고, 조선조에는 야크와 같은 흑수말갈이 근거한 곳이었다. 조일합병 뒤에는 조선 이주민이 끝이 없이 유입되고 있었다.

조동희는 송진산에서처럼 황조롱이 떼가 갈대 속으로 숨어들듯 숲속에 비밀 '아지트'를 만들었다. 그곳에서 차치고 포치듯 기세당당하게 일본군과 싸운 젊은 장수 홍범도를 만났다. 사냥총으로 일본군을 쏘아 없애느라 고생깨나 한 홍범도에게 독립자금을 지원해 주었다.

훈춘이라 해서 제국주의 군대가 없는 것은 아니었다. 한데 현지에 와서 보니 왜놈 군대보다도 마적이 문제였다. 마적은 촌락을 습격해 약탈을 일삼는 도적하고 달랐다. 외부에서 들어오는 이민족은 말할 것 없고, 지방의 악덕 관리와 군벌들의 착취를 막고 민중을 지켜주는 조선조 임꺽정과 장길산이 이끈 조직 비슷한 군도들이었다. 이들도 무장을 했고, 고단의 무예를 연마한 자들이 많았는데, 대개 칠팔 명, 많게는 백여 명 남짓 소규모집단이었다. 민중자위조직으로 출발한 마적은 세월이 가니 일부는 비적으로 바뀌어 숲속에 은거했다. 조동희가 이끈 3백 명이 넘는 특수조직인 유격대는 그들도 경계 대상이었다.

친일의 뿌리

기미년 3·1만세 사건은 '천지개벽'이었다. 일본 사람들이 '니폰도'를 들고 거리를 활보하는 모습은 차포 오졸로 냄새 맡으러 다니는 셰퍼트였다. 아니다, 돌담 구멍의 족제비다. 아니다, 족제비도 셰퍼트처럼 털은 덮였으나 위협적인 차포 오졸이 아니니 이치에 맞지 않다. 곰 비슷한데, 털이 없으니 뭐랄까, 떼굴떼굴 굴러다니는 모과라 하자. 모과도 아니다. 놈들은 눈이 있으나 사시라 똑바로 보지 못했고, 귀가 있어도 똑바로 듣지 못했다.

다만 가진 것 많고 겉으로 문자 좀 읽은 조선 유가들은 칠팔월 귀뚜라미라 놈들이 들이민 손을 도리어 고마워했다. 조선조 내내 양반노릇하면서 주자 왈 어쩌고 편한 밥 먹으며 흰소리만 늘어놓아 나라가 이 지경이 되었는데, 죄의식은 눈곱만치도 없었다. 강한 자에게 고개부터 처박는 이들에게 조국이란 없었다. 태극기를 들고 만세 외치는 민중들을 강 건너 불구경하듯 하면서, 그새 염통에 고름이 들어 동족을 유유상멸(類類相蔑)로 조용히 친일에 웃고름을 댔다. 가만히 의뭉을 떨면서 만세 부르는 동족의 행적을 환히 꿰고 있다가 왜놈들에게 고자질을 업으로 삼았다.

이 자들의 뒷심은 메주와 같고 이곳에만 밝았다. 왜놈 형사들은 뱃속에 오장은 없고, 창자만 작대기처럼 꼿꼿한 전제주의 맹독성을 품은 독충들이었다. 이곳에만 밝은 사람들에게 거짓 웃음으로 살살 얼러 똥구멍을 간질이면 고분고분 꼬리를 흔들며 찰싹 들러붙는다. 그것이 제 목숨 살 잔생의 보장이라 믿었다. 점잖게 말하면 안연좌시(安然坐視)이다. 편안히 앉아 뱃속 채우는 꿍꿍이가 있는데, 새통빠지게 만세는 무슨 만세냐? 자청해 황국신민 어쩌고 턱주가리만 놀리면 떼굴떼굴 왜놈들 권력이 이웃사촌인데, 민족이 밥 먹여 주냐? 쉽게 얻은 계집 쉽게 버리듯 조국을 홀라당 차버린 무리들이 부지기수로 늘어났다. 형편이 이러니 범이 날고기 먹는 줄 모르고 만세를 부르며 날뛰는 자들은 모두 농사꾼이었다. 무식한 것은 자기를 망치고 나라에 해가 된다는데, 식민지 치하에서 만세 부르는 우직함은 심신이 고달파도 나라에는 해가 되지 않았다. 조선조 내내 주자를 그만큼 섬겼으면 주자의 개라도 되어 주자 왈해야 할 무리들이 뼈다귀가 다 빠져 친일만이 사는 길이 되었다.

무식의 표준이 무엇인가. 기준이 없어져 버렸다. '깡끼'가 빠져 친일로 돌아선 자들은 만세 부른 민중들이 일본 사람들에게 "야! 섬나라 오랑캐들아, 니들 나라로 돌아가라!" 그러면 "저 무식한 놈들, 성정머리가 저리 삐딱해 법도 모르는 종자들!" 식민지 다스리는 조선총독부 법령이 어느새 그들이 지키고 열심히 따라야 할 법령이 되었다. 그래서 조선은 이념이 없는 발가벗은 민족으로, 백성들은 강제로 일본 노예가 되었다. 먹는 데는 감돌이 일에는 배돌이라고, 나라와 민족을 찾았다가는 안다니 똥파리가 된다. 이미 없어진 나라, 없어진 민족 어쩌고 하다가 제 발로 명부에 갈 것 뭐 있냐? 군국주의 총독부 법이란 조선 백성들 발목에 족쇄를 채워 삶은 개 눈깔 뽑듯 하자는 것인데, 잘났다고 까불어봤자 목숨만 잃는다. 얼른 얼굴을 바꾸자. 그리고 한발 앞서 일본 앞잡이가 되어 눈알 희번덕이면 그것이 조선 백성들에게는 권력이 되었다.

그것을 증명이라도 하듯 3월 1일 만세사건이 터지고, 4월이 되어 일본 사람들이 개살구 씹는 맛으로 이맛살을 찌푸리며 만세 부르는 사람들에게 총을 쏘아 씨겁 잡아들여 보니, 19,500명에서 15,700명이 찢어진 팬티만 입은 농민들이었다. 하이고야! 이 쭉정이들이 독립한다고? 일본 사람들은 낄낄낄, 일본 첩자로 돌아선 조선 종자들은 한 술 더 떠 독 오른 독사처럼 오직 부지런히 애국지사들 뒤를 캐고 다녔다.

은엽은 민족의식에 눈을 떠 민족대표로 만세사건에 불을 지펴놓고 잡혀 들어간 스물아홉 인사들이 어떤 모습인지 궁금했다. 그래서 알아보았더니, 어느 나라 형법인지 왜놈들이 형법에 의해 심문에 들어갔다는 것이다. 용성도 예외가 아니었다. '피고인'이란 법률용어가 붙어 왜놈 경무총감부 경부 타케무라 히코(竹村彦淸)가 일본 앞잡이 조선사람 김영목 순사보를 데리고 심문을 시작했다.

타케무라 : "독립선언서를 비밀히 인쇄해 각처에 뿌린 목적이 무엇인가?"

용성 : "파리강화회의에서 독립문제가 거론돼 우리도 독립하려 한 것이다."

타케무라 : "명월관(태화관)에서 무슨 협의를 했는가?"

용성 : "식사를 한 뒤 조선독립 문제를 논의했다."

이것이 3월 1일 당일 이루어진 심문이었다.

수행시자 태현은 스승이 경무총감부에 붙들려간 사실을 즉각 대각교 재현에게 알렸다. 하나 태현과 재현이 경무총감부 앞에서 부릴 만한 재주는 아무것도 없었다. 이것이 간계간옥(趕鷄看屋)이다. 품위를 좀 올려 말하면 나라를 빼앗긴 설움이 이것이다. 태현과 재현은 굽도 젖도 못하고 대각교로 돌아왔다.

용성은 경무총감부에 갇혀 3월 14일, 검사 가와무라 시즈나가(河村靜永)와 서기 마츠모토 효우이치(松本兵市)의 2차 심문을 받았다.

가와무라 : "피고는 1월부터 3월까지 조선독립운동을 하고 선언서를 배부한 것이 사실인가?"

용성 : "그렇다."

가와무라 : "그래야 할 이유가 있는가?"

용성 : "있다!"

가와무라: "그 이유가 무엇인가?"

용성: "조일병합은 조선의 폐멸을 전제로 한 병탄이라 그렇다."

가와무라: "타쿠마센진다네! (불령선인이군!)"

용성도 가와무라 말에 조선말로 대답했다가는 못 알아들을까 봐 부러 일본말로 응수했다.

용성: "나마이키나야츠! 쯧쯧…. (건방진 녀석! 쯧쯧….)"

가와무라가 미간을 찌푸리고 한참 쳐다보았다.

경무총감부 앞에 하동규가 나타났다. 하동규는 혜일(慧日)이라는 이름을 받고, 백양사 강원에서 내전을 보다가 은사 용성선사가 민족대표로 연행되었다는 말을 듣고 대각교당으로 올라왔다. 하나 면회가 금지되어 은사 용성스님을 만날 수 없었다.

은엽은 좀 더 두고 볼 생각으로 대각교와 경무총감부에 귀만 열어놓고 지냈다. 개살구도 맛 들일 탓이라는데, 백상규가 언제 개살구 노릇을 했겠나. 까마귀가 제아무리 흰 칠을 해도 백조는 될 수 없는 법, 은엽은 그 점이 안타까웠다. 마음이 자꾸 백상규에게로 달려갔지만, 병풍에 그린 닭은 홰를 치지 않는다. 범벅덩이에 쉬파리 끓듯한 세상, 산간에 앉아 번잡스러운 것 모두 잊고 도사나 될 일이지 웬 독립운동을 하겠다고 나서기는 뭐하려고 나서…. 그러고 보면 상규도 아무것도 하지 않으면 사람 사는 짓이 아니라는 것을 아는 것 같았다. 은엽은 승려가 된 백상규를 처음 만났을 때 걸림 없는 자유를 추구하는 사람이라고 생각했다. 자유란 무엇인

가. 외적 구속이나 자립의 상태를 침해 받지 않는 것이라면 백상규의 위치를 어디에다 놓아야 할까. 스님도 같은 조국이 낳은, 피가 같은 민족이다. 거기에 배움까지 많다면 대중 앞에 지도자로서 나설 명분이 뚜렷했다. 그러함에도 나서지 않았다면 '아무 일 없는 놈'으로 사는, 그것은 살아 있는 것이 아님을 실감했을 법했다. 큰 바람 뒤에는 으레 조용한 법, 은엽은 괘장을 부리듯 그가 어디로 튀는지 조용히 지켜보기로 했다.

용성은 서대문 감옥으로 이감되었다. 1919년 5월 6일 경성지방법원 예심괘 예심판사 나가시마 유조(永島雄藏)와 서기 이소무라 징베에(磯村仁兵衛)의 심문을 받았다.

나가시마 : "이름은?"
용성 : "백상규다."
나가시마 : "피고는 어느 절 소속인가?"
용성 : "경남 합천군 해인사 승려로 있었고, 금정산 범어사 경성포교소에 있다가 지금은 봉익동 1번지 대각교에 단독으로 있다."
나가시마 : "왜 백용성이라 하는가?"
용성 : "수행하는 수행자의 이름이 용성이다."
나가시마 : "피고는 경성중앙학림에 관계하고 있는가?"
경성중앙학림은 조선총독부 권유에 의해 설립되었다. 나중에는 상해 임시정부와 연결되어 많은 인재들이 항일운동에 참가해 불

교의 항일운동 중심지가 된 곳이다.

용성 : "관계하지 않았다."

나가시마 : "피고는 손병희와 조선독립선언을 했는가?"

용성 : "그건 다 아는 이야기 아닌가?"

나가시마 : "그대들이 주장한 선언서는 일본 주권을 이탈, 자주 독립국이 되겠다는 것인가?"

용성 : "일본은 하루 빨리 조선의 독립을 보장해야 한다."

나가시마 : "그러면 조선이 일본 주권을 벗어난다고 생각하는 가?"

용성 : "그렇다!"

나가시마가 압수한 독립선언문을 들어보였다.

나가시마 : "이것이 독립선언선가?"

용성 : "그렇다."

나가시마 : "선언문 취지에 찬성하는가?"

용성 : "그렇다!"

나가시마 : "총독정치에 불만이 있는가?"

용성 : "하루빨리 조선이 독립할 필요를 강하게 느낀다."

나가시마 : "선언서에 서명 날인한 인장이 피고의 인장이 맞는 가?"

용성 : "틀림없다."

1919년 7월 28일 용성은 서대문 감옥에서 예비판사 나가시마 유조와 서기 이소무라 징베에 심문을 한 차례 더 받았다.

나가시마 : "백상규인가?"
용성 : "그렇다."
나가시마 : "피고는 지방에서 폭동이 일어나리라 예상했는가?"
용성 : "그런 것은 생각하지 않았다."
나가시마 : "다시 독립운동을 계속할 것인가?"
용성 : "그렇다!"[10]

조선 사람은 일본 피가 0.01그램도 섞이지 않았을까. 조선이 일본 식민지가 되니 일본 사람이고싶어 안달하는 자들이 늘어났다. 그래서 황국신민이 되라고 창씨개명을 실시했는데, 일본은 두 가지 덕을 보았다. 첫 번째는 한민족의 문화적 정체성을 몽땅 상실하게 했고, 두 번째는 조선 사람을 차별받는 열등한 열외의 2등 노동자로 등재시켰다.

상황이 이러함에도 민족 자존감이 없는 자들은 우리 조상이 본래 '타카기(高木)' 성을 가진 일본 '카이조쿠' 출신으로 일찍 조선으로 들어와 박(朴)씨로 성을 바꿨다고 황국천황 만세를 부르며 다시 '타카기'로 바꾼 사람이 생겼다. 뒤를 이어 우리 조상은 '츠키야마(月山)' 성을 가진 '네즈코오' 출신으로 조선으로 건너와 이(李)씨로

10) 審問內容, 『三一運動秘史』 參考.

25+10=X

바꿨다가 다시 일본 성씨로 돌아가겠다며 '츠키야마'라 했다. 우리 조상도 '오오타니(大谷)' 성을 가진 일본 '카초' 출신으로 조선으로 건너와 정(鄭)씨 성을 썼는데, 일본이 조선과 통합했으니 다시 '오오타니'로 썼다.

이 말은 역사적으로 맞다. 왜냐하면 13세기부터 왜구들이 태평양 서쪽에 둥둥 떠 있는 제 나라 섬에서 제일 가까운 조선 남쪽 해안을 무대로 약탈을 일삼자, 귀찮아진 조선은 그럴 것 뭐 있느냐, 차라리 조선 땅에 들어와 살라고 부산포, 내이포, 염포를 비롯 세 군데 포구를 열어 일본거류민을 살게 해줬다. 벌써 몇 백 년 전 일이다. 거기에다 임진란 때 고약한 도요토미 히데요시 부하 고니시 유키나가를 비롯 조총을 들고 왜장들을 따라 들어왔다가 이런저런 사유로 조선에 주저앉아 조선 여자와 피를 섞은 사람도 있다. 그 피의 DNA가 어디로 가겠는가. 조선이 일본 식민지가 되고 보니 본래 우리의 성씨인 일본 성씨를 쓰겠다고 큰소리 빵빵 때리며, 총독부 그늘로 찾아들어 '카큐우칸리'로 왜놈들 개가 된 것은 역사가 그렇게 만든 것이지, 그 사람들의 죄가 아니다.

그러함에도 외골수 '꼴통'이 있었다. 용성이 서대문감옥에 갇혀 통방(通房)을 해 보니, 용운 수좌가 변호사를 대지 말라. 사식을 들이지 말라. 보석을 요구하지 말라고 했다는 것이다. 이런 기백이 있어야 독립이 되든지 운동이 되든지 할 텐데, 건강을 해치면 그런 기백도 소용없으니 콩과 보리를 뭉친 오등식이라도 남기지 말고 꼭꼭 씹어서 건강을 잘 유지하라고 통방으로 전해 주었다.

그나저나 3월 1일 태화관에서 만세를 부르고 경무총감부로 붙들려왔을 때는 스물아홉 명이었는데, 길선주, 김병조, 유여대, 정춘수가 제 발로 찾아들어 선언서에 서명한 33명이 다 채워졌다. 여기에 송진우, 함태영, 이상재, 현상윤, 최남선이 덤으로 연루되어 48명이 되었다. 현상윤은 3·1만세 모의단계에서 빠졌고, 최남선은 선언서를 작성하고도 대표로 서명하지 않았다. 늙은 당나귀는 당나귀가 아닌가, 최남선은 두 수를 못 보고 제 꾀에 제가 넘어갔다.

민족이 아니면 사는 법이 없느냐? 우리의 감각은 땅 위에 살도록 잘 맞춰져 있다. 눈은 입에 넣을 먹잇감이 어떻게 생겼는지 판단하도록 잘 맞추어져 있고, 귀는 우리를 몰래 해치는 무엇이 없는지 잘 듣게 해놓았다. 피부는 뜨겁고 찬 것을 자동으로 알아차리게 잘 맞춰져 있다. 몸뚱이의 이 기능 때문에 우리는 냄새를 맡고, 촉감을 느끼고, 맛도 보고, 소리를 들을 수 있다. 그래서 우리가 살고 있는 현실을 파악할 수 있다.[11] 그런데 왜 감방에 들어와 있느냐? 현실파악 다음에는 이성이라는 것이 있어서 전통과 문화와 철학을 알게 해놓았다. 그것 말고도 수행하는 사람에게는 한 가지가 더 있는데, 내가 누구냐 하는 것을 추구해 우주가 무엇인지 통째로 깨달아 스스로 우주가 되라고 했다.

왜놈들은 이런 것에 관심이 없는 자들인 듯 나라가 무엇이냐 (nationalism)하는 데 초점을 맞추었다. 이것이 국수주의 즉, 약아빠

---

11) Christophe Galfard,

진 놈들이 하는 짓으로, 조선을 가지고 놀면서 전면적 식민지 경제체계를 세워 조선의 모가지를 틀어쥐고 제 놈들 배를 두드릴 수 있게, 경제를 예속시켜 백성을 노예로 부리게끔 지배체계를 확립하겠다는 것이었다.

용성이 서대문 감옥에 앉아 가만히 보니, 이와 같은 왜놈들 속뜻을 아는지 모르는지 만세를 부르다 붙들려 온 백성들이 날로 늘어나 그들을 가둘 감방이 모자랐다. 궁여지책이란 이래서 있는 것인가. 이웃 교회를 비우게 해 철조망을 치고 돼지 가두듯 가두었다. 모르면 몰라도 잡혀온 시위대는 학생이거나 농사꾼이 대부분이었다. 머릿속에 먹물 좀 든 놈들은 월천꾼에 난쟁이 빠지듯 다 빠지고 물에 집어던지면 뜨는 것이 주머니밖에 없는 자들만 잡혀들어왔다.

문제는 약은 쥐가 밤눈 어둡듯, 전국에서 만세소리로 땅덩어리가 흔들흔들하자, 토끼가 제 방귀에 놀라듯 똥줄이 당긴 왜놈들이 달팽이 눈으로 이 핑계 저 핑계 48인의 범죄를 확정짓지 못하고, 지지부진 날짜만 끌었다. 경무총감부에서 조사를 마치고 경성지방법원 예심괘로 넘어와 나가시마 유조가 예심을 맡아 독립선언서 공약삼장에 '최후의 1인까지 최후의 1각까지'가 구시월 살모사 이빨에서 독이 뻗치듯 일본을 때려 엎겠다는 뜻이라고 '내란죄'를 적용해 고등법원으로 넘겼다.

고등법원에서는 앞뒤를 내다보는 꾀가 한 수 더 높아 생각이 달랐다. '내란죄'를 적용하면 48인을 모두 사형에 처해야 한다. 허허,

무슨 소리! 지금 이 사태를 봐라. 하루가 멀다 하고 만세꾼들이 꺼꾸러져 죽는데도 꾸역꾸역 잡혀오는데, 만일 48인을 한꺼번에 사형에 처해 봐라, 진짜 '최후의 1인 최후의 1각까지' 다 달려들어 조선 사람들 씨가 마르면 미국, 영국, 프랑스 등 서구열강이 가만있겠느냐? 똥마려운 계집 국거리 썰듯, 일을 그렇게 처리해서는 안 된다. 아무리 급하다고 우물을 불끈 들고 마시겠느냐. 그랬다가는 조선은 배 아프고 설사는 우리가 한다. 헌병경찰제로 무단통치만이 약이 아니다. 이제는 달래고 얼러야 한다. 아주 무식을 면하게 기초학문을 가르치고 기초기술을 연마시켜 노동을 효율적으로 활용해야 한다.

얍삽한 꾀를 내 언론, 집회, 출판의 자유를 허용하겠다는 것이었다. 나쁜 놈들! 그렇게 해서 더 많은 친일파를 양성하고, 머릿속에 먹물이 좀 든 건달들을 친일파로 끌어들여 우리 민족을 이간시켜 분열을 조장했다. 놈들 입장에서 보면 급하다고 갓 쓰고 똥 쌀 일은 아니었다. 이것이 '문화통치'라는 것인데, 그래서 경성 지방법원에서 올라온 48인의 내란죄 적용은 경성 고등법원 예심판사 쿠스노키 쯔네조우(楠常藏)에 의해 다시 지방법원으로 되돌려졌다.

이렇게 바람 먹고 구름 똥 싸듯 놈들 정책이 바뀌어 3·1만세 사건의 마흔여덟 명의 사실심리를 그럭저럭 마치고 1920년 10월 30일 조선총독부 츠카하라 토모태랑(塚原友太郎) 재판장을 주심으로 최종 판결이 내려졌다.

츠카하라: "백상규?"

용성이 츠카하라를 쳐다보았다.

"징역 1년 6개월에 처한다!"

용성은 1년 9개월 만에 형이 확정되어 서대문 감옥에 수감되었다.

까짓것 감방생활이 별건가? 틀고 앉으면 정(定)에 들었다. 가부
좌로 절집 생활을 시작한 게 어제오늘 일이 아니었다. 산스크리트
어로는 마음(citta)을 우주라고도 한다. 거기에 안주거리처럼 따라
붙는 것이 'chanda'이다. chanda를 한문으로 바꾸면 '욕(欲)'이다.
'욕'은 '하고 싶다'는 뜻이다. 세존께서 직접 쓰셨던 chanda를 한문
으로 바꾸니 '욕'일 뿐. '욕'을 욕망, 충동, 희구, 탐욕, 의욕 어쩌고 하
지만 그건 모두 장님 덧막대기 젓는 소리다. 여러 소리할 것 없다.
chanda는 꼬소롬하게 뭘 하고 싶은 것을 말한다. 한데 하고 싶은
것이 사람마다 다르니, 이것 설명하기가 쉽지 않다. 댕댕하게 불알
이 올라붙도록 하고 싶은 것 속에 있으면서도, 하고 싶은 것이 없
다면 그것이 선(禪)이다. 이 또 무슨 소린고? 그것이 고요한 것도
없고 시끄러운 것도 없고 생겨나는 것도 없고 없어지는 것도 없는
빵이라는 것이다. 밀가루로 만든 빵이 아니라 '빵(空)!'이다. 빵은
있는 것도 아니고 없는 것도 아니라는 것, 밖이 없이 둘러싸였고
안이 맹탕이라 묘하고 묘한 것이라 했다.

용성은 이런 맹탕 속에 빠져 있다가 다른 사람들을 보니, 책들
을 열심히 읽고 있었다. 야소교인들이 읽는 책을 보니 한문으로 쓴

책이 아니라 한글로 인쇄된 책이었다. 아니 저 양반들은 미국에서 건너온 양놈 책을 봐야할 텐데 어찌 언문으로 인쇄된 책을 보는가.

앗차! 한 발 늦었다. 꼬부랑꼬부랑 뱀 기어가는 것 같은 글자를 어느새 언문으로 번역해 책이 만들어졌구나. 한데 불교는 뭔가? 이른 밥 먹고 막판에 파장 간 건가? 나가대정(那伽大定)의 진여묘체를 무슨 역입평출(逆入平出)이니, 인우참차(鱗羽參差)니 서법만 해도 백 가지가 넘는 한문으로 쓰여 있어서 웬만큼 문자를 배우고도 읽어낼 재간이 없었다.

말이야 바른 말이지, 훈민정음이 창제되어 만백성들 귀감이 될 월인천강지곡이니, 석보상절이니 하는 경전이 우리글로 번역된 적이 있었다. 그러던 것이 조선 중기 나라를 망하도록 적폐만 쌓아올린 주자학이 쐐기를 박았는데도 양놈들 꼬부랑 글자 어느새 번역되어 우리글로 읽는 시대가 되었구나. 한데 불교경전은 지금도 주자학의 적폐 속에 갇힌 건가. 그런 생각을 하니 가슴이 서늘했다.

은엽은 거울 앞에 섰다. 여자가 나타났다. '저게 누구지?' 거울 속의 그림은 자기가 아니었다. 줄로 그은 듯 독립된 존재도 아니었다. 거울 속 여인은 이름이 없다. 누구일까. 저 여인은 타자와 하나이고 싶은 그 무엇이라고 여겨졌다. 여인이 몸을 돌리더니 천천히 멀어져 갔다.

은엽은 비어 있는 거실 소파에 앉았다. 생명 있는 것은 자기보존을 힘에 의존한다. 거기에 간과해서는 안 될 몇 가지 사유가 있다.

첫째는 로크(lock), 둘째는 이기적(selfishness), 셋째는 모든 것을 유물론적으로 받아들이려 한다. 만물의 근원을 물질로 보고, 정신 현상도 물질작용의 프로그램으로 고삐를 쥐려 한다.

한데 그런 능동적 자세와는 거리를 두고 있다고 믿었던 백상규가 1년 6개월의 징역형을 받았다고 했다. 백상규는 자기보존의 대응이 3·1만세사건이었을까. 헷갈렸다. 백상규에 비하면 은엽은 어둠속을 표랑하고 있었다. 낱낱이 날리는 꽃잎 하나로… 고난이 축복으로 바뀌기를 희망한 적이 있었던가. 사랑이 성적 충동이면서 자기보존의 충동이라면 은엽은 아무것도 이룬 것이 없었다. 마치 바람맞이에 열린 탱자열매와 같이. 나는 누구를 위하느라 이렇게 나이를 먹었을까. 사랑의 의도조차 몰랐던 시절, 백상규와 하나 되기 위해 몸을 맡기기로 정해진 그때 백상규가 가출하지 않았더라면, 아니 출가하지 않았다면 누구 이야기처럼 소금광산에 넣어둔 나뭇가지가 다이아몬드 결정체로 반짝이며 드러났을까. 나는 그런 결정체를 꿈꾸다 수박을 잃고 호박만 먹은 것 아닐까. 그래도 신랑이 되기로 약속한 백상규의 출가가 가슴의 벽을 칠만큼 충격으로 되돌아온 적은 없었다. 다만 그로 인한 사람들의 모멸을 견뎌야 했다. 그렇다고 외부 자극에 반응하지 못했거나 한 순간도 주관적 경위를 상실한 적은 없었다. 바꿔 말하면 인지와 감정의 부정적 변화가 있었던 것도 아니었다. 더러 그런 감정에 끌려들려고 하면 더 강한 활기로 거기에 맞서왔다. 그러했음에도 여태 꽃이 피지 않은 봄을 살아온 기분은 무엇 때문일까.

생각이 여기에 미치자 주변이 환히 보였다. 이것이 변별력이란 것인가. 삼촌은 사대부가의 조상을 둔 덕으로 부와 권력을 누리며 숙모와 행복한 가정을 이뤄 주변의 부러움을 받는 생활을 해왔다. 한데 돌개바람에 먼지 휘날리듯 뜬금없이 집을 떠나 독립군 지도 자로 만주벌판을 빗살 치듯 돌아다닌다는 이야기만 들렸다.

벌써 여러 해 되었다. 갈피끈도 모르게 만주벌판을 떠도는 그사이 숙모의 시름은 늦가을 서리를 기다리는 나뭇잎이 되었다. 하나 숙모와 희영이는 '탁!'과 '툭!'이 다르듯 쇠뿔도 각각 염주도 몫몫이었다. 문화 통치라는 이름으로 일본문명이 선정적으로 밀어닥쳐 희영이는 밀물에 꺽저기 뛰듯 급변한 사회변동의 영역을 여과 없이 받아들였다.

아우내 장터에서 독립선언식을 주도하고, 서대문 감옥에서 옥중 만세운동을 전개한 유관순과는 반대의 길을 걸었다. 어른들은 이럴 때 철이 없다는 말을 쓴다. 선정성의 무기는 자기도 모른 사이에 방종에 휩쓸려 신세대라는 이름아래 새롭고 산뜻하고 말쑥한 것만 따랐다. 일본 통치가 기획한 대로 기존 조선이 갖고 있는 윤리적 장벽을 허물고, 사회는 새 장을 여는 풍습으로 변질되기 시작했다. 예전에 돈으로 벼슬을 사 쥐꼬리 권세로 양반기침을 해댄 가문의 젊은이들이 독립운동은 뒷전이고, 일본 사람들 뒷다리를 붙잡고 자기 조상들이 해왔던 양반기침의 패턴을 잃지 않으려 했다. 그러니 일본인과 '꿍짝'이 맞아 부합된 사회를 만들어갔다. 남녀관계만 해도 그랬다. 전에는 상상도 못했던 혼전교접이라든가 혼외교접이 신여성이란 이름으로 거리낌 없이 번져갔다. 호기심만 자극한 선진적 문물을 앞세운 일본의 선정성은 문화 통치의 반사이익을 톡톡히 얻으면서 민족 감정을 혼취로 내몰아 또 다른 질 낮은 친일의 씨앗을 심어갔다.

미혼녀로서 나이가 많은 은엽은 혼란을 겪고 있었다. 하지만 그녀가 할 수 있는 일은 아무것도 없었다. 할 수 있는 일이라면 의사로서 환자의 병을 치료하는 일이 전부였다. 그 무렵 서대문 감옥에서 손병희의 건강문제를 진단하라는 총독부의 지시가 내려왔다.

은엽은 일본인 의사 두 사람과 한 조가 되어 서대문 감옥을 방문했다.

"교수님!"

감옥 앞에서 낯익은 목소리가 들려 뒤를 돌아보니 하동규였다.

"아니 자네가…."

머리를 빡빡 깎은 모습이었으나 은엽은 반가움이 앞섰다.

"찾아뵙고 인사를 드렸어야 하는데 죄송합니다."

은엽은 웃었다. 외양이 젠틀하고 수려했던 그가 잿빛 두루마기를 입고 합장을 했다. 합장한 그의 모습 너머로 백상규의 얼굴이 떠올랐다.

"불가에 기이출가(旣已出家)라는 말이 있던데, 죄수들 갇힌 데를 찾아올 만큼 수행이 된 건가?"

물론 감옥을 찾게 된 이유를 몰라서가 아니었다.

"혜일 사형님 은사스님께서 이곳에 계십니다."

알고 있는 답이 동규 대신 몇 살 아래로 보인 곁에 기골이 건장한 사미에게서 나왔다.

"인사 드려! 경성의학전문학교 교수님이야."

"처음 뵙겠습니다."

처음 본 사미가 합장을 해 은엽도 같은 자세로 합장했다.

"제 사젭니다. 교수님."

"사제라면 동생이란 말인가?"

"네, 절에서는 태현스님으로 부릅니다."

동규의 대답에 은엽이 한 번 더 합장을 해보였다.

"그런데 여긴 웬일이세요?"

"음! 수감자 건강을 진단하러 왔어."

동규와 이야기를 나눈 사이 일본인 두 의사는 수형자 관리실이 있는 곳으로 걸어갔다. 은엽은 두 의사를 바라보며 동규에게 빠른 목소리로 말했다.

"오늘 좀 만날 수 있을까?"

동규가 앞서간 두 의사를 바라보면서 대답했다.

"네! 여기 정문 앞에서 기다릴게요."

손병희의 병세는 심각했다. 오랜 기간 소화기능 장애로 기력이 극도로 약해진데다 출혈성 뇌졸중인 듯 오른손 손가락만 부어 조금씩 움직일 뿐, 이미 학사(虐使) 상태에 있었다. 간헐적으로 차도가 반복되는 듯했는데, 의식이 희미하고 목소리가 어눌해 알아들을 수 없었다.

검진을 마친 세 의사는 하루빨리 병보석으로 석방해야 한다는 의견서를 내고 감옥을 나왔다. 은엽이 다시 감옥 정문에 이르니, 동규와 태현이 기다리고 있었다. 은엽은 일행인 일본인 두 의사를 먼저 보내고, 동규와 태현 두 사미와 봉익동 대각교로 왔다. 빼앗긴 땅에서도 용성이란 수행인의 힘이 그렇게 컸던가. 대각교는 겉보기와 속보기가 달랐다. 겉보기는 용성선사가 계실 때와 달라진 것 없이 한옥 그대로였다.

"범어사에 가 있다더니 그곳에만 있었던가?"

응접실에서였다.

"아닙니다. 저명한 강백을 찾아 대교를 마쳤습니다."

"대교는 화엄경과 같은 경전을 말하는가?"

"네!"

"요즘은 은사스님 옥바라지하느라 여기서 기거하는 모양이지?"

대각교에 머물고 있느냐고 물었다.

"왜요, 망월사로 올라가 있을 때가 더 많습니다."

"망월사는 도봉산인데, 가까운 데를 놔두고 거긴 왜?"

동규는 대답을 하지 않고 고개를 숙였다.

"대답 못한 걸 보니 말 못할 사정이 있는 모양이군?"

나중에 안 일이지반 거기에는 친일승려 이회광과 일본 임제종 묘심사 조선출장소 승려 고토 쯔이강(後藤瑞岩)의 개입으로 시작된, 쇠약해진 조선 불교의 속사정이 있었다. 이회광은 조선 불교

가 개혁하려면 일본 불교의 포교방법을 배워야 한다는 것이었다. 포장은 그럴 듯 했는데, 그것이 지레 터진 개살구였다. 독신수행은 산닭을 길들이기보다 어렵다. 계율은 '하지 말라'이거나 '해서는 안 된다'가 말미에 달려 있다. '하지 말라'의 보배로운 교훈에 익숙해 있는 수행자에게 '고기도 먹고 술을 마셔도 된다'가 일본 불교를 본 딴 조선 불교 개혁이었다. 와규(わぎゅう) 생등심에 긴조슈(吟釀酒) 한 잔을 들이키니 담배가 당긴다. 담배를 피우고 나니 여자의 배꼽아래를 훔치고 싶다. 사실은 세상이 이런 환락으로 이루어져 꿈처럼 달콤한데, 이회광과 같은 승려들은 일찍이 이런 어리버리한 즐거움이 빠져 환락이 반쪽이었다. 그래가지고 포교를 어떻게 하나. 거기에 이르니 눈치 볼 것 없었다. 총독부가 사찰령을 틀어쥐고, 괜찮아! 담배도 피우고, 술도 마시고, 축첩도 해라. 이래놓으니 '얼씨구나!'가 조선 불교 개혁 아닌가. 조선에서 으뜸가는 대본산 주지를 역임한 이회광, 강대련, 이종욱, 권상로가 앞장 서 "중들은 입도 없나? 술도 마시고, 담배도 피우고, 장가도 가라."고 이끄니 술 담배 안 먹고 여자를 멀리한 수행자들은 '쫌생이'가 되어 갔다.

술, 담배, 여자의 연결고리는 현찰이다. 현찰이 있어야 지옥문도 연다. '탐심을 내지 말라' 귀가 멍멍하게 옹이가 박힌 출가수행자들이 시줏돈이 공짠 줄 알고 잡기에 손을 댄다. 뭉칫돈을 잃고도 눈 하나 까딱 안 하니, 배짱이 고무줄인 줄 모르고 여자들이 떡고물 줍겠다고 줄줄 '나래비'를 선다. 사기꾼은 그 틈에서 생긴다. 대각교라고 그런 일 없으라는 법이 없었다.

사찰령으로 사찰 인사권을 틀어쥔 조선총독은 조선 불교를 가지고 놀았다. '생활불교'라나 뭐라나 거기에 빌붙은 본산 주지들이 사찰재산 처분과 관리권을 손에 쥐니 현찰이 펄펄 넘쳐났다. 이런 판국에 서산대사(淸虛休靜), 편양언기, 풍담의심, 월담설제, 환성지안의 선맥을 이은 용성이 3·1만세 주동자로 감방에 들어간 현실이니, 영감님 돈은 내 돈이고 아들놈 돈은 사돈네 돈이란 듯 사기꾼 농간에 휘말렸다. 이런 것을 '고자리 먹은 호박 꼴'이라 한다. 동규가 늘어놓는 이야기 너머에 척하면 착하듯, 식전 마수에 까마귀 우는 소리처럼 대각교당이 팔릴지 모른다는 불길한 암시가 전해져 왔다.

식민지 정책 목적은 착취에 있다. 실제 존재 사실로 실행된 식민지의 법률과 권력을 은엽은 막아낼 힘이 없었다. 그래서 화제를 돌렸다.

"용성대사님 건강은 어떠합디까?"

그 말이 나오기 바빴다.

"그렇지 않아도 찾아뵙고 말씀드리려 했습니다. 스님 건강상태를 체크해 주십사 부탁드리려고요."

"질병이 위급한 상태가 아니면 외부 의사의 진료가 쉽지 않을 텐데…."

"그러니 방법을 찾아보려고 교수님을 만나 뵈려 했습니다."

말하자면 은엽의 배경(back)을 빌리자는 소리였다.

"수용시설 의무 담당자와 책임자 협조를 얻어야 되오."

"그럼 어렵겠군요."

"일단 검진 신청을 내세요. 다음 일은 내가 알아 볼 테니."

그리고 대각교를 나왔다.

시가 기요시(志賀潔)는 조선총독부 의원장과 경성의전 교장을 거쳐 지금은 의학부장으로 있다. 식민지시대에 일본 사람들의 업신여김을 받지 않은 직업이 유일하게 의사인데, 은엽은 대한의원 시절부터 시가 기요시와 함께 근무를 해왔다. 그의 의학적 탐구심이 다방면의 의학을 섭렵하다가 은엽이 한의학에 조예가 깊다는 것을 알고 한의학의 전문적 학문을 자주 이야기해 친밀해진 사이였다.

"부장님, 서대문 감옥에 아는 수인이 있는데 검진 좀 도와주시죠."

슬쩍 지나간 이야기처럼 말을 건네자 시가가 쳐다보았다.

"거긴 3·1만세 사건으로 형을 사는 사람들만 있는데 누굽니까…?"

"백상규라는 승렵입니다."

"승려가 둘 있다는 이야기는 들었소. 아는 사람입니까?"

"그 수인이 출가를 안했더라면 제가 그 사람 오쿠가타(おくがた)가 될 뻔했습니다."

"하하하…!"

대번 큰소리로 웃었다.

"난 조교수님을 프리 인텔리전트로 알았는데, 의외로군…?"

그러고는 호의적인 얼굴로 물었다.

"교수님도 불교 믿습니까?"

"아닙니다. 난 그런 것에 관심이 없습니다."

이런 이야기를 나눈 며칠 뒤 백상규가 영양실조와 불면증이 심해 정밀검진이 필요하다는 감옥 의료실 요청서가 날아들었다. 이른바 시가의 고등어 두 마리(사바사바)가 통한 것 같았다.

"조교수님, 앓는 병에는 죽지 않고 꾀병에 죽는다는 조선 속담 있지요?"

시가가 진료요청서를 건네주면서 의미가 담긴 말로 껄껄 웃었다. 은엽은 고맙다는 인사를 하고, 그 길로 대각교에 사람을 보내 백상규 진료 날짜와 시간을 하동규에게 알려 감옥 앞에서 만나기로 했다.

그래서 백상규를 만났다. 교도관의 안내로 접견실로 들어서는데, '광주 생원 첫 서울'이라 했던가. 백상규는 가운을 입은 은엽을 보고 눈자위를 굴리다가 접견실 바닥에 엎드려 큰절을 올리는 동규와 태현 두 제자를 바라보았다.

"진단 요청이 있어서 왔습니다."

은엽이 말을 건넸다.

"온 대지가 약이라는 걸 모르시는군!"

대답이 아리송했다. 하나 수행이 몸에 배 그런지 목소리가 똑바르고 행동이 당당했다. 시가 기요시의 말처럼 꾀병을 진찰하러 왔구나하는 생각이 들어 훗! 웃음이 나왔으나 꾹 눌렀다.

"여보세요, 그게 의사 앞에서 할 소립니까?"

의사의 권위를 바짝 세우고 쏘는 눈으로 바라보았다.

"바람 잡는 소리 거두고 거기 의자에 앉으세요!"

잔말 말라는 명령조였다. 한데 의자 앞에 꼿꼿이 서서 진찰을 받을 기미를 보이지 않았다. 어쩐다? 아이들은 주사기를 들고 있으면 무서워서, 아니면 긴장해서, 또는 대가를 바라고 울거나 징징댄다. 백상규는 그런 꾀병을 부리지도 않았다. 자개바람에 굳센 풀을 안다고, 속일 수 없는 주체적 의기를 가진 사람인데, 날고 있는 새에게 여기 앉아라 저기 앉아라 할 수 없었다.

은엽은 일단 속을 긁어놓자고 생각했다. 동규와 태현 두 수좌를 돌아보며 큰 소리를 명했다.

"저 환자를 의자에 앉혀 꽉 묶으세요."

다짜고짜 철딱서니 없이 말 안 듣는 어린 환자취급을 하면서 '막캥이' 의사처럼 막 나가면서 제자더러 스승을 묶으라 해놓으니, 제자들 앞에서 챗불관 쓰고 몽둥이 맞는 모습은 보여주기 싫었던 듯 껄껄 웃으며 손을 내저어 제자들을 물리치고 의자에 앉았다.

"말 안 듣는 환자는 의사 책임이 없습니다."

순전히 의학적 측면에서 환자의 체면을 세우려고 한 말인데, 답변이 대번 동풍 맞은 익모초 같은 말이 나왔다.

"허허! 어디서 저런 속병에 고약 같은 의사가 왔나…."

어찌할 수 없이 엄나무 방석이라, 사세가 부득이한 듯 진료 받을 자세를 취했다. 감옥에서는 진료 외에 투약이나 치료가 금지되어 있었다. 우선 혈압을 재보고 등을 통통 두드려 청진기로 호흡소리를 들은 다음, 죄수복을 열어젖혀 백상규의 가슴에 청진판을 대는데 손이 달달 떨렸다. 그것은 환자를 진찰하는 의사의 손이 아니었다. 내가 이 나이를 먹고도 처녀가 맞는가. 명운이 엇갈려 신랑될 사람의 가슴을 의사가 된 뒤에야 만져보는 자괴감이 눈시울을 얄궂게 했다. 체온을 확인한 뒤, 여여원 시절부터 명의소리를 들었던 은엽은 맥을 짚기 위해 백상규의 손목을 잡는데, 되레 자신의 마음을 전달해주는 느낌이었다. 상황이 이러한데, 심장 박동과 호흡기에 이상이 있다한들 제대로 판단할 수 있을까.

"소화기능이 좋지 않군요?"

마름쇠 던지듯 건성 해본 소리였다.

"먹는 것이 오등식이요 국물은 소금물이나 꼭꼭 씹어서 잘 먹고 있소."

"그릇은 차면 넘치는데, 수행이 넘치면 어떻습디까?"

칠팔월 수수잎 꼬이듯 꼬인 소리를 들이 밀었다.

"요 의사가 진찰하러 온 게 아니라 혀끝 없는 소리를 하러 왔나?"

비틀어진 말에는 뒤틀린 소리가 답이다.

"서서 똥 누는 사람처럼 환자가 왜 꼿꼿하냐 그 말이오. 엄살도 피워보고 아픈 척이라도 해야 진찰하는 맛이 날 것 아니오?"

"쭉정이가 고개 숙이는 법 없다더니…."

백상규가 혼잣말로 의사의 자존심을 건드렸다.

"선무당이 마당 기울다할까 봐서요?"

"어서 병명이나 말해보시오."

"영양실조에 수면교란으로 체중감소와 체온저하가 심합니다."

그것은 사실이었다. 한데 백상규가 고개를 흔들었다.

"언제 절에서 고기반찬 먹었수? 초근목피가 오등식보다 낫지는 않을 터, 배가 고프지 않는데 먹고, 춥지 않은데 옷 껴입는 버릇장머리 산중 생활하면서 고쳐버렸수. 수면교란이라…, 마음을 비우니 자라 하면 자고, 일어나라고 하면 일어나 선체조로 몸을 비틀어 기혈을 순환시켜 호흡을 가다듬고, 생각과 느낌이 하나 되게 하면 화두가 저절로 들려 무상삼매에 들어 신체내부가 튼튼한데, 과대망상이 어디로 들어오는고?"

할 말이 없었다. 승려가 낯 먹고 사는 것은 아니지만 개잘량이 아니니, 체면 구기지 말라는 소리로 들렸다.

"수행이 높으면 강철판도 뚫습디까. 몸뚱이도 같이 건강해야 철판을 뚫든지 근본 이치를 찾든지 할 것 아닙니까?"

말을 잘못했나? 대번 간담이 서늘한 눈초리로 바라보았다.

"의사선생, 요즘 무슨 생각하면서 사는고?"

"거울을 보다가 거울 속에 비친 내가 없다는 것을 알았소."

"거울은 달리는 개처럼 사람을 홀리지."

"홀리기라도 했으면 혹했을 텐데, 애타게 갈망해도 표징이 없습디다."

"큰길은 원래 휑하게 비어 적막하느니."

적막? 미처 생각 못한 말이었다. 그래서 가만히 있었더니, 입에서 천둥 같은 소리가 터져 나왔다.

"세상사람 가운데 오직 나만 안다!"

서로 통하는 뭐가 있었던지 하동규가 나섰다.

"조개는 달을 머금습니다."

얼씨구, 용성은 하동규를 보고 씩 웃더니, 다시 은엽을 보았다.

"보살은 장수에 계신 부모님에게서 낳기 전에 무엇이었소?"

"그야 사람들이 흔히 말하듯 아버지의 정은 뼈로, 어머니의 난세포가 피와 살이 된 것 아니겠습니까? 이건 의학적 이야기는 아닙니다만…."

"지금 그런 생각을 하게 만든 것이 누구냐고 물었소."

"의식이겠죠."

"그 의식이 아버지의 정은 뼈로, 어머니의 난세포가 살이 되기 이전에 무엇이었냐고 묻고 있소."

형이상학적으로는 아무것도 없다고 해도 된다. 하나 그것이 정답이라는 확신이 없었다.

"글쎄요…?"

"그걸 찾아보라는 게야!"

『동의보감』에는 '태아가 어머니 뱃속에서 숨을 쉰다'고 나와 있다. 도교적 관점에서는 '사람이 태어날 때 하늘이 정혼을 내고 땅이 형상을 내는데, 둘이 합쳐진 것이 사람'이라 했다. 이렇게 되면 사람을 직접 잉태한 아버지와 어머니는 빠져 있다. 먹부리 암탉 같은 난해한 이 말은 도가에서 나왔다. 장백서란 사람이 불교를 폄하하기 위해 썼다고 하지만, 잘 뜯어보면 하늘이 아버지이고, 땅이 어머니라는 상징을 나타내고 있다. 하나 달랑 이 표현만 보면 키가 커야 하늘의 별을 딴다는 소리처럼 들렸다.

'그것을 찾아보라'는 백상규의 숙제 핵심은 생명에 부여된 의식이 무엇이냐를 묻고 있다. 은엽은 의학적 상식을 다 동원해도 의식(consciousness)을 설명해낼 수 없었다. 생명에 대한 생물학적 설명은 모든 유기체의 핵산(nucleotide)과 단백질(protein)의 분포 적합성(environmental fittness)의 메커니즘으로 생겨나 물질대사의 촉매작용이 생명현상을 유지한다고 설명되어 있다. 우리의 상식과 의학적 지식은 아버지의 정과 어머니의 난세포로 사람이 태어날 뿐, 그 이전에 의식이 먼저 있었다는 식의 존재부여에 수긍이 잘 가지 않았다.

그래서 물었다.

"제가 중국의 오래된 책을 보았는데요, 하늘이 정을 내고 땅이 형을 낸다는 말이 있습디다. 그런데, 그게 가당키나 한 소립니까?"

백상규가 대답했다.

"암컷과 수컷으로 전환하기 이전에 '영묘한 무엇'이 있다는 이야기를 아직 들어 보지 못했군?"

"네."

"어머니 뱃속에서 사람이, 아니 사람뿐 아니라 모든 포유류 동물이 생명을 잉태하기 이전에 영묘한 무엇이 있는데, 범어에서는 그것을 '아트만(ātman)'이라고 하지. 아트만을 호흡이라고도 하지만, 넓은 의미에서 생명 본체의 생기, 생명원리, 영혼, 자기, 자아, 더 넓게 해석하면 만물에 내재된 기묘하고 신령한 힘, 즉 우주의 근본원리를 일컫는 말입니다. 그것을 찾아보라는 것이오."

"그것 참 되게 어렵군요?"

"배움이 그만한 의사가 어렵다고 하면 일반 사람들은 어쩌겠소? 초심이라 하여 아무 배움이 없는 사람도 먹줄처럼 올곧은 신념으로 죽기 아니면 까무러치기로 매달려 정진을 하면, 금방 '묘오(妙悟)'에 들어 눈앞이 환해지는데, 그거야 마음먹기에 달린 게지…."

"먹줄처럼 올곧은 신념이 어떤 것입니다."

"그거 함부로 말하기가 어렵소."

"아니, 아트만이 생명의 원리, 만물에 내재한 기묘한 힘, 또 우주의 근본원리라고 설명을 하셔놓고 먹줄처럼 올곧은 신념을 이야기 못한다는 겁니까?"

"알아듣기 쉽게 그것을 초심이라고 해둡시다. 말이란 '아' 다르고 '어' 달라 잘못하면 듣는 사람 취향에 따라 말 갈 데 소가 가기 때문이오. 만약에 초심을 '자애가 넘치는 숭고한 염원'이라고 하면, 머리에 문자가 든 사람들은 곧 거기에 안주해버리지. 그러고는 산을 평지로 만들어."

그때 접견실 입구에 앉아 있던 간수가 뚜벅뚜벅 다가왔다.

"선생님, 진료시간이 지났습니다."

백상규를 비롯한 네 사람의 시선이 간수와 마주쳤다.

"이봐요!"

은엽이 눈을 치떴다. 톡 쏘듯 눈빛이 간수의 얼굴에 뻗쳤다.

"팔 부러지고, 살갗 찢어진 외상만이 병이 아닙니다. 병이란 겉에서 볼 수 없는 허파나 간 같은 내장에 이상이 있을 수도 있고, 정신적으로 어브세시브 컴펄시브 누어로우서스(obsessive-compulsive neurosis)도 병입니다. 지금 환자의 병세가 심각해 진찰 중이니 자리로 돌아가 기다리세요!"

부러 알아듣지 못하게 의학용어를 써 명령조로 기를 팍 죽여, 진료실 밖 자기자리로 쫓아버렸다. 그리고 백상규를 보았다.

"저는 어학자가 아닙니다만, 우리말이 한문, 일본어, 영어로 된 의학용어나 관용어에서 말귀가 다르게 전달되는 것을 종종 경험합니다."

"난 영어는 모르나, 한문에서 그런 걸 많이 느끼오. 세종대왕이 훈민정음에 '나랏말싸미 듕귁에 달아…어린 백성이 니르고저 할 빼이셔도 마침내 제 뜻을 능히 펴지 못한다' 해놓았는데, 조선 선비라는 자들이 음풍영월 한답시고 뜻도 모르고 공맹의 글을 졸졸 꿰는 것이 그들 풍속이었소. 불교라고 크게 다른 것 있겠소? 여러 뜻을 지닌 범어를 한문으로 옮겨놓으니 내용이 엉뚱하게 축약돼 여간 뻣시어 함부로 입을 열기가 어려운 것들이 많소…."

백상규는 거기서 말을 잠시 멈췄다가 다시 이었다.

"단순히 생각하면 그렇지만, 문자 속에 숨어 있는 뜻이 나라마다 달라. 그게 더 중요한 문제라고 생각됩니다. 아까 '정'과 '형'에 대해 이야기 하던데, 그 말은 북송 때 장백서라는 사람이 불교를 배척하려고 '범인지생야라, 천출기정과 지출기형이 합차이위인이라(凡人之生也, 天出其精, 地出其形, 合此以爲人)'고 한 데서 온 말이오, 범어에서는 하늘을 '디비야(divya)'라고 합디다. 즉 남자 같은, 사내다운, 초자연적 신성이란 뜻이지요. 땅은 '프리티비(prthivī)'라 하던데, 여자 같은, 여성스러운 즉 여성을 상징합디다. 거기에 또 '링가(liṅga)'라는 것이 있는데, 링가는 여러 뜻이 있지만, '남녀의 성을 전환한다'는 뜻도 포함되어 있어요. 자 여기까지 이야기를 했으니 뭐 집혀오는 것 없소?"

"억지로 끌어다 붙이면, 하늘은 아버지, 땅은 어머니를 상징한다 하겠으나, 솔직히 말하면 저에게는 송편을 뒤집어 팥떡이라 하는 소리로 들립니다."

백상규가 껄껄 웃었다.

"그럴 게요. 아까 생물학 이야기를 하던데, 나는 매월당 이야기를 하겠소. 머리 회전이 빠르지 않은 사람은 손가락으로 달을 가리켜도 달을 보지를 못해요. 또 토끼 발자국을 찾는 사냥꾼이 깊이 헤아리지 않고 걸신들린 것처럼 달뜨면 속만 태우지요.(月不因指癡兒不能見 兎不尋蹄 饞虜不能得.「張伯瑞 悟眞篇」) 이런 사람이 아버지와 어머니의 합궁으로 뱃속에 잉태되기 전 본래 '내(我)'가 있었다는 것을 어떻게 알겠소. 본래 나는 우주의 실재와 똑 같은 것으로, 인도철학에서는 신비적인 힘, 즉 브라만(brahman)이라 하는데, 이것이 우주 작용의 근거이고, 우주의 최고 원리입니다. 인간 역시 모든 행동 저변에 이와 똑같은 것이 깔려 우주의 실재와 서로 통하거나 하나가 되어 있습니다."

긴가민가한 이야기는 여기서 끝났고, 한용운 수좌의 건강상태도 확인해주면 좋겠다는 제안을 해와, 그러기로 했다 하나 그 뒤 진단 요청을 신청했으나 한용운이 극구 반대해 진찰은 이루어지지 않았다.

용성은 1921년 3월에 출옥했다. 부지깽이도 뛰는 세상이고 보니 벼락 치는 하늘인들 속일 수 있겠는가. 감옥 문을 나오자마자 갈 곳이 없었다. 봉익동 1번지 대각교로 가려 했으나, 마중을 나온 재현과 태현이 교당이 팔려 다른 사람 소유로 넘어갔다는 것이었다. 이거야말로 앞집 떡 치는 소리만 듣고 김칫국을 마시려 했구나 하는 생각이 들어 웃음이 나왔다. 빼앗긴 땅에서 산다는 것이 뒤웅박 차고 바람 잡는 짓 같았다. 이야기를 들어보니 혜일은 망월사로 올라가 있고, 재현과 태현은 용성이 맨 처음 선불교 포교를 시작한 대사동 강거사 사랑채에서 기거한다는 것이었다. 출옥 소식을 듣고 가회동 강영균이 용성을 모시겠다고 여러 차례 찾아왔으나 흥망성쇠는 물레바퀴 돌듯 그런 것이라 친일로 발에 기름이 낀 강영균의 집으로는 갈 생각이 없었다.

용성은 망월사로 올라가 종주(宗主)로 있으면서, 운봉 임동수 거사에게 맡겨 놓은 금괴를 가지고 올라오라 하여 봉익동으로 가서 대각교당을 세울 만한 마땅한 집이 있는지 찾아보라 했다.

길에 돌도 연분이 있어야 찬다더니, 봉익동과 무슨 인연이 있었던지 2번지에 교당 현판을 걸 만한 기와집이 있다는 것이었다. 예전 교당과 이웃해 있는 장소여서 더욱 마음이 끌렸다. 봉익동 2번지 주택을 계약할 즈음 은엽이 찾아왔다. 새로 교당을 구입한다는 소문을 들었다면서, 많지는 않으나 개인병원을 개원하려고 모아놓은 자금이라면서, 거금을 내놓으며 새 교당을 건립하는 데 보태라는 것이었다. 용성은 그 제안을 받아들이지 않았다. 그렇건만 워낙 당차고 식자를 지닌 여자라 스스로 내린 결단을 거두어들이지 않았다.

용성은 은엽의 돈을 받아 두었다가 1920년 상하이에 육군 무관학교와 간호학교를 세워 군인으로 길러내, 중국 군관학교로 파견 교육을 시켜 만주에 있는 독립군을 후원하는데, 은엽이 기부한 돈에 금괴 일부를 임동수 거사에게 보내 독립자금으로 내놓았다.

그나저나 출옥을 하고 보니 할 일이 많았다, 그렇지만 맨손이었다. 소 잃고 외양간 고친다는 소리는 가망 없음을 얄밉게 나타낸 말 같지만, 반대로 새로운 희망을 다짐하는 교훈이기도 했다.

'나라말이 한문이라 백성들이 하고 싶은 말을 자유롭게 못 한다' 그래서 훈민정음을 만들었는데, 중국 문자에 장아찌가 된 조선 양반들이 굶어도 흰쌀밥을 굶겠단다. 그래서 한문은 진서, 한글은 언문, 암클, 개글, 아햇글이라 하여 빨래터에서 강아지하고 같이 놀게 놓아두었다가 400여 년이나 사용을 금지했다. 이럴 때 제국주의 국방색 군복을 입고 출입증 없이도 어디든 통행이 허용된 자들에게 글자는 모르지만 말은 조선말을 쓰는 나라를 빼앗겼다.

사람들은 여기에 빌붙어 수박 속처럼 불그스름하게 물이 들어, 일본 사람은 '오야붕', 조선 사람은 '꼬붕'을 자처하고 일류호텔이나 유흥가에서 '츠카이'를 하느라 날이 새는 줄 몰랐다. 길거리에 줄줄이 늘어선 조선 사람 비석이 중동이 부러져 나뒹굴고, 친일 간나웨들 동상이 그 자리를 메워 하나의 나라가 두 조각으로 보이기 시작했다.

용성이 서대문 감옥에서 보니 야소교를 믿는 사람들은 참 괴상한 사람들이었다. 바깥세상이 '사바사바'로 뱅글뱅글 잘 돌아가는데, 그러거나 말거나 범어도 같고 빨리어도 같은 꼬부랑꼬부랑 서양말을 아햇글 언문으로 번역해서 열심히 읽는 것을 보았다. 처음에는 그런가 보다 했더니, 나중에는 큰 충격이 되어 돌아왔다. 어찌 저 사람들은 양반 글인 한문으로 번역하지 않고 상놈 글인 개글로 번역해서 읽는가.

하긴 한문에는 관용어가 많다. 그걸 죄다 꿰면 유식하다는 소리라도 듣는다. 속으로는 어쩐지 몰라도 야소교 믿는 사람들을 겉으로 보면 유식하다는 말은 사돈네 쉰 떡으로 생각하는 것 같았다. 그렇더라도 앞마당에 달빛이 내리면 처녀가 총각 손을 잡고 풀벌레가 찌르르 노래하는 한구석으로 가 겉으로는 겨드랑이가 자꾸 조이지만 속으로는 두근두근 입술을 깨물며 버티고 버텨도 기어이 입술을 맞추고 싶어 혼을 빼는 그것, 풀벌레가 울다 그치면 기생 속치마 부스럭거린 소리가 들린다. 살랑살랑 간질이는, 영사시(詠史詩)는 그 사이에 있는데, 야소교를 믿는 사람들은 그런 것에는 통 마음이 없는 것 같았다.

아니 저 사람들이 '사미십계의칙경'은커녕 사미십계도 잘 모를 텐데 무슨 생각을 하느라 저럴까. 하느님이 생명을 내미는 손가락을 아담이 손가락으로 받는 그것을 보느라 저러는가. 용성은 번뜩 '오동잎 떨어지는 것을 보니 가을이 온 것을 안다'는 명나라 왕상진의 『군방보(群芳譜)』에 있는 구절이 떠올랐다. 세상이 갈수록 과학이다, 철학이다, 경제다, 정치다 숨 돌릴 틈이 없이 빠르게 돌아가는데, 누가 엉덩이뼈가 물렁물렁 내려앉도록 어려운 한문을 배워 왕상진의 『식물도감』에나 나오는 오동잎 떨어지는 것을 생각이나 하고 있을까.

빠르기로 말하면 불교는 전광석화다. 즉심시불이라, 고개만 들면 하늘이 마음이다! 어떤 수좌가 백림사로 조주 화상을 찾아갔다. 법당 앞에 잣나무를 보고 있는 조주선사에게 물었다.

"어떤 것이 깨달음입니까?"

"뜰 앞의 잣나무다."

간단했다.

어떤 수좌가 동산양개 화상을 찾아갔다. 화상이 창고에서 저울로 삼을 달고 있었다.

"어떤 것이 깨달음입니까?"

"삼 서 근이다."

묻기 바빴다.

그런데 성질이 거칠고 팔팔 날아갈듯 날뛰든 것들이 절망적으로 달라져 '머물음 없이 초월해 가면 매가 비둘기를 낚아채듯 사람들 콧구멍도 뚫을 것 같고, 머물러 매이게 되면 거북이 껍데기 속에 숨겨져 자기 목숨이 다른 생명의 손아귀에 들어가 먹잇감이 될 거 같았다. 어떤 사람이 추월하지도 머물지도 못하면서 무엇을 하느냐고 물으면, 틀림없이 귀신 굴에 산다는 말이 나올 듯했다. 이런 환장할 환경, 이런 환장할 순간에 무슨 끄나풀이 있어 원오극근 스님 같은 이가 말없이 앉아 있다가 거기에 어떤 조례가 있으면 조례에 따르고, 조례가 없으면 관례에 따르겠다고 혼(魂)이라도 청해 봐라.

그래서 덜렁 물었다.

"어떤 것이 깨달음을 뛰어넘고 조사를 건너뛰는 것입니까?"

운문선사가 대답했다.

"호떡!"[12]

중국에서는 호떡을 'shāobing(烧饼)'으로 발음한다. '사오빙!' 해 보니, 조선말의 '입천장소리되기'처럼 비잉! 하면서 혀끝이 위로 올라가 딱 붙듯 소리가 났다. 왜 사오빙인가. 말을 못하게시리 호떡으로 주둥이를 탁! 둘러씌워 막겠다는 것인가. 하긴 말이라는 것이

---

12) 『벽암록』 제77칙.

필요 없다. 조금만 한적하고 조금만 인적이 드물면 조선 여자들 아랫도리에서 싸가지 없는 일본남자들 손가락 호강이 곳곳에서 벌어진다. 산 살구 지레 터지듯 치마만 둘렀다 하면 처녀든 각시든 끌고 가 '히야까시' 수준이 미친 개였다. 자청해서 걸레쪼가리 하나 걸치지 못하게 해, 주물러 대는 곳이 은밀하고 고요한 곳일 터, 알코올 쇼크사에 이르러야 멈추어진다. 어떻게 해야 이렇게 싸가지 없는 일본 사람 세상이 새 호롱불을 켠 것처럼 깔끔하고 청결하게 만들어질 수 있을까.

감옥에서 나온 용성은 한문으로 된 불교를 누구나 쉽게 접할 수 있도록 삼장역회(三藏譯會)를 조직해 언문 번역에 손을 댈 생각을 했다. 모모 알 만한 사람들과 찬동한 사람들을 모아 협의했으나, 변화의 속도가 빨라 어제 다르고 오늘 달랐다. 비 오는 것은 십 리 다르고, 바람세는 것은 백 리 다르다고 했다. 뿌리가 다르면 줄기가 다르고, 줄기가 다르면 가지가 다르다. 감방 가서 3년을 보낸 것이 나막신 신고 돛단배 빠르다고 원망하는 꼴이 되어버렸다.

촌년이 아전 서방을 두니 초장에 길청 문 밖에서 갖신 사 달라 한다더니, 3년 동안에 중들도 술에, 고기에, 운이 좋으면 마누라를 두엇씩 거느리고, 길쭉한 담뱃대에 에헴! 에헴! 코를 쿵쿵거리는 세상이 되었다. 이것을 일러 '화서지몽(華胥之夢)'이라 하던가. 원래 공정한 이치는 인심에 있다 했거늘!' 얼른 손을 내저어 눈앞을 쓸어버렸으나, 한문을 잘 한다고 해서 불교를 잘 안다고 할 수도 없다. 세존께서 손가락으로 딱 짚어 가리키는 것이 무엇이냐, 여기에 오뉴월 녹두 깝대기 터지듯 정신을 바짝 차리면 만불실일(萬不失一)이리라.

용성은 일본 사람 세상에 한숨만 내쉴 것이 아니라 마음을 가다듬고 그해 겨울 '범망경연의' 번역을 시작했다. 그리고 5월에 끝을 냈는데, 그것도 무슨 자랑이라고 〈동아일보〉 사설에 평이 올라왔다. '종교 새 생명의 탄생'이라나, 뭐라나. 앗다! 까치 뱃바닥 같은 소리로 지면이 환했다. 어떻든 그런 칭찬이 한 몫 끼어 될 성싶지 않던 '삼장역회'가 1921년 8월에 설립되었다. 그래서 이리 바쁘고 저리 바쁘던 늦가을에 징역살이를 같이 한 한용운이 찾아왔다.

"사형님, 그 연세로 징역살이 하고도 글자가 뵙디까?"

〈동아일보〉에 나온 기사를 보았다는 말 같았다.

"아니 자네 언제 나왔나?"

용성이 벌떡 일어서 두 손으로 몸뚱이를 끌어안으니 용운이 등에 깍지를 껴 용성을 불끈 들어올렸다.

"허허, 이 가벼운 몸뚱이로 조선 땅덩어리를 도로 찾겠소?"

"감방에서 언제 나왔냐니까?"

"사형님 나가시고 몇 달 더 버텼더니, 시간 됐다고 나가라고 합디다."

용운은 감옥에서 나온 사람 같지 않게 건강해 보였다.

"홍성 대추나무 몽둥이가 맞긴 맞는가 보군?"

용운의 고향 대추나무에 건강을 빗댄 말이었다.

"홍성은 대추나무가 무쇠덩이오!"

용성이 인부들을 데리고 새로 구입한 봉익동 2번지 주택을 대각
교당으로 개축하는 것을 보고 말했다.

"또 대각교당이요?"

"서대문 벽돌집에서 나오니 잠 잘 방이 없어져 버렸네."

"한심스럽기는…, 회광이는 대련이한테 밀려나 송병준하고 악수
한 번 하고, 해인사 돈으로 덕수궁 선원전(璿源殿)과 사성당(思成堂)
이 자리한(정동 1-24번지 일대, 현 미국대사관 부대사 관저) 땅 7천 8백
평을 사 '해인사 중앙포교소'를 세워 낙성식을 했소이다. 그런데 사
형님은 이 무슨 짓이오?"[13]

부러 해본 소리 같았다.

"그러면 명고축출(鳴鼓逐出)된 강대련은 어떠한고?"

강대련으로 말하면 '불교계의 대악마'라고 쓴 표식을 단 장대를
들고 북을 둥둥 두드리며 거리를 행진했던 것을 말한다. 친일승려
강대련은 당시 각황사에서 종로거리를 오가며 명고축출 당했다.

"요즘은 친일이 벼슬로 바뀌어 '명고산인'이라 한답니다."

"허허허!

용성이 껄껄 웃었다.

"상주하고 제삿날 다툰 사람이구먼."

---

13) 〈매일신보〉, 1920. 12. 22. 〈조선일보〉, 1924. 1. 29. 외.

조선 글 화엄경

한용운이 출옥했으므로 영양가 높은 식사나 대접하자. 앞날의 예상을 내다보는 생명 있는 것들이 꿈꾸는 일은 어둡지 않다. 그럼 술을 한 잔 해도 되겠습니까? 이것은 '오버'다. 현실계는 진실과 거짓이 오락가락한다. 그러다가 진실일 것 같은 것을 선택해 표현한다. 채끝등심에 살치 살도 괜찮겠네요! 헤아려 거짓말은 아닐 것 같은 것이 성큼 앞서 나간다. 결론을 말하면 율사이신 용성스님을 모시고 '멧돼지고기(猪犬)'를 먹겠다는 것이다.

이성은 이럴 때 이중화되고 탈소유화 된다. 이성은 자신이 올바르다고 믿고 있지만 그 반대일지 모른다. 지식은 영원한 빛으로 인도된다고 믿고 있는데, 어둠 속으로 또는 금지된 곳으로 들어가 유희와 광기로 나타난다. 역사가 만든 광기로 감방에 던져졌다가 나오게 된 것도 따지고 보면 역사적 정신질환이었다. 감옥 속에 던져져 공포에 질린 군중들의 테러리즘 효과는 나중에 무슨 교훈을 주고, 어떤 것을 치유할 수 있게 해줄까. 한용운은 감옥 문을 나오면

서 무슨 말을 했을까. '휘파람 길게 부니, 달빛 또한 푸르구나. 어허 허….'

서대문 감옥에는 야소교를 믿는 사람들도 많았다. 하나 모세의 시내산 바이블키워드에 '술 마시지 말라'는 말이 빠져 있다. 그래도 야소교인들은 술을 마시지 않는 사람들이 많다. 그렇다고 술꾼이 없는 것은 아니다. 맹물을 홀짝거리며 삼겹살 먹는 청승은 야소교 단체의 회식자리가 아니면 볼 수 없는 풍경일 것이다. 이게 요령이 없어서 그렇다. 종업원에게 "여기 냉수 한 잔!" 그러면 컵에 '코오 사케'가 가득히 담겨 나온다. 그것을 모르고 "얘, 2차 가자!" 그렇 다면 석가모니 자손들은 어떤가. 윗도리를 뒤로 젖히면 추리닝이 나온다. 손에 코오사케 병을 들고 "이건 물이다." 한 술 더 떠 병째 원샷을 하고 바위에다 오줌을 누면 구멍이 파인단다. 율장의 '율'자 도 없는 일본 불교가 판치는 조선에서 율사라는 게 뭔가. 코오사 케는 그만 두고 입안에서 살살 녹아나는 멧돼지 '이노시시켄'은 구 경조차 못하고 입맛만 쩝쩝 다신 뒤 각자 숙소로 돌아간 사람들 이 조선 승려들이다.

한 시인이 말했다.
강가에 나온 아이와 같이
짬도 모르고 끝도 없이 닫는 내 혼아
무엇을 찾느냐 어디로 가느냐 웃어웁다

답을 하려무나.[14]

들을 빼앗겨 봄조차 빼앗긴 청량리역에서 아스라이 내려다 보이는 언덕으로 산책을 나왔는지 기모노를 입은 두 여자아이가 이야기를 주고받는다.

"조선 여인들 옷 색깔이 다채롭지 못해 은근한 조화랄까 그런 멋이 없지?"

"처음에는 나도 그렇게 생각했어. 그런데 그렇지 않아. 조선의 자연을 보라구. 화창하게 갠 하늘을 배경으로 단조로운 저 들판, 허전한 저 언덕, 비어 있는 산수화의 여백처럼 무엇인가를 남겨 놓아 속 다르고 겉 다른 원색의 이중성을 그 자리에 숨겨둔 것 같지 않니?"

"그렇게 생각을 하니 정말 그렇네."

응달진 목멱산 골짝에도 빼앗긴 늙은 산 복숭아 나무에 꽃이 피어 봄을 알려 주었다. 딸깍발이 샌님들은 다 어디로 가고 해사하게 물이 오른 과부들만 산 복숭아 향기에 치맛귀가 저절로 열려 뜨겁게 달려드는 염정성군인들 누가 마다하겠는가. 산도 빼앗기고 복숭아꽃도 빼앗긴 땅에서 과부들 설음이란 배고프면 밥 찾듯 그저 본능인 것을, 세월은 묶어놓을 수 없는 것이라 모든 것이 저절

---

14) 이상화, '빼앗긴 들에도 봄은 오는가'.

로 잊혀지고 청상의 몸뚱이는 해가 날수록 젖꼭지가 토실토실 더욱 여물어, 사립문을 열어놓고 누가 올세라 젖가슴을 젖히고 애간장을 녹인다.

벌써 해가 지는지 복숭아꽃 향기가 들어왔다 슬며시 나간 치맛귀로 산들바람이 스산하구나. 어느새 교교한 달빛이 빈 사립문 앞을 비추는데, 삽살이가 미친개처럼 하늘의 달을 보고 짖는다. 어, 저놈의 개가 내 마음을 이렇도록 알아주는가.

봉익동 2번지 새로 대각교를 건립해 현판을 걸 무렵, 빼앗긴 경성의 풍경이 이러했다. 까놓고 말해서 은엽은 자세히 알지 못했지만, 부처님 말 한마디 한마디를 한 데 모을 때 '결집'이란 말을 썼다고 한다. 또 그때는 종이가 없던 때라 패다라니 잎사귀에 바늘로 한 자 한 자 귀중하게 새겨 넣었다는 것이다. 중국뿐만 아니라 조선에서도 종이가 만들어지고 붓과 먹이 생산되어 물에 젖어도 변하지 않는 먹물로 졸졸졸 부처님 말씀을 적거나 해설을 달 때는 품위를 높여 '사경'을 한다거나 '저술'을 한다는 말을 썼다.

그런데 터져 나왔다. '터져 나왔다'고 하니 말 맵시가 고상하지 못해 듣기에 비위가 거슬리는가. 그러면 막혔던 물목이 터졌다고 해두자. 거미도 줄을 쳐야 벌레를 잡는 법, 봉익동에 다시 대각교 현판이 걸리면서, 아니 삼장역회가 설립되면서 누에가 고치를 짓듯 백상규가 언문경전의 실을 뽑아내기 시작했다. 은엽은 그쪽 이야기에 매우 과문했던 탓으로 야소교 성경처럼 영문을 한글로 한

두어 권쯤 써내겠거니 했다. 어! 이거 봐라. 1년이 지나고 2년쯤 지나니, 『귀원정종』, 『심조만유론』, 『신역대장경』, 『화엄경』, 『금강경』, 『수능엄경』, 『금비라동자위덕경』, 『선문촬요』, 『관정복마경』, 『대승기신론』, 『금강삼매경』, 『범망경』, 『대방광원각경』…, 하여간에 이름조차 처음 듣는 책들이 줄줄이 '나라비'를 서 엮이어 나왔다.

옛날에 석가모니는 '사람이 산다는 것은 성가신 일이다' 그랬다는데, 무엇이 성가시냐는 부제가 저리도 많다는 것인가. 하이고야! 성가신 것들을 대충 챙기려 해도 저놈의 책을 다 읽기 전에 북망산에 먼저 가 누워 있을 것 같았다. 석가모니라는 사람이 웬 놈의 '썰'을 저리 많이 풀어 백상규를 고달프게 하는가.

언문으로 옮겨 적은 책을 밤새도록 깔고 앉아 읽어도 될뻔댁도 안 될 터인즉, 에라 모르겠다, 은엽은 제목이 귀에 익은 『조선글 화엄경』을 펴들었다. '머리ㅅ말'이라는 것이 있고 끝에 시가 한 구절 있었다.

버들은 듸루운 곧에 푸르고,
꽃비는 느진 갗이에서 붉엇도다!

백상규가 쓴 것 같은데, 알 것도 같고 모를 것도 같은 시 구절이 마음을 끌어 다음 장을 넘기니, 하마터면 뒤로 나자빠져 코가 깨질 뻔했다. 웬 놈의 장광설이 저리 길게 펼쳐져 평생을 읽어도 못 다 읽을 것 같았다.

은엽은 마음을 단단히 먹고 '세간임군묘한장엄 품 첫째'부터 읽어나갔다. 솔직히 말하면 의학서적을 읽을 때처럼 긴장되지 않았다. 백상규한테는 대단히 미안한 말이지만 책을 몇 장 넘기지 않아서 졸음이 왔다. 이래서는 안 되지, 손바닥으로 눈을 싹싹 비비고 다시 시선이 글줄을 쫓는데, 이상한 대목이 눈에 들어왔다.

'…땅이점점 불끈 솟처서 일어나며 두루일어나며 넓게 두루일어나며 땅이홀연히솟처나며 두루솟처나며 넓게두루솟처나며 은은히 울이여나는 소리가 떻이며 넓게두루떻이며…'

햐! 이게 무슨 소린가. 부처가 불가사의한 힘으로 세상을 흔드는데, 이렇게 흔들었다는 것이다. 이거 어디 소름이 끼쳐서 읽겠나. 그래도 계속 읽어 내려가다가 낚시 바늘에 코가 꿰이듯 탁! 꿰이는 데를 만났다.

'…일체국토가한국토로들어가고 한국토가일체국토로들어가며 한량없는부처님나라가 넓게다청정하며광명의꺼리로써어서장엄하며…'

늙어서 된서방을 만난다더니, 그동안 영어로 된 의학 서적, 한문으로 된 의학서적, 일본말로 된 책들을 읽어왔지만, 모든 나라 땅이 한 나라 땅으로 들어가고, 한 나라 땅이 모든 나라 땅으로 들어간다는 말은 처음 대했다. 그러면 일본 사람들이 모든 나라 땅을 제 나라 땅으로 만들어도 된다는 것인가. 아니지, 이것은 역사책이 아니라, 석가모니께서 '썰'을 풀어놓은 화엄경 아닌가. 어리 짐작컨 대 석가모니처럼 도를 통하면 세상이 허공처럼 뻥 뚫려 거치적거리는 것이 없다는 것은 이해가 갔다. 바람도 거치적거리지 않고 구름도 거치적거림이 없이 이 땅덩어리가 저 땅덩어리로 섞이고 저 땅덩어리가 이 땅덩어리로 섞이는…, 삼각산 바람이 제멋대로 오르락내리락한다는 것인 바, 그렇다면 칠월 신선에 구시월 뱃놈이란 말도, 곧은 낚시로 낚시질하는 강태공도 말짱 미친 소리라는 것 아닌가. 야—! 이제 보니 석가모니란 사람 '뚝감자' 아닌가. 이거 말이지 황해도 배뱅이굿 방터리 무당이나 할 소리 아닌가.

그만 두자. 백상규는 백상규고 나는 나다. 낸들 왜 한문을 못 읽겠나, 조선글이라 해도 라플라스미분방정식보다 더 어려운 내용이었다. 싯다르타 태자가 네란자라 강에서 목욕을 하고, 세나니의 딸 수자타가 정성스레 끓여온 우유죽을 마신 후 앗삿타나무 아래에서 선정에 들어 큰 깨달음을 얻었다는 것인데, 은엽이 보기에 그 내용을 조선글로 바꿔놓아도 어렵기는 매 한가지였다. 아니 어려운 개념이 인간이 할 수 있는 상상의 한계 그 너머에 있었다. 참깨 들깨도 노는데 아주까리라고 못 놀겠느냐, 그래도 한몫 끼려고 해보았으나 그 장단에 춤추기가 여간 어려웠다.

겉으로는 잔잔한 것 같았지만 속으로는 얽매고 찍어맨 곰보도

저 잘난 맛에 사는 법이거늘, 은엽은 자존심이 을크러져 입술을 조금만 움직여도 쭉 찢어져 피가 솟을 것 같았다. 솔직하게 말하면 얼토당토 않는 일을 가지고 혼자 이리 뒤채고 저리 뒤채다 늦게 잠이 들었다.

쿵—!

집이 통째로 무너지는 소리 같았다.

쿵—!

누가 종을 치는가? 멀지 않는 곳에 보신각이 있다. 하나 아무 때나 보신각 종을 때리지는 않는다. 그놈의 고양이, 송아지 만한 고양이가 골목길을 삘삘거린 것을 본 은엽은 2층 지붕 끝에서 고양이가 양철통 위로 떨어졌다고 생각하고, 얼른 눈 치운 넉가래를 들고 쫓아나갔다. 그때였다. 하늘에서 벼락 때리는 소리가 들렸다.

'네 머릿속에 문자가 들었으면 몇 개나 들었느냐!'

앗! 깜짝 놀라 소리를 지르고 잠을 깼다. 꿈이었다. 맞아, 내가 화엄경에 대해 뭘 안다고 백상규가 조선글로 풀어쓴 내용을 진드기가 아주까리 흥보듯 이렇고 저렇고 이죽거릴 자격이나 있나. 이런 걸 참나무에 곁낫걸이라고 하는 게지….

이튿날 마음을 차분히 가라앉히고 봉익동으로 백상규를 찾아갔다.

"어쩐 일이오? 아침 일찍…"

학교로 학생들 가르치러 갈 시간 아니냐는 소리 같았다.

"뜸들일 것 없이 단도직입으로 묻겠습니다."

백상규가 슬쩍 쳐다보더니 다탁 너머로 방석을 내주었다. 다탁을 놓고 마주 보고 앉았다.

"선사께서 쓰신 조선글 화엄경을 읽고 있습니다."

"그런데요?"

"화엄경이 뭡니까?"

이게 삼 년 남의 집 살고 주인 성 묻는다는 소린가? 백상규가 다관을 든 채 한 번 더 쳐다보았다. 교수 은엽이만한 학식을 갖춘 사람도 드물거늘, 끝없는 것으로 말하면 다시 끝이 없이 크고, 작기로 말하면 아예 아무것도 없이 텅 비어 버린 것을 몰라 묻는 것 같지 않았다. 그렇다면 어떻게 대답을 해줘야 하나….

"오뉴월 더위에 보면 암소 뿔이 물렁물렁 곧 빠질 것 같지요?"

은엽이 어리둥절했다.

"암소 뿔 물렁거린 것이 화엄경입니까?

이죽거린 어감이 풍겨져 나왔다.

"두더지는 나비 되지 말라는 법이 있소."

장사 말 하는 데 혼사 말 하는 것 같았다.

"제가 화엄경을 잘못 물었습니까?"

"오리를 홰에 올린다고 닭이 되지는 않소."

논두렁에 구멍 뚫자는 소린가.

"대사께서 언제 이렇게 콘크리트가 되셨습니까?"

"암소 뿔은 그래도 안 빠지지."

"벙어리한테 말하라고 협박하는 것 같네."

"허! 그놈의 입…."

백상규가 껄껄 웃었다. 그러고 물었다.

"화엄경이 뭐냐고 물었소?"

"네!"

"바로 그대요."

"네―?"

귀를 쫑긋 세웠다.

"그대가 바로 화엄경이라."

"지금 파리 잡습니까?"

"보살은 지금 나한테 막 대들고 싶지? 그 마음이 화엄경이라, 이 세상 저리 많이 널려 있는 것 모두가 화엄경이지…."

은엽의 귀에는 동문서답이었다.

"그럼 화엄경이 철 그른 동남풍이겠네요?"

어깃장을 놓아보았다.

"흐흠! 그렇게 말하면 안 되고…, 사납고 착한 것도 마음이고, 기쁘고, 흐뭇하고, 달콤한 것도 마음이고, 귀찮고 성가시고 고단한 것도 마음인데, 아주 평등하더라, 그 말이오."

"꽃피고 나뭇잎 푸르고 나비 날고 산새 우는 것도 화엄경입니까?"

"바로 그것이 화엄경이외다!"

"그러니까 그게 바람 잡는 베주머니군요?"

백상규가 얼굴을 뚫어지게 쳐다보았다.

"바람은 다 빠져나가고 남는 것이 화엄경이군요."

"다 읽어보았소?"

"몇 장 읽다 덮어버렸지요."

"아니, 다 읽어 보지도 않고, 콩마당에 간수 치러 왔수?"

개장수도 올가미가 있어야 한다. 화엄경을 다 읽지 않고 온 것은 내가 놓은 덫에 내가 걸려든 것이다. 펑 그 말이 그 말일 것이라는 지레짐작이 올가미였다. 은엽은 우물에 가서 숭늉 달라는 모양새가 된 것을 깨닫고 앉음새를 고쳐 앉았다.

"사실 이야기가 나왔으니 말씀드립니다만, 읽다가 딱 걸린 데가 있어서 죽 쑤어 식힐 틈도 없이 뛰어왔습니다."

"그게 운남바둑이자 연(緣)이란 게지."

"운남바둑이요?"

"못 알아들었으면 토 달지 말고 딱 걸린 데가 무엇인지 그거나 물으시오."

"화엄경이 백명선이 헛문서 같습디다."

"요즘 부처가 정신이 없다더니 죽은 딸네 집에 갔는가. 그래 무엇이 백명선이 헛문섭디까?"

빈정대듯 물었다.

"일체국토가 한 국토로 들어가고 한 국토가 일체국토로 들어간다는데, 그게 하늘에 집짓는 소리 아닙니까?"

"허허허…, 하늘에 집을 지으면 실체가 있겠소?"

"있긴 뭐가 있겠어요?"

"그것이 화엄경이요."

은엽은 여전히 머릿살만 뱅뱅 돌리는 소리로만 들렸다.

"첫 마수에 외상 먹어본 사람이 고양이 달걀 굴리는 법을 아는 거라."

나이가 들수록 느는 것이 잔소리라고 지금 백상규가 쌀 함박을 긁는가.

"노루를 보면 그물 짊어진다더니 어찌 그런 말만 골라서 하세요?"

"안 짊어진 것보다 나으니까…."

백상규의 그 말에 은엽은 퍼득 '초발심시 변정각(初發心時 便正覺)'이라는 말이 떠올랐다.

"아! 생각해 보니 그렇겠네요."

비로소 고개를 끄덕였다.

"그렇겠네요가 뭐요? 의당히 그리 해야지!"

그러고는 말을 이었다.

"일체국토가 한 국토로 들어가고 한 국토가 일체국토로 들어간다는 말은 한문 화엄경 '일체국토입일국토 일국토입일체국토(一切國土入一國土 一國土入一切國土)'를 풀어쓴 말이요. 어찌 그것뿐인가. 모든 세계가 털 하나에 들어가고, 털 하나가 모든 세계에 들어간다. 생명 있는 모든 것들이 한 몸에 들어가고, 한 몸이 생명 있는 모든 몸속에 들어간다. 셀 수 없는 긴 시간이 재깍하는 한 찰나에 들어가고 재깍, 한 찰나가 셀 수 없이 긴 시간 속에 들어간다 그 말이 오."

"하이고 골치야! 그게 믿어져요?"

"안 믿어지면 여긴 뭐 하러 왔소?"

갑자기 목소리의 톤이 지금 바쁘니 빨리 가라는 소리처럼 들렸다. 이걸 어떻게 눙쳐야 백상규 입에 호떡을 붙여놓을까. 침략전쟁 당사국이기는 하지만 일본의 학문과 과학은 서구에 가까이 접근해 있었다. 학문과 과학의 소비자는 대학과 같은 교육기관이면서 그 분야의 교수들이었다.

은엽은 가끔 학교로 보내져 온 네이처(Nature)라든가 사이언스(Science)를 접근할 기회가 있었다. 서구의 과학이 '태초 하느님이 우주에 불어넣은 물체를 작용하는 힘의 기본량은 몇 만 년이 지나도 100만분의 1도 줄어들거나 늘어나지 않는다'고 한 데서 출발했다. 그리고 곧 우주 뒤에 감추어진 힘과 중력의 법칙, 전기가 어떻게 공간을 뚫고 자기에 영향을 미치는지 밝혀지기 시작했다.

1905년 상대성이론이 발표되었으나 불행하게도 그 내용을 이해하는 사람이 없어 빈 홀태질만 계속되던 시기였다. 물질은 '원자(atom)'로 이루어져 더는 쪼갤 수 없는, 눈에 보이지 않는 작은 알갱이라고 주장한, 기원전 그리스 사상가 데모크리토스(Dēmokritos)의 원자설을 돌턴(Dalton)이 실험으로 뒷받침을 했다. 그 뒤 영국의 러더퍼드(Rutherford)가 돌턴의 이론이 헛소리임을 증명했다. 그리고 러더퍼드가 알아낸 것은 원자 속에 원자의 10만분의 1밖에 안 되는 양성, 중성, 중성미자가 전자에 묶여 해를 중심으로 달과 별들이 궤도를 돌듯 원자도 눈에 보이지 않는 우주의 한 모형임을 밝혀냈다. 이어 고에너지 환경에서 만들어진 중성미자가 매초에 650억 개나 1제곱센티미터의 우리 피부를 통과하고 있다는 이론이 나왔다. 은엽은 그만큼 정교하게 실증적 검증을 거친 과학은 믿는 편이었지만, 화엄경도 같은 비중으로 믿어도 될지 확실한 판단이 서지 않았다.

그렇다면 백상규는 그 점을 어떻게 생각할까?

"저, 대사님, 사람이 이 광막한 우주공간을 과학 실험실에서만 볼 수 있는, 원자보다도 더 미세한 입자로 구성되어 있다는 글을 읽었는데 화엄경도 그런 내용입니까?"

"난 그런 책을 보지 못해서 모르겠으나, 모든 것이 텅 비었다는 소리 같이 들리는구먼."

"우리가 하나하나 확인할 수 없어서 그렇지 이론상으로는 텅 빈 거나 마찬가지랍니다."

"불교에 미진(微塵)이란 말이 있소. 또 미진보다 일곱 배나 작은 금진(金塵)이 있는데, 이것들로 세상의 모든 물질이 이루어졌다고 합니다. 이 미진이나 금진이 우리 몸뚱이는 말할 것 없고 납덩이로 성벽을 쌓아 놓아도 걸리는 것 없이 감쪽같이 뚫고 나간다오."

은엽은 백상규가 이야기한 미진, 금진은 서구과학이 우주의 질서와 물질의 구조를 연구해 발표한 원리와 비슷하다고 생각했다. 표현만 다를 뿐 기원전 선각자들이 깊은 숲속 도깨비의 원리와 같은 이야기를 해 놓았다는 점이 놀라웠다. 은엽은 경이로움으로 백상규를 한참 바라보았다.

"화엄경을 읽는다니 참 잘한 일이오. 그런데 우리가 우주를 말할 때 땅에서 하늘만 쳐다보고 빈 소리들을 해, 하늘에 천상세계가 여럿 있음에도 상상조차 못하고, 화엄경을 읽어도 눈으로만 읽고 마음으로는 못 읽어. 그러니 인간세상의 사람과 하늘세계의 사람을 통틀어 이야기한 화엄경 내용을 이해하기 쉽겠소?"

"그럼 어떻게 해야겠습니까?"

"여래의 세계에 똑같이 참여해야 한다는 겁니다."

"여래가 뭐죠?"

"아니, 여태 여래도 몰랐소?"

"막연히 석가모니 부처로만 알았지요."

"틀린 말은 아닙니다만, 여래는 범어 타타가타(tathā gata)를 한문으로 옮겨 적은 것인데, 해석해 놓은 것을 보면 일목요연하게 머릿속에 쏙 들어오게 설명해 놓은 것이 드문 것 같아요. 그것은 타타가타 속에 여러 뜻이 내포되어 있어서 그렇겠지만, 내 생각으로는 '있는 그대로의 사실을 있는 그대로 보고, 있는 그대로 말한다는 뜻'으로 이해하면 될 게요."

은엽이 고개를 끄덕이자 백상규가 말을 이었다.

"화엄경 이야기가 나왔으니 하는 얘깁니다만, 여래께서 앗삿타나무 아래에서 선정에 들어 크게 깨달았다는 것은 '지금 이 자리에 보살님과 내가 이야기하고 있는 이 순간 일어난, 눈에는 보이지는 않으나 그 속에 살아 움직이는 것을 명명백백히 알아차리지 못하면, 그게 거꾸로 숨 쉬는 것과 마찬가지다 그런 거지. 명명백백한 그 가치가 우리 모두에게 평등하고, 누구에게나 온당하고, 변함없는 실체가 아니어서는 안 된다 그겁니다."

"그게 '무상정변지(anuttara-samyak-saṃbodhi)'라는 겁니까?"

"알고 계셨구면. 그런데 거기에 대해 생각해볼 점이 많소. 여래께서 큰 깨달음을 이루시기는 하셨으나, 2400여 년 전 사람 아닙니까? 당시 사람 사는 모습들이 어떠했겠소. 막말로 이야기하면 아랫목에서 밥 먹고 윗목에다 똥 누고, 맨발로 코끼리 똥과 진창을 마구 밟고 다닌 발을 씻지도 않고 그냥 잠자리에 드니, 방 안에서 구린내와 똥파리들과 같이 먹고 같이 자는 생활 아니었겠소?"

"2400년 전 일이라면 미개하다기보다 원시생활이었겠네요."

"자, 그런 사람들에게 화엄경을 이야기하면 알아듣겠소? 그래서 여래께서는 애, 밥은 방에서 먹고 똥은 숲속 멀리 떨어진 한곳에다 누워라. 그러다 보니 해우소라는 것이 생겼고, 우기에 온갖 짐승들의 오줌똥으로 질퍽질퍽한 진창길을 밟고 다닌 발로 방에 들어오면 되겠느냐? 그러니 잠을 자기 전에 반드시 발을 씻고 자거라. 몸도 깨끗이 씻고, 옷도 깨끗이 빨아서 입으라고 하나하나 가르쳐 준 그것이 바탕이 되어 아함경 이야기가 된 것 아니겠소."

"이해가 갑니다."

"내가 보살님 학식을 무시해서가 아니라, 아까도 얘기했지만 인간세계 사람과 하늘세계 사람들을 통틀어 하신 말씀이 화엄경인데, 이게 술술 읽혀 내 살이 되고 내 뼈가 된다면 얼마나 좋겠소. 사실 여래의 말씀은 읽어서 습득하자는 것이 아니고, 여래와 똑같이 그 세계에 참여하자는 것이오. 여래와 똑같은 참여 속으로 들어가려면 시시각각 예기치 않은 일들이 벌어지고, 어렵고 까다로운 사실과 마주치게 되는데, 그것이 불가해(不可解)라는 것이오. 이 '불가해'는 '있다'고 하는 개념을 넘어서고 '없다'고 하는 개념도 넘어선, 지식으로는 이해할 수도 없고, 말로 표현할 수도 없는 것으로, 이것을 '궁극적 실재'라 부릅니다. 이러한 궁극적 실재에 도달하려면 여래와 똑같은 수행을 해야 됩니다."

은엽이 눈을 둥그렇게 뜨고 쳐다보았다.

"이런 것을 알려면 모든 것을 버리고 죽기 살기로 덤벼들어도 어려운데, 화엄경 한 번 읽는 것으로 되겠소?"

"그럼 어떻게 해야 되겠습니까?"

"내 생각인데 화엄경은 나중에 읽고, '신역대장 금강마하반야바라밀경'부터 읽어보시오. 페이지수도 많지 않으니 그리 오래 걸리지 않을 것이외다. 금강마하반야바라밀경을 읽다가 화엄경처럼 탁 걸린 데가 나타나, 목이 말라 타는 것 같은데, 물을 찾아도 없을 때 나를 찾아오시오."

은엽은 그렇게 하겠다고 대답했다. 백상규와 이야기는 여기서 끝났고, 마음속에서 우러나온 말로 고맙다는 인사를 하고 대각교당을 나왔다.

딩까라 뎅!

은엽은 '궁극적 실재'라는 여래의 대열에 참여하려고 마음먹었는데, 조선 불교는 전통혼례의 사모관대를 쓰고 도리질을 했다. 수퇘지는 조금 크면 사금파리로 불알을 깐다. 올라탈 것이나 올라타서는 안 될 것이나 올라타지 말고 얌전하게 잘 자라라고 그런다는 것이다. 그래야 살코기에서 수컷 냄새가 나지 않는다는 것, 돼지는 잡아먹기 위해 키운 짐승이라 그리한다 해도 일본으로 유학 간 청년승려들을 다 불알 깔 수는 없지 않은가.

일본으로 유학 갔다가 서울역에 내리자마자 리비도(libido)적 대상부터 찾는다. 수행자라면 의당히 자아에 의해 성적욕구를 통제하면 리비도는 억눌린다. 물론 상황에 따라 도덕성과 성적욕구가 대립하게 되지만, 이때는 계율로 조절하고, 계율로 억제 억압 등 방어기제의 도구로 삼아야 된다. 한데 일본 냄새만 맡았다하면 서울역에서부터 헐떡수캐가 되어 달아난다.

여래의 대열에 참여하는 사람들은 '본래 원융산림에서 의발만 있으면 천여 개의 사찰과 당우가 모두 그들의 안식처'[15]였다.

그런데 축첩을 하면 사저(私邸)를 따로 가져야 하고, 술과 고기에 흰쌀밥을 먹으니 독신인 비구에 비해 생활비가 네 배, 다섯 배가 필요하다.

---

15) 김광식, 『1926년 불교계의 帶妻肉食과 白龍城의 建白書』, '한국독립운동사연구'. 독립기념관 한국독립운동사연구소. 1997.

송충이는 솔잎만 먹지 갈잎은 먹지 않는다. 마누라를 데리고 운우지정을 나눈 것까지는 좋지만, 생활능력이 없는 대처승 떨거지들이 생활비를 조달할 곳이 어딘가. 낙숫물이 떨어진 곳에 또 떨어지듯 큰방에 둘러앉아 바루에 밥을 퍼서 먹고, 바루 씻는 것밖에 모르는 그들이 사찰 곳간을 부엉이 곳간 들여다보듯 했다.

이러다 보니 신도는 줄고 사찰 곳간은 거미줄로 얽혔다. 먹고 살려니 암자 주지라도 해야 푼돈을 만지겠는데, 마누라를 거느린 중은 주지를 할 수 없다고 못을 박아버렸다. 천생 배운 것이 염불이라 사주쟁이나 점쟁이 질을 하면서 거짓말로 슬슬 돈이나 뜯어내니, 선불교까지 싸잡아 중은 모두 절 모르는 중이 되었다고 사찰 무용론이 나왔다.

이쯤 되면 불교는 망한다. 하나 인간에게 가장 기본적인 욕구는 생명을 유지해 몸뚱이를 보존하려는 욕구이다. 사찰이 대처육식으로 목에 숨 줄이 왔다갔다 하는 상황에 이르니, 욕구의 본능이 반사적 연쇄반응을 일으켰다. 어떻게든 주지를 해 숨 줄을 연장하겠다는 것이다. 마누라를 거느린 중들이 총독부와 관계가 원활해 우리도 주지를 할 수 있게 해달라고 단체로 들고 일어났다. 이것이 곧 주지직 싸움의 시발로, 조선 주권을 일본에 넘겨 최상의 '빽'을 가진 이완용을 끌어들이니, 약아빠진 총독부는 그것은 너희들 집안 일이니 너희들끼리 해결하라고 싸움질에 도리어 불을 붙였다. 이놈의 나라 언론, 특히 〈동아일보〉와 〈조선일보〉가 비구측도 옳고 대처측도 옳다, 아니 비구측도 그르고 대처측도 그르다고 뺑뺑이를 돌리니, 사찰 주지를 놓고 비구 대처 싸움이 가관으로 번졌다.

그때 용성이 발을 벗고 나섰다.

우리 깨달은 이 세존께서 세상에 출현하신 이래로 불자대중이 각각 법륜을 굴려 삼천 년이 가깝도록 대처육식의 이야기를 들어 보지도 못했다. 근래에 부끄러움이 없는 권속의 무리가 마음이 오욕에 물들어 깨달음의 정법을 멸망케 해, 감히 대처육식의 행위로 청정한 사원을 악마의 소굴로 변화시키고 있다. 참선·염불·간경 등을 전폐하니 이는 천상계의 천신이 눈물을 흘리고 삼가 토지의 신령을 분노케 한다….〈백용성 제1차 건백서. 한문용어는 필자가 우리말로 옮겨 적은 것임, 이하 생략.〉

1926년 5월 '계를 범하는 생활(犯戒生活) 금지'에 관한 제1차 건백서를 비구 127명의 명의로 총독부에 보냈다. 건백서가 조선총독부에 접수되자, 정통 비구 계열 승려와 속이 음험해 일본 물에 젖은 대처육식 승려들 가운데 격렬한 논쟁이 벌어졌다. 하나 총독부에서는 강 건너 시아비 뭣 보듯 했다.

상언(祥彦)과 성우(盛祐)는 두어 해 전에 용성스님 계를 받고, 상언은 선학원에서, 성우는 해인사로 내려가 정진에 열중했다. 용성은 그해 9월 제2차 건백서를 다시 총독부에 보냈다.

수행자는 계율 250계와 십중대계, 마흔여덟 개의 가벼운 계를 받았기 때문에 대처육식을 엄금하는 것이 눈과 서리와 같았다. 계율 지킴이 이렇거늘 여자를 범한 음란한 자가 있으면 영원히 승단 밖으로 축출, 환속케 하시니, 현금 조선 승려가 대처육식에 빠져 청정사원을 더럽고 지저분한 악마의 굴로 운영하는 것을 참다운 승려들은 원치 않을 뿐 아니라 읍혈통탄(泣血痛歎)하는 바이다… 〈백용성 제2차 건백서. 한문용어는 필자가 우리말로 옮겨 적은 것임. 이하 생략.〉

마누라도 자식도 없이 머리 깎고 걸망 하나 달랑 멘 것은 우주 만유의 궁극적 실재와 합일에의 여정이다. 궁극적 실재는 불생불멸이다. 『기신론』은 말한다. 애초 우리의 정신적 대상은 차별 없는 것이다. 차별은 엉뚱하고 터무니없는 생각에서 생긴다. 이 과대망상을 버리면 궁극적 실재에 도달한다고 일러준다.

이 길을 가고자 하는데, 일본이 조선을 지배하자 신성한 만행의 길목에 새로 주막이 생겼다. 횟집도 생기고, 색시집도 생겼다. 주막에서는 목마른데 컬컬한 막걸리나 한 잔 하고 가라고 붙든다. 횟집에서는 팔딱팔딱 뛰는 생선을 바다에서 막 건져왔으니 초장에 회 한 점을 찍어 정종 한 대포 하고 가라고 붙든다. 생각이 어리버리해지니, 색시집에서는 달빛 같은 허벅지를 치마 끝까지 내보인 아가씨들이 분냄새를 풍기며 "오빠— 잉!" 하면서 붙든다.

바람이 파도를 자꾸 육지로 밀어 올린다. 구릿빛 목소리로 아무리 외쳐도 파도는 육지를 끌어안을 듯 기어오른다. 이 마당에 용성의 건백서가 홍해 바다를 갈랐다는 이스라엘 전설 모세의 기적처럼 힘을 발휘하지 못했다. 그래서 대안으로 나온 것이 '대각교 선언'이었다.

    은엽은 '신역대장 금강마하반야바라밀경'을 읽었다. '금강'은 더없이 깡깡한 것이다. 더 괴상한 것은 금강은 있지도 없지도 않은 그런 것이라는 것, 거짓말도 잘하면 논 닷 마지기보다 낫다고 했다. 그래도 공자나 맹자가 거짓말했다는 소리는 들어보지 못했다. 석가모니로 말하면 공자, 맹자, 노자보다 더욱 뛰어난 선친우, 진영각, 지심귀명례다.

    '나는 이렇게 들었다'로 시작된 금강경은 석가모니와 그의 제자 수보리가 아무것도 없는 것을 찾는다는 황당한 이야기를 모아놓은 내용이었다. 사람 몸뚱이가 있다 없다로 시작되더니 어떻게나 '구라빨'이 쎈지 '네 이놈! 네놈 의심의 원천을 캐묻는다'는 그 대목에 이르러 은엽은 간단없이 낚시 바늘에 걸렸다.

    "수보리야, 어떻게 생각하느냐? 드러난 내 몸뚱이로 여래를 보겠느냐?"

    백상규 설명에 의하면 여래는 '있는 그대로의 사실을 있는 그대로 보고, 있는 그대로 말한 것'이라 했다. 여래가 몸뚱이를 드러내고 묻는데, 수보리가 못 보겠다고 대답한다. 눈앞에 엄연히 모습을 보이고 있는 여래를 보지 못한다? 이건 거짓말이다.

    "모양 있는 것은 다 허깨비다. 이 허깨비를 진짜가 아닌 것으로 보면 곧 여래를 볼 것이다."

내 참! 서로 마주보고 이야기를 주고받으면서 수보리는 여래를 볼 수 없다고 말한다. 이게 정녕 그림자들 장난인가. 어째서 이것이 있는 그대로의 사실을 있는 그대로 보고, 있는 그대로 말한 것인가?

은엽이 그렇게 고심하고 있을 때, 백상규가 함경도 두만강 주변 회령으로 간다는 소문이 들렸다. 나도 이젠 지겨워, 선생노릇도 할 만큼 했지. 그만둘 때도 됐잖아. 은엽은 경성의전 교수직 사표를 냈다. 그리고 백상규를 찾아가 회령으로 간다는 소문을 듣고, 학교에 사표를 냈다는 말을 했다. 있기도 하고 없기도 한 공부를 하러, 회령으로 따라가겠다고 했더니 마지못해 허락해주었다.

은엽은 매우 바쁜 용성 앞에서 시침 딱 떼고 호박씨 까는 소리를 끄집어냈다.

"언젠가 저보고 금강마하반야바라밀경을 읽다가 탁 걸린 데가 있어 목이 타는데, 물을 찾아도 없을 때 찾아오라고 하셨죠."

"음—, 그랬지."

"모양 있는 것은 다 허깨비다. 이 허깨비를 진짜가 아닌 것으로 본다면 곧 여래를 볼 것이다, 그 대목 있지요?"

"있지."

"모양 있는 것을 어떻게 모양 없는 것으로 봅니까?"

은엽이 묻는 말에 용성이 씩 웃고 나서 대답했다.

"말똥은 말똥이지 밤알은 아니다 그거구먼?"

알쏭달쏭했다.

"그러면 하나 묻지, 0에서 3을 빼면 0인가?"

"그렇습니다. 답을 3이라고 하면 더하기가 됩니다."

"그러면 1나누기 0은 어떻게 되는고?"

그것 역시 도로 1일 것 같은데, 용성이 그것을 몰라 묻는 것이 아닌 것 같았다. 수학을 전문으로 하지 않아 은엽은 미분적분에 능통하지 못했으나, 의과대학 교수라 신발주머니 달랑거리듯 약간의 지식으로 수식을 생각해 보니, 여기서 답을 '1'이라고 하면 '0'을 철저히 아무것도 아닌 것으로 배제해버린 결과로 나타날 게 뻔했다. '0' 너는 있으나마나 쓸모가 전혀 없는 것이야…. 한데 이것을 '1=y×0' 하면 '1'의 개념이 모호해진다. 그렇다면 '0'은 실수 '1'과 같은가 다른가, 이게 문제였다. 퍼뜩 진짜처럼 눈에 보이는 것을 진짜가 아닌 허깨비로 보면 곧 여래를 본다는 것은 '0'이 실수 '1'로 보인다는 말처럼 생각되었다. 이 속에 뭔가 있다. '0'이 '1'과 같다든지 아니면 '1'이 '0'과 같다든지 허수가 실수이고, 실수가 허수라는 말처럼 느껴졌다. 그래서 머뭇거리고 있었더니 다시 물었다.

"25+10을 계산하면 어떻게 되오?"

"25+10은 '2+1'에 '5+0'으로 계산하지 않으면 답이 나오지 않습니다. 이렇게 되면 뒤의 '5+0'에서 '0'을 실수가 아니라고 단언할 수 없겠습니다."[16]

'5'에 '0'을 보태면 '0'은 아무것도 없으면서 '5'와 같은 가치를 부

---

16) Newton. 2004.2

여받게 된다. 바로 그 가치가 실수(實數)이다. 은엽은 내킨 김이었다.

"불교에서는 '공(空)'을 많이 이야기하던데, 없으면서 있는 것이 공 아니겠습니까?"

용성이 껄껄 웃었다.

"없으면서 있는 것, 있으면서 없는 것, 똑같은 말이지만 이것이 우주만유의 본질이자 실재요. 바로 이 공이 우주를 탄생시켰고, 덧붙이자면 보살님도 바로 이 공에서 생겨났다 그 말이외다."

논리적으로 그런 것도 같고 그렇지 않은 것도 같은데, 이야기가 좀 엉뚱하다는 생각이 들었다.

"그런 것을 알려면 어떻게 해야 되겠습니까?"

"화두를 들고 참선을 하시오."

화두라는 말은 은엽도 알고 있었지만, 대답해 준 말이 너무 단순해 막연하게 들렸다.

"화두는 스승이 제자한테 내린다는데, 저는 누구한테 화두를 받습니까?"

"내가 주지."

어헛! 은엽은 졸지에 백상규의 제자가 되는 순간이었다. 제자? 남편이 될 뻔한 사람이 스승으로 바뀐다? 좋다, 스승으로 삼자. 그래도 손해나지는 않을 것 같았다.

"좋습니다. 저에게 화두를 주십시오!"

"흐음—!"

용성도 무엇이 좀 까끄러운지 신음을 한 번 토하고 난 뒤 대답했다.

"금강경을 읽다보면, '과거심'을 얻지 못하고 '현재심'을 얻지 못하고 '미래심'도 가히 얻지 못한다는 대목이 나옵니다. 모든 것을 긍정하고 봐도 과거, 현재, 미래의 마음을 어찌하여 얻을 수 없는지, 그와 반대로 모든 것을 부정하고 봐도 과거, 현재, 미래의 마음을 어찌하여 얻을 수 없는지 그것을 참구해 나한테 답을 가져오시오!"

그러고는 참선할 때 앉는 방법과 숨 쉬는 법과 마음자세를 소상히 일러주었다.

용성은 대각교를 선언하고 봉익동 대각사에 중앙본부를 두었다. 그리고 하늘에 발바닥을 붙이듯 함경도 회령으로 달려가 염불방을 설립했다. 은엽은 과거, 현재, 미래의 마음을 왜 얻을 수 없는지 그것을 참구하겠다는 구실을 달아 용성을 따라 회령으로 갔다. 3백 명 넘게 신도들이 모여, 봉불식을 마치고 금강계단을 시설해 은엽은 그곳 신도들 틈에 섞여 보살계를 받았다 그리고 날마다 '신묘장구대다리니'를 소리 높이 외쳤다.

용성은 회령 염불방이 자리를 잡자 두만강 건너 북방으로 눈을 돌렸다. 곧 길림성 옌볜으로 갔다. 은엽은 훈춘에서 삼촌이 반일무장독립단을 지휘하면서 대한독립군 군수품 요청이 있으면 군무도독부와 대한신민단까지 모두 자금을 지원한다는 소문을 들은 적이 있었다. 올커니, 이 기회에 삼촌을 찾아보겠다는 이야기를 해 용성을 따라 옌볜으로 갔다. 용성은 옌볜 명월촌과 영봉촌에 자리를 잡고 농지 70여 정보를 마련, 첫 작업으로 옌볜 대각교당을 세우고 1927년 9월 봉불식을 가졌다.

하여간 어디서 그런 자개바람 같은 힘이 솟는지, 동에 번쩍 서에 번쩍 벙어리 소 몰듯 추진한 것 같은 일들이 덕석에 고양이 기어오르듯 무탈하게 성취되었다. 그때 중국 통저우 화엄사 방장스님이 소문을 들었다면서 찾아왔다. 예전에 용성이 만난 방장은 입적하고 당시 선원장으로 있었던 자기가 방장으로 추대되었다면서, 용성과 초면 아님을 이야기했다. 소문을 들어보니 그도 경지가 높고 의법한 대선사라 했다. 용성은 조선 선불교가 일본 불교로 바뀌어 껍데기만 남았다는 이야기를 하면서, 다시 조선 선불교의 선맥을 잇기 위해 대각교를 창립했다는 이야기를 하자, 화엄사 방장은 중국 불교의 미래도 매우 어둡다면서 그런 불상사를 모면할 구체적인 방안을 물어왔다. 용성은 서슴없이 백장스님 '일일부작 일일불식'과 같은 '선농불교'를 실행하겠다는 이야기를 하자, 칭찬을 거듭하면서 큰 시주를 하고 돌아갔다.

화엄사 방장스님이 통저우 돌아간 뒤, 짙은 눈썹에 텁석부리 콧수염을 기른, 왜놈형사 같은 사람이 용성을 찾아왔다. 챙이 짧고 귀 덮개를 위로 올려 똑따기단추로 잠근 모자를 쓰고 있었다. 칼라가 매우 넓은 바바리코트에 벨트를 맸는데 권총이 담긴 총집이 매달려 있었다.

그가 대각교당 마당으로 들어서는 것을 보니, 사람이 없는 한적한 곳에서 여자와 마주치면 비녀를 빼 갈 사람처럼 음충스레 보였다.

"저, 말씀 좀 묻겠습니다."

교당 앞에 서 있는 은엽에게 말했다.

"대사님 계십니까?"

"대사님이라뇨?"

대사님이 누구를 가리키는지 몰라 되묻는 것이 아니었다.

"용성 큰스님 말이외다."

'큰스님' 이렇게 나오는데야 안내를 하지 않을 수 없었다. 용성스님이 계신 '염화실' 앞으로 가 문을 두드렸다.

"손님 오셨습니다. 큰스님."

"안으로 모십시오."

그 말이 떨어지기 바쁘게 바바리코트가 방문을 열었다.

"저 홍범돕니다."

하늘은 맑고 숲은 푸르다

　홍범도라는 말에 용성이 버선발로 밖으로 나왔다. 바바리코트를 두 손으로 안고 방으로 들어갔다. 절집 예절 인사가 끝나자 두 사람은 혼서지 받은 벙어리처럼 싱글벙글했다. 바바리코트는 무덤덤, 통 웃음이 없을 것 같은 얼굴인데, 다시 뵙게 되어 꿈만 같다느니, 어쩐다느니, 너스레에 반가움을 섞어 넣었다. 대선사 백상규는 호두각 대청이 저럴까, 간지러운 것 같은 반가움을 콧잔등에 얹고 바바리코트를 쳐다보았다. 흥! 은엽은 돌아서서 교당으로 들어가 다라니를 외웠다.

　입으로는 신묘장구 어쩌고 외치지만, 속으로는 수수께끼 같은 '과거심불가득(過去心不可得) 현재심불가득(現在心不可得) 미래심불가득(未來心不可得)'이 두렛줄에 달린 물통처럼 달라붙어 있었다.

　그때 태현이 발소리가 나지 않게 들어와 귓가에 소곤댔다.

　"교수님, 큰스님께서 오시래요."

　은엽이 염화실 문을 똑똑 두드리니 "들어오시오." 그랬다. 삿갓을 뒤집어 놓은 것 같은 봉오동 골짜기로 일본군을 유인해, 깡그리 살생했다는 이야기는 끝나고, 그해 10월 청산리전투에서 김좌진 장군과 일본군을 한 놈도 남기지 않고 모두 때려잡았다는 이야기가 새롭게 이어지고 있었다.

은엽이 합장을 하고 자리에 앉으니 용성이 말했다.

"두 분, 인사 나누시오."

은엽은 앉은 채로 합장을 했고, 바바리코트 그 작자는 엉덩이를 들썩 들더니 도로 앉았다.

"홍범도라 합니다."

많이 들어본 이름이었다, 곧 용성이 소개했다.

"홍범도 장군은 나하고 연이 있어 잘 알고 지낸 사입니다. 많은 전투에 참가해 일본군을 격파했고, 지난 경신년 삼둔자전투에서 120명, 봉오동 전투에서 157명의 일본군을 격파해 전과를 올린 분이요. 그해 가을 청산리전투에서 제1연대장으로 제2연대장 김좌진 장군과 일본수비대를 모두 섬멸한 우리 독립군투삽니다."

이번에는 은엽을 쳐다보며 바바리코트에게 말했다.

"이 보살님은 경성의전 교수님이오. 이번에 북방으로 온 것은 조동희 선생을 만나겠다고 학교에 사표를 냈답니다."

조동희란 말에 홍범도가 고개를 번쩍 들었다.

"그렇지 않아도 홍장군께서 조동희 선생 계신 곳을 잘 아실 것 같아 수소문하려던 참인데, 이렇게 스스로 찾아주신 것은 분명 불보살님 가피가 계신 것 같습니다."

"조동희 지사라면 평양 박태은 선생 친구 분 말씀입니까?

조동희를 지사로 칭했다.

"그렇소."

바바리코트가 은엽을 보고 물었다.

"조동희 지사와 어떻게 되십니까?"

"저희 친삼촌이십니다."

"아이고, 이런…!"

홍범도가 다시 합장을 해보이며 용성을 보았다.

"사실 이전의 모든 전투도 그랬지만, 몇 해 전 삼둔자전투와 봉오동전투 승리의 공은 용성선사님과 조동희 지사님, 박태은 선생에게 돌아가야 합니다. 이 어른들 뒷바라지가 없었다면 우리 독립군에게 총이 어디 있으며, 탄약이 어디 있고, 박격포가 어디 있겠습니까? 그때그때 군자금을 차질 없이 뒷받침해줘서 용기를 갖고 일어선 것 아닙니까?"

"조동희 선생이나 박태은 선생은 애국자이시니 그렇다 치지만 내가 무슨 도움이 됐겠소?"

용성의 겸양해 하는 말에 홍범도가 손을 저었다.

"아닙니다…."

두 사람의 치렛말 사이로 은엽이 냉큼 끼어들었다.

"저희 삼촌은 지금 어디 계시죠?"

만주로 올라온 목적이자 제일 궁금한 것을 물었다. 홍장군은 은엽의 물음에 검게 그을려 살가죽이 한 꺼풀 부풀어 오른 것 같은 얼굴을 들더니, 대답은 하지 않고 은엽만 찬찬히 바라보았다.

함경도 주재소를 차례차례 불태우다 무지막지한 헌병수비대와 맞닥뜨리게 되어 청년유격대는 잠시 해산했다. 앞에서도 한 이야기지만, 조동희는 그 사이 경성에서 현금·어음·금붙이 따위를 다섯 가마니나 모아 두만강 건너 훈춘으로 들어와 청년유격대 '아지트'를 만들었다. 군사자금 다섯 가마니에서 두 가마니를 떼어 홍범도에게 보내고, 청년유격대 이름을 '도쿠자(どくじゃ)' 특전사단으로 바꿨다. 왜 일본말이 여기에 들어가느냐, 일단은 일본수비대의 혼동을 일으키게 하고, 다음은 새롭고 격렬한 훈련에 돌입하겠다는 각오였다. 3백 명 넘는 대원을 '사단'이라? 이것이 호왈백만(號曰百萬)이란 허풍이다. 우선 이 허풍이 훈춘 인근에 깔린 마적들의 간담을 서늘하게 했다.

그렇다면 도쿠자 특전사단이 지향하는 것이 무엇인가. 일본군과는 대결을 피했다. 왜냐? 신무기로 무장한 일본군과 대결하면 인명 살상에 패배만 가져왔다. 그래서 한 사람, 또는 두 사람씩 한손에는 빈 자루, 한손에는 작대기를 든 땅꾼으로 위장해 만주벌판 요소요소 일본수비대 진영을 눈여겨 탐지해 두었다가 어슬렁 토끼재 넘듯 안으로 들어가 다이너마이트로 화약고와 무기고는 물론 군영 자체를 폭파한 일을 했다. 이것이 우렁이 두렁 넘는 전술이란 것인데, 그러려면 개인기가 신출귀몰해야 했다. 일본군은 사무라이 물이 들어 칼, 그러면 앉은뱅이 무엇 자랑하듯 너도나도 한가락씩 하려 했다. 도쿠자는 그런 놈들을 고양이 만난 쥐로 만들어야 했다.

조동희는 중국 삼호(三湖)에 은신하고 있는 무협 씨요시(肖续) 협사를 유비가 제갈량 모시듯 모셔다 도쿠자 무술교수로 삼았다. 당랑권은 몸을 푸는 준비운동으로 수련 전에 한 번 뛰고 형의권, 팔괘장, 태극권, 기문둔갑에 이르기까지 내가권 위주의 무술을 익혔다.

3년쯤 연마하고 나니, 물론 개인차는 있지만 대원들이 흔히 강호를 떠돈다는 무림의 고수 못지않은 무공이 갖추어졌다. 내가권은 내공을 기르는 것이라 깊이 들어가면 눈에 들어오는 실체 있는 것들이 실체 없는 것으로 나타난다는 것이다. 하나 자연은 역동적인 것으로 끊임없이 움직이면서 변화한다. 씨요시 협사의 말을 압축하면 상성상반(相成相反)의 이치가 무의식 속에서 작용하게 되는데, 거기서 좀 더 깊이 수련하면 천기비문(天機秘文)의 문에 들어선다는 것. 정중동, 동중정 속에서 외부에 존재하는 실체와 내부의 영감을 통한 실체가 일체를 이루면 초능력을 발휘할 수 있는 경지에 이른다는 것이다. 날아오는 총알을 받고, 몸뚱이가 독수리처럼 쏜살같이 날아 몸을 변신술로 위장하면 상대방이 시력을 잃고 허둥대는데, 그런 대원이 다섯 사람만 되어도 일본수비대 몇 군데 작살내는 것쯤 일도 아니라고 했다.

일본수비대의 경비가 아무리 삼엄해도 화약고를 폭파하고 병영을 잿더미로 만든 사건이 나날이 이어졌다. 놈들은 조선독립군 소행으로 보고, 독립군 행적만 서캐 훑듯 훑었다. 하나 도쿠자 특전

사단 단서는 눈치도 못 채고 혹 금품을 노린 마적들 짓인가 하여
그쪽으로 눈을 돌렸다.

그리고 나서 일본수비대는 중국이 전쟁을 하면서 수없이 우려먹
은 '이이제이' 전법을 쓰기로 했다는 소문이 들렸다. 낭인출신 나카
노 타스(中野淸助)가 쑹화장(松花江) 상류 창장하오(長江好)라는 비적
두목한테로 가 창장하오를 구워삶아 텐락(天樂)으로 이름을 바꿔
의형제를 맺었다. 그래서 창장하오는 악질적인 친일 마적이 되었고,
왜놈 낭인 나카노 타스는 지린성(吉林省)에서 벌목업을 했다. 거기
에 총독부 경무국장 마루야마 쓰루기치(丸山鶴吉)가 끼어들었다.

총독부에서 경무국장에 오를 만큼 관록이 붙은 마루야마 쓰루
기치를 창장하오에게 보내니 창장하오를 말랑말랑하게 주물러 비
적 참모가 되었다. 여기에 '시베리아 오기주'라는 이름을 갖고 카바
레 접대부 행세를 한 일본 여자 스파이 야마모토 키쿠코(山本菊子)
까지 합세해, 스파이부대로 알려진 일본군 제12사단을 끌어들였
다. 30여 명 남짓 되는 도쿠자 특전단의 활동이 일본군을 전대미
문의 긴장상태로 몰아넣었다. 일본군 진영에서 도쿠자 사단에 불
령선인(不逞鮮人)이란 이름을 붙이면서 일본군 19사단까지 투입되
어 대대적인 섬멸작전에 돌입했다.

이것이 '훈춘사건'이다. 조동희가 이끈 '도쿠사 특전사단'이 한반
도와 만주내륙에 나와 있는 일본군을 초긴장상태로 몰아넣었다.
일찍 만주에 배치된 일본군 수비대와 일본군 12사단, 19사단, 창
장하오가 이끈 비적의 무리까지 광분상태로 조선족반일단체와 조

선군중 검거와 학살이 백결치듯 휘몰아쳤다. 방화, 강간, 소탕의 소용돌이 속에 도쿠자 특전사단은 무예가 고단이라 상대방의 움직임에 따른 이치대로 35(三十五)계의 트릭의 원리를 이용해 빠져나갈 수 있었다. 흔히 '36(三十六)계 줄행랑'이란, 36계의 맨 마지막 도망치는(走爲上) 전술이었다. 무예의 고단자가 등을 보이고 도망간다는 것은 퍽 부끄러운 일이나 무림의 세계에서는 도망가는 적수를 쫓거나 공격하지 않고 달아나게 놓아준다. 하나 일본군은 무예의 품격과 도리를 지키는 무도(武道) 집단이 아니었다. 조동희는 동지 몇 사람과 훈춘현 징신진(敬信鎭)으로 몸을 피했다. 조선족이 많이 모여 부락을 이룬 러시아 연해주 크라스키노(Kraskino)로 가는 길인데, 일본수비대가 뒤에 바짝 따라붙었다.

나이 많은 조동희의 등을 쏘아대는 아리사카 소총 탄알이 가슴을 관통하는 총상을 입었다. 호위하고 가던 동지들이 곧 뒤돌아서 맨주먹으로 난사해대는 총탄 속을 뚫고 들어가 여덟 놈의 일본군을 그 자리에서 목을 쭉 뽑아버렸다. 그리고 곧 안중근 의사가 하얼빈으로 이토 히로부미의 가슴에 3발의 브러우닝 권총 구멍을 내러 가던 길에 잠시 머물렀다는 초가집으로 몸을 피했다. 하나 조동희는 안타깝게 숨을 거두고 말았다.

은엽은 홍범도로부터 삼촌이 훈춘 징신진 초가집에서 숨을 거두었다는 이야기를 듣고 길을 떠났다. 용성이 태현을 딸려 보내려 했지만 완곡히 사양했다. 옌벤 대각교당에서 두만강이 내려다보이는 투먼(圖們)을 거쳐 물어물어 훈춘 징신진 퀀허촌(圈河村)으로 갔다. 두만강 위쪽 드넓은 들녘, 봄물에 방게 기어 나오듯 고향을 떠난 조선족들이 이곳으로 올라와 구름 모이듯 모여 땅을 일구고 낯선 생활을 하는 모습이 눈에 띄었다.

가옥들이 띄엄띄엄 흩어져 있었는데, 은엽은 길갓집으로 들어가 전에 안중근 의사가 머문 집이 어디냐고 물었다. 얼굴에 주름이 파이고 머리털이 희끗희끗 흐트러진 아낙이 대문을 나와 그리 멀지않은 곳에 따로 떨어져 있는 초가집을 가리켰다.

"저기 저 집이에요. 그때는 안중근 청년이 누군 줄 아무도 몰랐소. 아마 저 집에서 몇 달 머물렀을 거요."

아낙이 묻지도 않은 말을 덧붙이면서 도움을 청하지 않았음에도 초가집으로 안내해줬다. 집은 초라했고, 빙 둘러 말뚝을 박아 기다란 나무들로 얼키설키 울타리라고 가려놓은 안마당은 그리 넓지 않았다.

"이 집에서 안중근 청년만 거처했습니까?"

"아니에요. 안중근 청년이 떠나고 내내 비어 있었는데, 그 뒤 건장한 청년들이 나이가 들어 뵌, 총상을 입은 어떤 분을 모시고 와 간호를 열심히 하더니 그만 돌아가셨어요."

홍범도 이야기가 맞구나.

"그 뒤로 찾아온 사람은 없었습니까?"

"왜요? 독립운동을 하는 사람으로 보인 분들이 가끔 들러 산소와 집을 둘러보고 가곤 했지요."

"그래요?"

삼촌 묘소에 홍범도 외에 다른 사람들도 찾아온 듯했다.

"여기서 돌아가신 그분 산소는 어디 있는지 아십니까?"

"저 위로 한식경 올라가야 있어요. 돌아가실 때 함께 온 청년들이 마을 사람들과 묘를 썼는데, 훌륭하신 분이라고 그럽디다. 당시 같이 온 청년 분들이 수시로 들러 묘지를 손질하고 벌초도 깔끔하게 하대요."

삼촌이 운명했다는 스산하고 쓸쓸한 초가집 안방, 눈을 감으니 "참 미안하다." 언젠가 거실에서 속마음을 털어놓던 삼촌 얼굴이 떠올랐다. 뭐가 미안해요, 삼촌? 내가 너무 소홀했어⋯. 은엽은 콧잔등이 시큰하면서 두 눈에서 눈물이 주르르 흘렀다. 삼촌은 내가 시집을 가 안온한 생활을 하기 바랐는지 몰랐다. 항상 말이 없이 눈에 보이지 않은 배려로 보살펴준 삼촌의 얼굴이 떠오르자 주체할 수 없이 눈물이 쏟아졌다.

"돌아가신 분이 아버님이신가 보다."

아낙이 혼자소리로 때 묻은 손수건을 꺼내 손에 쥐어주면서 등을 쓸어주었다. 은엽은 눈물을 삼키려고 얼른 마음속으로 신묘장구대다라니, 하다가 과거심불가득 현재심불가득 미래심불가득, 입술을 비틀며 되뇌었다. 그래, 한 번 지나가버린 일은 다시 재현해낼 수 없다. 얼른 마음을 비워 한곳에 모으고 눈물을 닦으며 일어섰다.

"아주머니 산소까지 안내 좀 해주시겠습니까?"

은엽이 눈물을 보여서 그런지 대답이 착잡했다.

"아이고, 모셔다 드리고말고요."

아낙의 안내를 받아 삼촌 묘소로 향했다. 이상하게 걷는 발걸음이 느리지도 빠르지도 않았다. 공중에 둥둥 떠서 가는 것 같았다. 초가집 안방에서 애간장을 아예 도려내 버린 듯 모든 것이 빠져버려 도무지 내력을 알 수 없는 불가측성의 미스터리가 가슴을 허전하게 했다. 화생(化生)이라고 하는 무엇이 씌워댄 건가. 눈물도 나오지 않았다. 삼촌 묘지에 이르면 절규를 할 것 같은 예감이 어디론가 말끔히 사라져 버렸다.

은엽은 묘지 앞에 무릎을 꿇었다. 어찌한 연고냐, 지나간 마음은 다시 재생해낼 수 없다. 너는 지금 뭘 하고 있느냐, 현재는 재깍재깍 시간이라고 하는 것이 가고 있다. 재깍재깍 가고 있는 지금이 다음 재깍으로 옮겨지면, 방금 재깍했던 현재는 벌써 과거가 된다. 은엽은 칼날 같은 시간이 에누리 없이 이어지는 것에 소름이 끼쳤다. 시간은 면도날보다 더 예리하고 참혹했다.

끔찍해라!

재깍과 재깍의 사이는 이어진 것이 아니라 서릿발보다 더 차갑고 냉혹하게 끊겨 있었다. 현재는 어디 있는가? 없었다. 현재가 발 붙일 곳이 없는데, 미래를 어디서 찾겠는가. 굳이 답을 내놓자면 지금 재깍거리는 현재가 곧 미래였다.

은엽은 눈을 감았다. 산 위에 노란 달이 떠올랐다. 떠오르는 달이 점점 커지면서 하늘을 꽉 채웠다. 은엽은 달 속에 갇혀버린 감정이 되었다. 모든 것이 금색이었다. 앗! 깜짝 놀라 눈을 떴다. 삼촌의 산소에는 산뜻한 잔디가 새로 돋고 있었고, 산소를 안내해준 아낙도 투명한 모습으로 앉아 있었다.

"허허! 삼촌은 돌아가셨으나 돌아가신 것이 아닙니다!"

용성은 옌볜 70여 정보의 토지에 대각교당을 세웠다. 아니 저 많은 토지를 어디에 쓰려고 저러는가. 집에서 새는 바가지는 들에 나가서도 새듯 더러 생배앓는 사람들이 없지 않았다. 양반은 문자를 곧잘 쓰던데, 그러면 들은풍월이라도 문자로 따져보자. 욕망, 욕구, 요구, 이 세 마디는 비슷한 소리처럼 들린다. 그래도 꼬투리를 잡아 꼬치꼬치 따져보면 가닥이 나온다. 욕망은 무엇을 누리고 싶어 탐내는 것이고, 욕구는 무엇을 얻고자 바라는 것이고, 요구는 생리 또는 심리적으로 모자람을 보충하고자 하는 것이다. 이 세 가지 조항은 선불교의 지향점과 모두 배치된 것으로 치부된다. 금강경에 빛깔로 부처를 보려 하고, 음성으로 부처를 취하려 하면 말짱 도루묵이 된다는 말이 있다. 수행자가 찾으려고 한 것이 빛깔의 부처가 아니고, 음성의 부처가 아니라 한다면, 좋다, 어깃장을 놓아 거기에 환상이란 것을 빗대보자. 환상이 현실에 대해 정확해야 할 지각을 헷갈리게 한다면 역으로 환상은 흥거운 것으로 바뀌기도 한다. 어차피 무엇이 무엇인지 모르게 구성되어 있는 것이 현실이라면 객관적으로 올바르고, 방법도 유일하고 소여(所與)가 확실한 것이 아니기 때문에 경관 좋은 사찰이 유흥장이 된들 나쁘다 할 수 없지 않은가. 궁짝궁짝 궁따라 궁짝, 동방화촉 노도령도 숙녀를 만나면 헤벌래 웃는 법이거늘, 일본 불교가 봇물이 터져 대처가 허용되니, 금기된 여자가 유학승들에게는 환상의 무지개를 탄다. 사찰재산이야 거덜이 나든 말든 오초 흥망을 내가 왜 간여해야 하는가. 이것이 망불(亡佛)이자 망국이다.

당나라 백장청규 배경에는 안사의 난과 회창파불(會昌破佛)이 있었다. 용성이 옌벤 토지 70여 정보를 구입해 반선반농을 시행하면서 선농당(禪農堂)을 지은 것은 일본이 조선을 식민지로 삼켰기 때문이다.

용성은 옌벤 대각교당이 자리를 잡자 경성으로 올라와 기축년 '만일활구참선결사회'를 기화로 '대각교 의식집'을 만들었다. 선불교 전통을 지키려고 불교라고도 할 수 없는 반승반속인 기존종단에서 탈퇴를 선언했다. 어찌 보면 삐딱하고 돌연변이 같지만 이게 '깡탱이'란 것이다.

이번에는 경남 함양 백운산으로 갔다. 30정보의 토지를 확보하고 화과원(華果院)을 설립했다. 감나무, 밤나무, 복숭아나무, 감자, 고구마, 상추, 배추를 직접 심고 가꿨다. 이것이 활구참선이요, 반농반선이자 자급자족이다. 중이 자식새끼 줄줄이 낳아 앞세우고 다니면서 '금멕기' 벗겨진 나무불상 앞에서 아무리 목탁을 두드려대본들 찾아오는 사람이 없다. 이쯤 되면 불교가 막다른 길에 도달해 돌아설 수 없게 되었다는 징표다. 용성은 승가가 살아남을 수 있는 길은 선농불교로 사원의 경제체제를 바꿔야 한다고 생각했다.

이제는 바루를 들고 민가의 대문 앞에 서 있어도 숟가락으로 밥을 덜어준 사람이 없다. 그래서였을까. 백장선사도 목탁을 들어야 할 손에 괭이를 들고 솔선해 나섰다. 노장님이 수고롭게 앞장선다고 대중들이 괭이, 가래를 감추어 버렸다. 선사는 농기구를 찾다가 없으니 그날은 방으로 들어가 앉아 있다가 어김없이 식사를 하지 않았다. 바로 그 정신이 활구참선이요, 선농불교였다.

하루는 용성이 산을 내려갔다가 마을 앞에서 아이들이 자치기 놀이 하는 것을 보았다. 눈 푸른 저 어린아이들의 티 없이 밝은 모습이 앞날의 희망으로 보였다.

곱게 자란 소나무는
그림자가 굽지 않고
비인 골에 메아리는
소리 좇아 대답한다.

여러 소리 할 것 없다. 바로 저 아이들이 미래다. 저 아이들에게 큰 깨달음의 씨앗을 심어 대장부로 길러야 한다. 대장부는 범어로 'mahā-puruṣa'다. 우리말로 풀면 최고로 인격화된 대승불교의 이상적 수행자를 말하는데, 맹자는 '하늘과 땅을 거처로 삼고 바른 자리에 서서 대도를 실천한 사람'이라고 했다. '이런 사람이 관직에 나아가면 백성과 함께 같은 길을 가고, 그렇지 못하면 홀로 그 길을 간다. 부귀로도 그를 흔들 수 없고 빈천으로도 그를 굴복시킬 수 없는 사람'을 대장부라 했다.

삼밭 위에 한가히 눕다

　용성은 조선에 '대장부'가 없다고 생각했다. 대장부를 위나라 위
문후의 말에 빗대면 '살갗 없이 털이 붙어 있겠느냐?'는 뜻이다. '살
갗'이 '민족'이라면 민족은 모어를 갖고 있는 '우리들 나라'를 말한
다. 한데 깨달은 이의 가르침에는 우리들 나라가 없다. 잘못 들으면
일본침략을 합리화 한 것 같이 들릴지 모르겠으나, 조선조 우리들
나라에 국왕 같지도 않은 선조한테 매를 맞아가며 왜구의 침략을
막아낸 대장부가 이순신 말고 누가 또 있었는가.

　새로워지지 않으면 안 된다. 어린 아이들이 미래다. 용성은 아
이들을 대장부로 길러야 한다고 생각했다. 손수 풍금을 치며 작사
작곡까지 해, 아이들을 모아 '대각일요학교'를 설립했다. 일요학교
의 배경을 튼튼히 하기 위해 '부인선회'까지 개설했으나, 조선 사람
들의 '왕곤조'가 나쁜 버릇은 얼른 붙여도 떼지는 못했다. 한번 검
으면 휠 줄 몰라 해가 갈수록 조선이란 살갗에 붙어 있어야 마땅
할 털이 일본 살갗에 붙어버렸다. 그만큼 친일이 분명해진 나라에

불교라고 다를 것 있겠는가. 석가모니 가면을 쓴 자들이 속으로는 오사리잡탕이 되어 되레 큰소리였다. 총독부에 빌붙은 자들은 제멋대로 불을 켤 수 있지만, 일반 백성들은 등잔불도 못 켜게 했다. 그러다 보니 임제종은 독버섯이 되고 일본 불교는 동충하초가 되었다. 이것이 '그레샴 법칙'이다.

그레샴 법칙의 강력한 무기는 '조선의 유사종교(朝鮮の 類似宗敎)' 탄압이었다. 임제 종지를 잇고자 몸부림쳐온 대각교는 유사종교로 부엌 아닌 굴뚝에 불을 때야 할 판이었다. 용성은 그때 무적승으로 자처해 나섰다. '대각교중앙본부' 현판은 '범어사경성포교당'으로 바꿔 달렸고, 봉익동 대각교당과 화과원, 기타 대각교 모든 재산을 일제하의 은행에 신탁하기에 이르렀다.

이와 같이 피눈물 나는 생활을 하면서도 용성은 화과원과 봉익동을 오가며 각해일륜(覺海日輪)을 저작하고, 대승기신론, 팔상록, 범망경 등 여러 경전을 언문으로 번역해 다듬었다. 그때 화엄경도 국한문으로 다시 번역했다.

은엽은 삼촌의 묘소에서, 뭐랄까? 희안하달까, 신비롭달까 가슴이 쾌의하고 환한 경험을 한 후 스스로를 좁쌀만하게 축소해보았다. 사람이 죽음을 전제해 놓고 보면 살아 있다는 것이 마치 거미줄 같은 줄에 판자를 잇대어 놓은 출렁다리를 건너는 것 같았다. 거미줄 위에 얹힌 판자 위를 한 발 건너고 두 발 건너는 순간이 현재임을 알았다. 쉼 없이 언뜻언뜻 지나간 지금이 현재이고, 내가 여기까지 이르게 된 것이 과거이자, 지금 내가 뭘 하고 있느냐가 미래였다.

은엽은 경성으로 돌아와 숙모와 의논해 훈춘에 있는 삼촌 묘소를 장수 선산으로 이전하기로 하고 준비에 들어갔다 그때 일본에서 발행한 신문을 보게 되었는데, 『료오시리키가쿠(量子力学)』라는 책이 번역되어 나왔다는 기사를 보았다. 내용은 폴란드 태생 막스 보른(MaX Born)이라는 과학자가 퀜텐 메카닉(Quanten mechanik) 이론을 발표했다는 것이며, 영어로 퀀텀 메커닉스(quantum mechanics)로 번역된 것을 일본에서 재깍 가져다 '료오시리키가쿠(りょうしりきがく)'로 번역했다는 것이다.

조선에서는 그 책을 구할 수 없었다. 할 수 없이 도쿄 대형서점에 주문해 우편으로 받아 읽고 있던 때였다. 끝까지 다 읽지는 못했지만 거기에 '불명확성(non-obvious)'이라는 말이 있었다.

사물은 자연 안에서 '상관관계(correlated)'에 놓여있지 않다는 것, 자연은 우주의 모든 물질과 현상이 그대로 존재해 있을 뿐이라고 했다. 우리들 지각은 그것과 상관관계의 연관을 기술하기 위해 사용한 개념이라고 설명했다. 분명한 것은 사람과 분리된 상관(correlation)은 없다는 것이다.

그때 용성이 저술한 『각해일륜』이 발행되어 나왔다. 은엽은 대각교로 달려갔다. 용성은 화과원에 계신다하여 만나지 못했고, 책한 권을 가지고 왔다. 첫장을 떡 여니 '첫채난 대각의 본원심'이란 소제목 아래 '묻는다'로 시작되었다.

'…우리가보고 제일크다고할껏은 한울과땅과 허공이라고할수밖에없다 그러나 우리교에서 크다고한 것은 그것이안이라 우리의본연심(本然心)은턴디허공만물을 상대적으로크다는 말이안이라 대대(對對)가끈어진것을말한것이오 각(覺)이라는말은 능히깰이고깰일바가 업는것을말한것이니 대각의본연심성은 말로가르처줄수없고 무슨형상으로 보이어줄 수 없다….'

이 내용이 눈에 들어왔다. 그 속에는 전기성이란 말이 빠져 있으나 사실은 전기성이 가득해 분명 있으나 눈으로 볼 수 없고, 귀로 들을 수 없다고 했다. 그러니 없는 것이 아니라는 것이다. 지극히 크고 지극히 작으며 비어 있으나 지극히 신령하고, 더할 나위 없이 견고해, 더할 나위 없이 굳세고 부드러워 생각으로 헤아릴 수 없다는 것이다.

'료오시리키가쿠'에서는 사람들이 우주를 크다고 말한다. 하나 얼마나 큰지 상상조차 할 수 없고, 작다고 한들 얼마나 작은지 눈으로 확인할 수 없다는 것이다. 평행으로 말하면 시간 역시 시작이 없고 끝이 없으면서 고정되어 있는 것이 아니라 실처럼 드리워져 찰나찰나 끊겨 있는데, 살아 있는 생물들이 그것을 안다면 기절초풍할 위협적 존재라는 것이다. 은엽은 이 불가사의한 문제를 그동안 얻은 지식으로 알려고 하니 머리가 아팠다. 이 미스터리는 각해일륜과 함께 앞으로의 숙제로 다가왔다. 두고두고 수행할 숙제로….

25+10=X

용성은 조선 불교연구원에서 수좌대회 준비위원으로 활동하고 있는 혜일과 재현, 태현을 불렀다. 다탁을 가운데 놓고 세 제자와 마주 앉았다.

"몇 년 남지 않았구나."

혼잣말처럼 한마디 하고 나서 제자들에게 물었다.

"만년일념이 일념만년이다. 어디 대답해 보아라!"

혜일이 들어보니 이 선구(禪句)는 『벽암록』에 나온 구절 같았다. 답은 '말하기 이전에 있다'의 그 다음에 밝혀놓은 내용이었다. 은사 용성선사가 그것을 몰라 묻는 것이 아닌 것 같았다.

"목구멍과 입을 닫으라는데, 어떻게 말하겠습니까?"

슬쩍 건드리니 스승이 쓱 쳐다보았다.

"그럼 어떻게 해야겠느냐?"

"평지에서 죽은 사람이 셀 수 없는데, 가시덤불 구멍이라도 지나가는 재주를 가져야 하지 않겠습니까?"

"변통할 줄 아는 자라면 역공할 줄 아는 기상이 있느니."

"그런 기상이라야 칼끝도 상하지 않고 손도 다치지 않겠군요."

스승이 대답했다.

"은봉(鄧隱峰)이 마조대사에게 작별인사를 하니, 마조가 어디로 가려는가? 묻거든 석두에게로 가렵니다. 석두에게 가는 길은 미끄럽다. 그러면 나무인형으로 유희 하렵니다. 은봉이 석두 처소에 이르러 선상을 한 바퀴 돌고, 이것은 무슨 종지요? 하고 물으니, 석두가 아이고, 아이고!(蒼天, 蒼天!) 탄식을 하거든. 은봉은 아무 소리도 못하고 마조대사에게 다시 돌아와 자초지종 이야기를 하니, 그럼 다시 석두한테 가서 또 아이고! 아이고! 그러거든 허허!(噓噓!) 그래라. 은봉이 다시 석두에게로 가 이것이 무슨 종지요? 물으니, 석두가 먼저 허허! 그래버렸느니."

혜일이 들어보니 조사들이 궁극의 하나임을 말한 선리(禪理)를 말씀하신 것이 아닌 것 같았다. 하나 그 속에 이를 데 없이 깊은 무엇이 있는 듯했다. 그야 3·1만세사건에 앞장서신 분이니 나라의 장래에 관한 말씀 아니겠는가 하는 생각이 들어 한마디 건넸다.

"조선독립이 뒤통수를 맞았다는 말씀 같습니다."

말 떨어지기 바빴다.

"그렇다!"

"그럼 남 팔매질로 밤을 줍겠군요?"

"그렇다, 독립이어야 '자주적 우리들 나라'가 되는데, 네 말대로 해방은 남 팔매질에 밤을 줍는 격이다."

"그럼 독립은 아니지만 해방이 있다는 말씀이군요."

고개를 끄덕이면서 대답했다.

"더 큰 혼란이 도사리고 있다."

"더 큰 혼란이라뇨?"

"지금 사회주의 이념이 번져가고 있지 않느냐. 사회주의와 자본주의의 대리전쟁이 한반도에서 일어나 나라가 두 동강이 난다. 희생자가 몇 백만에 이르게 될 터인즉, 그 뒤로도 조용하지 않고 탐심뿐인 친일분자들이 국권을 좌지우지 농단해 빈부격차로 새우간도 빼 먹을 자들만 들끓어. 세계에서 가장 불공평하고 피폐한 나라가 될 것 같구나."

미래를 내다본 말씀이었다. 혜일은 눈앞이 캄캄했다. 앞으로는 사물의 이치를 알면 거기에 따른 실천을 더더욱 분명히 해야겠다는 다짐을 다졌다.

용성은 제자들과 거리낌 없는 이야기를 나눈 뒤 세 제자에게 동산, 회암, 동헌이란 법호를 내렸다. 그리고 동산혜일에게 전계증을 주었다. 그해 12월 대각교는 대한불교선종총림으로 바뀌었고, 이듬해 4월 만주지역 조선독립운동 근거지가 된 옌볜 대각교당이 해체되었다는 소식을 듣는다. 5월에는 통도사 내원암에서 수행하고 있는 제자 고암상언에게 전법게를 주고, 9월에는 도봉산 망월사에서 수행하고 있는 자운성우에게 전법게를 준 뒤 신변정리에 들어갔다.

경진(1940)년 2월이었다. 선사는 목욕재계를 한 뒤 새로 옷을 갈아입고 가부좌를 하고 앉아 상좌 동헌태현을 불렀다. 동헌이 무릎을 꿇고 앉아 옷을 새로 갈아입고 계신 스승을 보고 물었다.

"어디 가시려 하옵니까?"

"박꽃이 울타리를 뚫고 나가니, 삼밭 위에 한가로이 누우련다."

그러고는 임종게를 읊었다.

칠십 칠년 헤매다가 오늘 아침에 고향 가네
본시부터 없는 자리 보리생사 무슨 말인가.

七七年間遊幻海 今朝脫骸返初源
廓然空寂元無物 何有菩提生死根

 선사는 앉은 채 생사를 매미껍질처럼 훌훌 벗어던지고 열반에
들었다.

〈끝〉

작가의 말

—

　지금 우리는 역사의 망각 속에 사는 기분이다. 불과 100년 전, 이를테면 1918년을 전후해 대한민국의 위상이 어떠했는지 현대사에 반영하려는 뼈아픈 통찰이 없어 보인다. 일본 식민통치시기, 해방, 한국전쟁, 4·19혁명, 5·16쿠데타를 거쳐 현대에 이르기까지 하나의 통일성 있는 발전과정으로 이해되는 정당한 역사를 이루어왔는가 하는 문제가 새삼스럽게 제기된다.

　역사는 객관적인 것이 아니므로 정치사에서 사회사로, 정부의 역사에서 지배받는 사람들의 역사로 이어져 왔다. 위기 때마다 여러 형태로 변신해온 자본주의 경제가 영원하리라고 맹신한 역사는 엉뚱하게 반동주의만 양산해냈다. 이것이 오늘의 현실이라면 잘못 진단한 것일까. 서구 선진국 국민의 70퍼센트가 현행자본주의에 비판적 견해를 나타내고 있다는 연구결과가 있다. 과거 황금기와 같은 자본축적의 성장가도가 이어질 것이라는 희망은 불행하게도 일자리 감소, 저임금, 국가의 교육·복지·인프라 구조의 예

산삭감으로 이어져 문명의 퇴보를 불러올 것이라는 예견이다.

우리는 지금도 꿈속에 있다. 친일, 독재, 군부독재가 남긴 이데올로기의 옳고 그름이 명확히 밝혀지지 않은 채 과거로의 회귀를 열망하는 사례는 역사교과서 개편 때마다 역력히 드러냈다. 우리에게는 이미 민족주의라는 말도, 국가주의 이데아도 희미해져 버렸다.

오로지 희망 없는 자본주의에 매달려 국가의 비전이 갈래갈래 나눠져 파리 족통만하게 만들어져 있다.

소설 '25+10=X'는 3·1독립만세 사건 전후의 근현대사를 돌아보고, 21세기 우리가 추구해야 할 국가적 가치가 무엇인가를 재발견하기 위해 집필한 것이다. 3·1독립만세 사건의 주축인물로 세수를 다할 때까지 올곧은 신념을 변절하지 않았던 백용성 스님의 삶을 중심으로 당시 상황을 재조명해본 것이다.

'25+10=X'는 '범종소리 우주를 깨운다'로 〈불교신문〉에 연재한 소설이다. 단행본으로 출간하면서 '25+10=X'로 제목을 바꾸었다. 불교에서 말하는 '○'은 언어로 설명하기 매우 어려운 것으로 이야기한다. 굳이 설명을 하자면 '있는 것도 아니고, 없는 것도 아니라는 것'인데, 우리의 시각은 있는 것은 있는 것으로, 없는 것은 없는 것으로 인지된다. 설령 우리의 의식이 있는 것도 아니고 없는 것도 아닌 것을 인지한다고 해도, 물질의 기본구조는 '4가지 힘'의 작용으로 눈부신 변화가 발생한다고 과학은 이야기한다. 이것이 '자연의 실재'라면 불교는 자연의 실재를 ○으로 상징화했다고 여겨진다.

인도에서 발견한 '0'이 실수가 되기까지 말로 설명할 수 없는 ○의 사상을 바늘귀만큼 눈치챌 틈을 보여주었다고 보는 것이 이 소설의 제목이다. 그러나 잘못된 것이 있다면 그것은 작가의 자유자재한 언어 구사의 미숙과 재주 없음에 있다는 점을 고백해둔다.

끝으로 용성 큰스님의 일대기를 소설로 집필할 수 있도록 원력을 세워주신 도문 큰스님과 용성진종재단 이사장 화정 큰스님께 깊은 감사의 말씀을 드린다.

25+10=X

3·1독립, 33인을 이끈 백용성

초판 1쇄 인쇄일	2018년 8월 20일
초판 4쇄 발행일	2019년 3월 1일
글	신지견
발행인	진우스님(김영철)
발행처	대한불교조계종 불교신문사
편집인	오심스님
책임편집	여태동
편집제작	선연
출판등록	2007년 9월 7일(등록 제300-207-133호)
주소	서울시 종로구 우정국로 67 전법회관 5층
전화	02)730-4488
팩스	02)3210-0179
e-mail	ibulgyo@ibulgyo.com

ⓒ 2018, 신지견

ISBN 978-11-89147-02-0   03810

값 15,000원